À PROPOS DE L'AUTEUR

Avec plus d'une centaine d'ouvrages à son actif, Carole Mortimer est l'un des auteurs les plus connus et appréciés des lectrices. La clé de son succès ? Des histoires alliant romantisme et modernité ; un style original ; une imagination inépuisable, et, surtout, un amour évident pour ses personnages.

La fiancée de Logan McKenzie

*

Une nuit avec Fergus McCloud

*

Tentation pour Brice McAllister

CAROLE MORTIMER

La fiancée de Logan McKenzie

SAGA

PASSION DANS LES HIGHLANDS

Traduction française de
JEAN-BAPTISTE ANDRÉ

SAGAS

HARLEQUIN

Collection : SAGAS

Titre original :
TO MARRY McKENZIE

Ce roman a déjà été publié en 2004, 2009 et 2011.

HARPERCOLLINS FRANCE
83-85, boulevard Vincent-Auriol, 75646 PARIS CEDEX 13
Service Lectrices — Tél. : 01 45 82 47 47

www.harlequin.fr

ISBN 978-2-2803-8880-1 — ISSN 2426-993X

1

Logan leva les yeux des lettres qu'il était en train de signer, et fronça les sourcils en entendant ce qui semblait être un bruit de verre brisé.

— Bon sang ! s'exclama une voix féminine émanant de la pièce d'à côté.

Le bruit recommença.

— Bon sang de bon sang ! fit de nouveau la voix.

Intrigué, Logan reposa son stylo puis se dirigea vers la porte conduisant à la salle de réunion adjacente à son bureau. Les bruits venaient de là-bas. Il avait déjeuné dans cette pièce avec deux de ses clients, une solution qu'il appréciait car cela permettait de parler affaires sans perdre de temps.

Il constata en entrant que la table n'avait pas été entièrement desservie. La pièce était vide.

— Bon sang de bon sang de bon sang, marmonna la voix féminine, affolée. Deux verres à remplacer, maintenant. Je… Aïe !

Sa curiosité piquée, Logan s'avança et finit par repérer une tête aux cheveux roux flamboyants qui dépassait de sous la table. Il la reconnaissait à présent : c'était la fille, non, la jeune femme, qui leur avait servi le déjeuner. Une employée de Chef Simon. Logan ne lui avait guère prêté attention durant le repas, trop occupé par ses affaires, mais il se rappelait avoir entrevu cette chevelure fauve à plusieurs reprises.

La jeune femme se redressa et examina sa main gauche, où du sang coulait le long d'un de ses doigts.

— Vous vous êtes coupée ?

Logan ne s'était pas attendu, en posant cette question, à la voir faire un bond d'un mètre et renverser un nouveau verre en se retournant. Il le rattrapa fort heureusement avant qu'il ne rejoigne les deux autres, dont les débris étaient visibles sous la table.

— Inutile d'en ajouter un troisième, ironisa-t-il en le reposant.

Puis il prit la main de la jeune femme pour examiner sa coupure.

— C'est profond ?

Elle s'arracha presque aussitôt à son étreinte, cacha sa main derrière son dos et leva vers lui de grands yeux gris pâle.

— M-Monsieur McKenzie, bredouilla-t-elle, je suis désolée. Je ne voulais pas vous déranger. Je nettoyais et j'ai… j'ai cassé les verres. Je… je…

Il n'en sut pas plus car elle fondit aussitôt en larmes. Il fit un pas en arrière, complètement pris de court.

— Eh, ce ne sont que des verres, dit-il pour l'apaiser. Je suis sûr que le Chef Simon n'est pas un monstre et qu'il ne vous en voudra pas pour ça.

Le restaurant Chef Simon avait en effet une branche « traiteur » à laquelle Logan faisait appel depuis un an environ, à sa plus grande satisfaction. Le Chef Simon lui-même, au téléphone, lui avait toujours paru très courtois. Mais Logan n'avait jamais vu cette jeune femme auparavant. Peut-être avait-elle été fraîchement embauchée, et redoutait-elle de perdre son travail à cause de cette histoire de verres.

— Vous n'aurez qu'à dire à votre patron que c'est moi qui les ai cassés, hasarda-t-il, gêné.

Il se sentait toujours embarrassé en présence d'une femme en larmes. Enfin, sauf la dernière fois… Il fronça les sourcils en se remémorant les sanglots furieux de Gloria, deux semaines plus tôt, lorsqu'il lui avait fait part de son désir de rompre après un an. Elle lui avait même lancé un vase de fleurs à la figure quand il avait refusé de changer d'avis.

— Je ne peux pas faire ça, protesta aussitôt la jeune serveuse. On le mettrait sur votre note, et ce ne serait pas honnête.

Honnête… Voilà un mot qu'il n'entendait pas souvent, que ce fût en affaires ou dans sa vie privée. En réalité, le coût de deux verres ne le mettrait pas sur la paille, avec tous les millions qu'engrangeait sa société !

La jeune femme s'essuya vivement les yeux, et se mit involontairement du sang sur le visage.

— Bon sang, marmonna-t-elle en réalisant ce qu'elle avait fait, et en fouillant dans ses poches à la recherche d'un mouchoir.

— Vous aimez ce mot, on dirait.

Logan l'observa attentivement pour la première fois. Toute petite – elle lui arrivait à peine à l'épaule –, elle évoquait une poupée de porcelaine. Elle était fine comme une liane, encore que non dépourvue de formes aux endroits nécessaires. Ses cheveux étaient couleur de feu, son visage tout entier paraissait couvert de taches de rousseur. Un examen plus attentif permit à Logan de constater qu'elles ne s'étendaient en fait que sur son nez et ses joues. Ses cils étaient très longs, sa peau claire, sa bouche ourlée, son menton déterminé.

Puis elle sourit, et tout son visage se transforma. Des fossettes creusèrent ses joues, ses lèvres dévoilèrent ses dents d'une blancheur perlée. Logan la fixa, bouche bée, avec la distincte impression qu'il venait de recevoir un coup de poing dans le plexus.

— J'en connais d'autres, et de beaucoup moins polis, déclara-t-elle. Et même si j'apprécie votre offre, vous avez raison : inutile de se mettre dans des états pareils.

— Alors pourquoi pleurez-vous ? demanda Logan non sans irritation.

Le sourire de la jeune femme s'effaça, et il se remit à respirer plus librement. Il était étrange que cet incident ait pu le perturber à ce point…

— Eh bien ? dit-il avec une légère impatience, comme elle ne répondait rien.

L'inconnue posa sur lui de grands yeux gris, et leva son doigt.

— Je… je me suis coupée !

— Ça ne m'a pas l'air bien grave. D'ailleurs, vous ne saignez déjà plus.

Et il avait déjà perdu assez de temps avec cet épisode ridicule !

— Je vais demander à ma secrétaire de vous apporter un pansement, déclara-t-il abruptement. Je vous suggère de vous passer un peu d'eau sur le doigt. Ainsi que sur le visage, d'ailleurs.

A ces mots, la jeune femme leva par réflexe une main tremblante vers sa joue.

— Je suis vraiment désolée d'avoir troublé votre travail.

Elle semblait de nouveau au bord des larmes. Et ne paraissait pas soupçonner à quel point elle l'avait effectivement troublé !

— Comment vous appelez-vous ?

— Darcy, murmura-t-elle.

— Eh bien, mademoiselle Darcy…

— Darcy, c'est mon prénom, corrigea-t-elle en reniflant.

Oh, non, voilà qu'elle allait se remettre à pleurer… Et Darcy, n'était-ce pas un nom de garçon ?

— Votre père voulait un fils, c'est ça ?

— Ce qu'il voulait et ce qu'il a eu sont deux choses très différentes, répondit-elle, un éclat de colère dans le regard.

— C'est en général le cas avec les femmes, railla Logan.

Darcy lui coula un regard pensif.

— Vous êtes marié, monsieur McKenzie ?

Logan fronça les sourcils. En quoi cela la regardait-il ?

— Il se trouve que non, répondit-il un peu sèchement, après quelques secondes.

Elle acquiesça, comme s'il venait de confirmer ce qu'elle soupçonnait déjà.

— Beaucoup de femmes ne font que s'accorder au caractère de leur compagnon, fit-elle valoir. J'ai remarqué que…

— Darcy, je crois que vous êtes venue pour vous occuper du repas, pas pour psychanalyser le client, coupa Logan, la mâchoire crispée.

Quelques instants plus tôt encore, il avait été satisfait de sa journée. Le déjeuner avait été couronné de succès, les contrats étaient en cours d'impression, et il attendait avec impatience de dîner le soir venu avec une superbe blonde qu'il avait rencontrée à une soirée le samedi précédent. Mais son bien-être avait laissé place à un farouche désir d'étrangler Darcy !

— Je... je suis désolée, bredouilla-t-elle aussitôt. C'est juste que... je ne suis pas moi-même, ces temps-ci...

Sur quoi elle enfouit son visage dans ses mains et fondit de nouveau en larmes.

— Oh non, marmonna Logan.

Son malaise était revenu, mais il attira cette fois la jeune femme dans ses bras. Elle était minuscule, fragile, et semblait prête à se briser. Ses cheveux, sous ses doigts, avaient la consistance de la soie...

Bon sang, qu'était-il en train de faire ? La situation était pour le moins compromettante, et il espérait que personne n'allait entrer et le surprendre avec cette fille en larmes dans les bras !

— Euh... Darcy ? fit-il d'un ton gêné.

En guise de réponse, elle enfouit son visage plus profondément encore au creux de son épaule. Sa chemise, désormais trempée, lui collait à la peau. Il en venait presque à souhaiter que quelqu'un entre, après tout, pour le tirer de cette embarrassante situation !

Etouffant un soupir, il sortit un mouchoir blanc immaculé de sa poche et le lui tendit.

— Tenez.

A son grand soulagement, elle s'écarta enfin de lui et sécha ses larmes avec le mouchoir. Son maquillage avait coulé et, avec ses grands yeux gris encore humides, elle évoquait une biche effrayée.

— Je suis vraiment désolée. C'est juste qu'on m'a annoncé des nouvelles qui m'ont un peu... perturbée, ce matin. En général, je vous assure que je ne pleure pas dans les bras de parfaits étrangers.

Logan lui décocha une ombre de sourire.

— Je suis loin d'être parfait moi-même, vous savez, répondit-il, en une pitoyable tentative d'humour.

Mais qu'y avait-il donc chez cette fille qui le troublait à ce point ?

— Est-ce que je peux vous aider en quoi que ce soit ? s'entendit-il proposer.

Là, c'était le comble. En général, il ne s'intéressait pas aux affaires des autres. Une attitude sans doute due au fait qu'il venait d'une famille écossaise nombreuse, et qu'il n'aspirait qu'à prendre ses distances vis-à-vis des miniscandales et autres catastrophes la frappant à intervalles réguliers. Il ne voulait pas être mêlé aux intrigues des uns et des autres — raison pour laquelle il passait la majeure partie de son temps dans son appartement de Londres !

Quant à savoir pourquoi il s'immisçait dans la vie d'une parfaite inconnue, il n'en avait pas la moindre idée.

Darcy, en réponse à sa question, eut un sourire amer.

— J'en doute. Mais merci de votre offre. C'est gentil.

— Un problème partagé est un problème à demi résolu, fit-il valoir, mû par une inexplicable curiosité de découvrir ce qui la tracassait.

— Je ne crois pas que ça vous intéresserait, marmonna la jeune femme en secouant la tête.

— Essayez toujours.

— C'est juste que…, commença-t-elle en haussant les épaules. Non, je ne peux pas. Dan… le Chef Simon n'apprécierait pas de savoir que j'ai discuté de sa vie privée avec un client.

Le Chef Simon ? *Daniel* Simon ? Darcy avait failli appeler son employeur par son prénom, cela ne lui avait pas échappé. Ajouté à ses larmes, cela suggérait entre eux une intimité qui dépassait de loin le cadre d'une relation professionnelle.

Daniel Simon et cette fille, Darcy ? Logan devait bien avouer qu'il était surpris. Elle ne semblait pas avoir plus de vingt ans, alors que Daniel Simon était au moins quinquagénaire. Le printemps et l'automne. Evidemment, cela n'avait rien d'exceptionnel. Ce genre de chose arrivait souvent…

— Vous avez sans doute raison, répondit-il avec un bref hochement de tête. Je vais demander à Karen de vous apporter un pansement.

Il s'apprêtait à sortir, mais elle l'interpella.

— Monsieur McKenzie ?

— Oui ? demanda-t-il à contrecœur.

— Merci, murmura-t-elle, lui souriant pour la seconde fois de la journée.

Son cœur s'emballa de nouveau. Plus vite il quitterait cette pièce, mieux cela vaudrait !

— Je vous en prie, répliqua-t-il.

Et il regagna précipitamment son bureau.

Qu'est-ce que Logan McKenzie devait penser d'elle ? songea Darcy avec un soupir.

Elle avait fait de son mieux, depuis le matin, pour se concentrer sur son travail et ne pas se laisser troubler par ses préoccupations. Mais sitôt le repas terminé, il lui avait été impossible de les repousser plus longtemps. Les deux verres qu'elle avait cassés étaient la conclusion logique d'une affreuse journée.

Malgré cela, elle n'aurait pas dû fondre en larmes sur la chemise immaculée de Logan McKenzie.

Elle se rendit compte qu'elle tenait toujours son mouchoir froissé dans son poing. Evidemment, elle ne pourrait pas le lui rendre dans cet état. Elle devrait le laver et le repasser. Même si un mouchoir de plus ou de moins ne ferait aucune différence pour Logan McKenzie, c'était une question de principe.

— Et voilà ! fit une voix joyeuse dans son dos.

Karen Hill, la secrétaire de Logan, venait d'entrer dans la pièce, les bras chargés de pansements et de diverses crèmes antiseptiques.

— Logan dit que vous avez eu un accident ?

— Ce… ce n'est rien. Un pansement suffira.

De fait, la blessure ne saignait plus, même si elle piquait encore un peu. Et Darcy n'avait qu'une hâte : quitter au plus vite les lieux de son humiliation.

— Merci bien, murmura-t-elle comme la secrétaire lui tendait un pansement. Est-ce que… euh, vous avez une idée de la taille de chemise de M. McKenzie ?

Karen leva ses sourcils blonds, visiblement étonnée.

— La taille de chemise de M. McKenzie ? répéta-t-elle.

« Grosse erreur, Darcy », se morigéna la jeune femme. Apparemment, il lui faudrait se débrouiller seule.

— Ça n'a aucune importance, reprit-elle avec un rire nerveux. Bon, je vais finir de nettoyer et je disparais.

— Comme vous voudrez, répondit Karen, toujours perplexe.

Darcy préféra ne pas éclairer sa lanterne. Elle s'était déjà assez ridiculisée en une journée !

Restée seule, elle acheva de nettoyer en quatrième vitesse, ramassa les éclats de verre dans un papier journal et fourra tout ce qui restait à descendre dans deux grands paniers d'osier.

Ironie du sort, elle trouva Logan McKenzie en train d'attendre devant l'ascenseur. Il se tourna vers elle et tressaillit légèrement en la reconnaissant.

Ce n'était pas étonnant. Il avait sans doute peur qu'elle ne provoque une autre catastrophe…

— Bonjour, dit-elle platement.

— Darcy, répondit-il, tout en levant un regard impatient vers la lumière indiquant l'arrivée de la cabine.

Il avait hâte de se débarrasser d'elle, c'était évident. Il y avait fort à parier qu'il demanderait à Daniel de ne jamais plus l'envoyer chez lui ! De toute façon, il n'avait pas à s'inquiéter. Elle n'était là aujourd'hui que parce que le restaurant manquait de personnel et croulait sous les commandes.

Le restaurant Chef Simon, qui avait ouvert cinq ans auparavant, avait connu un succès immédiat. Face à des demandes répetées de particuliers, Daniel Simon avait fini par lancer une activité « traiteur » qui se portait tout aussi bien. Mais une grippe sévère sévissait à Londres, ce qui expliquait qu'elle eût été détachée du restaurant ce jour-là. Après ce qui venait de se passer, elle savait que cela ne se reproduirait plus !

— Laissez-moi faire, dit Logan.

Avec un soupir d'impatience, il la déchargea de ses deux

paniers. Perdue dans ses pensées, elle n'eut pas le réflexe de l'en empêcher.

— Merci... Mais ce n'est pas la peine, vous savez. Je peux me débrouiller.

Elle fit un geste pour reprendre l'un des paniers, mais il ordonna sèchement :

— Laissez.

Elle n'eut pas le courage de désobéir. Lorsque la cabine arriva, il s'effaça pour la laisser passer. Puis il entra à sa suite et appuya sur « Rez-de-chaussée ».

Comme l'ascenseur entamait sa descente, elle l'étudia à la dérobée. Il devait avoir trente-cinq ans, et était incroyablement séduisant. Ses cheveux coupés court étaient légèrement ondulés, d'un noir profond. Ses yeux avaient la couleur de la mer, son nez était long et droit, ses lèvres pleines, sa mâchoire carrée. Sa stature était puissante et donnait l'impression que cet homme serait plus à l'aise dans une ferme, à travailler au grand air, que dans un bureau.

Puis elle remarqua les taches de sang à présent séchées sur sa chemise et rougit.

A son grand soulagement, l'ascenseur atteignit enfin le rez-de-chaussée. Le silence commençait à devenir pénible entre eux, et elle fit mine de reprendre ses paniers lorsque Logan voulut sortir de la cabine.

Il s'immobilisa sur le seuil, sourcils froncés.

— Vous ne venez pas ?

— Non, je descends au sous-sol. C'est là que je suis garée.

— Dans ce cas...

Il rentra de nouveau dans l'ascenseur et appuya sur « Sous-sol ».

— Ce n'est vraiment pas nécessaire, protesta-t-elle, troublée de voir le patron d'une si grande société jouer les porteurs pour elle.

— Au contraire, c'est tout à fait nécessaire. Une petite chose comme vous ne devrait pas avoir à porter de si gros paniers. Et corrigez-moi si je me trompe, mais est-ce que vous n'étiez pas seule à vous occuper de tout le repas ?

Darcy, qui s'était apprêtée à protester et à arguer du fait qu'elle n'était pas une « petite chose », répondit :

— En effet, oui. Nous manquons de personnel, voyez-vous, et…

— Non, je ne vois pas, coupa son compagnon comme les portes s'ouvraient sur le parking. Manque de personnel ou pas, votre patron n'avait pas à exiger de vous une telle charge de travail. Je ne manquerai pas de le lui dire.

— Oh non, surtout pas ! s'exclama Darcy, s'arrêtant net au milieu du parking. Je me suis plutôt bien débrouillée, non ? Vous n'avez pas eu à vous plaindre de mes services ?

— Non, répondit-il lentement, mais…

— Dans ce cas, il n'y a pas de problème, n'est-ce pas ?

Logan la dévisagea d'un air pensif.

— Vous savez, Darcy, Daniel Simon serait sans doute moins dur avec vous si vous n'étiez pas aussi… désireuse de lui plaire.

Darcy l'étudia en retour, mais la faible lumière du parking l'empêchait de lire quoi que ce fût sur le visage de son interlocuteur. Dommage, car elle n'avait pas la moindre idée de ce dont il parlait !

— Ce n'était qu'un repas, fit-elle valoir, ouvrant la porte arrière de son van pour le laisser charger les paniers.

— Je ne faisais pas allusion au repas.

De quoi parlait-il donc, dans ce cas ? Certes, sur la fin, elle avait cafouillé en brisant ces deux verres. Et en pleurant contre son épaule. Et en maculant sa chemise de sang. Mais avant ces quelques… détails, sa prestation avait été irréprochable.

— Je ne fais que vous offrir quelques conseils, reprit Logan d'un air sombre. A vous de les suivre ou non.

Il était visiblement impatient d'en finir, aussi hocha-t-elle la tête avec un sourire contraint.

— Eh bien, euh, merci. Je… j'essaierai de m'en souvenir.

Ce n'était pourtant pas pour plaire à Daniel qu'elle se trouvait là aujourd'hui. Elle n'avait simplement pas eu le choix. Elle lui en voulait, d'accord, mais ce n'était pas une raison pour mêler les sentiments et les affaires.

Logan McKenzie acquiesça brièvement avant de tourner les talons et de s'éloigner à grands pas. Quel homme étrange, songea Darcy en montant dans sa camionnette. Tour à tour généreux et brusque, tendre et impatient, il se mettait soudain à lui offrir des conseils d'un ton paternel…

Mais Logan McKenzie était bien le dernier de ses soucis, décréta-t-elle en émergeant du parking. Une ride barra son front lorsqu'elle songea à la cause principale de ses tracas.

Daniel Simon. Le Chef Simon.

Et le fait qu'il lui avait calmement annoncé, ce matin même, qu'il comptait épouser une femme qu'il avait rencontrée à peine trois semaines auparavant !

2

— Ça vient tout juste d'être livré, annonça sa secrétaire à Logan.

Elle déposa sur son bureau un paquet enveloppé de papier kraft sur lequel son nom et son adresse avaient été inscrits au feutre.

Logan redressa la tête, l'esprit toujours occupé par le contrat qu'il étudiait. Les subtilités légales, ces derniers temps, devenaient de plus en plus complexes. Son service juridique pourrait sans doute s'en occuper, mais Logan se promit de demander conseil à son cousin Fergus avant de signer quoi que ce soit.

Malheureusement, Fergus se trouvait en ce moment en Ecosse chez leur grand-père maternel, Hugh McDonald. Nul doute que Hugh avait de bonnes raisons pour faire appel à son petit-fils, l'avocat de la famille. Mais Logan s'en moquait, il se sentait à bout de patience et aurait voulu parler à son cousin au plus vite.

Reposant son stylo, il passa une main sur son front, barré de rides de concentration. Sa soirée de la veille, avec la blonde rencontrée la semaine passée, n'avait pas été exactement un succès et expliquait en partie sa mauvaise humeur. Car après une demi-heure en compagnie d'Andrea, à l'écouter parler sans arrêt et glousser comme une écolière, il avait compris qu'il avait fait une erreur. Elle ne mangeait de plus presque rien, à cause de sa carrière de mannequin, et buvait encore moins, pour les mêmes raisons.

La soirée s'était étirée, interminable, et il avait poussé un soupir de soulagement lorsqu'il l'avait enfin déposée chez elle… sans lui proposer de la revoir.

— Qu'est-ce que c'est ? demanda-t-il à Karen avec un soupir.

— Je n'en ai aucune idée. Je ne l'ai pas ouvert, souligna-t-elle en désignant la mention « *Personnel et confidentiel* ».

Logan railla :

— Vous avez vérifié que ce n'était pas une bombe ?

Il se rappelait encore les menaces de Gloria : « Je te promets que tu me paieras ça ! ».

Karen sourit. Le fait que Gloria n'avait pas appelé depuis deux semaines ne lui avait sans doute pas échappé. Cela ne paraissait pas l'étonner, mais il était vrai qu'en dix ans de service, elle avait vu défiler plusieurs Gloria Granger.

— Le paquet a été livré par un transporteur réputé et fiable, répondit-elle.

— Ça ne veut rien dire.

— Allez-y, Logan, fit son assistante en riant. Vivez dangereusement, pour une fois.

Il fronça légèrement les sourcils à ce « pour une fois ». Peut-être sa vie semblait-elle tranquille et bien ordonnée à un observateur extérieur, mais c'était ainsi qu'il l'aimait. Le souvenir de crises familiales, alors qu'il était enfant, était encore très frais dans son esprit, et il n'entendait pas mener sa vie d'adulte de la même façon.

Il examina enfin le paquet et le souleva. Il n'était pas très lourd pour son volume, et il n'y avait pas d'adresse retour au dos.

— Le coursier a dit d'où ça venait ?

— Non, répondit Karen. Mais si vous pensez vraiment que c'est une bombe, je peux demander à Gérard de le descendre au sous-sol et…

— Bien sûr que non, coupa Logan avec irritation.

Plusieurs secondes s'écoulèrent, et sa secrétaire demanda avec impatience :

— Alors, vous l'ouvrez ?

— Je parie que vous étiez l'une de ces petites filles qui

descendent dans la nuit pour ouvrir leur cadeau de Noël avant tout le monde.

— Et je parie que vous étiez un de ces gamins irritants qui ouvrent leur cadeau tout doucement, et qui jouent avec chaque jouet avant de passer au suivant ! répliqua Karen.

— Il semble que nous ayons tous deux vu juste. En tout cas, vous ne me jugez apparemment pas comme quelqu'un de très impulsif…

Karen s'empourpra.

— Je suis désolé, Logan. C'est vrai que c'est votre colis, après tout.

— Et je vais l'ouvrir. Dès maintenant.

Il lui sourit pour détendre l'atmosphère et entreprit de défaire méthodiquement le paquet.

— Je plaisantais, vous savez, dit-il avant de froncer les sourcils en découvrant enfin le contenu de la boîte. Qu'est-ce que c'est que ça ?

Il regarda sans comprendre la chemise et le mouchoir qui reposaient à l'intérieur. Karen, qui observait par-dessus son épaule, laissa échapper un sifflement.

— Voilà donc pourquoi elle voulait savoir quelle était votre taille…

— Qui ça ? demanda Logan.

Mais il connaissait déjà la réponse. La chemise blanche, qui portait la griffe d'un grand couturier et devait coûter un prix fou, aurait pu venir de n'importe qui. Mais le mouchoir blanc, c'était signé Darcy !

Après un rapide coup d'œil, il referma le paquet. Il n'y avait pas de lettre avec, mais ce n'était pas nécessaire. Il ne doutait pas un seul instant de l'identité de l'expéditeur. Et s'il appréciait que Darcy lui retourne son mouchoir, il n'avait en revanche aucune intention d'accepter la chemise. Cette fille était serveuse, et avait dû se ruiner pour l'acheter !

La mine sombre, il regarda sa montre. Il était 14 h 30.

— Pourriez-vous appeler Chef Simon ? demanda-t-il à son assistante.

— Bien sûr.

Karen se dirigea vers la porte, s'arrêta sur le seuil et ajouta :

— Mais ne soyez pas trop dur avec elle, d'accord ?

— Trouvez-moi juste le numéro, dit-il avec impatience.

Il ne voulait pas que Karen s'imagine que Darcy était amoureuse de lui. Car ce n'était pas le cas. Elle était amoureuse, oui, mais de Daniel Simon.

Il décrocha brusquement le combiné lorsque sa secrétaire lui passa enfin la communication.

— Chef Simon, bonjour ! fit une voix féminine enjouée à l'autre bout du fil. En quoi puis-je vous aider ?

Logan prit une profonde inspiration. Il était furieux contre Darcy, mais n'était pas censé passer sa colère contre quelqu'un d'autre pour autant.

— Bonjour, fit-il de sa voix la plus aimable. J'aimerais parler à Darcy.

— Darcy ? fit la voix avec surprise. Je ne crois pas que nous ayons un client de ce nom, mais je vais me renseigner.

— Non, coupa-t-il avec un regain d'impatience. Ce n'est pas une cliente, elle travaille chez vous.

— Ah, je ne sais pas, je suis nouvelle… Ne quittez pas.

On posa le combiné, et Logan entendit un bruit de voix en arrière-fond. Du bout des doigts, il pianota nerveusement sur son bureau, s'efforçant de ne pas regarder le paquet contenant sa chemise et son mouchoir.

— Désolée pour l'attente, reprit la voix chantante au bout du fil. Darcy ne sera là que ce soir.

— A quelle heure ?

— Vers 19 heures.

— Réservez-moi une table pour 20 heures. Au nom de McKenzie. Pour une personne.

— Certainement, monsieur. Dois-je dire à Darcy…

— Non ! Je… je voudrais lui faire une surprise.

« Et bien d'autres choses encore », songea-t-il presque malgré lui.

— Parfait, c'est noté. Nous serons ravis de vous accueillir, monsieur McKenzie.

Logan raccrocha et se rencogna dans son siège, la mine sombre. Il doutait fort que Darcy serait ravie de l'accueillir — lui-même avait une inexplicable envie de lui tordre le cou. En tout cas, la soirée s'annonçait intéressante…

De fait, comme il se préparait ce soir-là, et passait son smoking après s'être douché, il se surprit à siffloter joyeusement.

Parce qu'il allait revoir Darcy ? se demanda-t-il avec incrédulité, lorsqu'il en prit soudain conscience. Non, c'était ridicule…

Il pivota lorsque le téléphone se mit à sonner, et hésita. Il était déjà 19 h 30, il était supposé partir dans quelques minutes. Mais comme il ne répondit pas, le téléphone continua de sonner avec insistance. Irrité, Logan finit par décrocher.

— Oui ? dit-il avec impatience.

— Bonsoir à toi aussi, cher cousin, fit la voix de Fergus.

— Bon sang, où es-tu ? J'ai des contrats à te faire lire. Tu n'es jamais là quand…

— Logan, comme tu le sais, je ne suis plus avocat à plein temps. Je continue cependant à dispenser mes services à la famille. Grand-père m'a fait venir en Ecosse pour discuter de plusieurs choses, mais je suis rentré et…

— Quel genre de choses ? interrogea Logan.

Leur grand-père avait pour habitude de changer son testament tous les mois au gré de son humeur. Logan s'en moquait parfaitement, il était assez riche pour pouvoir se passer des millions des McDonald. Mais sa mère, l'une des trois filles du vieux Hugh, prendrait sûrement mal le fait d'être déshéritée ! Et Logan finirait par se trouver mêlé à l'affaire.

— C'est justement pour ça que je t'appelais, répondit Fergus d'un ton égal.

— Je suis sur le point de sortir. Ça ne peut pas attendre demain ?

— Je suppose que si…

— Mais… ?

Logan avait perçu l'hésitation de son cousin. C'était encore ce maudit testament, il en était sûr !

— Mais je préférerais te parler ce soir.

Logan soupira.

— D'accord. J'ai réservé pour 20 heures chez Chef Simon. Tu n'as qu'à me retrouver là-bas. Je ne pense pas qu'une personne de plus posera problème.

— Chef Simon ? Ce soir ?

— Tu avais d'autres projets ? demanda Logan, qui ne savait pas si son cousin avait une petite amie en ce moment.

Les trois cousins, Fergus, Brice et Logan, avaient été surnommés les Trois Terreurs par leurs familles durant leur enfance en Ecosse. A l'université d'Oxford, qu'ils avaient intégrée à dix-huit ans, ils étaient devenus les Trois Ecossais. Aujourd'hui, on les appelait les Trois Célibataires, aucun d'entre eux n'ayant accepté de se laisser passer la corde au cou.

— Non, aucun problème, dit enfin Fergus d'une voix pensive. D'ailleurs, c'est une bonne idée. Une très bonne idée, même. Le temps de me changer et je te rejoins là-bas.

Logan raccrocha, sourcils froncés. Cela lui faisait plaisir de sortir avec Fergus, même si la soirée n'était peut-être pas idéalement choisie. Mais il se débrouillerait. Il arriverait avant son cousin, et cela lui donnerait le temps de régler cette affaire de chemise.

Il se renfrogna légèrement et prit ses clés de voiture d'un geste vif. Il était temps d'aller faire une surprise à Darcy…

— Le client de la onze aimerait te dire un mot, annonça Katy en rapportant des assiettes sales dans la cuisine.

Darcy redressa la tête, surprise.

— A moi ? Tu es sûre ?

— Certaine. Il a bien dit Darcy, répondit l'autre serveuse, qui repartit presque aussitôt avec des avocats fourrés au crabe.

Darcy eut un frisson d'inquiétude. Un client voulait lui parler ? Cela n'augurait rien de bon.

— Tu ferais bien d'aller voir ce qu'il veut, fit Daniel Simon, penché sur la sauce qu'il préparait.

Darcy lui jeta un regard noir, puis ôta son tablier et lissa sa jupe sur ses hanches.

— Il faut satisfaire le client à tout prix, n'est-ce pas ? ironisa-t-elle.

Daniel Simon haussa les épaules.

— Disons que j'objecterais à ce que tu vendes ton corps, mais à part ça, tu as raison.

— Très drôle, répliqua-t-elle. Tu peux te débrouiller sans moi ?

— Je vais faire de mon mieux. Oh, Darcy, appela-t-il comme elle pivotait et se dirigeait vers la porte.

Elle se retourna, les lèvres pincées en une ligne mince. Leurs rapports étaient tendus depuis qu'il lui avait annoncé son intention de se marier.

— Souris, lui conseilla Daniel. Les clients aiment mieux ça.

Elle se retint de répondre, le fusilla une nouvelle fois du regard et sortit enfin. Mais elle s'immobilisa net, de l'autre côté de la porte, en reconnaissant le consommateur assis à la table numéro onze. Logan McKenzie !

Elle avait supposé qu'il pouvait s'agir de lui, puisqu'elle avait envoyé le paquet dans la journée. Mais le fait de le voir assis là, terriblement séduisant dans son smoking noir, lui coupa presque le souffle.

« Ressaisis-toi, ma vieille », se morigéna-t-elle. Il n'était sans doute pas venu seulement pour la voir, puisqu'il était installé à une table pour deux.

Il regardait par la fenêtre, probablement à guetter l'arrivée de sa partenaire pour le dîner. Tant mieux. Cela signifiait qu'elle n'aurait pas à lui parler longtemps.

— Monsieur McKenzie ? fit-elle d'une voix un peu rauque.

Il se tourna brusquement vers elle et plissa ses yeux bleus.

— Darcy, murmura-t-il en se levant, et en tirant une chaise. Asseyez-vous quelques instants.

— C'est-à-dire que je…

— Vous préférez que je vous embarrasse en vous rendant votre cadeau devant tout le monde ? coupa-t-il.

Résignée, Darcy prit place. Ou plutôt, elle se laissa tomber sur la chaise, pas tant du fait de sa menace que de l'annonce de ses intentions.

— Vous êtes sûr de vouloir me rendre la chemise ?

— Evidemment. Qu'est-ce que vous vous imaginiez ? Que… Je n'aime pas voir vos cheveux attachés. Ça assombrit leur couleur.

Darcy eut un pâle sourire.

— Leur couleur était précisément la source de mes ennuis quand j'étais petite. On m'appelait Carotte, à l'école.

— Les enfants peuvent être très cruels. Mais je suis sûr que la population masculine a appris à apprécier cette couleur.

Si c'était le cas, elle n'en avait rien remarqué !

— Peut-être… Ecoutez, monsieur McKenzie…

— Logan, corrigea-t-il. Vous n'allez pas faire de formalités avec un homme à qui vous offrez une chemise. A la bonne taille, en plus.

Darcy humecta ses lèvres desséchées.

— J'ai eu un peu d'aide.

Elle avait en effet estimé que son père et Logan faisaient la même taille. Il lui avait en revanche été plus difficile de trouver le magasin où acheter ce genre de chemise !

— Je ne vous demanderai pas de qui, répondit froidement Logan.

Darcy fronça les sourcils, quelque peu déroutée.

— Je ne comprends pas. Si la chemise vous va, et puisqu'elle est de la bonne taille, pourquoi voulez-vous me la rendre ?

— Parce que vous ne pouvez pas offrir des chemises de soie à un parfait inconnu, gronda Logan.

Malgré la mine sévère de son compagnon, elle ne put s'empêcher de sourire.

— Quoi ? Qu'est-ce qu'il y a de drôle ?

— Je me rappelais juste votre plaisanterie sur le fait que vous n'étiez pas parfait.

Elle posa sur lui son regard gris et lumineux, mais il se rembrunit davantage.

— J'aimerais que vous arrêtiez de faire ça.

— Quoi donc ?

— Sourire.

Décidément, il était difficile de contenter tout le monde. Daniel Simon lui demandait de sourire, Logan l'exact opposé.

— Le patron aime que nous nous montrions courtois envers nos clients.

— Et vous faites toujours ce qu'il vous dit de faire ? Par exemple, croyez-vous qu'il serait heureux d'apprendre que vous avez dépensé une semaine de salaire pour acheter une chemise à un homme que vous venez à peine de rencontrer ?

Elle cligna des yeux, intriguée par l'évidente colère qui perçait dans sa voix douce. Elle n'avait jamais envisagé l'achat de la chemise sous cet angle. Et de toute façon, elle se devait de remplacer celle qu'elle avait tachée.

— Ce que j'essaie de vous dire, reprit Logan dans un soupir, et qu'apparemment vous ne comprenez pas, c'est que je n'ai aucune intention de révéler au Chef Simon ce qui s'est passé entre nous.

— Il ne s'est rien passé entre nous ! se récria-t-elle avec un hoquet incrédule.

— Je parle de votre comportement pas tout à fait professionnel.

— Mon comportement était tout à fait professionnel ! protesta-t-elle, se redressant sur sa chaise.

— Darcy, ne soyez pas ridicule. J'essaie de vous rassurer sur le fait que je ne dirai rien à votre… patron. Vous n'avez donc pas à m'acheter une chemise. Vous comprenez, maintenant ?

— C'est très clair, oui. Vous pensez que je vous ai acheté cette chemise dans l'espoir que vous ne diriez pas à mon patron que j'ai pleuré sur votre épaule. C'est bien ça ?

— Exactement, fit Logan, apparemment soulagé.

— Désolé d'être en retard, Logan, déclara une voix grave dans le dos de Darcy. J'ai eu du mal à trouver un taxi.

La jeune femme leva les yeux vers le nouveau venu, surprise. Elle avait supposé que Logan attendait une femme, mais elle s'était trompée. L'homme était grand, séduisant, d'une carrure impressionnante. A l'exception des yeux couleur café et des cheveux, plus longs, il ressemblait presque trait pour trait à Logan.

Darcy sentit qu'il posait un regard inquisiteur sur elle, et vit un sourire se dessiner sur ses lèvres.

— J'aurais dû deviner que tu ne serais pas seul, reprit le nouveau venu.

— Je ne reste pas, dit-elle en se levant aussitôt. Nous réglions juste quelques détails. Mais il faut que je retourne dans la cuisine…

«… dont je n'aurais jamais dû sortir », se retint-elle d'ajouter.

Elle n'avait pas fait un pas que, vif comme l'éclair, Logan lui agrippait le bras.

— Nous n'avons pas fini notre petite conversation.

— Je crois que si, répondit-elle d'une voix teintée d'amertume.

Puis, d'un ton plus posé, elle ajouta :

— Tout le monde nous regarde.

De fait, plusieurs clients les étudiaient avec curiosité, ainsi que Katy et une autre serveuse.

— Je me fiche qu'on nous regarde ou non. Nous n'en avons pas fini, tous les deux.

— Tu veux que je parte, Logan ? intervint son cousin. Nous pouvons remettre ça à demain.

— Assieds-toi, Fergus. Darcy et moi…

— Darcy ? Tu as bien dit Darcy ? répéta Fergus en se tournant vers la jeune femme, sourcils froncés.

Logan le foudroya du regard, mais Fergus ne cilla pas.

— Reste en dehors de tout ça, d'accord ? Assieds-toi et commande un verre, je serai là dans deux minutes.

Puis, sans attendre de voir si son cousin s'exécutait, il prit Darcy par le bras et l'entraîna derrière une grande plante en pot.

— Pourquoi ne prenez-vous pas cette fichue chemise ? demanda-t-elle avec colère avant qu'il puisse ouvrir la bouche. Nous pourrions oublier toute cette affaire !

— Peut-être parce que je n'ai pas envie d'oub…

— Tout va bien, Darcy ?

Daniel Simon apparut soudain à côté d'eux, et leur jeta un regard interrogateur.

— Katy m'a dit qu'il y avait un problème, reprit-il aimablement.

— Aucun problème, répondit Darcy. M. McKenzie s'apprêtait à aller dîner. N'est-ce pas ?

— McKenzie ? *Logan* McKenzie ?

— Oui, et alors ? demanda l'intéressé.

Darcy en avait plus qu'assez. Les deux hommes se jaugeaient tels deux coqs sur le point de se battre, attendant que l'autre porte le premier coup pour commencer les hostilités.

Elle soupira profondément.

— Logan, pourquoi ne retournez-vous pas vous asseoir ? suggéra-t-elle avec un regard suppliant. Nous parlerons de cette… affaire un peu plus tard. Si vous pensez vraiment que c'est nécessaire.

— Viens donc jeter un œil au menu, intervint Fergus, qui s'était approché d'une démarche faussement nonchalante. Je meurs de faim et je ne crois pas pouvoir tenir très longtemps.

Logan parut sur le point de protester, mais un coup d'œil au visage fermé de Darcy sembla le convaincre de n'en rien faire.

— J'arrive, répondit-il, sans pour autant cesser de dévisager Daniel Simon d'un air hostile.

— Parfait, répondit le cuisinier du même ton glacial. Si vous voulez bien nous excuser, Darcy et moi avons du travail.

Sur ce, il entraîna la jeune femme vers la cuisine d'une poigne de fer, ne la relâchant que lorsque les portes battantes se furent refermées derrière eux. Il se tourna ensuite vers elle, les poings sur les hanches.

— A présent, peut-être que tu aimerais m'expliquer ce que tu faisais cachée derrière un pot de fleurs avec Logan McKenzie ? demanda-t-il avec force.

Darcy le fixa en silence, cherchant la meilleure façon de répondre à la question…

3

— Tiens, jette donc un œil au menu, conseilla Fergus en lui mettant la carte dans les mains. Et explique-moi ce qui se passe, au juste.

Logan se rassit, et vit au passage que plusieurs serveuses le dévisageaient curieusement. Il s'en moquait. Il aurait en revanche payé cher pour savoir ce qui se disait derrière les portes closes de la cuisine entre Darcy et son vieil amant !

Car il n'avait à présent plus aucun doute quant à la nature de leur relation. Il y avait entre eux une évidente intimité, et l'attitude protectrice dont Daniel Simon faisait preuve vis-à-vis de la jeune femme en disait long. Et lui qui s'était imaginé que la passion de Darcy pour son patron n'était pas payée de retour ! Il s'était bien trompé.

Et il n'aimait pas cela.

Cela le troublait. Il ne connaissait Darcy que depuis la veille, mais se sentait lui aussi pris d'un étrange désir de la protéger. Un besoin dont il n'avait aucune envie de chercher les causes.

— Prenons un verre, dit Fergus en hélant le sommelier. Apportez-nous une bouteille de votre meilleur chablis, s'il vous plaît.

Logan se força à revenir sur terre et regarda son cousin droit dans les yeux. Aucun cri ne sortait de la cuisine, et Darcy n'avait pas fait de sortie théâtrale. Cela laissait supposer que les deux amants s'étaient réconciliés. Dieu seul sait ce qu'ils faisaient derrière ces portes.

Ils passèrent commande, et le sommelier revint avec leur bouteille. Logan était si préoccupé qu'il ne se souvenait déjà plus de ce qu'il avait choisi en entrée. Du poisson, sans doute.

— Qu'est-ce que tu fais là, au juste ? lui demanda Fergus après avoir pris une gorgée de chablis.

— Pour l'instant, je bois du vin, répondit Logan en levant son verre. Et dans peu de temps, je mangerai. C'est en général pour ça qu'on va au restaurant, non ?

— Très drôle. Puis-je te demander quelle est exactement la nature de ton intérêt pour Darcy ?

— Oui, tu peux demander.

— Alors je te le demande.

Logan prit son temps pour répondre, sirotant son vin.

— Qu'est-ce qui te fait croire que je m'intéresse à elle ? fit-il enfin.

— Le fait que vous étiez assis ensemble quand je suis arrivé, et que vous sembliez plongés dans une discussion animée. Vous aviez l'air de vous connaître.

— Elle travaille pour la section traiteur du restaurant, répondit évasivement Logan. Je l'ai rencontrée hier quand elle est venue servir un déjeuner au bureau.

— Et c'est tout ?

— Bien sûr que c'est tout ! Et même si ce n'était pas le cas, depuis quand es-tu mon chaperon ?

Fergus parut sur le point de répondre sur le même ton incisif, mais il prit une profonde inspiration et secoua la tête.

— Depuis quand n'as-tu pas vu Tante Meg — pardon, je veux dire, ta mère ?

— Je sais qui elle est, merci bien.

— Réponds à la question.

— Fergus, je ne suis pas un de ces types que tu interroges dans le box des accusés.

— J'ai arrêté de faire cela depuis longtemps et tu le sais.

— En tout cas, répliqua Logan avec humeur, tu n'as pas perdu la main !

— J'ai de bonnes raisons de poser la question, reprit calmement Fergus. As-tu vu Tante Meg ces trois dernières semaines ?

— Ma mère a cinquante-cinq ans, moi trente-cinq, et nous n'éprouvons pas le besoin de contrôler nos va-et-vient mutuels !

— Logan, je ne critique pas ton attitude vis-à-vis de ta mère…

— J'espère bien que non ! Sans quoi je me verrais obligé de te demander quand tu as vu Tante Cate, ta propre mère, pour la dernière fois !

Fergus fut dispensé de répondre par l'arrivée du serveur. Logan constata avec surprise que le poisson qu'il croyait avoir commandé était en fait un pâté en croûte maison. S'il ne se rappelait même pas ce qu'il avait commandé, c'était qu'il perdait la tête ! Et tout cela à cause d'une fille qui lui rappelait les biches qu'il surprenait parfois sur le domaine de son grand-père : fine, gracile, tremblante de nervosité, aux grands yeux limpides…

— Et si tu allais droit au but, Fergus ? demanda-t-il d'un ton plus aimable, après avoir goûté le pâté et l'avoir trouvé délicieux.

— As-tu parlé à ta mère récemment ?

Logan haussa les épaules.

— Pas depuis quelques semaines, confirma-t-il.

— Dans ce cas, le fait que tu sois là ce soir n'est qu'une coïncidence ? fit son cousin avec une grimace.

— Je te l'ai déjà… Comment ça, une coïncidence ? Quel rapport entre ma mère et cet endroit ?

Il commençait à soupçonner qu'il n'allait pas aimer la réponse.

Fergus inspira profondément.

— Eh bien, comme je te l'ai dit, je suis allé voir Grand-père et…

Il s'interrompit comme son regard se braquait vers la porte, et soupira :

— Oh non, il ne manquait plus que ça.

Logan se tourna, sa curiosité piquée au vif par le silence qui s'était fait dans le restaurant et les murmures excités des autres clients. Il reconnut aussitôt celle qui venait d'entrer dans la pièce. L'actrice Margaret Fraser.

Au même instant, Darcy sortit en coup de vent de la cuisine, démentant sa théorie selon laquelle les deux amants s'étaient réconciliés. Ses yeux brillaient de larmes et son visage était rouge de colère.

Darcy se dirigea vers la porte sans un regard de côté, mais se figea devant la célèbre actrice.

— *Vous* ! s'exclama-t-elle avec un mépris visible. J'espère que vous êtes contente ! Vous avez ce que vous voulez. Il est à vous !

Et elle sortit du restaurant, claquant la porte derrière elle. Logan tourna un regard médusé vers son cousin.

— Qu'est-ce que…

— Je crois que tu ferais bien de rattraper Darcy.

— Mais…

— Pour une fois dans ta vie, si tu faisais ce qu'on te dit sans rechigner ? Pendant ce temps, je vais m'occuper d'elle, ajouta-t-il en désignant l'actrice du menton.

Même si Margaret Fraser avait paru déstabilisée par la tirade de Darcy, elle s'était ressaisie et poursuivait son chemin, souriant aimablement aux autres clients tandis qu'elle traversait la salle de restaurant, accompagnée de trois amies. Des deux maux — devoir courir après Darcy ou se trouver face à l'actrice volage — Logan préférait encore le premier.

— Logan ! Mon chéri !

Il soupira. Margaret Fraser l'avait repéré. Elle traversa la pièce pour l'envelopper dans une étreinte théâtrale et l'embrasser sur les deux joues.

— Et Fergus ! s'exclama-t-elle en administrant le même traitement à son cousin.

Logan l'étudia d'un œil indifférent. De petite taille, elle arborait une silhouette parfaite, que mettait en valeur une robe noire – couleur de ses longs cheveux – qui avait dû coûter une petite fortune. En dépit de son âge, elle n'avait pas une ride. C'était une très belle femme, cela ne faisait aucun doute. Mais c'était bien la dernière personne que Logan avait envie de voir !

— Il faut que tu partes retrouver Darcy, lui rappela son cousin, une fois qu'il se fut dégagé des bras de l'actrice.

— Darcy ? répéta cette dernière avec un froncement de sourcils.

— La fille qui t'a insultée quand tu es entrée, lui rappela Logan d'un ton narquois.

— Ah, celle-là.

— Et si tu y allais, Logan ? insista Fergus.

Il hésita, puis fit un signe de tête et sortit du restaurant.

Il n'eut pas à chercher longtemps. Darcy était appuyée contre le mur extérieur, son corps gracile agité de sanglots. Et après la scène à laquelle il venait d'assister, Logan était certain que Margaret Fraser jouait un rôle dans cette affaire.

La question était… *lequel* ?

Comment pouvait-il lui faire cela ? Comment ? Et avec cette femme !

D'accord, Margaret Fraser était très belle. Mais elle avait été mariée à deux reprises et avait annoncé ses fiançailles un nombre incalculable de fois ! Comment pouvait-il songer un seul instant à…

— Darcy ?

Elle se pétrifia au son de la voix de Logan, dans son dos. Elle avait été si perturbée, en quittant le restaurant, qu'elle n'avait même pas fait attention à lui. Sa sortie ne semblait pas lui avoir pas échappé, en revanche !

Elle essuya ses larmes du revers de la manche et se retourna vers lui.

— Monsieur McKenzie, fit-elle d'une voix tremblante.

Un sourire compatissant apparut sur les lèvres de son compagnon.

— Ça n'est pas votre soirée, on dirait.

Doux euphémisme. En sus de leur dispute dans le restaurant et de la conversation qui s'en était suivie, il avait en plus fallu qu'elle tombât nez à nez avec sa pire ennemie !

— Tenez, dit Logan en lui tendant un mouchoir.

Darcy lui retourna un sourire vacillant.

— Je viens juste de vous rendre celui que vous m'aviez prêté.

— Je l'ai laissé dans le restaurant. Ce n'est pas grave. Mon cousin me le rendra.

Ainsi donc, l'autre homme était son cousin. Voilà qui expliquait leur ressemblance.

— Prenez-le, insista-t-il. Votre mascara a coulé.

Darcy prit aussitôt le mouchoir et se tamponna les yeux, avant de se rappeler qu'elle ne portait jamais de mascara au travail parce que la chaleur de la cuisine le faisait fondre.

— Très drôle, dit-elle avec un pâle sourire.

— En tout cas, ça a marché. Vous avez déjà l'air d'aller mieux. Quel que soit l'objet de vos soucis, ce ne peut pas être si grave que ça, tout de même ?

— C'est pire ! Vous n'avez pas idée…

Logan leva un sourcil interrogateur, et demanda doucement :

— Vous voulez en parler ?

Le voulait-elle ? D'un côté, non. De l'autre, cela lui ferait sans doute du bien de partager cela avec quelqu'un. Mais Logan McKenzie, un homme qu'elle connaissait à peine, était-il la personne adéquate ?

Probablement pas. Cependant, si elle ne trouvait pas une oreille attentive d'ici peu, elle risquait d'exploser ! De plus, elle n'avait aucune intention de retourner au restaurant ce soir…

Elle soupira lourdement, et prit sa décision.

— Est-ce que vous voulez venir boire un café ?

— Darcy ! s'exclama Logan, faussement choqué. C'est si soudain !

— J'ai juste parlé d'un café, Logan. Je veux dire, monsieur McKenzie.

Elle avait presque oublié, l'espace d'un instant, qu'elle parlait à un client de Chef Simon. Mais étant donné les circonstances, ce formalisme lui paraissait quelque peu excessif…

— Je préfère Logan, répondit l'intéressé, qui partageait apparemment son opinion.

Elle acquiesça, les joues encore brûlantes de confusion.

— Et je pensais aller dans un bar, pas chez moi, ajouta-t-elle pour sa défense.

— Vous ne croyez pas que je suis un peu trop habillé pour un bar ?

Oui, il avait raison. Mais elle ne voulait surtout pas le ramener. La dernière chose qu'elle souhaitait, c'était bien que son père rentre et la trouve en compagnie de Logan McKenzie !

— Nous pourrions aller chez moi ? suggéra son compagnon.

Chez lui ? Cette idée rendit Darcy toute nerveuse.

— Oh, à bien y réfléchir, je ne suis pas sûre que vous serez captivé par mes histoires. Je ferais peut-être bien de rentrer chez moi et de me coucher tôt. Ma mère me disait que les choses paraissent toujours moins sombres après une bonne nuit de sommeil, ajouta-t-elle avec un entrain forcé.

— Et moi, je crois vous l'avoir déjà dit, je pense qu'un problème partagé est un problème à demi résolu. Ma gouvernante n'arrêtait pas de me le répéter.

Sa gouvernante, et non sa mère, nota Darcy. Il venait apparemment d'un milieu aisé où les enfants étaient élevés par des *nannies*. Darcy trouvait l'idée assez triste. Elle-même avait été élevée par une mère attentive et aimante, et chérissait d'autant plus ces souvenirs qu'elle était décédée un an plus tôt.

— Peut-être, reconnut-elle. Mais ma mère m'a toujours déconseillé d'aller chez un homme que je ne connaissais pas bien.

— Ma gouvernante m'a également mis en garde contre les femmes, ironisa Logan en lui attrapant le bras et en hélant un taxi. Pourtant je suis prêt à prendre le risque.

Pour la deuxième fois depuis qu'ils s'étaient rencontrés, et même si elle se sentait d'humeur massacrante, Darcy ne put s'en empêcher : elle se mit à rire.

— Je croyais vous avoir demandé de ne pas faire ça devant moi, soupira Logan.

Elle le dévisagea sans comprendre.

— Faire quoi ?

— Aucune importance, marmonna-t-il en ouvrant la porte du taxi qui venait de s'arrêter devant eux. Allez, montez.

Il s'installa près d'elle, donna son adresse au chauffeur et passa le trajet à regarder à travers la vitre, la mine fermée. Cela suffit à dissuader Darcy d'entamer une quelconque conversation.

Et si l'avertissement de sa mère se révélait juste, après tout ? Si…

— Est-ce que j'ai l'air d'un type qui entraîne des jeunes filles chez lui pour les séduire ? demanda brusquement Logan, tournant vers elle son regard bleu.

Sans raison, Darcy sentit ses yeux s'emplir de larmes. Il s'était montré si gentil, jusqu'alors ! Et maintenant…

— Je suis désolé, soupira-t-il. Je crois que la soirée a été un peu éprouvante pour moi aussi. Mais ce n'est pas une raison pour passer mes nerfs sur vous. Vous me pardonnez ?

Il lui prit la main et, à son grand embarras, Darcy se mit à trembler. Et elle n'était pas dupe des raisons de ce tremblement. Bon sang, il y avait des milliards d'hommes sur terre, pourquoi fallait-il qu'elle fût si troublée par celui-ci ?

Elle arracha presque aussitôt sa main de la sienne et la reposa sur sa cuisse. Malgré cela, la sensation perdura.

— Bien sûr que je vous pardonne, répondit-elle sèchement. Cependant, ce n'était peut-être pas une très bonne idée. Je crois que j'ai déjà assez abusé de votre temps pour aujourd'hui. Après tout, la soirée n'est pas finie, et vous trouverez sans doute un meilleur moyen pour en profiter que de…

— Trop tard, dit-il quand le taxi s'arrêta enfin devant un immeuble.

Darcy n'eut d'autre choix que de descendre. Après avoir réglé la course, Logan la prit de nouveau par le bras et la conduisit à l'intérieur.

Bien qu'habituée au luxe – celui du restaurant et des maisons de leurs clients –, elle fut quelque peu impressionnée lorsqu'un garde somnolent se redressa d'un bond, à leur arrivée, pour aller appeler l'ascenseur. Une profonde moquette bleue s'enfonçait sous leurs pieds à chacun de leurs pas, donnant à l'immense hall un aspect douillet malgré sa surface. Elle ne fut pas surprise, après cela, de découvrir que Logan habitait au dernier étage.

Elle croyait avoir tout vu, mais son appartement la prit de nouveau de court. Elle s'était attendue à une décoration ultra moderne toute de chrome et de cuir, mais elle pénétra dans un salon au luxe discret et chaleureux, loin du clinquant tapageur des demeures qu'elle visitait dans le cadre de son travail. Une bibliothèque d'acajou occupait tout un côté de la pièce, d'impressionnants tableaux étaient accrochés aux murs.

Darcy fut instantanément attirée par l'un d'eux, représentant un cerf qui passait en lisière d'une forêt, avec en fond un château perdu dans la brume.

— C'est un McAllister ! s'exclama-t-elle, admirative.

Inutile de demander si l'œuvre était l'original.

— Je vois que vous vous y connaissez.

— Il est merveilleux…

— C'est l'une des demeures de mon grand-père, expliqua Logan avec un petit hochement de tête. Je vous sers quelque chose à boire ?

Darcy étudia de nouveau le tableau, stupéfaite d'apprendre que le château qui paraissait onduler dans le halo doré de la brume appartenait à sa famille.

— Je… je veux bien un petit whisky, dit-elle enfin.

— Mon grand-père en serait ravi. Il pense qu'on ne peut pas faire confiance à une femme qui ne boit pas de whisky.

Avec un nom comme McKenzie, Logan était sans nul doute écossais. Ce que confirmait l'amour de son grand-père pour le whisky. Malheureusement, au risque de décevoir ce dernier, elle n'en buvait en général jamais. Mais elle sentait, en cet instant, qu'elle avait besoin d'un remontant.

Logan lui tendit son verre, puis se dirigea vers un profond fauteuil.

— Asseyez-vous, je vous en prie.

Darcy s'exécuta, prenant bien soin de choisir le fauteuil le plus éloigné du sien. D'accord, cela manquait peut-être de tact, mais elle ne voulait pas courir le moindre risque. Ils étaient seuls, et elle doutait que le garde obséquieux du rez-de-chaussée viendrait à sa rescousse en cas de problème !

Elle avala une gorgée de whisky, et sentit une brûlure intense tandis que l'alcool passait dans son œsophage. Elle en eut les larmes aux yeux.

— A présent, peut-être allez-vous me dire ce qui vous préoccupe à ce point ? hasarda Logan.

Elle but une autre gorgée de whisky en se rappelant soudain ses problèmes, et déclara avec colère :

— C'est cette femme.

— Margaret Fraser ?

— Oui. Vous l'avez vue ?

— Il est difficile de ne pas la remarquer, observa Logan avec un sourire de dérision. Cependant, je dois vous avouer que je ne comprends pas très bien son rôle dans cette histoire.

Darcy plaça ses mains autour de son verre. Elle regrettait à présent de ne pas avoir choisi une boisson chaude pour lutter contre le froid qui montait en elle.

— Justement, elle n'a pas sa place dans l'histoire, et c'est bien ce qui me rend furieuse !

Logan secoua la tête, un sourire aux lèvres.

— Désolé, mais ce n'est pas beaucoup plus clair.

Darcy soupira.

— C'est pourtant très simple. Le célèbre Chef Simon s'est mis en tête de l'épouser.

Voilà, elle l'avait dit. Pour autant, la chose ne lui paraissait pas plus acceptable que la veille, lorsqu'elle avait appris la nouvelle.

— Il veut épouser Magaret Fraser ? demanda Logan en se redressant dans son siège.

— Evidemment !

— Vous plaisantez ?

— J'ai eu la même réaction quand il m'a fait part de sa décision. Malheureusement, il semble que ce ne soit pas une plaisanterie.

— Mais je… Elle…

— Incroyable, non ? s'emporta Darcy, se levant pour arpenter la pièce. Il l'a rencontrée il y a à peine trois semaines, et voilà qu'il veut l'épouser !

— Trois semaines, répéta Logan, qui semblait désormais pensif.

— Ridicule ! Comment peut-on décider d'épouser quelqu'un que l'on connaît depuis si peu de temps ? Ça n'a aucun sens !

— Il faut croire que ça arrive, murmura son hôte d'un air absent. Mais vous êtes sûre de ce que vous dites, Darcy ? Absolument sûre ?

— Sûre et certaine. Pourquoi croyez-vous qu'elle soit venue ce soir au restaurant ?

— Comme tout le monde, pour manger ?

— Parlons-en… Cette femme picore comme un oiseau, de peur de prendre un gramme.

— Il faut bien qu'elle entretienne cette silhouette de rêve, fit Logan avec un demi-sourire.

— Ne me dites pas que vous la trouvez séduisante, vous aussi, déclara Darcy en le fusillant du regard.

— Non. Je dirais même que je suis sans doute le seul homme à être insensible à ses charmes, physiques ou autres.

— Tant mieux.

Logan se leva et alla se servir un whisky. Il tendit la carafe vers Darcy, puis la reposa quand elle secoua la tête.

— Dites-moi, reprit-il, si par extraordinaire, Margaret Fraser épouse Daniel Simon, qu'adviendra-t-il de vous ?

— Je disparais, évidemment. Je quitte la scène. Vous ne croyez tout de même pas que je vais accepter ça sans réagir ? Il va falloir que je déménage, c'est vrai, mais…

— Vous vivez avec lui ? intervint brusquement Logan.

— Juste pour deux mois. Depuis que j'ai fini l'université, en fait. Ce n'est qu'un arrangement temporaire, en attendant que je commence mon travail en septembre.

— Ah bon ? Je croyais que vous étiez au service de Daniel Simon.

— Ça aussi, c'est temporaire. Je suis puéricultrice de formation.

A présent, l'avenir lui semblait bien trop noir pour y songer.

Logan avait froncé les sourcils. Il eut un geste vague.

— J'avoue que je suis un peu perdu…

Avec un soupir, Darcy expliqua :

— Je travaille chez Chef Simon pour l'été. Oh, ne vous en faites pas, je suis diplômée de l'école hôtelière… Mais j'ai réalisé que je préférais m'occuper d'enfants plutôt que de nourrir leurs parents, et j'ai repris mes études.

— Quel âge avez-vous ?

— Vingt-cinq ans.

Elle savait que Logan, comme beaucoup d'autres, avait dû la croire plus jeune. Ce serait sûrement un atout dans quelques années mais pour le moment, cela ne l'aidait pas à être prise au sérieux…

— Vous êtes donc assez âgée pour prendre vos responsabilités. Je comprends que ce ne soit pas facile pour vous, mais pourquoi restez-vous chez lui alors qu'il vous a annoncé qu'il allait se marier ?

— Mais il n'est pas encore marié, fit-elle valoir, déroutée.

— Et vous comptez attendre patiemment qu'il le soit ? gronda Logan, reposant son verre et marchant sur elle.

— Bien sûr. Je pourrai peut-être le convaincre de changer d'avis. D'ouvrir les yeux.

— Darcy, reprit lentement son compagnon, vous êtes très séduisante et…

— Mais pas autant que Margaret Fraser !

— Au diable Margaret Fraser !

— Parfaitement d'accord avec vous !

— Oh, Darcy…

Et, sans crier gare, Logan se pencha sur elle et l'embrassa.

C'était la dernière chose à laquelle elle s'était attendue, mais elle fut plus surprise encore de s'abandonner à lui, de lui rendre son baiser, d'ouvrir ses lèvres pour laisser celui-ci s'approfondir et devenir plus intime, sensuel. Elle se plaqua contre le corps d'acier de son compagnon, et sentit sa chaleur pénétrer à travers ses vêtements.

Ses cheveux retombèrent sur ses épaules. Logan venait de défaire la barrette qui les retenait sur sa nuque. Ses doigts glissèrent dans ses mèches rousses, leurs langues se mêlèrent. Bien sûr, il n'était pas le premier homme que Darcy embrassait.

Mais il était le premier à l'embrasser comme cela, comme s'ils s'appartenaient l'un à l'autre depuis la nuit des temps.

Ce fut de courte durée. Il s'arracha soudain à elle et la dévisagea avec effarement.

— Mon Dieu, qu'est-ce que je fais ? Je suis désolé, Darcy. Je… je ne voulais pas… C'est juste que… cet homme est assez vieux pour être votre père, bon sang !

Darcy leva vers lui un regard vague. Elle était complètement perdue, et encore la proie de sensations troublantes et délicieuses.

— Quel homme ?

— Daniel Simon, qui d'autre ?

Elle déglutit péniblement, tentant de se rappeler ce qu'elle lui avait dit. Mais après ce baiser, elle était incapable d'aligner deux idées.

— Logan, reprit-elle, je… je ne suis pas sûre de très bien comprendre. Daniel Simon *est* mon père.

Et jusqu'à récemment, ils s'étaient entendus comme les meilleurs amis du monde. Mais sa décision de se remarier si tôt après le décès de sa femme, et avec Margaret Fraser de surcroît, avait profondément bouleversé Darcy.

Logan la dévisageait à présent avec un mélange de stupeur et d'incompréhension qu'en d'autres circonstances elle aurait pu trouver comique. Mais il n'était pas difficile d'en deviner la raison : il trouvait probablement son attitude incroyablement égoïste. Et de fait, sans doute l'était-elle.

Mais voilà : elle ne pouvait s'en empêcher, et était bien résolue à sauver son père de lui-même.

4

Son *père* !

Daniel Simon était le père de Darcy et non, comme Logan l'avait cru, son amant !

Et il avait apparemment annoncé à sa fille son intention d'épouser Margaret Fraser. Une autre surprise, même s'il comprenait à présent que c'était ce dont Fergus avait voulu l'informer.

— Je me rends bien compte que vous devez me trouver égoïste, murmura Darcy. C'est juste que… ma mère est morte l'année dernière. Ils avaient été mariés pendant vingt-huit ans. Nous formions une si belle famille… Je ne comprends pas comment mon père a pu retomber amoureux en si peu de temps.

Son père.

Chaque fois qu'elle prononçait ce mot, Logan retenait une grimace d'embarras. Quel idiot il avait été ! C'était sa faute s'il avait tiré des propos de Darcy les mauvaises conclusions. Encore qu'en toute honnêteté, elle ne lui avait jamais donné son nom de famille, et n'avait jamais fait référence à son père en l'appelant « papa ». A l'inverse, elle n'avait rien dit non plus qui pouvait laisser supposer qu'ils étaient amants. Cette partie-là, il se l'était imaginée.

Le problème, maintenant, c'était de mettre les formes pour annoncer à Darcy que…

— Je crois que je ferais bien d'y aller, dit-elle soudain, évitant son regard. J'ai déjà abusé de votre temps.

— Darcy !

Il l'agrippa par le bras comme elle se détournait.

— Je sais que je suis égoïste ! répéta-t-elle, les yeux noyés de larmes. Mais je… je n'arrive pas à accepter l'idée que cette femme va devenir ma belle-mère !

Logan l'attira à lui et lui caressa doucement les cheveux comme elle se mettait à sangloter dans ses bras. A croire que cela devenait une habitude ! Non qu'il s'en plaignît. C'était juste qu'il n'aimait pas voir Darcy dans un tel état. Il préférait la voir sourire même si, pour une raison qu'elle ignorait, cela mettait en péril son équilibre mental. Elle avait quelque chose qui le troublait profondément, mais il aurait été bien en peine de dire quoi.

Elle avait raison de dire qu'elle ne pouvait se comparer à quelqu'un comme Margaret Fraser. Cette dernière était un oiseau exotique, voyant, haut en couleur, exubérant. Darcy était plutôt comme l'un de ces rouges-gorges qu'il surprenait parfois perchés sur le rebord de sa terrasse. Effacée, discrète, mais tout aussi sublime de perfection.

— Je ne sais pas si cela va vous consoler, murmura-t-il en lui caressant le dos, mais je doute que Margaret Fraser devienne jamais votre belle-mère.

Darcy se redressa, chassa ses larmes d'un revers de manche.

— Mon père a l'air très sûr de lui.

— Et moi, je suis tout aussi sûr qu'il ne l'épousera pas.

Darcy ouvrit les yeux en grand. Ils étaient rouges d'avoir pleuré.

— Comment pouvez-vous en être certain ?

— Croyez-moi, Darcy, je…

La sonnerie de l'Interphone le coupa au beau milieu de sa phrase. Etant donné la façon dont il était parti du restaurant, il était presque sûr qu'il s'agissait de Fergus. Et son cousin était bien la dernière personne qu'il souhaitait voir en cet instant. Enfin, peut-être pas la dernière. Cet honneur revenait à Margaret Fraser !

De plus, inutile d'espérer jouer les absents. Parker avait dû dire à son cousin qu'il venait de rentrer.

— Vous n'êtes pas censé répondre ? demanda Darcy comme l'Interphone sonnait une seconde fois.

— Si, répondit-il à contrecœur.

Mais il ne voulait pas d'un visiteur. Il avait besoin de temps pour parler à Darcy, lui expliquer la situation. Le moment était cependant mal choisi.

— Darcy, demanda-t-il vivement, voulez-vous déjeuner avec moi demain ?

— Pourquoi ?

— Parce que j'ai envie de déjeuner avec vous ! répliqua-t-il avec impatience.

— Mais pourquoi ?

— Dites oui ou dites non, bon sang ! explosa Logan.

— Si vous ne m'invitez que parce que vous avez pitié de moi…

— Je n'ai pas pitié de vous.

Du moins, pas encore. Car si Margaret Fraser devenait sa belle-mère, alors il la plaindrait !

— J'ai juste besoin de vous parler, d'accord ? reprit-il fermement, conscient du fait que Fergus devait s'impatienter.

— Bon, fit-elle avec un demi-sourire. D'accord.

— Parfait. A présent, je vais descendre avec vous, vous mettre dans un taxi et vous renvoyer chez vous. Je compte sur vous pour vous coucher tôt et vous accorder une bonne nuit de sommeil. Comme le disait votre mère, ça ira mieux au réveil.

D'autant plus qu'il avait l'intention de mener sa petite enquête sur cette affaire !

— Effectivement, ça ne peut pas être pire, soupira la jeune femme en pénétrant dans l'ascenseur.

Oh si, ça pouvait être bien pire. Mais il veillait au grain. Il allait tout arranger.

Fergus lui jeta un regard courroucé lorsqu'il déboucha de l'ascenseur. Son cousin ouvrit la bouche pour lui asséner une réplique bien sentie, mais Logan lui coupa l'herbe sous le pied.

— Attends-moi ici, ordonna-t-il, remarquant au passage que Fergus lui avait rapporté le paquet contenant la chemise. Je reviens dans deux minutes. J'accompagne Darcy à son taxi.

Et il sortit du bâtiment avant que Fergus pût faire le moindre commentaire.

Une fois sur le trottoir, Darcy se tourna vers lui avant de monter dans le taxi qu'il venait d'appeler.

— Vous avez vraiment été très gentil, dit-elle presque timidement.

Gentil ? Voilà bien un adjectif que peu de personnes lui attribuaient, songea Logan avec amusement. Mais il n'allait pas se plaindre de l'entendre dans la bouche de Darcy.

— Demain, 12 h 30, lui annonça-t-il rapidement. Chez Romaine. Ça se trouve…

— Je sais où ça se trouve, coupa-t-elle en posant légèrement la main sur son bras. Merci encore pour tout.

Logan regarda le taxi s'éloigner, puis son expression pensive s'effaça pour laisser place à une farouche détermination. Il fit demi-tour et rentra dans l'immeuble.

— Jolie fille, déclara Fergus en lui emboîtant le pas dans l'ascenseur.

Logan le foudroya du regard.

— C'est la fille de Daniel Simon. Mais je suppose que tu le savais déjà, n'est-ce pas ?

Ils entrèrent dans son appartement, et Logan se resservit un nouveau verre de whisky avant d'en donner un à son cousin.

— Merci. Oui, je le savais. Et je crois que ceci est à toi, ajouta Fergus en lui tendant le paquet contenant la chemise.

Logan le prit et le mit de côté sans un mot d'explication. Fergus n'avait pas besoin de tout savoir, après tout.

Son cousin but une gorgée de whisky, puis regarda pensivement son verre.

— Je sais que nous avons été élevés avec ce poison, mais je ne sais pas si nous devrions en boire sur un estomac presque vide.

— Viens, je vais nous faire une omelette. Tu me raconteras pendant que nous mangerons.

Il ne fallut que quelques minutes à Logan pour préparer une omelette et une salade. En célibataire endurci, il avait appris depuis longtemps à se débrouiller tout seul.

Il déposa une assiette fumante devant Fergus, lui coula un regard de biais et demanda :

— Ai-je raison de supposer que ta récente visite à Grand-père a un rapport avec le mariage prochain de Daniel Simon avec ma mère ?

Sa mère. Margaret Fraser. Même si c'était dur à croire – il en doutait parfois lui-même –, l'actrice était sa mère. Et la Tante Meg de Fergus.

Logan savait qu'elle paraissait à peine plus âgée que lui, avec son visage sans rides et sa silhouette de jeune fille. Mais c'était sa mère, il n'y avait pas à en douter, il en avait assez souffert !

Il avait été abasourdi d'apprendre de la bouche de Darcy que Margaret allait épouser Daniel Simon. Sa mère et lui n'avaient jamais été très proches mais elle avait eu la décence, du moins jusqu'à présent, de l'avertir lorsqu'elle se fiançait. Cette fois, il avait été pris complètement au dépourvu. Et il savait que Darcy s'était méprise sur le sens de son silence stupéfait. Il devrait lui avouer la vérité dès le lendemain.

— Tu as tout à fait raison, lui confirma Fergus dans un soupir. Apparemment, elle lui a fait part de ses projets en lui rendant visite le week-end dernier.

— Et parce que nous avons toujours été proches, tu as décidé de me mettre au courant.

Son cousin haussa les épaules.

— Tante Meg te l'aurait dit elle-même. Mais dans ce cas précis, il y avait une petite… complication.

— Darcy.

— Darcy, exactement. Apparemment, elle n'est pas très pressée de voir Tante Meg débarquer dans sa famille.

— Je la comprends, la pauvre ! s'exclama Logan.

Fergus leva sur lui un regard pensif.

— Tu sais que je ne me suis jamais mêlé de ta relation avec ta mère…

— Dans ce cas, ne commence pas maintenant, l'avertit aimablement Logan.

— Je n'en ai pas l'intention.

Logan lui jeta un coup d'œil sceptique.

— Vraiment ?

— Vraiment.

Fergus but un peu du vin blanc qu'ils avaient ouvert pour accompagner leur dîner et reprit :

— Premièrement parce que ça ne sert à rien, et que ça ne regarde que toi.

— C'est exact.

— Et deuxièmement parce qu'il y a plus urgent.

— A quoi fais-tu allusion ?

— Comment vas-tu annoncer à Darcy que tu es le fils de Margaret Fraser ? Je veux dire, sans te faire arracher les yeux tout de suite après ?

Bonne question. Logan se posait exactement la même.

— Parce que je suppose que Darcy ne sait rien de tout ça, pas vrai ?

— Peut-être que si tu n'étais pas arrivé aussi vite…

— Eh, je n'y suis pour rien ! protesta son cousin en levant les deux mains.

Logan sourit. Fergus avait raison. C'était à lui et à lui seul qu'il devait s'en prendre. Il aurait dû dire la vérité à Darcy dès le moment où elle avait prononcé le nom de Margaret Fraser. Mais il avait redouté de lire du ressentiment sur son beau visage… nul doute qu'elle l'aurait associé inconsciemment à sa mère et c'était bien la dernière chose qu'il attendait d'elle.

En même temps, il ne savait pas vraiment ce qu'il attendait d'elle. Il avait désormais moins de vingt-quatre heures pour trouver comment annoncer la vérité à Darcy. Du moins, sans se faire arracher les yeux tout de suite après, comme son cousin Fergus l'en avait menacé…

Elle était en retard, elle le savait. D'au moins quinze minutes. Logan avait peut-être déjà décidé qu'il avait assez attendu ; peut-être était-il même déjà parti. Après la matinée qu'elle venait de passer, ce serait le comble !

Elle avait suivi son conseil en rentrant, la veille, et s'était couchée dès son arrivée. Elle avait été si fatiguée par les émotions de la journée qu'elle n'avait même pas entendu son père rentrer.

Malheureusement, elle ne s'était pas sentie beaucoup mieux au réveil. Le son de la radio, provenant du rez-de-chaussée, lui laissait supposer que son père était déjà debout. Et il y avait fort à parier que Margaret Fraser lui avait parlé de leur « accrochage » dans le restaurant.

Bingo. Son père était furieux lorsqu'elle l'avait rejoint dans la cuisine. Il lui avait reproché d'avoir fait une scène dans le restaurant, et n'avait pas apprécié de s'entendre répliquer que les scènes étaient précisément la spécialité de Margaret Fraser. La dispute qui s'était ensuivie avait été homérique. Darcy avait fini par dire à son père ce qu'il pouvait faire de son travail d'été, et avait annoncé qu'elle chercherait un appartement le jour même.

Cette dispute avait d'autant plus affecté Darcy qu'elle s'était toujours merveilleusement entendue avec son père. Tout ce qui arrivait était la faute de Margaret Fraser !

C'était à cause des complications qu'elle faisait naître dans sa famille qu'elle-même était en retard, en tout cas.

A son grand soulagement, Logan n'avait pas quitté le restaurant. Elle le vit sitôt qu'elle entra. Comme la veille, il était assis près d'une fenêtre. Sauf que beaucoup de choses s'étaient passées depuis !

Il était toujours aussi insolemment séduisant dans un costume gris anthracite. Et à moins qu'elle ne se trompât, il portait la chemise qu'elle lui avait offerte !

Il se leva en la voyant approcher. Tandis qu'elle avançait entre les tables, Darcy vit plusieurs clientes se retourner, sans doute pour voir quel genre de femme un homme aussi beau pouvait attendre. Elles n'auraient sans doute pas parié sur une petite souris comme elle !

— Darcy ! dit-il avec un sourire chaleureux.

Il fit signe au sommelier d'approcher pour lui servir un peu du vin blanc qu'il avait commandé en l'attendant.

— A moins que vous ne travailliez cet après-midi ?

— Non, je suis en congé.

— Vous ne travaillez plus avec votre père ? demanda-t-il, inclinant la tête d'un air interrogateur.

— Nous avons décidé qu'il était préférable que nos chemins se séparent, dans tous les domaines de notre vie. C'est sans doute pour le mieux. Jolie chemise, ajouta-t-elle avec un sourire.

— Merci… Elle est vraiment très belle. Plus que l'ancienne, pour être honnête. Je ne crois pas vous avoir remerciée, d'ailleurs…

Il semblait mal à l'aise. Peut-être parce qu'il n'était pas habitué à recevoir des cadeaux, mais plutôt à en donner.

— Je vous en prie. Qu'est-ce qui vous a décidé à la garder ? interrogea-t-elle en ouvrant le menu et en parcourant la liste des plats.

— Le fait que vous vous soyez apparemment donné beaucoup de mal pour la remplacer.

— Je vois.

— Darcy…

— Vous avez essayé les lasagnes, ici ? demanda-t-elle en le dévisageant par-dessus son menu. Il paraît qu'elles sont délicieuses.

— Darcy, j'essaie de vous parler.

— Ah. Et moi qui croyais que vous m'aviez invitée à déjeuner.

— Je vous ai invitée à déjeuner parce que je veux vous parler.

— Bon, fit Darcy en repliant le menu et en croisant les bras. Allez-y, je vous écoute.

Il parut songeur durant un court instant, puis déclara :

— Vous avez l'air différente, aujourd'hui.

— Vraiment ? répondit-elle d'une voix crispée. Peut-être cela s'explique-t-il par le fait que je suis troublée — parce que mon père et moi ne nous adressons plus la parole ; parce qu'il a décidé d'épouser une femme que je déteste…

Sa voix se brisa légèrement sur la fin de sa phrase, à son grand dam. Elle en avait assez de lui donner l'image d'une femme émotive et immature.

— Ça finira par s'arranger, Darcy, lui dit gentiment Logan, couvrant sa main de la sienne sur la table.

Elle lui jeta un regard froid.

— Vous semblez bien sûr de vous.
— Je le suis.
— Et d'où vous vient cette certitude ?
Il exerça une légère pression sur sa main avant de répondre :
— Du fait que…
— Puis-je prendre votre commande, monsieur ? Madame ?
Le serveur qui venait d'apparaître leur adressa un sourire poli et interrogateur.
— Non, vous ne…, commença Logan avec colère.
Mais il se ressaisit, prit une profonde inspiration et demanda plus calmement à Darcy :
— Vous êtes prête à commander ?
Darcy sourit au serveur pour compenser l'impolitesse de Logan.
— Des lasagnes et une salade verte, s'il vous plaît, annonça-t-elle, sans savoir si elle pourrait manger tout cela.
— Même chose pour moi, déclara son compagnon.
— Aimeriez-vous un peu d'eau pour…
— Oui, non gazeuse, coupa Logan, foudroyant l'innocent serveur du regard.
— Merci bien, ajouta Darcy aimablement.
Le serveur lui retourna un sourire de gratitude et s'éloigna vers la cuisine. Logan retira brusquement sa main de celle de Darcy.
— Je me rends bien compte qu'il y a encore quelques heures, vous étiez serveuse, fit-il valoir avec irritation. Mais devez-vous vraiment vous montrer si aimable avec le personnel ?
Darcy pinça les lèvres et répondit sévèrement :
— Les bonnes manières ne coûtent rien. De plus, je ne vois pas pourquoi je lui gâcherais sa journée sous prétexte que la mienne est un véritable désastre.
— Merci bien, ironisa Logan.
Darcy soupira. Pourquoi se donnait-elle la peine de faire comme si de rien n'était ? Par colère ? Ou parce qu'elle voulait voir jusqu'où Logan pouvait aller dans le mensonge ? Pour cette dernière raison, sans doute. Mais la situation commençait à lui peser.
— Que voulez-vous de moi exactement, Logan ? demanda-t-elle.

Inutile de faire semblant plus longtemps. Ce n'était pas un aimable déjeuner entre deux amis, et ils le savaient tous les deux.

Logan parut dérouté par la question, et l'étudia d'un air méfiant.

— Que voulez-vous dire ?

— Arrêtez de me traiter comme une idiote, soupira-t-elle. Ce que j'aimerais savoir, c'est ce que vous me voulez, vous, le fils de Margaret Fraser.

Elle avait eu peine à en croire ses oreilles lorsque son père, au beau milieu de leur dispute du matin, lui avait révélé l'identité de Logan McKenzie, et lui avait demandé ce que tous deux complotaient. Abasourdie par cette révélation, elle n'avait même pas songé à se défendre contre ces accusations.

Logan McKenzie était donc le fils de… de cette femme ?

Aussi incroyable que cela puisse paraître, c'était pourtant le cas. Même si Margaret Fraser semblait avoir le même âge que Logan !

Et dire qu'elle l'avait trouvé doux et compréhensif, la veille ! Dire qu'elle s'était laissé embrasser… Dire qu'elle l'avait embrassé en retour !

Elle se rendait compte à présent seulement que Logan avait eu de bonnes raisons d'agir ainsi. Il l'avait fait dans l'intérêt de sa mère !

Elle se sentait mortifiée en repensant à tout ce qu'elle lui avait confié. Mais plus encore, elle était en colère. Furieuse, même. C'était la raison pour laquelle elle avait préféré ne pas annuler leur déjeuner. Pour pouvoir lui dire en face ce qu'elle pensait de lui !

— Alors ? insista-t-elle, comme il ne disait toujours rien.

Logan prit une inspiration sifflante, et reconnut :

— Je ne sais pas vraiment quoi dire…

Darcy se hérissa.

— Vous pourriez commencer par vous excuser, non ? Ce que vous espériez faire en me cachant la vérité, je n'en ai aucune idée. Mais quel qu'ait été votre projet, je peux vous dire que vous vous êtes complètement trompé. Rien que vous puissiez dire ou faire ne me convaincra d'accepter ce mariage.

Darcy respirait lourdement, plus furieuse à présent contre Logan que contre son père. Car ce dernier s'était au moins montré honnête avec elle !

Avec un froncement de sourcils, Logan répondit :

— Laissez-moi vous dire que je ne suis pas plus emballé par cette idée de mariage que vous. Jusqu'à ce que vous me l'annonciez, je ne savais même pas que c'était à l'ordre du jour !

Darcy n'en croyait pas un mot. Il défendait sa mère, c'était évident. Et même s'il disait vrai, pourquoi ne pas lui avoir révélé sa véritable identité ? Il en avait eu amplement l'occasion, mais il avait préféré garder le secret.

Il venait cependant d'exprimer clairement son opposition à ce mariage. Et cela ne pouvait vouloir dire qu'une chose.

— Mon père, un simple restaurateur, n'est pas assez bien pour votre mère, c'est ça ?

Elle se rappelait la peinture qu'elle avait vue chez lui, représentant le château familial. L'endroit où Margaret Fraser avait sans doute été élevée.

— Darcy….

— C'est ça, n'est-ce pas ? insista-t-elle en écarquillant les yeux comme l'idée s'imposait à elle. Mais pour qui vous prenez-vous ? Et surtout, quel genre de femme pensez-vous que soit votre mère ? Parce que de mon point de vue, elle n'est rien d'autre que…

— Darcy, l'interrompit-il d'un ton sec comme un coup de fouet. Il n'y a rien que vous puissiez dire sur ma mère que je n'aie déjà pensé moi-même à un moment ou à un autre de ma vie. Ce qui ne signifie pas pour autant que je doive écouter vos insultes à son endroit.

— Dans ce cas, répliqua-t-elle du même ton, vous devez passer votre vie à vous battre ou à vous disputer avec les gens. Parce que je n'ai jamais rencontré personne qui ait un mot gentil à dire sur elle !

— A l'exception de votre père, bien sûr, railla Logan.

— Il s'est juste entiché d'elle. Il s'est laissé avoir par tout ce glamour qui l'entoure.

Elle secoua la tête et ajouta :

— J'espère qu'il va descendre de son petit nuage avant de commettre l'irréparable.

— Oh, j'y veillerai, ne vous inquiétez pas.

Darcy bouillait à présent de colère.

— Oh, je n'en doute pas une seule seconde. Je ne sais pas lequel des deux je méprise le plus, vous ou votre mère !

Elle vit Logan déglutir convulsivement, mais n'aurait su dire sous le coup de quelle émotion. Elle s'en moquait parfaitement, de toute façon.

— J'en ai assez, décréta-t-elle.

Et, jetant sa serviette encore pliée sur la table, elle se pencha pour ramasser son sac.

— Bon appétit, Logan.

Elle se leva pour partir, mais la main de Logan se referma en un étau douloureux sur son poignet.

— Darcy, je suis dans votre camp, lui assura-t-il, posant sur elle son regard bleu.

— Et moi, je ne suis dans aucun camp, répliqua-t-elle. A cause de votre mère, je n'ai même plus d'endroit où aller.

Sa voix s'était faite plus rauque comme elle prenait la pleine mesure de ce qu'elle venait de dire. C'était vrai. Elle n'avait nulle part où aller.

Mais elle ne devait pas pleurer. En tout cas, pas devant Logan. Elle refusait de lui donner cette satisfaction. Et elle avait bien l'intention de ne jamais le revoir !

— Lâchez-moi, ordonna-t-elle froidement, baissant les yeux vers son poignet.

— Et si je refuse ? riposta-t-il doucement.

— Dans ce cas, je serai obligée de vous donner un coup de pied dans le tibia.

Darcy vit l'expression sévère de son compagnon laisser place à de l'incrédulité, puis à ce qui ressemblait fort à de l'amusement. Il devait sans doute trouver sa menace extrêmement puérile.

C'était tout ce qu'il fallait à Darcy pour la convaincre de passer à l'action. Forte de toute l'impuissance rageuse qui la dévorait, elle lança son pied en avant. Le bout de sa chaussure frappa le tibia de Logan et il poussa un grognement de douleur. Il la lâcha pour porter instinctivement une main à sa jambe.

— Au revoir, Logan, fit-elle avec un sourire de satisfaction.

Puis elle tourna les talons et sortit du restaurant, ignorant les regards stupéfaits et curieux braqués sur elle. Leur petit accrochage n'était pas passé inaperçu…

Sa satisfaction retomba cependant comme un soufflé sitôt qu'elle eut passé le coin de la rue. Elle héla un taxi, s'installa à l'intérieur et s'abandonna à une vague de découragement.

Certes, sa fierté était intacte, ses principes et son honneur saufs… mais cela ne remplaçait pas la maison qu'elle avait perdue le matin même.

5

— Elle me déteste, annonça Logan à Fergus, qui venait d'arriver dans son bureau quelques minutes plus tôt.

Son cousin s'assit en face de lui, l'air parfaitement détendu. Il ne semblait guère affecté par la nouvelle.

— Je vois que tu as géré cette affaire avec ton tact habituel, observa-t-il avec une touche d'ironie.

Logan se renfrogna en se remémorant l'épisode du restaurant. Il n'avait pas eu le temps de faire preuve de tact ou de diplomatie. Darcy était arrivée avec une bonne longueur d'avance sur lui, et s'était forgé une opinion qu'elle ne lui avait pas laissé l'occasion de démonter.

Il s'en voulait à présent de ne pas lui avoir dit la vérité plus tôt. Comment n'avait-il pas deviné que son père la lui annoncerait s'il ne le faisait pas le premier ! Pas étonnant que Darcy lui eût paru différente, lorsqu'elle était arrivée au restaurant !

Il jeta un regard noir à Fergus et repartit :

— Je n'ai rien fait du tout. Son père lui avait déjà tout dit. En tout cas, c'est ce que j'en ai déduit.

— Pauvre Logan.

— Et encore, tu ne sais pas tout.

— Raconte-moi, alors. Je suis tout ouie.

Et parce que Logan avait envie de parler, parce qu'il ne savait pas très bien quoi faire pour arranger la situation – ni même s'il devait faire quelque chose –, il raconta à son cousin tout ce qui s'était passé au restaurant.

— Et là, elle m'a donné un coup de pied, conclut-il après quelques minutes.

Jamais il n'avait soupçonné qu'elle mettrait sa menace à exécution. S'il avait appris une chose de sa troisième rencontre avec Darcy, c'était de ne jamais la sous-estimer !

Logan était à ce point perdu dans ses pensées qu'il ne vit pas que son cousin se retenait de rire de toutes ses forces. Il finit par renoncer et laissa libre cours à son hilarité.

— Elle t'a vraiment donné un coup de pied ? demanda-t-il entre deux hoquets. Au beau milieu du restaurant ?

— Plutôt au beau milieu du tibia. Et oui, elle m'a vraiment donné un coup de pied. J'ai même un bleu qui le prouve.

Un magnifique bleu, comme il avait pu le constater en remontant la jambe de son pantalon dans le taxi qui le reconduisait à son bureau…

— Figure-toi que je commence à bien l'aimer, ta Darcy, dit Fergus en avisant l'expression meurtrière de son cousin.

— Ce n'est pas *ma* Darcy.

De fait, Logan n'était pas sûr de la revoir un jour. Ni même qu'elle lui adresserait la parole le jour venu !

Dommage. Il se rappelait encore le plaisir qu'il avait éprouvé à la tenir dans ses bras, la veille, à l'embrasser…

« Oublie-la », se morigéna-t-il aussitôt. Trop de complications étaient liées à Darcy Simon.

— Et maintenant, que comptes-tu faire ? demanda Fergus comme s'il avait lu dans ses pensées.

Logan resta pensif pendant quelques secondes, puis déclara lentement :

— Je vais devoir parler à ma mère.

Son cousin lui décocha un regard surpris.

— Tu crois que ça servira à quelque chose ?

— Probablement pas, non. Mais je me sentirai peut-être mieux après. Elle joue avec la vie de gens bien, tu sais.

Il marqua une pause avant d'ajouter :

— Daniel Simon est veuf depuis peu. Je ne crois pas qu'il ait besoin de quelqu'un comme ma mère.

— Hmm… Je me demande si…

Fergus s'interrompit lorsque l'on frappa deux coups à la porte. Le battant s'ouvrit et…

Tiens, en parlant du loup… Logan plissa les yeux en voyant sa mère entrer dans son bureau, aussi ravissante qu'à l'accoutumée dans un tailleur noir et une chemise rouge vif.

— Karen m'a dit que tu étais là-dedans avec Fergus, annonça-t-elle, refermant la porte derrière elle.

Fergus s'était levé à l'entrée de sa tante, et jeta un regard de reproches à Logan, qui était resté confortablement assis.

— Je m'apprêtais justement à aller voir Brice, annonça-t-il.

Il se dirigea vers la porte, embrassa Margaret sur la joue et fit un signe de la main à son cousin.

— A plus tard, Logan. Au revoir, Tante Meg.

Logan ignora l'œillade appuyée de Fergus. Il n'avait aucune intention de se montrer tendre avec sa mère.

— Arrête de faire la tête, Logan, fit cette dernière avec irritation, une fois qu'ils se retrouvèrent seuls. Je sais que tu ne t'attendais pas à ma visite, mais j'ai un conseil à te demander.

— Un conseil ? répéta-t-il avec incrédulité. Tu es sûre que je suis la personne adéquate ?

C'était bien la dernière chose à laquelle il s'était attendu. Le simple fait de voir sa mère était en soi inhabituel. Quand ils se rencontraient, c'était en général par accident. Comme la veille au soir au restaurant.

Margaret soupira, prit place dans le fauteuil de cuir que Fergus venait d'abandonner et croisa ses jambes fuselées.

— Tu as l'air d'être en assez bons termes avec Darcy…

— Inexact : j'étais en assez bons termes avec elle, coupa Logan, qui portait encore les stigmates physiques de leur inimitié. Jusqu'à ce qu'elle découvre que je suis ton fils. Ou, devrais-je dire, que tu es ma mère ? Enfin, je suppose que c'est la même chose. Le résultat, c'est que Darcy ne me considère plus comme un ami.

— Je vois, murmura Margaret, dont le visage s'affaissa brusquement. Qu'est-ce que je dois faire, Logan ?

Il ne put cacher sa surprise. C'était bien la première fois qu'elle lui demandait conseil !

— Qu'est-ce que tu dois faire à quel sujet ? demanda-t-il nerveusement.

— Au sujet de Darcy, évidemment. Ne sois pas si obtus, Logan. Je suppose que tu sais que je dois épouser Daniel Simon. Le père de Darcy.

— Oui, quelqu'un a mentionné cette information, répondit-il avec ironie.

Margaret s'empourpra de colère.

— Si tu faisais preuve d'un semblant d'intérêt pour ma vie, je te l'aurais dit moi-même ! Mais comme c'est loin d'être le cas…

Elle inspira profondément et se tut.

— Tu n'avais pas l'air de connaître Darcy, hier soir, déclara Logan.

— Parce que nous ne nous étions jamais rencontrées. Et je n'ai pas voulu faire une scène dans le restaurant. Vois-tu, il se trouve que Darcy n'est pas très favorable à ce mariage…

— Je me demande pourquoi, ne put s'empêcher de railler Logan.

Sa mère lui jeta un regard pensif, puis eut un pâle sourire.

— Tu sais, Logan, autrefois tu étais un petit garçon adorable. Que s'est-il passé pour que tu changes comme ça ?

Logan réalisa, à son expression de sincère incompréhension, qu'elle attendait vraiment une réponse. Il n'en croyait pas ses oreilles !

— La vie, maman, répondit-il, amer. La tienne, ajouta-t-il presque cruellement.

Margaret secoua la tête.

— Je n'arrive pas à croire qu'après toutes ces années… Je veux dire, c'est vrai, j'ai commis des erreurs mais…

— Des erreurs ?

Logan se leva brusquement et se dirigea vers la machine à

café posée sur un meuble de rangement. Il s'en servit une tasse fumante et lança un regard accusateur à sa mère.

— Ta vie ressemble à un parcours de montagnes russes ! Et après la mort de papa, alors que j'étais encore trop petit pour avoir mon mot à dire, tu m'as entraîné avec toi !

Le regard de sa mère, à sa stupeur, s'emplit de larmes. Elle lui parut soudain toute petite, vulnérable, fragile. Etrange, il ne l'avait jamais vue sous ce jour…

Non ! Il ne devait pas se laisser attendrir. Elle était une actrice consommée, et avait vécu de ce talent pendant les trente dernières années. Il n'allait pas tomber dans un piège aussi grossier.

— Je sais que je n'ai pas été une mère parfaite après la mort de ton père, murmura Margaret d'une voix enrouée par l'émotion. Mais il me manquait tellement…

— Figure-toi qu'il me manquait aussi.

— Je sais. Je sais, Logan, insista-t-elle comme il s'apprêtait à protester. Mais ce n'est pas la même chose. J'ai perdu l'homme que j'aimais. J'étais perdue moi-même, je ne savais plus que faire. Il est vrai que j'ai commis une erreur en me remariant. Mais j'étais seule et… et il n'y a rien que je puisse dire ou faire qui me fera pardonner, j'en ai bien conscience. A présent, c'est vers l'avenir qu'il nous faut regarder.

Logan baissa les yeux sur sa mère, quelque peu perplexe. C'était un rôle tout nouveau pour elle. Jamais elle ne lui avait parlé de cette façon. Et il n'était pas très sûr de savoir comment réagir devant cette attitude inédite.

— De quel avenir parlons-nous ? rétorqua-t-il. Du tien ou du mien ?

Cette fois, Margaret soutint son regard sans ciller.

— J'aime Daniel Simon, déclara-t-elle. C'est le premier homme que j'aime depuis la mort de ton père. Et je souhaiterais l'épouser.

— D'après ce qu'on m'a dit, c'est exactement ce que tu vas faire, non ?

Sa mère secoua la tête.

— Non, pas sans l'approbation de Darcy.

Logan eut un sourire noir.

— A l'en croire, dit-il, — et je ne te répète pas ses mots exacts — ça n'arrivera que quand les poules auront des dents.

— Oui, je sais.

De nouveau, Logan fixa sa mère longuement. Elle paraissait sincèrement affectée. Etait-il possible qu'elle ait vraiment des ennuis ? Vraiment besoin de lui ?

— Allons, ma chère mère, ne me dis pas que tu n'as pas les moyens de convaincre Daniel Simon de t'épouser, que sa fille soit d'accord ou pas !

Car Dieu sait que peu d'hommes pouvaient résister au charme vénéneux de Margaret Fraser !

— Tu ne comprends vraiment rien, n'est-ce pas, Logan ? demanda cette dernière, tournant vers lui de grands yeux tristes. Daniel voudrait que nous nous mariions pour s'occuper seulement ensuite de Darcy. C'est moi qui refuse de l'épouser contre l'avis de sa fille. Je n'ai pas envie de commencer notre vie commune sous de tels auspices.

Logan était à présent dérouté. Etait-il possible que sa mère fût vraiment amoureuse de Daniel Simon ? Qu'elle mît le bonheur de quelqu'un d'autre avant le sien ? Ce serait bien la première fois !

Margaret, apparemment amusée par son expression abasourdie, eut un timide sourire.

— Ce n'est pas exactement l'image que tu as de moi, n'est-ce pas, Logan ? Si nous avions été plus proches, au cours des dernières années…

— Comme tu le sais, je méprisais Malcom Slater, l'homme que tu as choisi pour remplacer papa. C'est vrai que j'ai préféré vivre avec Grand-père plutôt qu'avec toi et lui.

— J'en suis venue moi aussi à mépriser Malcom.

— Vraiment ?

— Vraiment. Et sais-tu pourquoi ? Parce que je me suis rendu compte que ces cinq années de mariage avec lui m'avaient fait perdre mon bien le plus précieux : mon fils. Pourquoi crois-tu que j'accorde tant d'importance aux sentiments de Darcy ? Parce que je sais ce que c'est que de voir son enfant s'éloigner, devenir un étranger. C'est ce qui m'est arrivé. Et même s'il est trop tard pour réparer ça, je ne veux pas infliger la même chose à Daniel et Darcy.

Logan la fixa bouche bée, se demandant s'il était possible qu'il se fût trompé sur son compte au cours des dernières années.

Margaret posa sur lui un regard bleu et déterminé.

— J'ai besoin de ton aide, Logan. J'ai besoin que tu m'aides à persuader Darcy que j'aime son père. Est-ce que tu feras ça pour moi ?

Très bonne question. Sa mère, avec laquelle il n'avait eu presque aucun rapport depuis des années, lui demandait soudain d'accepter le rôle de champion de sa cause — exactement ce que Darcy l'avait accusé d'être le jour même.

Voulait-il, après cela, assumer ce rôle ? Pouvait-il croire que les bonnes intentions de sa mère étaient sincères ?

Plus important encore : Darcy accepterait-elle de lui adresser la parole de nouveau ?

— Téléphone pour toi, Darcy ! lança sa grand-mère depuis le bas de l'escalier.

Un coup de téléphone ? Pour elle ? Mais personne ne savait qu'elle se trouvait là à part son père. Et encore, ce dernier n'était au courant que parce que sa grand-mère s'était sentie obligée de le lui dire.

Ce n'était qu'une disposition temporaire, car Darcy avait trouvé un appartement à louer plus tôt dans la journée. Malheureusement, son actuel occupant ne libérait les lieux que la semaine suivante.

Elle descendit en courant et décrocha le combiné dans le hall d'entrée.

— Allô ! fit-elle avec méfiance.

— Darcy, répondit la voix de Logan McKenzie. J'ai eu beaucoup de mal à vous retrouver.

Elle se crispa instantanément, et repartit sèchement :

— Que me voulez-vous, au juste ?

— Je pensais que vous aimeriez savoir que je suis à l'hôpital avec un tibia cassé.

— Quoi ? s'exclama-t-elle, horrifiée, se rappelant la force avec laquelle elle l'avait frappé.

— Ç'aura eu le mérite de retenir votre attention, gloussa son interlocuteur. Bon, j'ai peut-être un peu… exagéré.

— Dans quelle mesure ?

— Eh bien, je ne suis pas à l'hôpital. Et je n'ai pas le tibia cassé.

— En résumé, vous avez menti !

— Ce n'est pas beau de traiter quelqu'un de menteur, déclara-t-il d'un ton sentencieux.

— Logan, soupira-t-elle en se pinçant l'arête du nez, qu'est-ce que vous voulez, au juste ?

— Dîner avec vous ce soir.

Elle fut quelque peu prise de court par une invitation aussi inattendue.

— Pourquoi ça ?

— On peut dire que vous êtes vraiment d'un naturel soupçonneux ! Et pourquoi pas ?

Les raisons étaient trop nombreuses pour les lui donner toutes. Et elle ne pouvait pas lui avouer certaines d'entre elles ! Par exemple qu'elle le trouvait dangereusement séduisant. Ou qu'elle ne voulait pas risquer un nouveau baiser.

— Allons, Darcy, insista-t-il comme elle ne répondait rien. Ce n'est qu'un dîner.

En apparence ! Mais quelle manigance avait-il échafaudée derrière cette invitation ? Parce qu'elle était sûre qu'en temps normal — c'est-à-dire, si son père n'avait pas pour projet d'épouser la mère de Logan — celui-ci ne se donnerait pas la peine de l'inviter à dîner !

— Ecoutez, mon père est un adulte parfaitement responsable, capable de faire ses choix sans que j'aie mon mot à dire.

— Ah bon ?

— Oui !

Darcy eut un pincement de douleur en songeant qu'elle n'avait pas parlé à son père depuis deux jours. Très exactement depuis qu'elle avait récupéré toutes ses affaires et claqué la porte. Et qui était responsable de cette situation ? La mère de Logan !

— Je ne vois pas où est le problème, reprit son compagnon au bout du fil. Vous avez obtenu ce que vous vouliez, après tout…

— Que voulez-vous dire ?

— Que ma mère a rompu ses fiançailles avec votre père.

— Elle a quoi ? hoqueta Darcy, se laissant tomber sur une chaise.

— Oui, tout est fini, l'informa joyeusement Logan. Ma mère a rompu leurs fiançailles hier.

— Mais pourquoi ?

— Quelle importance ? C'est bien ce que vous vouliez, non ?

Certes, Darcy n'avait pas été favorable à ce mariage. Mais elle ne tirerait aucune satisfaction de cette nouvelle tant qu'elle ne connaîtrait pas les raisons de cette rupture. Si c'était d'un accord mutuel que son père et l'actrice s'étaient séparés, réalisant qu'ils avaient tous les deux commis une erreur, alors parfait. Mais s'il y avait une autre raison – comme ses propres objections à ce mariage –, dans ce cas, rien n'allait plus. Et si c'était Margaret Fraser qui avait rompu les fiançailles, dans quel état son père se trouvait-il à présent ?

— Je dois vous avouer que je m'attendais à un peu plus d'enthousiasme de votre part, reprit Logan.

De l'enthousiasme ? Comment pouvait-elle en éprouver si son père était malheureux ? C'était un terrible gâchis. Un gâchis dont elle était responsable !

— Vous vous êtes trompé, Logan. Et si vous croyez que je vais sortir avec vous pour fêter ça…

— Fêter me paraît un mot un peu fort, répondit-il. Surtout que nous ne pouvons plus trinquer aux futurs mariés…

— Comment pouvez-vous être aussi insensible ? coupa-t-elle, furieuse. J'ignore comment se sent votre mère, mais mon père a sans doute le cœur brisé et c'est tout ce que vous…

— Attendez une minute, Darcy. C'est vous qui vouliez qu'ils

rompent ces fiançailles. Et maintenant que vous avez ce que vous vouliez, vous…

— Vous le vouliez tout autant que moi ! se récria-t-elle. C'est vous qui pensiez que Daniel n'était pas assez bien pour votre mère !

— Je ne crois pas avoir jamais dit une chose pareille.

— Mais vous l'avez pensé ! insista Darcy. Et maintenant, il semble que votre mère, avec un petit coup de pouce de votre part, partage cette opinion ! Comment osez-vous…

— Restons-en là, Darcy, fit Logan d'une voix dure.

— Certainement pas ! Vous avez été très clair quant au fait que vous réprouviez cette union et…

— Vous l'avez été tout autant, lui rappela son compagnon. A présent que nous avons eu tous les deux ce que nous voulions, de quoi vous plaignez-vous ? Vous avez gagné, Darcy. Vous avez vaincu le dragon et l'avez mis en fuite.

A ceci près que Darcy n'avait pas l'impression d'avoir remporté la moindre victoire. Certes, son opinion sur Margaret Fraser n'avait pas changé d'un iota. Mais elle venait de comprendre, dans un éclair de lucidité, qu'elle n'avait pas à contester les choix de vie d'autrui. Surtout pas ceux de son père !

— Vous n'êtes qu'une brute insensible ! s'exclama-t-elle avec indignation.

— Parce que je ne fais pas semblant d'être affecté par cette rupture ?

— Parce que vous n'êtes qu'un salaud égoïste !

— Ça veut dire que nous n'allons pas dîner ensemble ce soir ?

— Ni ce soir ni jamais ! A présent, si vous voulez bien m'excuser, je dois sortir.

— Voir votre père ?

— Occupez-vous de vos affaires ! lança-t-elle avant de raccrocher avec force le combiné.

Logan était une brute. Une brute sans cœur. Se moquait-il du fait que sa mère était sans doute aussi triste que Daniel, en ce moment ? Sans doute, oui. Il devait être ravi qu'elle eût rompu avec un homme qu'il considérait comme indigne d'elle.

Eh bien, c'était ce qu'on allait voir…

6

Logan se sentait dans la position d'un meurtrier retournant sur les lieux du crime. Non que le restaurant Chef Simon, avec ses boiseries chaleureuses, son personnel stylé et sa bonne odeur de cuisine, évoquât la violence et la destruction. Néanmoins, Logan eut l'impression, comme il poussait la porte, d'entrer dans une arène.

Une arène qu'il avait contribué à ériger…

Il était certain qu'après leur dernière conversation téléphonique, Darcy le haïssait. Mais il avait eu des raisons de se comporter comme il l'avait fait.

Malgré tout, il n'avait pu s'empêcher de venir dîner là ce soir, ne serait-ce que pour vérifier si Darcy s'était oui ou non réconciliée avec son père. Car cela avait été l'un des buts de son coup de fil de la veille.

— Bonsoir, monsieur McKenzie, fit le maître d'hôtel. Nous sommes ravis de vous revoir.

Evidemment, on se souvenait de lui… C'était la seconde fois qu'il venait cette semaine, et la première s'était conclue par une sortie pour le moins agitée.

— James, dit-il avec un hochement de tête, après avoir lu le nom de son interlocuteur sur son badge. Ma secrétaire a dû vous appeler pour réserver une table.

— En effet. J'ai pris la liberté de vous réserver la même que la dernière fois. Cela vous convient-il ?

— C'est parfait. Et j'essaierai de rester jusqu'au dessert, cette fois, ajouta-t-il avec un sourire d'autodérision.

L'autre balaya ses excuses d'un geste.

— Ce n'est rien. Votre cousin nous a expliqué que vous étiez attendu quelque part en urgence.

Logan prit mentalement note de remercier Fergus.

— Est-ce que Darcy… Mlle Simon est là ce soir ? demanda-t-il avec une indifférence feinte, une fois qu'il se fut installé et eut ouvert le menu.

Pendant un bref instant, le sourire du maître d'hôtel s'effaça. Mais il revint presque aussitôt, encore qu'un peu tendu.

— Elle est là, en effet, monsieur McKenzie. Voulez-vous que je lui dise que…

— Non ! Je veux dire, ce ne sera pas utile, reprit Logan d'un ton plus doux. Je me demandais juste si elle était là. Simple curiosité.

— Désirez-vous boire quelque chose, monsieur McKenzie ?

— Un whisky.

— Eau et glace ?

Logan soupira, sentant un nouvel accès d'impatience – il semblait en avoir de plus en plus – s'emparer de lui. Pourquoi le maître d'hôtel ne le laissait-il pas tranquille ? Il regrettait déjà d'être venu dîner là. D'accord, la cuisine était délicieuse. Mais serait-il capable de l'apprécier, sachant Darcy si près de lui ? Sachant qu'elle lui arracherait sans doute les yeux si elle le découvrait installé dans la salle du restaurant ?

C'était un sentiment auquel il n'était pas habitué. Par le passé, c'était toujours lui qui avait été à l'origine d'une rupture.

A ceci près, corrigea-t-il aussitôt, qu'il n'avait pas eu de liaison avec Darcy !

— Ni eau ni glace, répondit-il enfin.

Cette fois, Logan fit attention à ce qu'il commandait. Du poisson en entrée et un steak en guise de plat principal. Comme il s'y était attendu, les deux étaient délicieux. Mais son esprit refusait de se concentrer sur le repas, et ne cessait de lui représenter diverses scènes toutes plus fictives les unes que les autres derrière la porte de la cuisine : Darcy épluchant les pommes de terre, Darcy remuant une sauce, Darcy affûtant un immense couteau pour la prochaine fois qu'elle le verrait.

C'était ridicule ! songea-t-il aussitôt. Il n'avait rien à se reprocher. Il n'avait fait que dire la vérité à Darcy. Et si elle se trouvait là ce soir, cela signifiait qu'elle s'était réconciliée avec son père. Elle devrait donc lui en être reconnaissante !

Mais il savait très bien, au fond de lui-même, qu'elle n'éprouvait aucune gratitude à son égard. Au contraire, Darcy le prenait pour une brute sans cœur et égoïste, alors qu'il n'était qu'une victime dans toute cette histoire ! Une victime prise entre deux feux — sa mère d'un côté, Darcy de l'autre ! Il…

— Qu'est-ce que vous faites là ?

Complètement perdu dans ses pensées – normal, quand on mangeait seul –, il n'avait pas vu Darcy sortir de la cuisine et passer de table en table pour s'assurer que tout allait bien. Logan reposa doucement ses couverts et leva les yeux vers elle.

— Il est vrai que ce n'est pas exactement ce que j'avais en tête en vous invitant à dîner, reconnut-il, mais il faut bien que je m'en contente.

Darcy portait une jupe noire et une chemise crème stricte, ses cheveux étaient de nouveau noués en queue de cheval, son visage était encore rouge de la chaleur qui régnait dans la cuisine. A moins que ce ne soit de colère ?

Oui, c'était sans doute l'hypothèse la plus probable. Mais si elle était étonnée de le trouver là, il l'avait été tout autant en la voyant surgir à l'improviste. Ils étaient quittes.

— J'espère que vous ne comptez pas faire une autre scène dans le restaurant de votre père, ironisa-t-il en la voyant prendre une profonde inspiration. Deux en une semaine, ça ferait beaucoup. Les clients vont bientôt venir pour l'animation, si ça continue.

Il leva vers elle son regard bleu, et vit qu'elle éprouvait quelques difficultés à dompter sa colère.

— Non, je ne vais pas faire de scène, répondit-elle le plus calmement qu'elle put. Je vous demande simplement ce que vous faites ici.

Sa voix était posée, mais ses yeux lançaient des éclairs.

— Ce que font toutes les autres personnes, répondit Logan, embrassant la salle d'un geste. Je mange !

Il vit Darcy crisper les poings, puis les détendre.

— Mais pourquoi êtes-vous venu précisément dans le restaurant de mon père ? Pour me narguer ?

— Souriez, lui souffla-t-il. Les gens commencent à nous regarder. Ç'a un air de déjà-vu.

— Qu'ils regardent tant qu'ils veulent. Contrairement à ce que mon père et vous semblez croire, je ne suis pas le chat du Cheshire : je ne souris pas sur commande.

Logan l'étudia avec un demi-sourire, et fit valoir :

— Vous savez, avec la couleur de vos cheveux, je vous comparerais à un renard plutôt qu'à un chat.

— Logan…

— Ah, voilà qui est prometteur. Je m'attendais à ce que vous me traitiez de tous les noms, sauf de celui qu'on m'a donné à ma naissance.

Elle se renfrogna, et il se hâta d'ajouter :

— Vous avez quelques minutes ? Voulez-vous vous asseoir et partager un verre de vin avec moi ?

— Partager un verre de vin avec vous ? répéta-t-elle, sur le point d'exploser. Vous plaisantez ? Si je prenais un verre de vin, ce serait pour vous le verser sur la tête !

Voilà qui ressemblait davantage à la Darcy qu'il connaissait. L'air semblait pétiller, comme toutes les fois qu'elle était là, vibrer d'une vie invisible. Avec elle, il ne s'ennuyait jamais.

La chose était déjà extraordinaire en soi. Parce que avec toutes les autres femmes qu'il avait connues, il s'était ennuyé rapidement. Et il sentait confusément que ce ne serait jamais le cas avec Darcy.

— Ce serait gâcher un excellent Borolo, répondit-il en prenant son verre. Vous êtes vraiment sûre que vous n'en voulez pas ?

— Absolument certaine, lui confirma Darcy sans desserrer les dents. Je dois retourner dans la cuisine, à présent. Grâce à votre mère et à vous, je suis complètement débordée.

— Le restaurant a l'air plein, en effet, mais ce n'est pas une raison pour vous plaindre. Ça devrait vous faire plaisir, non ? Et puis, je ne vois pas en quoi ma mère ou moi serions responsables de la situation.

— Vraiment ? rétorqua Darcy, tirant brusquement une chaise pour s'asseoir. Laissez-moi vous expliquer, alors.

Elle se pencha en avant et murmura farouchement :

— Vous avez apparemment demandé à votre mère de rompre ses fiançailles.

— Je…

— Auriez-vous l'amabilité de me laisser finir ?

Logan comprit qu'il ferait mieux d'obéir. La jeune femme avait l'air sur le point d'exploser. Et il n'avait aucune envie de provoquer une nouvelle crise !

— Allez-y.

— Merci, reprit-elle avec un hochement de tête méprisant. Sur votre conseil, donc, votre mère a rompu ses fiançailles avec mon père. Suite à quoi Daniel a décidé qu'il avait besoin d'un break et est parti.

— Vous êtes en train de me dire que votre père ne se trouve pas en cuisine ?

— Exactement.

— Dans ce cas, qui…

Logan s'interrompit. Il venait de comprendre.

— Vous voulez dire que c'est vous qui avez préparé tous ces plats ?

— Quelque chose n'allait pas ? demanda-t-elle en se redressant sur sa chaise, comme offusquée.

— Non, au contraire, répondit-il, sincèrement impressionné.

De fait, son repas avait été excellent. Il n'avait jamais soupçonné que Darcy puisse avoir de tels talents culinaires. Elle lui avait pourtant dit qu'elle travaillait avec son père, mais il l'avait imaginée occupée à des tâches ingrates, comme de peler les légumes ou de nettoyer les casseroles…

Le fait que Daniel Simon fût absent expliquait aussi l'étrange comportement du maître d'hôtel. James et son personnel essayaient apparemment – non sans succès – de donner à la clientèle une illusion de normalité.

— Je vous ai dit que j'avais une formation de cuisinière, lui rappela-t-elle avec raideur.

— Chapeau bas. Vous êtes très douée. J'étais persuadé que c'était votre père qui avait tout préparé.

— Peut-être parce qu'il m'a formée, expliqua-t-elle sèchement.

— Il a fait un très bon travail, en tout cas. Où est-il, en ce moment ?

Darcy se radossa à son siège, et son regard s'assombrit. Sa bouche se mit à trembler légèrement.

— Justement, je ne sais pas. Il ne m'a rien dit. Et je n'ai pas voulu lui demander.

Logan la fixa. Par deux fois, il ouvrit la bouche pour parler, et par deux fois la referma sans avoir prononcé un mot. Ça aussi, c'était « l'effet Darcy ». Elle lui ôtait les mots de la bouche.

Mais pourquoi Logan ne disait-il rien ?

A la surprise que lui avait causée sa présence avait succédé une farouche envie de lui révéler, une nouvelle fois, ce qu'elle pensait de lui. Et maintenant que c'était fait, il se contentait de la dévisager de ce regard bleu impénétrable.

— Pourquoi ne dites-vous rien ? demanda-t-elle brusquement, à court de patience.

— Parce que je ne sais pas quoi dire, confessa son compagnon avec une grimace.

— Ça, c'est une première !

Logan lui jeta un regard réprobateur.

— Ce n'est pas en m'insultant que vous allez arranger les choses, Darcy, la tança-t-il.

— Peut-être, mais ça fait du bien !

— Je n'en doute pas. Pourtant, ce n'est pas ce qui fera revenir votre père. Il est allé panser ses plaies, si vous voulez mon avis.

— Plaies qui lui ont été infligées par Margaret ! s'écria Darcy.

Elle est la première femme qu'il regarde depuis la mort de ma mère, et elle lui a renvoyé son amour à la figure !

— Vous auriez peut-être dû y penser avant de lui lancer votre ultimatum…

— Je n'ai jamais…

— Parce que quitter votre travail et la maison familiale, ce n'est pas un ultimatum ? murmura Logan.

Darcy, jusqu'alors rouge de colère, pâlit brusquement. Le gris ombreux de ses yeux n'en parut que plus intense, plus profond.

— Excusez-moi, fit-elle d'une voix étranglée.

Sans attendre sa réponse, elle se leva et fila dans la cuisine. Ce fut un soulagement d'entendre les doubles portes se refermer derrière elle. Déjà, les larmes inondaient son visage. Le personnel de cuisine l'observa avec stupeur, mais elle leur fit signe de continuer à travailler.

Elle tressaillit en sentant un bras puissant glisser autour de sa taille, la faire pivoter. Une seconde plus tard, elle sanglotait contre une épaule qui lui était presque devenue familière.

— Décidément, ironisa Logan en sortant un mouchoir blanc, ça devient une habitude.

Darcy prit le mouchoir, et ses sanglots s'apaisèrent peu à peu. Elle avait tenté toute la soirée de ne pas penser à son père et aux motifs de sa fuite. Mais elle savait que Logan avait raison. Ce n'était pas seulement vis-à-vis de Margaret qu'il voulait prendre ses distances. C'était aussi vis-à-vis d'elle, sa propre fille !

Et elle n'avait rien trouvé de mieux que d'accabler Logan…

D'accord, il était lui aussi opposé à ce mariage. Mais il était probable qu'il n'avait aucune influence sur sa mère. Non, Margaret Fraser avait sans doute pris sa décision seule.

— Darcy… Oups !

Une serveuse venait d'entrer et se pétrifia en voyant Darcy dans les bras de Logan.

— Désolée de… de déranger, reprit-elle, embarrassée, mais la table dix a tellement aimé la crème d'épinards qu'ils demandent s'ils peuvent en avoir encore un peu.

Logan posa un regard irrité sur la nouvelle venue.

— Allez dire à la table dix que…

— Non, coupa Darcy en se détachant de lui. C'est bon. Il me faut juste cinq minutes.

L'autre acquiesça et sortit. Darcy leva vers Logan un regard encore humide.

— Il faut vraiment que je me remette au travail.

— D'accord. Je vais retourner finir mon dîner. Mais je vous attendrai. Je vous ramènerai chez vous.

Darcy devait bien admettre qu'elle n'était pas enchantée à l'idée de rentrer seule dans une maison vide. Elle avait en effet de nouveau transféré ses affaires chez son père, afin de ne pas avoir à déranger sa grand-mère en rentrant tard du restaurant.

Mais la perspective de rentrer avec Logan la perturbait au moins autant !

— Il n'est pas question de parlementer, Darcy, lui dit-il fermement. Nous devons encore parler de certaines choses.

Elle n'avait pas eu la moindre intention de parlementer, mais de lui opposer un « non » ferme et définitif. Un seul regard à l'expression déterminée de Logan, cependant, lui fit comprendre que le combat était perdu d'avance.

— Je pense que j'aurai fini vers minuit et demi.

— Parfait.

Il tourna les talons et quitta la cuisine. Darcy prit une profonde inspiration, puis pivota vers les quatre aides qui la secondaient tous les soirs.

— Le spectacle est fini, annonça-t-elle. Et nous avons un restaurant à faire tourner.

Elle eut cependant beaucoup de mal à se concentrer sur ce qu'elle faisait pendant le reste de la soirée. Logan ne l'aida pas en revenant dans la cuisine, sitôt son repas terminé, pour s'installer sur un tabouret. Tous les autres employés partirent sur le coup de 23 heures, la laissant ranger et s'occuper des derniers desserts.

Logan ne disait pas un mot, mais Darcy était douloureusement consciente de sa présence.

— Je n'en ai plus pour très longtemps, marmonna-t-elle peu

après minuit, alors que les derniers clients venaient de partir. Il ne me reste plus qu'à faire la caisse.

— Prenez votre temps. Je ne bouge pas d'ici.

C'était bien le problème… Et que feraient-ils une fois que Logan l'aurait raccompagnée ? Il avait affirmé vouloir parler, mais elle ne voyait pas ce qu'ils pouvaient bien avoir à se dire.

C'était en outre avec une dangereuse acuité qu'elle se rappelait la façon dont il l'avait embrassée, trois jours plus tôt.

Et, pire encore, la façon dont elle s'était laissé faire…

7

Logan resta délibérément silencieux durant le trajet jusqu'au domicile des Simon. Darcy devait être fatiguée, il le savait. Des cernes soulignaient ses merveilleux yeux gris, et il se sentit pris d'un soudain accès de colère contre ce père qui imposait un tel rythme de travail à sa fille, et l'abandonnait à de telles responsabilités.

— Je vous fais un café ? proposa-t-elle lorsqu'ils furent arrivés, se dirigeant directement vers la cuisine.

— Non, vous ne me faites pas de café. Vous allez vous asseoir ici — il la poussa légèrement pour l'installer sur un tabouret — pendant que *je* vous prépare du café. Vous avez assez servi les autres pour ce soir. Jamais je n'aurais cru que tenir un restaurant représentait autant de travail.

Darcy eut un sourire las.

— Normalement, il y a deux chefs en cuisine. Mais c'était le jour de congé de David et je ne voulais pas lui demander de revenir exprès.

— Tout ça à cause de votre père, gronda Logan. Ce n'est pas très chic de sa part de vous laisser une telle charge de travail sur les bras. Une déception sentimentale, ce n'est quand même pas le bout du monde !

Il mit la cafetière en marche, après avoir trouvé le café dans un placard, et prit place en face de Darcy. Cette dernière le dévisagea durant quelques longues secondes, puis demanda enfin :

— Vous avez déjà été amoureux, Logan ?

Il tressaillit, incapable de cacher sa surprise face à une question aussi intime. Personne ne lui avait jamais demandé quelque chose d'aussi personnel. Pas même Fergus ou Brice, qu'il considérait pourtant comme des frères !

— Et vous ? répliqua-t-il, sur la défensive.

Darcy sourit. Elle semblait avoir repris des couleurs.

— Une fois, reconnut-elle. Mais je ne crois pas que ça compte.

Logan n'était pas du tout d'accord. D'ailleurs, sa curiosité était piquée. De qui avait-elle été amoureuse ? Cet homme l'avait-il aimée en retour ? Et qu'était-il advenu de lui ?

— J'avais neuf ans, ajouta Darcy avec un sourire malicieux. Et lui dix.

Pour plaisanter ainsi, elle devait se sentir mieux. Logan aurait dû en être satisfait, mais il était troublé par l'étrange pincement de jalousie qui s'était emparé de lui lorsqu'elle avait affirmé avoir été amoureuse.

— Un homme plus âgé, ironisa-t-il pour cacher sa confusion.

— Eh oui. Mais je ne crois pas que ça m'habilite à juger mon père et ce qu'il ressent.

Logan lui-même n'ayant jamais été amoureux, pas même à l'âge de neuf ou dix ans, il n'était pas mieux placé qu'elle pour se prononcer. Même s'il estimait, au fond, que sa mère n'était pas une grosse perte pour Daniel Simon, et que ce dernier ne se porterait sûrement que mieux du fait de cette rupture !

Bien sûr, il n'avait pas été insensible au discours de sa mère, deux jours plus tôt. Mais leur passif était tel, tant d'eau avait coulé sous les ponts, qu'il ne pouvait y croire aveuglément.

— Il s'en remettra, j'en suis sûr, dit-il avec un haussement d'épaules.

— J'aimerais partager votre certitude, fit Darcy avec un regard troublé. Peut-être que si je parlais à votre mère…

— Parler à ma mère ? L'autre soir, vous ne supportiez même pas l'idée de vous trouver dans le même endroit qu'elle.

Darcy se rembrunit.

— Peut-être que je me suis trompée à son sujet. J'ai beaucoup réfléchi, vous savez… Si mon père est vraiment amoureux d'elle, alors…

— Rappelez-vous, coupa Logan, vous avez dit qu'il ne l'aimait pas, que c'était impossible après seulement trois semaines.

Lui-même connaissait sa mère depuis trente-cinq ans, et n'était pas sûr de l'aimer. Il la respectait et la protégerait en cas de besoin, bien sûr, l'aimait-il réellement ? Après tout, l'amour était un sentiment si particulier…

— J'étais persuadée que cette rupture était ce que je souhaitais le plus au monde. Mais maintenant que c'est arrivé… Je ne sais plus.

— Mieux vaut une déception passagère qu'une vie de malheur.

Darcy inclina la tête de côté et lui décocha l'un de ces regards pensifs dont elle avait le secret.

— Vous n'avez jamais été vraiment amoureux, n'est-ce pas ?

— Je ne crois pas que l'amour soit le fondement d'une relation saine et durable, répondit Logan avec un haussement d'épaules.

Darcy eut un sursaut incrédule.

— Vraiment ? Quel est le fondement d'une relation saine et durable, alors ?

— Je suis mal placé pour vous répondre puisque je n'en ai jamais eu.

Sa mère prétendait que son premier mariage avait été heureux, mais Logan était bien trop jeune à la mort de son père pour pouvoir en juger. Il avait donc décidé longtemps auparavant que s'il se mariait — ce qui était fort peu probable — ce ne serait certainement pas sous prétexte qu'il était amoureux ! L'amour rendait vulnérable, vous livrait pieds et poings liés aux caprices de l'autre. Lui-même n'avait aucune intention d'en faire l'expérience !

Le visage de Darcy paraissait s'être voilé, et elle dit d'une voix douce :

— Je trouve ça très triste.

De fait, elle avait l'air triste. Et Logan n'aimait pas l'idée d'en être responsable.

— Eh ! s'exclama-t-il d'un ton enjoué. Nous ne sommes pas

ici pour discuter de mes vues sur le mariage. C'est votre père qui vous préoccupe, vous vous rappelez ?

« Bravo, voilà ce qui s'appelle mettre les pieds dans le plat », se morigéna-t-il en la voyant s'assombrir plus encore. Pourquoi avait-il dit une chose pareille ? Peut-être parce qu'elle s'était mis à poser des questions un peu trop personnelles, des questions auxquelles il n'avait pas envie de répondre…

— J'aimerais vraiment parler à votre mère, dit-elle de nouveau, d'un ton plus résolu.

— Dans quel but ? demanda-t-il prudemment.

— Pour être honnête, je ne sais pas vraiment. C'est drôle, mais je me dis que si nous aimons toutes les deux mon père, ça devrait sans doute créer un lien entre nous, vous ne croyez pas ?

Elle avait fini sa phrase sur une note interrogative, et il haussa les épaules.

— Peut-être. Mais n'oubliez pas que c'est ma mère qui a pris l'initiative de la rupture. Selon moi, ce n'est pas vraiment l'attitude d'une femme amoureuse.

— C'est justement la question. J'ai besoin de savoir pourquoi elle a rompu leurs fiançailles. Si ça a un quelconque rapport avec moi…

— Et même si c'était le cas, que pourriez-vous bien y faire ?

Logan ne savait pas si lui-même devait croire sa mère lorsqu'elle affirmait ne pas vouloir se marier contre l'avis de Darcy. Parce que si elle disait vrai, cela signifiait également qu'elle avait été sincère sur le reste…

— Ma mère n'est pas le genre de femme qui pense beaucoup aux autres, déclara-t-il comme pour s'en convaincre lui-même.

Il n'aimait pas la façon dont Darcy le regardait à présent. Il savait qu'il avait laissé transparaître son amertume vis-à-vis de sa mère. Et il n'était pas sûr de bien comprendre ce qui se passait dans la tête de la jeune femme. Après avoir affirmé détester Margaret, elle demandait à présent à lui parler !

Décidément, les femmes étaient des êtres étranges et incompréhensibles… En tout cas, sa mère et Darcy l'étaient !

La jeune femme continuait de l'étudier avec détermination, et demanda enfin :

— Allez-vous me présenter à votre mère, ou devrai-je me débrouiller toute seule ?

— Pourquoi n'admettez-vous pas tout simplement que c'est fini ?

— Comptez-vous oui ou non me faire rencontrer Margaret ? répéta-t-elle.

Logan se leva brusquement.

— Non, je ne le ferai pas. D'ailleurs, ne vous mêlez pas de ça. Ma mère va reprendre bien tranquillement sa carrière d'actrice, votre père les rênes du restaurant et vous…

— Et moi, je parlerai à votre mère que ça vous plaise ou non !

Logan baissa sur elle un regard furieux. Elle était vraiment la femme la plus têtue qu'il avait jamais rencontrée !

Aussi têtue que lui ?

Probable, reconnut-il tandis que sa colère se dissipait. Et si Darcy était si décidée à parler à sa mère, elle y parviendrait avec ou sans lui. Il préférait que ce soit avec.

— C'est bon, lâcha-t-il, ravalant sa frustration. Je l'appellerai demain et je lui demanderai si elle veut bien vous rencontrer. Ça vous va comme ça ?

En guise de réponse, Darcy fit quelque chose qu'il détestait.

Elle sourit.

— Merci, Logan, dit-elle en se levant et en se dirigeant vers la cafetière à présent pleine. Vous voulez un peu de café ?

— Du café ? demanda-t-il d'une drôle de voix, un peu rauque.

— A moins que vous ne deviez partir ?

Elle était en général épuisée lorsqu'elle rentrait du restaurant, mais une étrange agitation la tenaillait ce soir. Logan, en revanche, paraissait fatigué et soucieux. Elle croyait comprendre pourquoi. Elle avait supposé, jusqu'à ce soir, qu'il considérait Daniel comme indigne de sa mère. Mais ce qu'il avait dit jetait une lumière tout autre sur son attitude. Il semblait qu'il n'aimait pas Margaret. Et Darcy trouvait cela terrible.

Il fit un pas vers elle et la toisa de toute sa hauteur, sourcils froncés.

— Mais qu'avez-vous de si particulier ?

— Pardon ?

— Chaque fois que vous souriez, j'ai envie de vous embrasser.

Cet aveu la prit complètement de court, et elle ne songea même pas à protester lorsqu'il l'attira contre lui. Car s'il avait envie de l'embrasser, elle en avait également envie !

Leurs lèvres se rencontrèrent enfin, leurs corps parurent se fondre en une étreinte farouche, passionnée. Darcy eut un hoquet de stupeur et de plaisir lorsque les mains de Logan se posèrent sur ses seins et se mirent à les pétrir doucement, à travers le tissu de sa chemise.

Sans détacher ses lèvres des siennes, il s'attaqua bientôt à sa boutonnière et découvrit la dentelle de son soutien-gorge. Il le dégrafa d'une seule main, avec une habileté consommée, et révéla ses seins frémissant de désir, leurs extrémités roses et tendues.

Alors seulement il quitta sa bouche et descendit le long de sa gorge, traçant un sillon invisible et brûlant sur sa peau. Au contact de ses lèvres viriles, Darcy se consumait, avait l'impression que l'oxygène se raréfiait. Mais pour rien au monde elle n'aurait voulu qu'il s'arrête.

Du bout de la langue, Logan effleura enfin une aréole teintée de pourpre par le désir. Elle poussa un petit cri et glissa ses deux mains dans ses cheveux, l'attira contre elle, entre ses seins…

— Vous êtes la plus belle femme que j'aie jamais vue…, murmura-t-il.

Ivre de désir, Darcy se demanda confusément si ses jambes allaient la soutenir très longtemps. Elle avait envie de Logan, envie de le sentir nu contre elle…

Mais lorsqu'elle glissa une main sur sa chemise, il tressaillit et parut revenir brusquement à la réalité. Ses doigts se refermèrent sur son poignet et il la repoussa.

Déroutée, Darcy leva vers lui un regard troublé par la passion.

— Je ne crois pas que ce soit une très bonne idée, déclara-t-il d'une voix sourde, se baissant pour ramasser son chemisier.

Il le lui tendit, prenant soin de regarder ailleurs. Darcy le saisit et le passa fébrilement, horrifiée.

Qu'avait-elle fait ? Il n'avait pas fallu à Logan plus de quelques minutes pour la déshabiller à moitié. Seigneur, que devait-il penser d'elle ?

— Je ferais bien d'y aller, reprit son compagnon, passant une main mal assurée dans ses cheveux.

Il marqua une pause, puis ajouta maladroitement :

— Je suis désolé, Darcy.

Elle avait remis son haut, le boutonnait à présent le plus vite possible. Elle ne pouvait se résoudre à affronter le regard de Logan.

— Vous devriez peut-être partir, suggéra-t-elle, les yeux rivés au sol.

— Oui.

Mais il ne bougea pas. Darcy n'avait pas besoin de le regarder pour sentir toute la force de sa présence.

— S'il vous plaît, Logan ! insista-t-elle, se demandant combien de temps encore ses jambes allaient la soutenir.

— Oui, répéta-t-il. Je… je vous appellerai demain. Au sujet de la rencontre avec ma mère, ajouta-t-il comme elle levait enfin les yeux vers lui.

— Oh, bien sûr.

L'espace d'un instant, elle s'était imaginé d'autres raisons plus romantiques.

« Idiote », se morigéna-t-elle. Logan et elle venaient de milieux sociaux différents, vivaient dans des univers différents, et n'avaient été mis en contact que par le hasard. En d'autres circonstances, Logan ne l'aurait jamais regardée.

Elle s'humecta les lèvres, horriblement embarrassée.

— Il serait préférable que j'arrête de sourire, à l'avenir, dit-elle en une misérable tentative pour faire de l'humour et désamorcer la tension qui s'était installée entre eux.

— Oui, répondit Logan comme s'il ne l'avait pas entendue. Je vous appellerai dès que j'aurai eu ma mère.

— D'accord. Je serai au restaurant à partir de 10 heures demain matin.

Son compagnon fronça les sourcils et secoua la tête.

— Ce n'est vraiment pas une vie. A ce rythme, il va falloir que je commande un autre déjeuner au bureau pour pouvoir vous parler en privé.

Etant donné les circonstances, Darcy espérait qu'il n'en ferait rien. Leurs « conversations en privé » semblaient invariablement tourner court.

— Je suis sûre que mon père ne sera pas absent très longtemps, répondit-elle du ton le plus neutre qu'elle put.

— Espérons-le. Vous avez l'air épuisée.

« Epuisée » n'était certainement pas le meilleur mot pour décrire ce qu'elle ressentait en cet instant…

Elle se força à sourire, puis reprit :

— Bon, il ne me reste plus qu'à vous raccompagner à la porte.

Logan acquiesça, la mine sombre. Nul doute qu'il se demandait quelle mouche l'avait piqué de l'embrasser, se dit-elle. Car malgré ce qu'il avait affirmé, elle n'était certainement pas la plus belle femme qu'il avait jamais vue.

Et puisque c'était son sourire qui lui avait fait perdre les pédales, comme elle le lui avait rappelé en plaisantant, elle résolut sérieusement de ne plus lui sourire à l'avenir. A moins d'être prête à en assumer les conséquences !

Logan s'immobilisa sur le seuil et tourna vers elle un regard trouble.

— Fermez la porte après moi. Je ne suis pas ravi à l'idée de vous laisser seule dans cette grande maison.

La perspective qu'il reste à ses côtés paraissant bien plus redoutable à Darcy, elle redressa le menton et répliqua :

— Contrairement à ce que vous semblez vous imaginer, je suis parfaitement capable de prendre soin de moi.

— Après ce que je viens de voir, je n'en dirais pas autant, contra Logan d'une voix rauque.

Furieuse, Darcy planta ses poings sur ses hanches.

— Je suis sûre qu'il y a beaucoup de gens que vos opinions intéressent, Logan, mais je n'en fais pas partie.

— Fermez la porte quand même, d'accord ?

Il s'éloigna et se dirigea dans la nuit vers sa voiture. Sans attendre de le voir monter, Darcy repoussa le battant et s'y adossa avec un soupir.

Comment une chose pareille avait-elle pu arriver ? Non seulement Logan l'avait embrassée — pour la seconde fois ! —, mais il avait bien failli lui faire l'amour, et l'avait touchée à des endroits qu'aucun homme n'avait explorés avant lui !

Le simple fait d'y repenser lui donna envie de se faire toute petite et de rentrer dans un trou de souris. Cela ne lui ressemblait pas. Et elle ne pouvait même pas prétendre avoir été troublée par son sourire, étant donné que Logan ne souriait presque jamais, et riait encore moins !

Peut-être s'était-elle laissé attendrir par la tristesse qu'elle avait perçue dans sa voix quand il avait évoqué sa mère, alors ? Oui, c'était sans doute cela.

Mais elle ne savait pas où elle trouverait le courage de l'affronter de nouveau, le lendemain, surtout en présence de Margaret…

8

Logan n'avait pas la moindre envie d'assister à cette rencontre. Pour une fois, cela n'avait rien à voir avec sa mère… Darcy seule était en cause !

Malgré tout, il avait fait exactement ce que la jeune femme lui avait demandé, et avait appelé Margaret le matin même. Elle avait paru ravie de l'entendre. Logan aurait voulu partager son enthousiasme mais, après une nuit entière sans dormir, il se sentait tendu et irritable. Il avait passé des heures à penser à Darcy, à tenter de déterminer ce qui le troublait tant chez elle. Et le fait de n'avoir pu répondre à la question n'améliorait pas son humeur !

Quant au sourire de Darcy, il ne constituait en rien une excuse pour perdre la tête. Lui-même n'était d'ailleurs pas pris d'une envie d'embrasser toutes les femmes qui lui souriaient !

Mais voilà : elle était différente des autres. Elle n'était ni sophistiquée, ni sûre d'elle, ni arrogante, attributs de certaines — non, de toutes ses petites amies précédentes, corrigea-t-il mentalement.

Pourquoi donc n'arrivait-il pas à se la sortir de la tête ? Pourquoi avait-il éprouvé ce besoin stupide d'aller s'assurer qu'elle allait bien, la veille au restaurant ? Et pour couronner le tout, il lui avait promis d'arranger cette rencontre avec sa mère, ce qui signifiait qu'il allait la revoir !

Il ferma les yeux, mais l'image de Darcy envahit aussitôt son esprit. Cette fille aux cheveux de feu avait, en l'espace d'une semaine, semé le désordre dans sa vie. Elle lui avait également donné un coup de pied dans le tibia, l'avait copieusement insulté et avait menacé de lui verser du vin sur la tête. Voilà qui satisferait sans doute Karen, qui l'avait accusé de mener une vie sans piment.

Pour sa part, cependant, il se serait bien volontiers passé de toute cette agitation.

— Tu fronces les sourcils, Logan, commenta sa mère quand il la conduisit à l'hôtel où tous trois avaient rendez-vous pour prendre le thé. Qu'est-ce qui ne va pas ?

— Tout va bien. Si ce n'est que je n'apprécie pas de me voir entraîné dans les turbulences de ta vie privée.

Surtout après avoir passé ces dernières années à les éviter du mieux qu'il pouvait…

— C'est toi qui as arrangé ce rendez-vous, lui rappela Margaret. Pas moi.

— Parce que Darcy me l'a demandé, c'est tout.

— Hmm… Je t'ai peut-être déjà posé la question, mais vous vous connaissez bien, Darcy et toi ?

Logan lui décocha une œillade glaciale avant de reporter son attention sur la route.

— Pas du tout, répliqua-t-il sèchement, se rappelant malgré lui le contact soyeux de sa peau sous ses lèvres.

Ce fut au tour de sa mère de froncer les sourcils.

— Mais tu m'as dit l'autre jour que vous étiez amis.

— Nous l'étions plus ou moins, en effet. Néanmoins, depuis que tu es entrée en scène, je qualifierais notre relation de « paix armée ».

— C'est pourtant à toi que Darcy a demandé d'organiser cette rencontre, fit valoir Margaret.

— Seulement parce qu'elle n'a pas pu le demander à son père ! rétorqua Logan avec irritation.

Sa mère se rembrunit et hocha la tête.

— J'ai fait souffrir Daniel en rompant nos fiançailles.

— Pourquoi l'avoir fait, dans ce cas ?

— Je n'avais pas le choix, puisque tu as refusé de m'aider.

Logan resserra son emprise sur le volant.

— N'essaie pas de me faire porter le chapeau.

— Ce n'est pas mon but, soupira sa mère, posant fugitivement la main sur son bras. Je te rappelle simplement que je t'ai averti de mes intentions. Daniel n'a pas voulu me faire rencontrer Darcy, et toi non plus… Je n'ai donc pas eu le choix.

— Tu aurais pu faire ce que tu fais d'habitude… Ignorer tout le monde et n'en faire qu'à ta tête, railla Logan.

Margaret lui décocha un regard triste.

— Un jour, j'espère que nous arriverons à parler comme deux adultes. J'ai dit « un jour », ajouta-t-elle comme Logan ouvrait la bouche pour répliquer.

Elle sourit, puis reprit avec entrain :

— Au fait, Daniel m'a dit que Darcy était une jeune fille douce et posée. Qu'en penses-tu ?

Pris de court par la question, Logan ne sut d'abord que répondre. Douce et posée, Darcy ? Seigneur, non ! Fougueuse et passionnée, voilà qui la décrivait mieux, songea-t-il en frottant soudain son tibia.

— J'en pense que tu te forgeras ta propre opinion dans quelques instants, répondit-il en s'engageant dans le parking de l'hôtel.

Darcy les attendait dans le salon de thé, et Logan éprouva un pincement au cœur désormais familier en la voyant. Il la trouvait plus belle toutes les fois qu'il posait les yeux sur elle. Elle portait ce jour-là un pantalon rouge vif et une tunique de soie noire qui renforçaient sa beauté et la finesse de sa silhouette. Elle s'était également maquillée, remarqua-t-il en avisant le brillant de ses lèvres. Bon sang, il avait tellement envie de la prendre dans ses bras pour l'embrasser !

En comparaison, sa mère avait choisi la discrétion : jupe grise et chemisier crème, maquillage bien moins prononcé que d'ordinaire. Logan savait que toutes deux s'étaient habillées ainsi en prévision de leur rencontre. Cela ne l'étonnait pas outre mesure de la part de sa mère, habituée à jouer des rôles toujours différents. Mais la transformation de Darcy le laissait — une fois de plus — sans voix.

Peut-être pourrait-il se contenter de présenter les deux femmes avant de s'éclipser. Il n'était pas sûr de pouvoir rester bien tranquillement assis entre Darcy et sa mère, à échanger des mondanités !

Mais une fois les présentations faites, il n'eut d'autre choix que de prendre place avec elles, et accepta même une tasse de café lorsque le serveur vint prendre leur commande ! Décidément, il se ramollissait…

Après quelques minutes où les deux femmes se regardèrent en chiens de faïence, Logan comprit qu'il lui incombait de briser la glace.

— Vous avez eu du monde à midi ? demanda-t-il à Darcy.

La jeune femme parut heureuse de saisir cette perche, et répondit aussitôt :

— Pas trop, non.

Mais Logan n'était pas certain de la croire, car elle avait l'air fatiguée.

— Vous avez des nouvelles de votre père ?

— Non, murmura-t-elle, coulant un regard furtif vers Margaret.

Elle se demandait visiblement si cette dernière était entrée en contact avec Daniel, mais n'osait pas s'en enquérir. Logan, lui, n'avait pas ce genre de scrupules.

— Et toi ? demanda-t-il en se tournant vers sa mère. Tu as eu de ses nouvelles ?

Sa mère prit son temps avant de répondre, croisant d'abord les jambes et levant sur lui un regard bleu impénétrable.

— Logan, je… Ah, voilà notre thé.

Elle sourit au serveur qui venait de déposer un plateau sur leur table, et proposa :

— Je vous sers ?

— C'est ça, répondit Logan avec agacement. Et pendant ce temps, profites-en pour répondre à ma question. As-tu oui ou non des nouvelles du père de Darcy ?

Etait-ce son imagination, ou la théière s'était-elle mise à trembler dans les mains de sa mère ? Quoi qu'il en fût, cela ne dura pas longtemps, et Margaret se ressaisit bien vite. Mais Logan la connaissait trop bien pour se laisser abuser aussi facilement.

— Alors ? insista-t-il lorsqu'elle lui eut tendu sa tasse de thé.

Sa mère adressa un petit sourire à Darcy.

— Il était déjà comme ça lorsqu'il était enfant, déclara-t-elle. Très obstiné. Il marchait à neuf mois et parlait à…

— C'est bon, coupa Logan, embarrassé. Je suis sûr que Darcy se moque parfaitement de l'âge auquel j'ai marché, parlé, ou fait quoi que ce soit d'autre d'aussi banal.

Margaret leva un sourcil désapprobateur.

— Est-ce un effet de mon imagination ou es-tu un peu irritable, aujourd'hui ?

Irritable ? Il était même plus que cela… Un de ces jours, il allait finir par lui tordre le cou !

— Non, ce n'est pas ton imagination, répondit-il sans desserrer les dents. Comme je te l'ai déjà dit, je n'apprécie pas outre mesure d'être entraîné dans cette histoire !

— Dans ce cas, mon cher Logan, susurra sa mère en posant une main sur son bras, pourquoi ne nous laisses-tu pas seules, Darcy et moi ? Nous savons toutes les deux que tu es un homme occupé, et nous ne t'en tiendrons pas rigueur. Je rentrerai en taxi. En attendant, nous nous débrouillerons sans toi. N'est-ce pas, Darcy ?

Logan se tourna vers la jeune femme. Il n'était là que pour elle et n'appréciait pas de se voir congédier comme un vulgaire garçon de course qui avait terminé son travail !

— Je suis désolée, dit Darcy avec un soupir. Je crois aussi que ce serait pour le mieux. Et vous avez sans doute d'autres choses à faire…

— Très bien.

Logan reposa sèchement sa tasse de café, se leva et, sans un mot, sortit de l'hôtel à grands pas. Voilà ce que c'était que d'essayer de rendre service aux femmes… elles n'avaient aucune gratitude !

Il était si en colère qu'il fit quelques pas dans la rue avant de se souvenir qu'il était venu en voiture, et garé dans le parking de l'hôtel. Cela ne fit qu'accroître sa fureur. Darcy et sa mère étaient en train de mettre sa vie sens dessus dessous, une vie qu'il aimait paisible et ordonnée !

Darcy regarda Logan s'éloigner avec un pincement au cœur. Elle regrettait de l'avoir mis en colère. Et rechignait un peu, elle devait bien l'avouer, à se retrouver seule avec sa mère. Elle savait malgré tout que Logan présent, ni Margaret ni elle n'oseraient parler.

— Ne vous en faites pas pour Logan, intervint celle-ci d'une voix douce. Il est d'un naturel irascible, et il déteste ça. Mon fils aime avoir l'illusion qu'il contrôle tout, voyez-vous. Mais comme je vous l'ai dit, ne vous en faites pas, ses colères ne durent jamais très longtemps.

Il était étrange de parler de Logan avec quelqu'un qui le connaissait si intimement, qui avait changé ses couches et l'avait consolé lorsqu'il avait fait des cauchemars… Et difficile d'imaginer Logan enfant, vulnérable et impuissant…

— Je ne suis pas inquiète, répondit-elle. Juste un peu triste qu'il semble nous en vouloir.

— Oh, je suis habituée, dit Margaret en riant. Il a été en colère contre moi pendant la majeure partie de sa vie, pour une raison ou pour une autre. Mais je comprends que ça vous perturbe, ajouta-t-elle d'un air entendu.

Soupçonnait-elle ce qu'il y avait entre eux ? se demanda Darcy. Et d'ailleurs, qu'y avait-il entre eux ? Elle-même l'ignorait. Mieux valait oublier ce qui s'était passé la veille. C'était un accident sans signification aucune.

Ce qui ne l'avait pas empêchée de mettre un soin tout particulier à la façon dont elle s'était habillée et maquillée pour ce rendez-vous. Elle avait fait de son mieux pour apparaître sous un jour nouveau à Logan, qui ne l'avait vue jusqu'alors qu'épuisée par son travail ou effondrée et en larmes. Elle avait voulu lui montrer qu'elle n'était pas toujours dans ces états extrêmes. A en juger par sa réaction et son départ précipité, elle n'avait pas atteint son but.

Darcy haussa les épaules, opposant à Margaret un visage parfaitement neutre.

— Il a été très gentil avec moi, répondit-elle.

— Hmm, voilà qui ne lui ressemble pas…

Comme la jeune femme fronçait les sourcils, la mère de Logan ajouta :

— Ne vous méprenez pas sur ce que je dis. Logan est quelqu'un de fondamentalement bon, altruiste et généreux. Simplement, il s'efforce de ne pas le montrer.

Darcy ne put s'empêcher de sourire. C'était une parfaite description de Logan. Il était paré de nombreuses qualités, mais détestait les montrer.

— Voilà qui est mieux, dit Margaret, souriant en retour. Tenez, ajouta-t-elle en lui tendant l'assiette de mignardises qui leur avait été apportée avec le café. Prenez un petit gâteau. Nous nous préoccuperons de notre tour de taille demain.

Margaret Fraser n'avait pas de souci à se faire pour son tour de taille. Mais Darcy devait bien admettre qu'elle non plus, et elle prit un éclair au chocolat.

— Nous ne pourrions pas faire ça devant Logan ! reprit Margaret, mordant avec appétit dans un petit mille-feuilles. Impossible de manger ces petites choses sans s'en mettre partout !

Elle s'essuya les lèvres avec sa serviette et ajouta tout de go :

— J'aime votre père, Darcy.

La remarque était si inattendue que Darcy faillit s'étouffer sur sa seconde bouchée. Elles étaient en train de parler tour de taille et gâteaux, et voilà que Margaret lâchait une bombe dans la conversation…

Elle se tourna vers la mère de Logan, qui soutint son regard sans ciller. Ses yeux exprimaient des sentiments d'une profondeur bouleversante. Ce n'était pas là un artefact d'actrice, Darcy le comprit aussitôt. Cette femme aimait sincèrement son père…

Elle s'humecta les lèvres et, après une hésitation, demanda :

— Logan vous a posé une question avant de partir. Savez-vous où se trouve mon père ?

— Oui.

Darcy en fut soulagée.

— C'est tout ce que je voulais savoir.

Un léger sourire étira les lèvres de Margaret. D'un air entendu, elle demanda :

— Vous imaginez Logan se contenter d'une telle réponse ?

— Grands dieux, non ! répondit Darcy.

Toutes deux se mirent à rire, et la jeune femme eut l'impression de partager, fugitivement, une vraie complicité avec la mère de Logan.

— Vous savez, reprit soudain Margaret, si mon fils a ce comportement étrange avec moi, c'est parce que j'ai fait un mariage malheureux…

Darcy leva la main pour l'interrompre.

— Vous n'avez pas à vous justifier.

— Je ne souhaite pas me justifier. Je veux juste que vous compreniez la situation. Logan avait onze ans quand son père est mort, et douze quand je me suis remariée. Vous imaginez donc comment il a accueilli son beau-père, dit Margaret avec un soupir triste. Il a détesté Malcom dès le premier jour. Et je ne me suis pas rendu compte que Malcom le lui rendait bien. C'était une véritable brute. Au point que quand il a eu quatorze ans, Logan m'a annoncé qu'il détestait son beau-père, qu'il me détestait aussi et qu'il partait vivre chez son grand-père en Ecosse. Il m'a fallu plusieurs années avant de comprendre les raisons de son départ. Et à ce moment-là, il était trop tard. Il ne m'a jamais pardonné, depuis.

Darcy n'était pas sûre de vouloir écouter cette confession. Elle avait l'impression d'être indiscrète. Mais une partie d'elle-même brûlait d'envie de mieux connaître Logan. Elle comprenait déjà mieux pourquoi il avait pris soin d'elle. Il avait tellement souffert à cause du remariage d'un de ses parents…

Mais sur cette question de remariage, Darcy n'était à présent plus sûre de rien. Margaret semblait vraiment amoureuse de Daniel et pourtant elle avait rompu leurs fiançailles.

— Ce n'était qu'un enfant, dit-elle dans l'espoir de la consoler.

— L'âge adulte n'y a rien changé, fit Margaret avec un sourire triste. Du point de vue de Logan, je l'ai laissé tomber quand il avait le plus besoin de moi. Et c'est exactement la raison pour laquelle je ne veux pas m'immiscer entre votre père et vous.

Darcy hocha la tête, émue. Mais elle n'était pas, comme Logan à l'époque du remariage de sa mère, une enfant. Elle avait vingt-cinq ans, et n'avait rien à dire dans les choix de vie de son père.

— Daniel m'a dit que si nous nous rencontrions dans des circonstances normales, je vous apprécierais. Il avait raison.

— Il m'avait dit la même chose à votre sujet, reconnut Darcy d'une voix rauque. Et là aussi, il avait raison. Quand vous lui parlerez, pourrez-vous lui dire que…

— Vous pourriez lui dire vous-même.

— Mais… comment ?

— Il est chez moi, confessa Margaret d'un air gêné. Il m'a appelée hier, et il avait l'air tellement déprimé que… que…

— C'est merveilleux, l'interrompit Darcy avec un sourire. Est-ce qu'il sait que nous nous sommes vues ?

— Non, j'ai préféré ne pas lui en parler. J'avais peur qu'il insiste pour venir. Et vous imaginez la réaction de Logan…

Oui, Darcy ne l'imaginait que trop bien. Logan semblait être une véritable bombe à retardement.

— Vous croyez que mon père aura une crise cardiaque si je rentre avec vous ? demanda-t-elle avec une grimace.

— Probablement. Mais il s'en remettra quand il saura que…

Margaret s'interrompit et rougit légèrement.

— Que quoi ?

— Rien, je… je me suis laissé un peu emporter.

— En supposant que j'allais donner ma bénédiction à ce mariage ? Vous l'avez. Je n'aurais d'ailleurs jamais dû m'y opposer, même s'il s'était avéré que vous étiez une vraie harpie. Ce qui n'est pas le cas, se hâta-t-elle d'ajouter.

— J'aimerais que vous puissiez en convaincre Logan, murmura Margaret.

Logan…

Darcy se demandait comment il allait réagir en apprenant que sa mère et elle s'étaient réconciliées.

9

Logan se demanda pour la centième fois ce qu'il venait faire au restaurant Chef Simon. Il était 11 h 30, l'endroit n'était même pas encore ouvert.

Lorsqu'il avait quitté sa mère et Darcy, la veille, il se trouvait dans un tel état de colère qu'il s'était juré de ne plus leur adresser la parole avant longtemps.

Mais comme les heures passaient sans qu'il eût la moindre nouvelle, sa fureur s'était changée en curiosité. Les deux femmes s'étaient-elles crêpé le chignon, ou avaient-elles fini par signer une trêve ? Que Darcy détestât sa mère, il le comprenait. Mais comment Margaret pouvait-elle ne pas aimer Darcy ? La jeune femme était adorable. Si du moins on exceptait sa tendance fâcheuse à donner des coups de pied.

Logan soupira et se passa une main dans les cheveux. La vie à proximité de Darcy, décidément, était loin d'être ennuyeuse.

En tout cas, si les deux femmes s'étaient réconciliées et avaient fait un pacte, Logan voulait en connaître la teneur exacte. Il n'accepterait pas d'être tenu à l'écart, d'autant plus qu'il était l'artisan de leur rencontre.

Il n'était cependant pas curieux au point de vouloir revoir sa mère immédiatement. Il était donc venu au restaurant dans l'espoir d'entendre la version de Darcy. Il savait qu'à cette heure, il la trouverait en cuisine.

De fait, il vit quelqu'un se déplacer derrière les vitres dépolies du restaurant, une personne qu'il ne put identifier. De toute façon, il avait assez attendu…

Prenant son courage à deux mains, il frappa. Personne ne répondit et, après quelques instants, il frappa de nouveau, plus fort, impatiemment. Cette fois, il y eut un bruit de pas, puis une clé tourna dans la serrure. La porte s'ouvrit enfin.

— Je suis désolé, mais nous n'ouvrons pas avant… *Vous* !

Le sourire poli de Daniel Simon s'effaça lorsqu'il reconnut leur visiteur pour laisser place à une expression d'incrédulité.

Une incrédulité partagée par Logan. Il s'était attendu à voir Darcy, ou peut-être l'une des serveuses, mais certainement pas Daniel Simon !

— Alors comme ça, vous êtes de retour ? lança-t-il d'un ton grinçant.

— Comme vous le voyez.

— Ce n'est pas trop tôt, reprit Logan plus durement. Darcy a été débordée pendant votre absence.

— Je crois que cela ne regarde que ma fille et moi, fit valoir le chef d'un ton pincé.

— Je ne suis pas d'accord. Vous…

— Logan, coupa son interlocuteur, que voulez-vous, au juste ?

L'intéressé inspira une longue goulée d'air. Il n'avait pas pensé être confronté à Daniel Simon. Mais un tel détail ne le détournerait pas du but de sa visite.

— Je veux parler à Darcy, déclara-t-il abruptement.

Daniel Simon acquiesça et ouvrit plus largement la porte. Logan pénétra dans le restaurant désert et étrangement silencieux.

— Elle est en cuisine. Oh, Logan, l'interpella le maître des lieux comme il se dirigeait là-bas.

Logan s'immobilisa, pivota et s'enquit d'un ton de défi :

— Oui ?

L'expression de Daniel Simon s'était adoucie.

— Ne dites rien qui pourrait la troubler, d'accord ?

— Rien qui pourrait la troubler ? explosa Logan. Rappelez-moi une chose : n'est-ce pas vous qui avez annoncé il y a deux jours que vous alliez vous remarier ? N'est-ce pas vous, également…

— Logan, coupa Daniel, une nouvelle fois, cette histoire est entre ma fille et moi. Mais puisque nous parlons de votre mère…

— Nous ne parlions pas de ma mère ! riposta Logan, les poings serrés.

Il commençait à maudire le jour où il avait fait appel à Daniel Simon pour s'occuper de ses repas d'affaires ! Depuis, il allait de Charybde en Scylla.

— Si, justement, nous parlions d'elle. Vous ne croyez pas qu'il est temps que vous la laissiez vivre sa vie ? Que vous arrêtiez de lui en vouloir sous prétexte qu'elle a fait une erreur en se remariant avec ce type ?

Logan crispa la mâchoire, furieux. Comment sa mère osait-elle parler de lui avec cet homme ?

— Je crois que c'est une affaire qui ne regarde que ma mère et moi ! répliqua-t-il avec une ironie cinglante.

Puis, sans attendre sa réponse, il poussa les doubles portes de la cuisine. Elles se refermèrent avec un chuintement derrière lui et Darcy, qui lui tournait le dos, demanda :

— Est-ce que tu peux me passer les œufs dans le Frigidaire ?

Logan repéra un grand réfrigérateur non loin de la porte, et n'eut pas de mal à y trouver une boîte d'une douzaine d'œufs, qu'il déposa à côté de Darcy.

— Merci. Je…

Elle tressaillit en l'apercevant, et porta une main à son cœur.

— Oh, vous m'avez fait peur. Désolée, je croyais que c'était mon père.

— Pas vraiment, non, répondit Logan d'un ton sardonique. Quand est-il rentré, au juste ?

— La nuit dernière, répondit la jeune femme, visiblement embarrassée. Je… Ça vous ennuie si je continue à préparer ça ? reprit-elle en indiquant une émulsion dans une casserole.

Il acquiesça, tentant de lire dans son regard ce qu'il voulait savoir. Ce fut en vain. Le retour de Daniel Simon, de plus, ne voulait pas dire que tous les problèmes étaient réglés. S'il voulait satisfaire sa curiosité, Logan comprit qu'il n'avait pas d'autre choix que d'interroger Darcy.

— Votre père est de retour pour de bon ? Ou seulement en attendant que quelqu'un puisse le remplacer ?

Darcy ne fut visiblement pas dupe du sens de sa question, car elle lui glissa un regard de biais avant de reporter son attention sur son mélange. Mais quand diable le mettrait-on au courant de ce qui se passait ?

La jeune femme prit sa casserole, la mit sur un brûleur à feu doux et y ajouta quelques ingrédients avant de mélanger l'ensemble. Une délicieuse odeur de beurre citronné vint chatouiller les narines de Logan.

— Pourquoi ne demandez-vous pas franchement ce que vous voulez savoir ? dit-elle à voix haute.

Peut-être parce que après avoir été accueilli, contre toute attente, par Daniel Simon, il ne le savait plus très bien lui-même !

Il posa sur Darcy un regard ironique.

— Et que pensez-vous que je veuille savoir ? interrogea-t-il dans l'espoir qu'elle répondrait à la question à sa place.

— Si votre mère et moi avons réussi à finir la journée sans nous arracher mutuellement les yeux.

— Et ? fit-il en s'adossant à un placard, bras croisés sur la poitrine.

De nouveau, Darcy lui coula un regard de biais.

— Et je suis heureuse de vous dire que personne n'a été blessé, lui apprit-elle enfin.

A part sa propre fierté, songea Logan. Il n'avait en effet toujours pas digéré la façon dont il avait été congédié, la veille.

Il acquiesça brusquement, cette même fierté l'empêchant de poser davantage de questions sur le sujet.

— Et votre père ? Où était-il parti ?

— Je n'ai pas demandé, répliqua Darcy, se remettant à touiller doucement son mélange.

— Vous ne… Pourquoi pas ?

S'il avait été à sa place, c'était bien la première chose qu'il aurait voulu savoir !

Mais Darcy haussa les épaules.

— Parce que ça ne me regarde pas.

Apparemment satisfaite par la consistance de sa préparation, elle l'ôta du feu pour la laisser refroidir. Logan n'était pas d'accord avec elle, mais un coup d'œil à son expression décidée le dissuada de protester. Darcy, ainsi qu'il l'avait appris à ses dépens, pouvait se montrer effroyablement têtue.

Il prit une profonde inspiration et se força à sourire.

— D'accord. Essayons sous un autre angle…

Une sonnerie retentit alors dans son dos, le faisant sursauter.

— Mais qu'est-ce que…

— Excusez-moi, dit Darcy en le dépassant pour aller ouvrir le four, dans lequel reposaient une douzaine de petites pâtisseries dorées. Ah, c'est parfait.

Logan fronça les sourcils en la regardant sortir les gâteaux du four.

— Vous préparez tous les desserts ici ?

La jeune femme lui retourna un regard scandalisé.

— Evidemment, qu'est-ce que vous croyez ? Aucun chef digne de ce nom n'achète ses pâtisseries à l'extérieur !

Même si Darcy avait en définitive opté pour une autre carrière, il était évident qu'elle avait l'étoffe d'une excellente cuisinière. Si l'on ajoutait à cette qualité son immense loyauté et sa personnalité attachante, on obtenait une merveilleuse épouse pour l'homme qui aurait la chance de…

Mais d'où lui venait une idée pareille ? se demanda-t-il brusquement. Que lui importait le genre d'épouse que serait Darcy ?

— Vous voulez bien m'excuser un instant pendant que je bats les œufs en neige ?

Sans attendre sa réponse, elle mit son batteur électrique en marche, rendant toute conversation impossible. Mais Logan s'en moquait. Il était encore sous le choc de la tournure prise par ses pensées.

Il n'était venu que pour s'assurer que Darcy allait bien après sa rencontre avec sa mère. Voilà, il était rassuré. Il n'avait aucune raison de s'attarder davantage, malgré les mille questions qu'il brûlait de lui poser.

— Et voilà !

Le silence retomba dans la cuisine lorsque Darcy éteignit son batteur. Elle se tourna vers lui, un sourire aux lèvres.

— Puis-je vous proposer une tasse de café ? Je finirai la meringue plus tard… Oups, reprit-elle en le voyant se renfrogner. J'ai oublié que je ne devais pas sourire.

Logan se serait donné des gifles, pour s'être crispé de façon aussi visible lorsqu'elle avait souri. Il était grand temps qu'il prenne le large.

— Une autre fois, merci, répondit-il froidement. Je voulais seulement m'assurer que tout allait bien.

Il s'écarta du placard, et en profita pour s'éloigner de Darcy.

— Je vois que tout semble normal, conclut-il.

De fait, tout semblait si normal — Darcy de retour en cuisine, et son père au restaurant — qu'il avait l'impression d'être un intrus…

Darcy le regarda s'éloigner avec des sentiments mitigés. Sans son aide, elle en avait conscience, elle n'aurait jamais pu rencontrer Margaret. Elle devait au moins à Logan une tasse de café, voire une explication détaillée de ce qui s'était passé la veille entre Meg et elle. D'ailleurs, il était préférable qu'il l'apprenne de sa bouche.

— Restez prendre un café, s'il vous plaît. Il est déjà fait, je n'ai qu'à le servir.

Elle indiqua la cafetière tenue au chaud sur une plaque de cuisson. Logan parut mener un combat intérieur et resta un instant à la dévisager sans répondre. Il était sans doute en colère contre sa mère et contre elle, mais elle savait qu'il était également curieux de savoir ce qui s'était passé. Comme l'avait dit Meg, Logan n'était jamais très à l'aise lorsqu'il ne maîtrisait pas pleinement une situation. Et de fait, les événements récents lui échappaient plus encore qu'il ne le soupçonnait lui-même !

— D'accord, dit-il enfin. Mais je ne peux pas rester longtemps, ajouta-t-il tandis qu'elle versait du café fumant dans deux tasses. J'ai un déjeuner à 13 heures.

En d'autres termes : « Dépêchez-vous, Darcy, parce que j'ai perdu assez de mon précieux temps avec vous » !

Elle était curieuse de savoir avec qui il avait rendez-vous. Ce n'était pas l'un de ces déjeuners d'affaires à son bureau, car elle n'avait pas vu son nom sur la liste des réservations.

Peut-être avait-il un rendez-vous galant, qui sait ?

Elle se sentit pâlir à cette idée. Après tout, Logan avait eu beau l'embrasser à deux reprises, il avait à chaque fois agi sur un coup de tête. Ce n'était jamais arrivé après un rendez-vous galant, un dîner romantique. Ce qui signifiait qu'il avait peut-être quelqu'un dans sa vie ! Une femme avec laquelle il partageait ses nuits, ses week-ends, ses confidences… Une femme à laquelle il faisait l'amour !

Cette vision la révulsa. Elle en fut si éprouvée qu'elle dut poser les tasses sur un plan de travail tant ses mains s'étaient mises à trembler.

Quand était-ce arrivé ? Comment ?

Parce qu'elle venait de comprendre, dans un éclair de lucidité, qu'elle était amoureuse de Logan McKenzie. La chose était aussi évidente qu'inexplicable.

Elle ferma les yeux, horrifiée. Elle se rappelait lui avoir dit, de son ton le plus définitif, que son père ne pouvait être amoureux de Margaret Fraser trois semaines seulement après avoir fait sa connaissance. Et voilà qu'elle-même ne connaissait Logan que depuis quelques jours à peine !

— Je croyais que ça devait être rapide ? ironisa Logan depuis la table où il s'était installé.

Darcy rouvrit les yeux, compta mentalement jusqu'à dix et lui apporta enfin sa tasse. Elle venait de faire une découverte bouleversante, mais Logan n'en savait rien. Et elle devait veiller à ce qu'il n'en sache jamais rien.

Car s'il apprenait ce qu'elle ressentait pour lui, nul doute qu'il prendrait ses jambes à son cou. Après tout, il avait clairement exposé ses vues sur l'amour et le mariage… Et Darcy ne supportait pas l'idée de ne jamais le revoir.

— Un biscuit ? proposa-t-elle d'une voix chevrotante, incapable de le regarder dans les yeux.

Mille questions se pressaient pendant ce temps dans sa tête. A bien y réfléchir, étant donné les circonstances, il était fort probable qu'elle serait appelée à le revoir. Mais cela ne la rassurait pas autant qu'elle l'avait espéré. Car le voir dans les bras d'une autre était une torture bien pire…

Elle s'assit sur une chaise face à lui, sans même lui laisser le temps de répondre. Comment avait-elle été stupide au point de tomber amoureuse de lui ?

— Pas de biscuit, apparemment, railla son compagnon. Alors qu'avez-vous pensé de ma mère ?

L'attaque était toujours chez Logan une forme de défense. Peut-être devait-elle adopter une stratégie identique, après tout… Elle redressa donc le menton, et plongea ses yeux dans les siens.

— Je l'ai trouvée très belle, évidemment, mais également charmante et…

— Laissez tomber les banalités. Qu'est-ce que vous pensez vraiment d'elle ? De sa personnalité ?

Darcy hésita, puis répondit :

— Je ne suis pas sûre que vous allez aimer ce que je vais dire.

Logan eut un sourire amer.

— J'ai compris. Elle vous a embobinée, c'est ça ? Elle vous a fait son numéro de femme incomprise, délaissée par son propre fils, et vous êtes tombée dans le panneau !

Darcy retint de justesse une repartie cinglante. Si elle avait été séduite par Margaret, et compris que ce mariage était un mariage d'amour, elle n'en était pas aveugle pour autant. Sa future belle-mère avait des défauts, tout comme son père en avait, elle devait le reconnaître malgré la vénération qu'elle lui vouait. La perfection n'existait pas.

— Je n'arrive pas à croire que vous vous soyez laissé piéger, reprit Logan avec colère.

— Ce que je pense ou ne pense pas de votre mère n'a aucune importance ! Ce n'est pas mon opinion qui compte. Ni la vôtre !

— Ne me dites rien, ironisa son compagnon. Votre père, bien qu'elle ait rompu leurs fiançailles, la trouve toujours merveilleuse ?

— Mon père est loin d'être le type stupide que vous imaginez.

Tous deux avaient en effet parlé fort tard dans la soirée, la veille, lorsque Darcy était rentrée avec Margaret. Elle était à présent sûre que son père savait parfaitement ce qu'il faisait, et qu'il était profondément amoureux de l'actrice. Tout comme Meg était amoureuse de lui.

Penser à Daniel lui fit prendre conscience du fait qu'il n'était pas revenu dans la cuisine, alors qu'il était près de midi. Nul doute que c'était par souci de discrétion qu'il avait agi de la sorte.

— Logan, reprit-elle, décidée à ne pas retarder plus longtemps l'annonce de la nouvelle, Meg et Daniel ont renoué. Ils vont se marier.

— Vous plaisantez ! s'exclama son compagnon, se levant à demi de sa chaise sous le coup de la surprise.

— Je ne plaisante pas. Ils vont se marier. Ils feront un très beau couple, si vous voulez mon avis.

— Non, je ne veux pas votre avis !

Darcy soupira. Elle aurait dû ressentir de la colère, mais comment pouvait-elle en éprouver à l'égard d'un homme qui avait si visiblement souffert durant son enfance ? Elle aurait voulu pouvoir l'apaiser, cependant elle savait que c'était peine perdue. Quelles chances avait-elle de réussir là où sa propre mère avait échoué ?

— Ça ne change rien à l'affaire, Logan. Ils vont se marier, avec ou sans votre approbation.

— Vous ne vous attendez tout de même pas à ce que je leur présente mes félicitations ? fit-il en la foudroyant du regard.

Darcy secoua tristement la tête.

— Je reconnais que ce serait un peu trop demander, en effet.

— Tandis que vous, au contraire, vous les avez chaleureusement congratulés, je suppose ? D'ailleurs, vous allez peut-être même devenir demoiselle d'honneur ?

Ses yeux lançaient des éclairs, et il avait pâli sous le coup de la colère. Darcy se força à adopter un ton égal pour répondre :

— On ne vous a jamais dit que l'amertume était une forme d'autodestruction ?

— Je crois vous avoir déjà fait part de mes vues sur votre psychologie de bazar, non ?

Cette fois, Darcy ne put se contenir plus longtemps. Elle n'allait tout de même pas se laisser traiter ainsi sans réagir !

— Vous m'avez fait part de vos vues sur de nombreux sujets, Logan, rétorqua-t-elle sèchement. Toutes aussi désolantes les unes que les autres, d'ailleurs. Quoi qu'il en soit, sachez que vous n'êtes pas en position de décider quoi que ce soit dans ce cas précis. Personne ne vous demande votre avis ni même, comme je l'ai appris, le mien. Et c'est parfaitement normal. Ce que mon père et votre mère décident de faire ne regarde qu'eux.

— En d'autres mots, nos parents vont se marier avec ou sans notre bénédiction, c'est ça ?

Darcy acquiesça, un peu lasse.

— Exactement. Si ce n'est qu'ils préféreraient avoir notre bénédiction, bien sûr. Et la mienne leur est acquise.

Elle leva un regard interrogateur vers Logan, mais il lui retourna une mine furieuse.

— Vous êtes peut-être prête à jouer à la famille heureuse, mais pas moi.

Elle le dévisagea un instant en silence, luttant contre la frustration croissante qui montait en elle.

— Ce qui veut dire ? demanda-t-elle d'un ton pincé.

— Ce qui veut dire qu'ils peuvent toujours attendre ma bénédiction ! D'ailleurs, je n'ai aucune intention d'assister à ce mariage. Qu'ils se passent de moi !

Logan était si buté, si obstiné ! Cela ne lui coûterait pourtant rien d'assister au mariage. A moins qu'il ne fît passer sa fierté avant tout, avant le bonheur de sa propre mère.

Oui, c'était peut-être là le problème. Elle tenta néanmoins de le raisonner une dernière fois.

— Logan, ne soyez pas stupide…

A ces mots, il reposa brutalement sa tasse sur la table, paraissant à présent hors de lui.

— Je ne vois pas en quoi je suis stupide. Je n'étais pas présent au premier mariage de ma mère…

— Evidemment, vous n'étiez pas né ! Enfin, je suppose ?

— C'est exact. Mais j'étais un adolescent à l'époque de son deuxième mariage, et je n'y ai pas davantage assisté. Vous savez pourquoi ? Parce que Malcom et elle sont partis se marier en douce, et qu'ils n'en ont informé la famille qu'après coup. Alors je ne vois pas ce que ma présence changera à l'affaire, cette fois. Je ne voudrais pas bouleverser une tradition bien ancrée !

Darcy se leva, les joues empourprées d'exaspération.

— Vous n'avez plus douze ans, Logan !

Il resta assis, à la dévisager avec un sourire noir.

— L'âge n'a rien à voir dans cette histoire.

— Logan, Meg et mon père m'ont demandé d'être témoin de leur mariage…

— Oh, quelle merveilleuse nouvelle !

— … et ils aimeraient que vous soyez l'autre !

— Ils peuvent toujours rêver !

— Je… Vous…

Logan s'inclina sur sa chaise, un demi-sourire aux lèvres.

— Vous pourrez leur dire que la manœuvre qui consistait à vous utiliser comme messager a échoué, déclara-t-il d'un ton méprisant.

A ces mots, Darcy vit rouge. Ni son père ni Margaret n'avaient jamais suggéré une chose pareille. C'était elle qui avait supposé que Logan prendrait moins mal la nouvelle de sa part. Apparemment, elle s'était trompée !

— Vous êtes le type le plus insensible et le plus borné que j'aie jamais rencontré ! s'écria-t-elle, la voix tremblant de colère.

Logan parut fort peu affecté par cette accusation. Il se contenta de lever les yeux au ciel et répliqua :

— Et vous, vous êtes la jeune femme la plus naïve que j'aie jamais rencontrée.

Darcy ne s'accorda même pas une seconde de réflexion. Elle

réagit au quart de tour, obéit sans songer aux conséquences à l'instinct qui lui soufflait de prendre le saladier plein d'œufs battus pour le retourner sur la tête de Logan.

Ce ne fut que lorsqu'elle reposa le saladier vide, et qu'elle regarda le visage et les cheveux blancs et gluants de son compagnon, qu'elle prit conscience de ce qu'elle avait fait. Lui-même, à en juger par son expression ébahie, ne semblait pas avoir pleinement réalisé ce qui venait de lui arriver.

Darcy le fixa avec épouvante. Elle avait déjà fait de grosses bêtises depuis qu'elle l'avait rencontré, mais elle venait cette fois de signer son arrêt de mort. Logan ne lui pardonnerait jamais.

Jamais !

10

— Ressaisis-toi un peu, Fergus ! Ce n'était pas drôle du tout !

Par-dessus la table du restaurant — il avait évité Chef Simon, cette fois ! —, Logan foudroya son cousin du regard. Fergus étouffait, les larmes aux yeux. Il ne semblait pas pouvoir s'arrêter de rire.

— Je… je suis désolé. C'est juste que… Ça devait être un sacré spectacle, ta tête couverte de blancs d'œufs !

Une nouvelle crise de fou rire s'empara de Fergus, et Logan lui décocha un regard meurtrier. Peut-être serait-il capable, lui aussi, de voir l'humour de la situation un jour. Mais une heure à peine après l'incident, il devait avouer qu'il avait du mal !

Il avait fixé Darcy avec incrédulité, se demandant s'il n'était pas en train de rêver. Ou plutôt, de faire un cauchemar. Mais la sensation d'une matière froide et collante glissant sur ses joues lui avait confirmé qu'il ne rêvait pas.

Darcy avait paru tout aussi ébranlée que lui, les yeux écarquillés d'horreur. Avec raison ! Car Logan se rappelait avoir voulu lui tordre le cou. Mais avant même qu'il ait pu se lever, la porte de la cuisine s'était ouverte derrière lui.

— J'ai cru entendre des éclats de voix… Oh, mon Dieu !

Daniel Simon ouvrit des yeux ronds comme des soucoupes en avisant l'état de Logan.

— Mais qu'est-ce qui s'est passé ? demanda-t-il en avançant dans la pièce.

Logan tourna vers lui un regard glacial, conscient du spectacle ridicule qu'il devait offrir.

— Votre fille a tenu à me prouver, une nouvelle fois, qu'il était dangereux d'argumenter avec une rousse, dit-il d'un ton lourd de sarcasmes.

La jeune femme déglutit convulsivement, et esquissa un geste vers lui.

— Je…

— Laissez tomber, coupa-t-il en se redressant brusquement. Il était grand temps que je parte, de toute façon.

Il agrippa un torchon accroché à un portant et s'essuya la tête et le visage tout en regardant Daniel Simon.

— Je vous serais reconnaissant de dire à ma mère qu'il ne sera pas utile de m'envoyer une invitation pour le mariage.

Son interlocuteur le dévisagea avec prudence.

— Vous voulez dire que vous viendrez ?

Logan eut un ricanement méprisant.

— Je veux dire que je ne viendrai pas ! Comme Darcy se fera sans doute un plaisir de vous l'expliquer une fois que je serai parti !

Il se dirigea à grands pas vers la porte, puis s'immobilisa sur le seuil et lança :

— De plus, étant donné l'escalade de violence qui se produit chaque fois que nous nous voyons, Darcy me plantera sans doute un couteau de cuisine dans le dos à la réception !

— Logan !

Il pivota vers la jeune femme, surpris par son appel angoissé.

— Oui ? fit-il d'un ton glacial.

— Je… je suis désolée, marmonna-t-elle avec une grimace gênée.

— Pas autant que moi. Pas autant que moi, croyez-moi !

Elle n'avait pas essayé de le retenir, et il lui en était reconnaissant. Car il n'aspirait plus qu'à une chose : rentrer chez lui et prendre une bonne douche.

Avant d'aller retrouver Fergus, avec qui il avait rendez-vous pour déjeuner.

Malheureusement, sa colère n'était pas encore retombée lorsqu'il était arrivé à leur rendez-vous, et cela n'avait pas échappé à son cousin. Il avait été obligé de lui expliquer ce qui s'était passé. Et Fergus, loin de compatir à son sort, n'avait rien trouvé de mieux à faire que d'éclater de rire !

— Allez, Logan, détends-toi, lui conseilla son cousin. Si c'était arrivé à quelqu'un d'autre, tu serais le premier à en rire !

— Peut-être, mais il se trouve que ça m'est arrivé à *moi* !

C'était bien la dernière fois, jura-t-il, que Darcy l'humiliait !

Fergus secoua la tête, toujours souriant.

— Je dois dire que je n'ai pas vraiment fait attention à Darcy lors de notre première rencontre. C'est vrai qu'elle est mignonne, mais j'en connais d'autres. Il semble qu'elle gagne à être connue.

Lorsqu'il l'avait vue pour la première fois, Logan avait également trouvé que Darcy était certes une jolie femme, mais que sa beauté n'était pas hors du commun. Il n'appréciait cependant pas d'entendre cela de la bouche de Fergus. A l'évidence, son cousin n'avait jamais vu Darcy sourire. Elle en était comme illuminée de l'intérieur, et se transformait en une femme magnifique.

Logan haussa les épaules avec irritation.

— Je suppose que tu auras l'occasion de la rencontrer au mariage de ma mère.

Puis il fronça les sourcils. Il n'avait pas pensé à cela. Et il n'était pas sûr d'aimer l'idée de laisser son cousin seul avec Darcy. Fergus était pour le moins séduisant. Et Brice, leur autre cousin, allait également être invité… Lui aussi avait une réputation bien établie de bourreau des cœurs.

Bon sang !

Il se rappela de nouveau sa première rencontre avec Darcy… ses grands yeux gris paniqués, sa vulnérabilité, l'envie qu'il avait éprouvée de la prendre dans ses bras, ce qu'il ne s'était pas privé de faire. Pouvait-il laisser un tel agneau à la merci de deux prédateurs aussi impitoyables que Fergus et Brice ?

Encore qu'en matière d'agneau, il avait vu mieux. Darcy était tout de même capable de se défendre, comme en attestait le bol d'œufs en neige qu'elle lui avait retourné sur la tête une heure plus tôt !

Il vit pour la première fois la scène en spectateur extérieur, et ne put s'empêcher de sourire.

— Ah, voilà qui est mieux, dit Fergus d'un ton satisfait. Je savais que ton sens de l'humour reprendrait le dessus.

— Que faire avec une femme comme Darcy ? demanda-t-il en souriant.

— Je dois avouer que je n'en sais rien, je n'en ai jamais rencontré de pareille. Elle a l'air assez unique.

Unique, oui, songea Logan. Irritante, adorable, et unique.

— Je crois que tu devrais aller au mariage, reprit Fergus. Ne serait-ce que pour servir de distraction aux autres invités. Qui sait ce que Darcy va encore inventer !

Logan en était arrivé à la même conclusion. Il devait assister au mariage. Certes pas pour les raisons avancées par Fergus, mais pour ne pas laisser ses cousins seuls avec Darcy. Les deux hommes étaient de véritables charmeurs, et la jeune femme avait besoin d'être protégée contre eux.

Ce fut du moins ce qu'il se répéta durant le trajet jusqu'à son bureau, deux heures plus tard.

— Darcy Simon a appelé trois fois pendant que vous étiez à l'extérieur, l'informa Karen sitôt qu'il entra.

Logan s'arrêta net, et pivota lentement.

— Au téléphone ?

— Evidemment, au téléphone ! Comment voulez-vous qu'elle vous ait appelé !

— Vous seriez surprise de découvrir tout ce que Darcy peut faire, ironisa-t-il. Donc, elle a téléphoné.

— Trois fois, lui confirma sa secrétaire.

— Et ?

— Et rien. Les deux premières fois, elle a raccroché sans donner son identité, après avoir demandé à vous parler. La troisième, il y a dix minutes, j'ai réussi à lui arracher son nom.

Logan fronça les sourcils.

— Elle veut que je la rappelle ?

— Elle n'a rien dit. Mais elle avait l'air un peu… perturbée, je dirais.

— Si elle rappelle, passez-la-moi, d'accord ?

Sa secrétaire acquiesça.

Logan pénétra alors dans son bureau, et s'assit à sa table, les mains croisées sous le menton. Ainsi, Darcy lui avait téléphoné trois fois… Pour s'excuser, sans doute. Eh bien, il allait la laisser méditer sur ses excuses un peu plus longtemps !

Logan lui avait dit qu'il avait un déjeuner à 13 heures, et il était presque 16 heures. Pourtant, lorsque Darcy avait appelé dix minutes plus tôt, on lui avait répondu qu'il n'était pas encore rentré. Cela confirmait ses soupçons quant au fait qu'il ne s'était pas rendu à un repas d'affaires. Il était allé retrouver la femme qui partageait sa vie.

A 17 heures, Darcy se sentait profondément déprimée. Elle ne rangeait la cuisine que par réflexe, sans prêter attention à ce qu'elle faisait. Ses rapports avec Logan étaient déjà assez tendus, qu'avait-elle eu besoin de les aggraver ? Elle savait qu'elle avait franchi le point de non-retour en lui renversant les œufs sur la tête. Jamais il ne lui pardonnerait.

Bon sang, quelle mouche l'avait piquée de faire une chose pareille ?

Elle avait eu beau se poser la question cent fois, elle n'avait toujours pas trouvé de réponse. La colère n'expliquait pas tout. En tout cas, Logan ne se contenterait pas d'une si pitoyable excuse, elle en était sûre !

Elle n'avait aucune idée de ce qu'elle lui dirait lorsqu'elle le reverrait — si elle le revoyait. Elle savait juste qu'elle lui devait des excuses formelles pour ce qui s'était passé. Qu'il les acceptât ou non était une tout autre affaire.

Quelle famille ils feraient ! songea-t-elle avec une ironie teintée d'amertume. Mère et fils s'adressaient à peine la parole, beau-père et beau-fils n'étaient pas exactement en bons termes.

Quant à sa propre relation avec Logan, elle était pour le moins tourmentée…

— Tu es encore là ? demanda son père en pénétrant dans la cuisine, après avoir vérifié que la salle était prête pour le soir.

Darcy hocha distraitement la tête. Elle préférait ne pas rentrer, au cas où Logan déciderait de rappeler ici. Elle ne voulait pas le manquer. Peut-être même passerait-il au restaurant ?

« C'est ça. Quand les poules auront des dents », songea-t-elle en secouant la tête.

— Oublie cette histoire, Darcy, lui conseilla Daniel en avisant son expression troublée.

— Tu crois que Logan l'a oubliée, lui ? repartit-elle avec une grimace.

— Je doute que ce jeune homme oublie jamais quoi que ce soit, répondit son père dans un soupir. Il n'y a qu'à voir sa rancœur à l'égard de Meg.

Mais les sentiments de Logan vis-à-vis de sa mère étaient une autre affaire. Meg s'était remariée alors qu'il avait douze ans ; il se trouvait alors au seuil de l'adolescence et avait besoin de son attention pleine et entière. Loin de penser aux intérêts de son fils, elle avait épousé un imbécile doublé d'une brute. Logan l'avait détesté, et l'autre le lui avait bien rendu. Il était normal, après cela, qu'il en voulût à sa mère.

— Je ne crois pas que ce soit la même chose, papa, déclara Darcy d'un ton ferme. C'est vrai, c'était il y a longtemps. Mais ça n'est pas moins douloureux pour autant.

Son père leva une main en signe d'apaisement.

— Margaret va être très affectée par la décision de Logan de ne pas assister au mariage. D'ailleurs, telle que je la connais, elle est capable de tout reporter jusqu'à ce qu'il change d'avis.

Darcy acquiesça pensivement. Vu le caractère de Margaret, il lui semblait en effet plausible qu'elle réagît de la sorte. Son amour pour son fils n'avait jamais faibli malgré ce que Logan lui avait infligé au cours des années. Mais Darcy savait également que son père ne supporterait pas de voir le mariage repoussé.

Elle avait eu du mal à admettre qu'il puisse retomber amoureux si tôt après la mort de sa première femme, mais les faits étaient là. Il aimait Meg, et voulait l'épouser au plus vite.

— Peut-être vaudrait-il mieux ne rien lui dire, reprit-il. Puisque Logan et toi êtes amis, tu pourrais peut-être essayer de le convaincre de…

— Amis ? Tu plaisantes ? Tu serais encore ami avec quelqu'un qui t'a renversé un saladier d'œufs en neige sur la tête ?

Et pleuré dans ses bras : trois fois. Et frappé dans le tibia : une fois. Et menacé de lui renverser un verre de vin sur la tête : une fois encore…

Son père haussa les épaules, refusant de se laisser démonter.

— Ça dépend de ce qui a justifié un tel acte. Dans ton cas, tu avais toutes les raisons d'agir ainsi. Et puis, avec un minimum de sens de l'humour…

Il fronça tout à coup les sourcils, et reprit presque aussitôt :

— Non, tu as raison. Je ne crois pas que cet homme ait une once d'humour. Je le vois mal rire de lui-même.

— La porte du restaurant était ouverte, je me suis donc permis d'entrer, fit alors Logan, traversant la cuisine d'un pas tranquille. J'ai cru comprendre que vous discutiez de mon sens de l'humour ? Ou plutôt du fait qu'il est inexistant chez moi ? insinua-t-il d'une voix dangereusement suave.

Il les regarda à tour de rôle, sourcils levés en une expression interrogative.

Darcy était pétrifiée. Ce qu'elle avait mi-espéré, mi-redouté, s'était produit : Logan était revenu. Mais il n'aurait pu choisir pire moment. La flamme qui brûlait dans ses yeux laissait supposer qu'il avait surpris une bonne partie de leur conversation. Et qu'il n'aimait guère ce qu'il venait d'entendre…

— Effectivement, l'humour n'est pas votre trait de caractère le plus développé, répondit Daniel. Par ailleurs, je tiens à vous dire que votre mère aura le cœur brisé si elle apprend que vous ne voulez pas assister au mariage.

Un rictus moqueur déforma les lèvres de Logan.

— Ça m'étonnerait. Il faudrait qu'elle ait un cœur pour cela…

— Papa, non !

Son père s'était rué sur leur visiteur, mais elle le retint juste à temps par le bras. Logan, lui, n'avait pas bougé d'un pouce. Peut-être s'était-il imaginé que Daniel n'oserait pas le frapper ? Encore qu'après ce qu'avait fait Darcy, il devait s'attendre au pire…

— Je vois d'où Darcy tire son tempérament… fougueux, commenta Logan, posant sur Daniel un regard glacial.

— Il semble que toute discussion soit impossible avec vous, répliqua l'intéressé. Vous ne laissez guère aux gens d'autre choix que de recourir à des arguments plus… physiques.

Logan haussa les épaules.

— Votre fille, au moins, ne me laisse des marques qu'à des endroits discrets. Je doute que ma mère apprécierait de voir l'un de nous, ou tous les deux, se présenter au mariage avec un œil au beurre noir.

Darcy savait que, par « endroit discret », il faisait référence à son tibia. Mais cela pouvait être mal interprété. A écouter Logan, n'importe qui pouvait s'imaginer qu'ils avaient… qu'ils étaient…

Elle remarqua que son père la dévisageait curieusement et rougit.

— Dois-je en déduire que vous viendrez au mariage ? demanda-t-il enfin d'un ton incrédule.

Logan inclina sèchement la tête, à la surprise de Darcy.

— Tout bien réfléchi, j'ai pensé qu'il serait mesquin de refuser ce rôle de témoin que vous m'offrez si généreusement.

Darcy lâcha le bras de son père et se tourna vers Logan, perplexe. Avait-il changé d'avis tout seul ? Ou avait-il été aidé par celle avec qui il avait si longuement déjeuné ? Cette femme avait donc réussi là où elle avait échoué, songea-t-elle. Et l'idée qu'une autre ait bien plus d'influence qu'elle sur Logan la déprima profondément.

— Alors ? fit-il en la dévisageant.

Darcy redressa fièrement le menton. Ses sentiments pour cet homme la rendaient bien trop vulnérable !

— Alors quoi ? rétorqua-t-elle. Vous attendez qu'on vous

complimente pour ce que vous auriez dû faire immédiatement ? Vous pouvez toujours courir !

— Darcy ! intervint sévèrement son père. Je crois que c'est une décision intelligente, Logan, reprit-il en lui tendant la main. Et je vous en remercie.

Ils échangèrent une poignée de main rapide.

— Tous mes vœux de bonheur, marmonna Logan, bourru.

— Merci. Si vous voulez bien m'excuser, tous les deux, j'aimerais aller annoncer la nouvelle à Meg.

Ni Darcy ni Logan n'essayèrent de le retenir. Logan parce que après avoir pris sa décision, il se moquait sans doute de ce que Daniel faisait. Et Darcy parce qu'elle fulminait toujours à l'idée qu'il existait dans la vie de Logan quelqu'un qui avait autant d'influence sur lui !

— Alors ? demanda-t-il de nouveau lorsqu'ils se retrouvèrent seuls.

Alors quoi ? Que voulait-il, au juste ?

— Vous avez appelé à mon bureau, lui rappela Logan d'une voix suave, posant sur elle un regard pénétrant. Trois fois, je crois, ajouta-t-il comme elle ne répondait rien.

Diable, elle avait complètement oublié ces coups de fil dans l'agitation des dernières minutes ! Et, à la lumière de ce qu'elle soupçonnait à présent — la présence d'une femme dans sa vie —, elle avait honte de les avoir passés. Il devait s'imaginer qu'elle le harcelait.

— Je voulais juste m'excuser, dit-elle avec un haussement d'épaules.

— Encore ?

— Vous n'aviez pas l'air très réceptif à mes premières excuses, répondit Darcy.

Logan esquissa un sourire.

— Parce que mes oreilles étaient pleines d'œufs en neige.

La jeune femme grimaça en s'entendant rappeler cet incident. Elle ignorait ce qui lui passait par la tête chaque fois que Logan se trouvait dans les parages. Car c'était bien la première fois qu'elle agissait de façon aussi inexplicable !

Avait-il parlé d'elle à sa petite amie ? Lui avait-il dit ce qu'elle avait fait ? Elle espérait sincèrement que non. Elle était déjà assez abattue par l'idée qu'il avait quelqu'un dans sa vie, sans avoir en plus à se les imaginer en train de se moquer d'elle !

— Comment s'est passé le déjeuner ? s'enquit Logan. Je suppose que la meringue au citron a eu du succès ?

— Oui. Mais il m'a fallu refaire les œufs en neige, reprit-elle d'un ton provocant.

A sa surprise, Logan se mit à rire.

— J'imagine, oui. Il n'en restait plus beaucoup dans le bol.

Puis il balaya la cuisine déserte du regard et enchaîna :

— Si vous en avez fini pour cet après-midi, je pourrais peut-être vous déposer chez vous ?

La déposer chez elle ? Ce n'était pas ce qu'elle attendait de Logan ! Mais ses attentes, elle en était convaincue, resteraient insatisfaites. Elle savait qu'elle perdait son temps, et qu'il ne quitterait pas sa maîtresse régulière pour elle. S'il avait été célibataire, elle aurait peut-être pu lui arracher une ou deux nuits de plaisir… mais à présent, il lui semblait évident qu'elle n'avait aucune chance.

— Je ne crois pas, non, dit-elle en soupirant. La journée a été longue, et ça me fera du bien de marcher un peu. Mais merci quand même.

Il la dévisagea intensément, sourcils légèrement froncés, la mine indéchiffrable.

— Vous êtes sûre ?

— Certaine, murmura-t-elle, baissant les yeux pour ne pas avoir à soutenir son regard. Et… merci d'avoir changé d'avis pour le mariage. Comme vous avez pu le constater, ça a fait très plaisir à mon père.

— Espérons que ça aura le même effet sur ma mère.

— Oh, ne vous en faites pas à ce sujet. Vous pouvez être sûr qu'elle sera enchantée.

Aucun d'eux ne sembla savoir que dire après cela, et dans la cuisine, le silence devint rapidement étouffant.

— Je suis vraiment désolée pour tout à l'heure, déclara

soudain Darcy, n'y tenant plus. Je vous promets qu'à l'avenir, dans votre intérêt, je garderai mes distances.

Elle savait de toute façon qu'elle ne reverrait pas Logan avant le mariage, prévu dans un mois. Et même alors, il serait sans doute accompagné…

— Je ne crois pas qu'il soit nécessaire de prendre des mesures aussi drastiques, fit-il en souriant.

— Je pense pour ma part que ce serait préférable.

Le sourire de son compagnon, à ces mots, s'effaça.

— Préférable pour qui ?

Elle se détourna, une boule dans la gorge.

— Pour nous deux, répondit-elle d'une voix rauque. Je suis ravie que mon père épouse votre mère, finalement, mais cela ne veut pas dire que…

— Je vois, coupa froidement Logan.

Elle l'étudia, perplexe. Voyait-il vraiment clair en elle ? Elle espérait bien que non. Elle était déjà assez embarrassée d'être amoureuse de lui. Si en plus il finissait par le découvrir…

Mais non, il n'y avait ni amusement ni pitié dans les eaux bleues de son regard. Juste une arrogance glaciale.

— Je vous verrai au mariage, alors ! s'exclama-t-elle avec un entrain forcé.

Il acquiesça, la mine toujours aussi sombre.

— On dirait, oui. Je…

Il s'interrompit, secoua la tête et conclut :

— Au revoir, Darcy.

Elle avait à peine répondu que les portes de la cuisine se refermèrent en chuintant derrière lui. La porte du restaurant claqua deux secondes plus tard.

Darcy se laissa alors tomber sur un tabouret, le visage entre les mains, et sentit des larmes chaudes couler sur ses joues. Logan ne devait jamais apprendre qu'elle avait commis la plus grosse bêtise de sa vie depuis qu'elle l'avait rencontré !

Seigneur, pourquoi avait-il fallu qu'elle tombe précisément amoureuse de lui ?

11

Logan sirotait son champagne, parcourant d'un œil noir la foule réunie dans l'immense salon. Bon sang, que faisait-il là ? Pourquoi avait-il accepté de se rendre à cette réunion de famille ?

Question stupide : il savait parfaitement ce qu'il faisait là. Son grand-père l'avait convaincu d'assister à cette soirée en l'honneur des fiançailles de sa mère avec Daniel Simon. C'était en général le genre de soirée que Logan fuyait comme la peste, et il se serait décommandé s'il n'avait pas eu une bonne raison de venir.

Mais la bonne raison en question n'était nulle part en vue.

Après dix jours passés sans la voir, Logan s'était imaginé que Darcy serait l'une des invitées de son grand-père. Il était vrai que lui-même venait à peine d'arriver, le vol pour Aberdeen ayant décollé avec retard. Il avait tout juste eu le temps de se doucher et de se changer avant de descendre dans le grand salon, où se pressaient à présent une trentaine de personnes. Mais on allait bientôt passer à table pour le dîner, et il n'y avait pas trace de Darcy.

Logan n'avait pas pensé un seul instant qu'elle pourrait ne pas assister à la soirée de fiançailles de son propre père. Sans quoi il se serait lui aussi dispensé de venir !

— Souris un peu, Logan, lui conseilla Brice.

Il tourna vers son cousin un regard noir, et eut comme

d'habitude l'impression de se regarder dans un miroir. Brice lui ressemblait étonnamment, à ceci près qu'il avait les yeux verts.

— J'espère que je pourrai m'éclipser sitôt après le dîner, bougonna Logan qui regrettait de ne pas avoir demandé à sa mère si Darcy devait venir.

Brice sourit, visiblement amusé par sa mauvaise humeur.

— Je croyais que Tante Meg et toi aviez signé un armistice ?

Cela semblait un peu exagéré à Logan, cependant il fallait reconnaître que ses rapports avec sa mère s'étaient très légèrement réchauffés.

— En effet, confirma-t-il en reposant sa coupe de champagne. Mais comme tu le sais, je déteste ce genre de soirée où toute la famille se retrouve et fait semblant de s'entendre alors que ce n'est pas le cas.

A quelque distance de là, il vit son grand-père, très à l'aise dans son rôle de maître de maison, qui adressait un mot gentil à chaque invité. Mais Logan n'était pas dupe ; selon lui, le clan McDonald méritait à peine l'appellation de « famille » tant il était déchiré par les mesquineries, les scandales et les rivalités.

— Je suis d'ailleurs surpris de te trouver là, toi aussi, reprit-il, tournant vers son cousin un regard interrogateur.

Brice menait en effet une existence de loup solitaire, et allait parfois jusqu'à disparaître pendant des mois entiers. Sa présence ce week-end laissait supposer qu'il venait de finir un tableau et n'avait pas commencé le suivant, ou bien qu'il était en quête d'inspiration.

— Je me demande laquelle de ces jeunes femmes célibataires est Darcy, ironisa Brice.

Logan le fusilla du regard.

— Fergus t'a parlé !

Son cousin eut un sourire ravi.

— Evidemment ! Je ne voulais pas rater l'occasion de voir cette furie aux cheveux de feu. Tu ne crois tout de même pas que je me serais déplacé pour les autres ? demanda-t-il en avisant un groupe de jeunes femmes d'un regard indifférent.

— Darcy ne serait pas intéressée par tes aventures d'une nuit, Brice.

Son cousin lui opposa une mine offusquée, mais l'éclat amusé de ses yeux n'échappa pas à Logan.

— Loin de moi l'idée de suggérer une chose pareille ! Je voulais juste rencontrer celle qui a rabattu le caquet de l'arrogant Logan !

— Cette arrogance est apparemment un trait de famille, riposta l'intéressé. Et tu n'as pas de chance, mon pauvre : Darcy n'est pas là.

— Ah.

— Quoi, « ah » ?

— Rien. Juste « ah », dit son cousin avec une innocence feinte.

Logan se rembrunit de nouveau. Jamais il n'avait autant froncé les sourcils que depuis qu'il connaissait Darcy. Il allait finir par en avoir des rides !

Mais il fallait bien avouer qu'il n'avait pas de motif de se réjouir. D'accord, ses affaires prospéraient. Cependant, son travail ne le captivait plus autant depuis deux semaines. Pour être tout à fait honnête, Darcy lui manquait depuis qu'elle n'était plus là pour le menacer, le frapper, ou lui renverser des choses sur la tête.

Il aurait dû être heureux de voir sa vie reprendre le cours paisible qu'il affectionnait tant. Curieusement, ce n'était pas le cas.

La voix de son cousin le tira soudain de ses réflexions.

— Si tu veux bien m'excuser, Logan, je viens juste de repérer quelqu'un qui mérite qu'on s'y intéresse de plus près.

Le regard de Brice était fixé sur un point éloigné de la salle. La plupart des femmes présentes ce soir-là méritaient que l'on s'intéresse à elles, mais elles laissaient Logan parfaitement indifférent. En tout cas, il était ravi que l'une d'entre elles eût capté l'attention de Brice. Au moins ce dernier allait-il le laisser tranquille.

— Vas-y, l'encouragea-t-il. Laquelle est-ce ?

— Elle vient de disparaître derrière ce groupe, là-bas. Une merveille… Une sorte de Mona Lisa, version rousse.

Brice s'éloigna, et Logan posa sur lui un regard indulgent.

Brice était l'artiste de la famille, celui dont le comportement était le plus imprévisible. Lui-même était le rationnel, et Fergus était quelque part entre eux deux. Ce qui expliquait sans doute qu'ils se fussent toujours si bien entendus et…

Une Mona Lisa, version rousse ?

Une seule femme pouvait correspondre à cette description : Darcy ! N'était-il pas bouleversé toutes les fois qu'elle lui adressait l'un de ses énigmatiques sourires ? N'était-ce pas précisément ce sourire qui lui avait manqué au cours des dix derniers jours ?

Et dire qu'il venait de la jeter dans les bras de son cousin !

Il n'eut aucun mal à apercevoir la haute silhouette de Brice, de l'autre côté du salon. Il ne voyait pas à qui il parlait, mais il ne doutait pas une seule seconde qu'il s'agissait de Darcy.

Il fit un pas dans leur direction lorsqu'une main légère se posa sur son épaule.

— Logan, c'est ça ? fit une voix suave dans son dos.

Il pivota brusquement, incapable de dissimuler son irritation. Une grande blonde que sa mère lui avait présentée au début de la soirée lui souriait à pleines dents.

Deux semaines plus tôt, il aurait répondu sans hésiter à l'invitation silencieuse qu'il lisait dans les yeux de cette femme. Mais il n'était pas question de se laisser distraire, alors que Brice était en train d'exercer toute la force de sa séduction sur Darcy.

— Fiona, n'est-ce pas ? repartit-il sans cesser de surveiller son cousin, du coin de l'œil.

— Francesca Darwin, corrigea sa compagne sans s'offusquer de sa méprise. Je joue la sœur de Meg dans la série télévisée que nous tournons en ce moment, expliqua-t-elle.

Logan leva un sourcil étonné. Cette jeune femme devait avoir vingt-cinq ans ! Autant dire que le maquillage accomplissait des miracles pour les faire passer, sa mère et elle, pour sœurs !

— Bien sûr, répondit-il poliment, bien qu'ignorant tout de la série télévisée en question.

— Elle est merveilleuse, n'est-ce pas ?

— Qui ça ?

— Votre mère, évidemment !

Logan ne savait que répondre. Il n'avait pas envie de répondre, de toute façon. Il n'aspirait qu'à rejoindre Brice et Darcy, et n'avait aucune envie d'entendre le panégyrique de sa mère.

Daniel Simon, un homme honnête et respectable, adorait Meg. Darcy, loyale et sincère, en était venue à l'aimer elle aussi. Et Francesca, cette jeune actrice qui travaillait quotidiennement avec elle, la vénérait. Se pouvait-il qu'ils se trompent tous ? Ou était-ce lui qui faisait fausse route ?

Voilà un sujet qu'il n'avait vraiment pas envie d'explorer pour le moment.

— Ecoutez, mademoiselle Darwin, je suis désolé mais…

— Francesca, coupa-t-elle d'un ton enjôleur. Ce château, c'est quelque chose, n'est-ce pas ?

Il soupira et, machinalement, leva les yeux vers les poutres qui striaient le plafond, à plusieurs mètres au-dessus de lui. Bien qu'habitué à cet endroit, qu'il en était venu à considérer comme sa maison, il ne restait pas insensible à la majesté du lieu. Le château était meublé d'objets précieux, d'authentiques antiquités des guerres anglo-écossaises. De lourdes tapisseries adoucissaient les murs de pierre brute, des tapis précieux parsemaient çà et là le sol usé par le temps. Le domaine était à l'avenant, avec son élevage de cerfs, son lac regorgeant de truites et ses immenses forêts.

— C'est vrai, dit Logan. A présent, je dois vraiment…

— Logan, je t'ai amené quelqu'un qui voudrait te dire bonjour, fit la voix de Brice juste derrière lui.

Il sut avant de se retourner qu'il s'agissait de Darcy. En plus de le soupçonner, il avait en effet reconnu instantanément son parfum.

Elle était merveilleusement belle, vêtue d'une robe grise moirée qui s'arrêtait à ses genoux et moulait la moindre des courbes de son corps. Ses cheveux retombaient en une cascade fauve sur ses épaules, soulignant la transparence d'albâtre de sa peau. Il en eut le souffle coupé.

— Bonsoir, Logan, fit-elle d'une voix rauque.

— Darcy, repartit-il du même ton, tout en la dévorant du regard.

Elle paraissait plus mince encore que dans son souvenir, et ses yeux étaient un peu cernés. Pour une raison qu'il ignorait – et il était désormais sûr que cela n'avait rien à voir avec le mariage –, Darcy paraissait malheureuse.

Elle regardait Francesca d'un air inquisiteur, attendant visiblement d'être présentée. Logan, quant à lui, aurait voulu la prendre dans ses bras, l'emmener à l'étage, lui arracher cette ravissante robe et lui faire l'amour toute la nuit, chasser ce tourment de ses beaux yeux gris…

— Francesca, se présenta d'elle-même l'actrice en tendant la main. Vous êtes la fille de Daniel, je crois ?

— Oui, confirma Darcy avec raideur.

— La pauvre Darcy a passé un quart d'heure à errer d'aile en aile à la recherche du salon, expliqua Brice, une main sur le bras de la jeune femme.

Voilà qui expliquait en tout cas son absence lorsque Logan était arrivé. Mais à présent qu'elle était là, il aurait bien voulu demander à Brice de la lâcher…

— Pourquoi ne m'avez-vous pas dit que Brice McAllister était votre cousin ? demanda-t-elle d'un ton de reproche, faisant apparemment allusion à la peinture qu'elle avait vue dans son appartement.

La raison en était évidente : parce qu'à ses yeux, Brice était son cousin avant d'être un peintre de renommée mondiale… Ils avaient grandi ensemble, et il ne lui était jamais venu à l'idée que Brice était McAllister. Tout comme il ne pensait que rarement au fait que Fergus était un écrivain à succès. Tous trois avaient réussi, dans leurs domaines respectifs, mais ils ne se considéraient mutuellement que comme des cousins, presque des frères.

Darcy le dévisageait toujours avec réprobation, visiblement furieuse qu'il eût oublié de lui préciser un tel détail. Logan leva les yeux, et envoya au ciel une prière silencieuse.

Décidément, rien de ce qu'il faisait ne semblait satisfaire Darcy…

*
* *

Au cours du week-end, Darcy avait été tiraillée entre un sentiment d'impatience et une crainte sourde à l'idée qu'elle allait revoir Logan. Impatience, parce que ces dix jours passés sans le voir lui avaient paru interminables. Crainte, parce qu'elle savait qu'à leur prochaine rencontre, il serait accompagné de la femme qui partageait sa vie, celle-là même qui avait su le faire changer d'avis concernant le mariage de sa mère.

Francesca…

Grande, blonde, incroyablement sexy dans une robe de soirée noire. Tout ce que Darcy n'était pas. Même son nom sonnait merveilleusement, évoquant l'exotisme et la sensualité.

— C'est important ? demanda soudain Logan.

Elle cligna des yeux, déroutée. Qu'est-ce qui était important ?

Elle se rappela tout à coup qu'elle venait de lui reprocher d'avoir dissimulé que Brice McAllister était son cousin.

— Disons que je me suis sentie un peu idiote, répondit-elle avec un rire forcé.

Cette famille était décidément très atypique. Comment ne pas être impressionné par les personnalités qui la composaient ? Entre Meg, actrice célèbre, Logan, homme d'affaires multimillionnaire, et Brice, peintre de renommée mondiale, Darcy se sentait quelque peu déplacée. Même le patriarche, le grand-père de Logan, était un homme formidable, séduisant, immensément puissant.

Elle avait su dès le départ que ce week-end en Ecosse allait être difficile. Mais pour faire plaisir à son père et à Meg, elle avait ravalé ses doutes et accepté de venir. Le fait de voir Logan en compagnie de la sublime Francesca, cependant, lui fit comprendre que son séjour allait être bien plus pénible qu'elle ne l'avait imaginé ! Grâce à Dieu, Brice McAllister paraissait être seul et enclin à s'occuper d'elle.

— N'y pensez plus, Darcy, dit justement ce dernier. Réfléchissez plutôt à ma proposition, d'accord ?

— Quelle proposition ? intervint Logan avec force, foudroyant son cousin du regard.

Darcy s'empourpra. Elle n'aimait guère le sous-entendu derrière la réaction de Logan.

— Votre cousin a très gentiment proposé de faire mon portrait.

Nul doute qu'il n'avait dit cela que pour être gentil… après tout, qui voudrait d'un tableau d'elle, même s'il était signé McAllister ? songea Darcy.

— C'est formidable ! s'exclama Francesca.

— Vraiment ? renchérit Logan, levant un sourcil en accent circonflexe. Ce ne serait pas plutôt une nouvelle façon d'inviter Darcy à voir tes estampes ? ironisa-t-il.

La jeune femme sentait la colère monter en elle. Chose qui ne lui était pas arrivée depuis… dix jours exactement, date de sa dernière entrevue avec Logan. Bon sang, comment parvenait-il à la mettre dans de tels états ?

— Pas le moins du monde, répondit Brice, encaissant la pique sans se démonter. Mais si ça t'ennuie à ce point, tu pourras venir assister à la séance de pose.

Darcy fronça les sourcils. Brice se moquait-il du fait que Logan allait devenir son demi-frère ? Peut-être son chaperon, par la même occasion ? Eh bien, si Logan comptait assumer ce rôle, il pouvait toujours rêver ! Elle était assez grande pour s'occuper d'elle-même.

Il était en tout cas évident, à en juger par la mine de Logan, qu'il goûtait fort peu l'ironie de son cousin. Quelle famille ! songea-t-elle pour la seconde fois. Heureusement que le troisième, Fergus, n'était pas là pour jeter de l'huile sur le feu.

— Je ne crois pas que ce sera nécessaire, répondit Logan. Parce que tu…

Il fut interrompu par le coup de gong annonçant le début du dîner, et Darcy laissa échapper un soupir de soulagement. Ces retrouvailles ne se passaient pas sous les meilleurs auspices. Logan et elle n'avaient visiblement rien à se dire. Pourtant, elle avait compris dès la seconde où elle l'avait revu que ses sentiments pour lui n'avaient pas changé. Elle était toujours follement amoureuse.

Son soulagement fut de courte durée. Les invités n'étant

pas placés, chacun s'assit où il le put dès que Hugh McDonald et les futurs mariés se furent installés. L'ironie du sort voulut que Darcy prît place entre Logan et Brice, et face à Francesca. Merveilleux !

— Comment allez-vous ? lui demanda doucement Logan, tandis qu'un serveur passait pour remplir les verres de vin.

— Très bien, merci beaucoup, répondit-elle timidement, prenant soin de fixer son assiette.

Les derniers dix jours n'avaient pas été faciles, mais au moins n'avait-elle pas eu à composer avec sa présence. Ç'aurait été une tentation permanente, un véritable supplice de Tantale. Dieu merci, elle avait échappé à cette torture !

— Et vous ? repartit-elle poliment, se rappelant de justesse les bonnes manières.

— Idem. Comptez-vous accepter l'offre de Brice ?

Elle secoua la tête, un sourire penaud aux lèvres.

— Je crois qu'il essayait simplement d'être gentil. Il n'était pas sérieux.

— Brice n'est jamais gentil quand son travail est en jeu.

— Il n'empêche que je suis sûre que c'était pure politesse de sa part, insista-t-elle.

— Est-ce mon nom que l'on calomnie ? ironisa Brice en se penchant vers eux.

Logan lui darda un regard d'une froideur polaire.

— Darcy s'imagine que tu plaisantais en proposant de la peindre.

— Oh, mais pas du tout. J'étais extrêmement sérieux. Je pense d'ailleurs que le portrait de Darcy occupera une place de choix dans ma prochaine exposition.

— Mais peut-être ne veut-elle pas qu'on la peigne ? fit Logan. Qu'en pensez-vous, Darcy ?

Elle hésita. Il lui semblait incroyable qu'un artiste du calibre de Brice McAllister puisse vouloir faire son portrait. Elle en était évidemment flattée. Mais à bien y réfléchir, elle n'était pas sûre de vouloir devenir l'objet de l'attention de centaines de gens.

Tout comme elle ne voulait pas être une pomme de discorde

entre les deux cousins. Elle avait espéré rester discrète durant tout le week-end, jouer son rôle du mieux possible et retourner au plus vite dans l'anonymat. L'intérêt que lui manifestait Brice McAllister, tout professionnel fût-il, ne l'y aidait pas.

— Je suis sûre que nous aurons d'autres occasions d'en discuter, répondit-elle. Pour le moment, je crois que votre grand-père est sur le point de porter un toast.

Elle fit un signe de tête en direction de Hugh McDonald, qui venait de se lever à l'autre extrémité de la table. Sauvée par le gong !

Le dîner qui s'ensuivit fut une véritable épreuve pour Darcy. Oh, ce n'était pas la qualité des plats qui était en cause, ils étaient dignes d'un chef tel que son père. Non, c'était plutôt son entourage immédiat qui lui pesait. Brice était un convive courtois et aimable, mais elle ne pouvait s'empêcher de jeter de fréquents coups d'œil en direction de Logan et de Francesca, en pleine conversation.

Le couple partagerait-il une chambre du grand château, plus tard ce soir-là ? Cette seule idée lui donnait la nausée. Et cela lui gâcha le repas, qu'elle ne mangea que du bout des lèvres.

— Vous êtes au régime ?

Elle se tourna brusquement vers Logan et déduisit de sa question qu'il l'avait observée. Elle était en train de déplacer ses framboises à la crème dans son assiette, du bout de sa cuillère, mais n'en avait mangé aucune.

— Non, répondit-elle avec une grimace. Je n'ai plus faim.

— Avant cela, vous aviez à peine goûté au saumon fumé et au gibier, fit-il valoir avec un froncement de sourcils.

Darcy rougit en se rendant compte que loin d'avoir été complètement absorbé par sa conversation avec Francesca, il lui avait prêté attention. Et ce tout au long du repas.

— Je n'ai pas beaucoup d'appétit ces temps-ci, répondit-elle avec un haussement d'épaules destiné à couvrir son embarras.

— Vous commencez votre nouveau travail prochainement, n'est-ce pas ?

Elle fut surprise de constater qu'il s'en souvenait. Il ne se trompait pas, elle prenait ses fonctions la semaine suivante.

— Vous êtes nerveuse, c'est ça ? reprit Logan en couvrant sa main de la sienne.

Nerveuse ? Non, elle ne l'avait pas été, du moins jusqu'à cet instant. Que faisait Logan ? Et surtout, qu'allait penser Francesca en le voyant la toucher de cette façon ?

— Vous ne devriez pas, vous savez, dit-il d'une voix étonnamment douce. Je suis sûr que les enfants vont vous adorer.

Comme elle aurait aimé partager cette certitude ! Ce que Logan ne comprenait pas, c'était qu'elle n'avait pas son assurance. Une assurance sans doute acquise par des années passées à grandir dans cet environnement austère et magnifique à la fois, dans les brumes écossaises, parmi les cerfs, les lochs couverts de brume, au milieu d'hommes rudes et fiers.

Comment lui expliquer qu'elle ne se sentait pas aussi à l'aise que lui dans ces murs plusieurs fois centenaires, sous ces plafonds si hauts qu'ils se perdaient presque dans l'obscurité ? Comment lui expliquer qu'elle ne s'était pas vraiment perdue dans le château, comme elle l'avait prétendu, mais qu'elle avait repoussé le plus possible le moment où elle devrait descendre et le revoir ? Comment lui expliquer qu'elle ne maîtrisait plus ses émotions chaque fois qu'elle le voyait, que sa bouche s'asséchait, que ses pensées s'embrouillaient ?

C'était impossible à expliquer, elle le savait. Logan était avec Francesca, et elle n'avait ni le droit ni l'envie de s'immiscer dans leur couple.

Délicatement, pour ne pas le froisser, elle retira sa main de sous la sienne.

— J'ai hâte de commencer le travail, déclara-t-elle en souriant.

« Ne serait-ce que parce que ça me permettra de penser à autre chose qu'à vous ! » ajouta-t-elle en silence.

Logan pinça les lèvres, visiblement vexé, malgré toutes les précautions de Darcy, par le fait qu'elle avait retiré sa main.

— Dans ce cas, demanda-t-il avec humeur, pourquoi ne

mangez-vous pas ? C'est l'idée de ce mariage qu'au fond de vous-même vous n'arrivez pas à accepter ?

— Pas du tout ! nia-t-elle instantanément.

Elle lança un regard affectueux vers les futurs époux, assis à l'autre bout de la table. Leur bonheur faisait plaisir à voir, il n'était plus possible de douter de leur amour.

— Ils forment un couple merveilleux, murmura-t-elle, presque pour elle-même.

— Merveilleux, en effet, répéta son voisin avec une certaine ironie.

Darcy lui jeta un regard curieux.

— On dirait que c'est vous qui avez des doutes…

— Je n'ai pas mon mot à dire dans cette histoire, de toute façon.

C'était vrai. Mais Darcy fut troublée de constater qu'en son for intérieur, Logan n'approuvait toujours pas ce mariage.

Instinctivement, elle jeta un regard à Francesca. Connaissait-elle les sentiments de Logan vis-à-vis du mariage ? Elle espérait que oui, sans quoi la jeune femme allait avoir une désagréable surprise !

— Logan, je…, commença-t-elle.

Mais il l'interrompit aussitôt.

— On danse dans le grand salon, après dîner, annonça-t-il.

Comme s'il avait su qu'elle allait s'excuser et se retirer dans sa chambre…

— Darcy m'a promis de danser d'abord avec moi, mon vieux, intervint Brice en lui prenant à son tour la main. Mais je suis sûr qu'elle trouvera bien un moment pour toi en fin de soirée ! ajouta-t-il, moqueur.

Darcy tourna vers lui un regard stupéfait, et le vit qui lui décochait un clin d'œil complice.

Il savait. Elle n'aurait su dire comment, mais Brice avait compris qu'elle était amoureuse de Logan. La question était : en parlerait-il à son cousin ?

Elle renonça aussitôt à regagner sa chambre. Elle devait impérativement prendre Brice à part et lui demander – le supplier, s'il le fallait – de ne rien dire à Logan. Elle n'avait pas envie de voir l'homme qu'elle aimait poser sur elle un regard plein de pitié et d'embarras.

— J'ai hâte d'y être, répondit-elle avec entrain.

Elle vit à l'éclat malicieux du regard de Brice qu'il avait reçu son message silencieux.

— Formidable, fit Logan d'un ton acerbe. Mais laisse-moi te donner un conseil, Brice : surveille les pieds de Darcy.

— Je suis sûr qu'elle danse merveilleusement, répondit l'intéressé.

— Je n'en doute pas. Ce sont ses coups de pied dont tu dois te méfier.

Darcy comprit immédiatement à quoi il faisait allusion, et rosit.

— Je suis certaine que Brice est un gentleman, lui, et que je n'aurai pas à lui donner de coup de pied, riposta-t-elle.

— Ai-je bien entendu ? s'exclama Brice, un sourire jusqu'aux oreilles. Toi, Logan, te serais attiré les foudres d'une jeune femme aussi charmante et aussi douce ?

— Tu verras que ce n'est pas très difficile, rétorqua son cousin avec colère.

Devant sa réaction, Darcy détourna la tête pour cacher les larmes qui lui montèrent aux yeux. Ce n'était pas la colère qu'elle voulait déclencher chez Logan. Hélas, c'était à croire qu'elle ne pouvait éveiller chez lui un autre sentiment…

12

— Elle est absolument ravissante, Logan, lui murmura Brice à l'oreille.

Les deux hommes se tenaient debout dans le grand salon, au centre duquel dansaient plusieurs couples, dont Darcy et son père. Darcy riait à quelque chose que Daniel Simon venait de dire, et tous deux semblaient heureux.

Logan ne fit pas mine d'ignorer de qui son cousin parlait, d'autant plus que Brice venait lui-même de finir son tour de danse avec Darcy.

— C'est vrai, répondit-il.

— Pourquoi tu ne le lui dis pas, alors ?

— Pourquoi diable lui dirais-je une chose pareille ?

— Parce que tu es amoureux d'elle, répondit posément Brice.

Logan faillit s'étrangler sur sa gorgée de champagne.

— Je suis… quoi ? articula-t-il enfin, lorsqu'il se fut remis de sa quinte de toux.

— Amoureux de Darcy, répéta Brice avec le même calme irritant. Et je dois dire que j'admire ton goût. J'étais persuadé que tu ne tomberais jamais amoureux, et que si ça arrivait, ce serait avec la mauvaise personne. Mais Darcy est douce, très jolie, intelligente, pleine d'humour…

— Je ne suis pas amoureux de Darcy ! protesta Logan. Je savais que ton côté artiste faisait de toi un romantique, mais de là à avoir des hallucinations…

Son cousin leva un sourcil réprobateur.

— Je n'ai aucune hallucination.

— Dans ce cas, ça doit être le champagne qui t'est monté à la tête.

— Ce n'est pas non plus le champagne. Logan, tu comptes faire l'idiot le reste de ton existence ?

— Je ne savais pas que j'étais idiot, répondit sèchement l'intéressé.

— Tu le seras si tu laisses Darcy sortir de ta vie.

— Ça ne risque pas d'arriver étant donné que son père va épouser ma mère, et que nous allons devenir demi-frère et demi-sœur.

— Et ça te suffira ? demanda son cousin d'un air intrigué. Tu vas t'en contenter ?

Logan eut un haussement d'épaules agacé.

— J'ignore de quoi tu parles, Brice.

— Oh, vraiment ? Tu n'avais pourtant pas l'air ravi de me voir tenir sa main, tout à l'heure. Et quand j'ai dansé avec elle, j'ai cru que tu allais m'étrangler.

Maudit Brice… Il était décidément bien trop perspicace. C'est vrai, il n'avait pas apprécié de voir Darcy danser avec lui. Mais de là à dire qu'il était amoureux d'elle, c'était ridicule : ils ne se connaissaient que depuis deux semaines ! Il ressentait simplement le besoin, non, le *devoir* de la protéger.

— Je me demandais simplement à quel moment de la soirée elle te donnerait un coup de pied.

— Il n'y a aucun risque qu'elle me donne un coup de pied, répondit Brice.

— Oh ? Et comment peux-tu en être si sûr ?

— Trêve de plaisanterie, Logan, j'espère juste qu'il ne sera pas trop tard quand tu décideras de te réveiller, dit Brice en soupirant.

— Trop tard pour quoi ?

— Darcy est tout ce que j'ai dit, et plus encore. Et crois-moi, nous ne serons pas les seuls à nous en apercevoir.

Logan n'aimait pas entendre son cousin parler de Darcy de

cette façon. D'ailleurs, il n'aimait pas l'entendre parler de Darcy tout court. Mais une nouvelle fois, cela ne voulait pas dire qu'il était amoureux d'elle. Darcy était une jeune femme vulnérable, et il voulait simplement lui éviter de souffrir.

— Pourquoi ne l'invites-tu pas à danser ? suggéra son cousin comme le morceau prenait fin.

Oui, pourquoi ne l'invitait-il pas à danser ?

— Tu as peur ? hasarda Brice.

— Tu me prends pour un idiot ? Tu crois que je vais aller l'inviter juste pour te prouver que je n'ai pas peur ?

— Non, je me demande simplement pourquoi tu n'as pas encore dansé avec ta future demi-sœur.

— Peut-être parce que tu me tapes sur les nerfs avec ça !

— Et je continuerai jusqu'à ce que tu ailles danser avec elle.

Logan fixa sur son cousin un regard furieux.

— Mais pourquoi est-ce si important pour toi ?

— Ce n'est pas pour moi que c'est important.

— On le croirait, pourtant !

— Elle danse merveilleusement bien, susurra Brice. Elle est légère comme une plume, et sensuelle en même temps…

Logan eut un hoquet étranglé, et Brice ouvrit de grands yeux innocents.

— Il y a un problème ? Ah, on dirait que tu viens de perdre ton tour. Grand-père t'a coupé l'herbe sous le pied.

Logan pivota et vit que le maître des lieux entraînait en effet Darcy vers la piste. A près de quatre-vingts ans, Hugh McDonald en imposait plus que jamais. Ses cheveux étaient à peine nuancés de gris et, dans un smoking qui soulignait une carrure toujours athlétique, il offrait l'image d'un homme épargné par les ravages de la vieillesse.

Les deux partenaires discutèrent en dansant et Darcy, d'abord un peu crispée, se détendit visiblement. Logan se demandait ce que Hugh pouvait bien trouver à lui dire, d'autant plus que Daniel Simon était le troisième gendre qu'il accueillait chez lui. Ils semblaient en tout cas apprécier leur compagnie mutuelle et, quand la musique s'arrêta de nouveau, Hugh raccompagna avec galanterie Darcy jusqu'à Meg et Daniel.

— Le vieux renard a pris du bon temps, déclara Brice en connaisseur.

— On dirait, oui. Et il va pouvoir nous le dire lui-même. Le voilà qui arrive.

Hugh McDonald était en effet en train de traverser la salle dans leur direction. Il s'arrêta devant eux après avoir pris au vol une coupe de champagne sur le plateau d'un serveur qui passait par là.

— Alors, jeunes gens ? Puis-je savoir ce que vous faites à vous cacher dans un coin comme des idiots alors que cette pièce est remplie de jolies filles ?

— S'il y a un idiot ici, répondit Brice, ce n'est pas moi.

— Et nous ne nous cachons pas, renchérit Logan, ignorant la pique.

— Vous ne dansez pas beaucoup non plus.

Le patriarche posa sur Logan son regard bleu pâle, et ajouta :

— D'ailleurs, je ne t'ai pas vu danser du tout, toi. Qu'est-ce qui t'arrive ? Tu trouves les invités trop provinciaux à ton goût ?

— Tu sais très bien que non. D'autant plus que la plupart viennent de Londres.

— Jolie, cette fille, enchaîna Hugh sans autre forme de transition.

— Tu parles de Darcy ? demanda Brice d'un ton parfaitement innocent.

— Drôle de nom, mais sacré bout de fille.

— Oh non, soupira Logan. Pitié, ne t'y mets pas toi aussi !

Il reposa sa coupe avec brusquerie, et inclina brièvement la tête à l'intention de son grand-père et de son cousin.

— Si vous voulez bien m'excuser.

— Qu'est-ce que j'ai dit ? demanda Hugh, complètement décontenancé.

Logan n'entendit pas la réponse de son cousin. Il traversa la pièce et rejoignit Darcy juste avant qu'un jeune acteur qu'on lui avait présenté ne lui mît le grappin dessus.

— Vous dansez ? demanda-t-il avec raideur.

Elle s'était tournée en souriant vers lui, mais son sourire disparut lorsqu'elle avisa l'éclat glacial de son regard.

— Vous êtes sûr que vous en avez vraiment envie ?

Non. Ce qu'il avait vraiment envie de faire, c'était de la prendre dans ses bras et de l'emmener dans l'une des nombreuses chambres du château pour lui faire l'amour jusqu'au bout de la nuit. Mais puisqu'il n'avait aucune chance d'y arriver, il se contenterait d'une danse…

— Parfaitement sûr, oui.

Elle fronça les sourcils, toujours dubitative. Et il ne pouvait lui en vouloir. Il était irritable lorsqu'il était loin d'elle, et en colère quand il la retrouvait enfin. A la place de Darcy, il n'était même pas sûr qu'il accepterait son offre !

— Peut-être avez-vous assez dansé pour ce soir, dit-il sèchement, optant pour une autre approche. Peut-être voulez-vous sortir prendre l'air ?

Il vit la surprise se peindre sur les traits de Darcy. Une nouvelle fois, ce n'était pas étonnant. Il avait mis autant d'entrain dans cette proposition que s'il lui avait proposé de se rendre à l'échafaud.

Il prit une profonde inspiration, et tenta de nouveau sa chance.

— Laissez-moi formuler cela autrement, dit-il avec un sourire penaud. Voudriez-vous m'accompagner pour une promenade dans les jardins ?

Elle lui sourit enfin, et inclina gracieusement la tête.

— J'aimerais beaucoup, oui.

Il lui offrit son bras, et décocha au passage un regard meurtrier au jeune acteur, qui attendait tout près de là dans l'espoir de saisir sa chance. Quelques instants après, ils émergeaient sur la terrasse du château, baignée de la fragrance des roses que le grand-père de Logan cultivait non loin.

C'était une nuit merveilleuse, peuplée de l'appel lointain des cerfs. Le disque de la lune se découpait contre un ciel d'un noir intense, sans nuage.

— Quel endroit merveilleux, murmura Darcy en balayant le parc du regard.

La lumière argentée de la lune semblait accroître la brillance de sa robe, et donnait à Darcy une qualité plus éthérée encore qu'à l'ordinaire. Logan fut captivé par sa beauté sitôt qu'ils émergèrent à l'extérieur.

Comme il ne répondait pas à sa remarque, elle se retourna vers lui et fronça les sourcils en avisant son expression.

— Qu'est-ce que… Logan ?

Il agit sans réfléchir, instinctivement. C'était une chose qu'il avait envie de faire depuis trop longtemps. Une chose qu'il avait envie de faire toutes les fois qu'il la voyait !

Il glissa ses bras derrière sa taille souple, l'attira tout contre lui et conquit ses lèvres.

Le plaisir à l'état pur… Pour la première fois de sa vie, il se sentait entier, apaisé. Son corps épousait à la perfection celui de Darcy, il était fait pour la tenir dans ses bras, la chérir, la protéger. Il aurait voulu pouvoir l'embrasser éternellement, la caresser, la…

— Non !

Elle arracha ses lèvres des siennes et se recula, pâle et tremblante.

— Nous ne pouvons pas faire ça, Logan ! se récria-t-elle, les yeux brillant de larmes.

Trop stupéfait pour répondre, toujours tétanisé par la violence de ce qu'il venait de ressentir, il la fixa sans mot dire.

— Lâchez-moi, Logan, reprit-elle.

Il desserra son étreinte, presque machinalement, mais ne la libéra pas pour autant.

— Je ne vous ferai pas de mal, Darcy, murmura-t-il. Je ne vous ferai jamais de mal. Vous devriez le savoir…

Et c'était vrai. Malgré tout ce qu'elle lui avait fait subir, il n'avait pas songé un seul instant à se venger d'elle, à répliquer. Il était prêt à tout encaisser.

Elle se figea soudain entre ses bras, et demanda d'un filet de voix :

— Laissez-moi partir, alors.

— Pourquoi ? Rien ne nous oblige à rentrer. Nous pouvons prendre une entrée de service et monter jusqu'à ma chambre…

— Non !

Elle s'écarta de lui au prix d'un effort surhumain, et répéta un « Non… » tremblant avant de disparaître par les doubles-portes donnant sur le salon.

Logan resta un long moment immobile, stupéfait, abasourdi. Qu'avait-il fait ? Qu'avait-il dit ? Que…

Il se tourna et, avisant un mouvement dans l'ombre, vit bientôt Brice s'approcher de lui.

— J'ai croisé Darcy dans le salon, lui apprit son cousin. Elle n'avait pas tout à fait l'air dans son état normal. Je venais juste m'assurer qu'elle ne t'avait pas poussé dans l'étang.

Logan eut un pâle sourire. Non, elle ne l'avait pas poussé dans l'étang. Mais ce qu'elle avait fait, il en avait confusément conscience, était bien pire…

Le goujat ! Comment avait-il osé l'embrasser et parler de monter dans sa chambre alors que la femme qui partageait sa vie, Francesca, l'attendait sans se douter de rien dans le salon ?

Elle avait toujours su que Logan était arrogant, cynique ; qu'il ne croyait ni au mariage ni à l'amour. Mais jamais elle n'avait imaginé qu'il pourrait se comporter de façon aussi cavalière. Et sous le toit de son grand-père, par-dessus le marché !

Que faire, à présent ? Elle ne pouvait pas rester là, Logan était susceptible de revenir d'un moment à l'autre et elle ne se sentait pas le courage de l'affronter après ce qui venait de se passer sur la terrasse. Mais elle ne voulait pas non plus inquiéter son père et Meg en montant se coucher trop tôt.

Contre toute attente, ce fut Hugh McDonald qui vint à son secours, annonçant qu'il était près de minuit et qu'il allait danser une dernière valse avec la plus belle femme de la soirée.

Son soulagement ne dura guère, car ce fut elle qu'il vint chercher, et qu'il entraîna vers la piste tandis que l'orchestre se remettait à jouer !

— Souriez, ma belle. Ne montrez jamais à un McDonald qu'il vous a troublée, lui conseilla-t-il avec un clin d'œil entendu.

— Un McDonald ?

— Ma fille a beau avoir épousé un McKenzie, Logan est un McDonald jusqu'à la moelle. Mais un peu maladroit sentimentalement parlant, il faut l'avouer.

Comme elle le dévisageait avec étonnement, il éclata de rire et ajouta :

— Ma défunte femme a dû me donner un coup de poêle à frire sur la tête pour que je me rende compte que j'étais amoureux d'elle.

Darcy ne put s'empêcher de rire.

— Il faudra que vous me racontiez cette histoire, un de ces jours !

Mais elle savait que cette approche ne fonctionnerait pas avec Logan. Elle avait déjà essayé, et cela n'avait résulté qu'en une invitation à monter dans sa chambre pendant que sa maîtresse régulière attendait en bas. Ce n'était pas exactement ce qu'elle appelait une déclaration d'amour !

— Logan ne sait pas s'y prendre avec les femmes, déclara son hôte en soupirant. Si j'avais quarante ans de moins, je vous demanderais en mariage moi-même !

— Et je serais sans doute tentée d'accepter !

Hugh lui adressa un large sourire et la relâcha comme les dernières notes de la valse résonnaient dans la pièce. Il ressemblait beaucoup à son petit-fils, en cet instant.

— Bienvenue dans la famille, fillette, fit-il en se penchant pour l'embrasser sur la joue. J'espère vous revoir bientôt.

A son grand dam, la première chose que vit Darcy en se retournant fut Logan. Il se tenait près des doubles-portes et la fixait d'un regard furieux.

Il était en colère ? Après ce qu'il lui avait fait ? C'était vraiment le monde à l'envers.

— Mon père est merveilleux, n'est-ce pas ?

Darcy pivota vers Meg, qui venait de s'approcher pour la prendre affectueusement par l'épaule.

— Oui, c'est un sacré personnage, répondit-elle, ravie de pouvoir échapper au regard accusateur de Logan.

— Daniel et moi allons prendre un verre dans la bibliothèque avant d'aller nous coucher. Tu es la bienvenue.

— C'est gentil de me proposer de me joindre à vous. J'ai passé une excellente soirée mais comme Hugh, je suis un peu fatiguée. Pourquoi ne demandez-vous pas à Logan ? On dirait qu'un verre lui ferait du bien.

Elle ne s'attarda pas pour voir si Meg avait suivi son conseil et quitta la pièce. Elle n'aspirait qu'à regagner sa chambre au plus vite, et espérait ne plus jamais avoir à vivre pareille soirée.

Parvenue dans le hall principal, elle hésita. Quatre majestueux escaliers s'offraient à elle. Mais lequel conduisait à la tour nord ?

— Vous faites semblant d'être perdue dans l'espoir que Brice viendra vous montrer le chemin ? fit une voix dure et méprisante à son oreille, assez bas pour que les autres invités qui passaient ne l'entendent pas.

Darcy se raidit et pivota pour affronter Logan. Que lui voulait-il, au juste ? Revenait-il à la charge dans l'espoir de la faire changer d'avis ?

— J'essaie simplement de me rappeler quel escalier mène à la tour nord, répondit-elle, trop fatiguée pour nier l'accusation.

— C'est comme sur une boussole, ironisa son compagnon. L'est est là-bas, l'ouest de l'autre côté, ici c'est le sud et…

— C'est bon, coupa-t-elle d'un ton las. J'ai compris. Excusez-moi de ne pas être un boy-scout.

Sa voix se brisa et elle se détourna pour lui cacher les larmes qui venaient de lui monter aux yeux.

— Darcy…

— Logan ! Enfin, je te trouve ! Je t'ai cherché partout.

Francesca Darwin apparut, et Darcy en profita pour s'éloigner en direction de l'escalier nord. Ses jambes tremblaient tellement qu'elle se demandait comment elle allait réussir à gravir les marches.

— J'étais là, entendit-elle Logan répondre fort peu aimablement.

Darcy parvint à atteindre le haut de l'escalier, mais s'adossa au mur sitôt tourné le coin du couloir. Incapable de contenir ses larmes plus longtemps, elle se mit à pleurer.

Elle ne devait pas rester là, elle le savait. N'importe qui était susceptible d'arriver et de la surprendre. Mais ses jambes refusaient de bouger. Seigneur, elle ne pouvait se méprendre sur le sens de cet éclat dans son regard… Logan la détestait !

— Je voulais simplement te dire que j'avais été ravie de faire ta connaissance, reprit Francesca. J'ai passé une excellente soirée.

— J'en suis très heureux, fit poliment Logan.

Comment ça, elle avait été ravie de faire sa connaissance ? songea Darcy. Avait-elle bien entendu ? Elle n'y comprenait plus rien.

— Peut-être nous reverrons-nous ?

— Peut-être, répéta Logan avec une évidente impatience.

Darcy ne voulut pas en entendre davantage. Elle s'enfonça d'une démarche hésitante dans le couloir qui menait à sa chambre, y entra et referma derrière elle.

Elle tombait des nues. En les voyant tous les deux ensemble, elle avait cru que Francesca était arrivée avec Logan, mais il ressortait de la conversation qu'elle venait de surprendre qu'elle s'était trompée. Et s'il n'était pas venu avec Francesca, cela signifiait qu'il était venu seul…

Où donc était sa compagne ?

« S'il a une compagne », lui souffla une petite voix. Ne s'était-elle pas tout imaginé ? Logan était allé déjeuner avec quelqu'un qui l'avait fait changer d'avis sur le mariage, et elle en avait déduit qu'il ne pouvait s'agir que d'une femme.

Pour la première fois de sa vie, elle se demanda si elle n'était pas allée un peu vite en besogne…

13

Mais pourquoi cette fille ne s'arrêtait-elle pas de parler ? songeait Logan en dévisageant Francesca. Ne comprenait-elle pas qu'il n'était pas intéressé ?

Il avait vu les larmes dans les yeux de Darcy, et s'en voulait d'en être la cause. A croire qu'il ne pouvait s'empêcher de la faire souffrir.

C'était d'autant plus étrange qu'il l'aimait…

Il l'aimait. Il s'en était enfin rendu compte lorsqu'elle l'avait planté là, sur la terrasse, après l'avoir repoussé. Sa vie, en cet instant, lui avait semblé perdre tout sens, toute signification. Jamais il n'avait éprouvé cela pour une femme.

Et cela le terrifiait !

L'amour représentait tout ce qu'il avait toujours redouté — une faiblesse, une terrible dépendance — mais c'était aussi une incroyable excitation, un intense besoin de protéger l'autre, de le couver, de le chérir. Pour la première fois de sa vie, Logan se sentait entier. Comme s'il avait trouvé l'autre moitié de lui-même.

Il n'avait aucun contrôle sur cette émotion ; elle existait par elle-même, indépendamment de sa volonté. C'était merveilleux. Merveilleux et terrible : car cet amour n'était pas payé de retour. Darcy le lui avait clairement fait comprendre sur la terrasse.

Qu'allait-il faire, maintenant ?

— Je vous raccompagne, Francesca ? suggéra Brice, apparaissant soudain à leur côté.

Joignant le geste à la parole, il l'entraîna jusqu'à la porte.

— Logan ? fit alors Margaret.

L'intéressé se tourna vers sa mère, comme sonné. Avait-elle aimé son père comme il aimait Darcy ? Aimait-elle Daniel Simon de la même façon, aujourd'hui ? Si c'était le cas, il lui devait des excuses pour la façon dont il l'avait traitée…

Meg lui sourit gentiment.

— Daniel et moi allons prendre un dernier verre. Pourquoi ne te joindrais-tu pas à nous ?

Sans attendre sa réponse, elle glissa son bras sous le sien, et tous trois entrèrent dans la bibliothèque.

Un feu avait été allumé dans la grande cheminée, mais il était impuissant à réchauffer le cœur de Logan. Tout comme le verre de brandy que Daniel lui mit dans les mains, et qu'il but distraitement.

Se rendre compte qu'il aimait Darcy et qu'elle ne l'aimait pas en retour était déjà difficile. Mais une autre difficulté, différente, l'attendait : comment allait-il s'excuser auprès de sa mère ?

Margaret le regardait à présent avec une certaine inquiétude.

— Logan ?

Ils s'attendaient sans doute à ce qu'il fasse une remarque ironique ou cinglante pour leur gâcher la soirée. Et pouvait-il leur en vouloir ?

Il s'était comporté comme un idiot. Il n'avait pas le droit de s'immiscer dans leur vie.

Avec un soupir, il reposa son verre et s'avança vers Daniel, auquel il tendit la main.

— J'aimerais vous présenter mes tardives mais néanmoins chaleureuses félicitations, à tous les deux. Je vous souhaite beaucoup de bonheur.

Daniel Simon n'hésita qu'une seconde avant de lui rendre sa poignée de main. Logan se tourna ensuite vers sa mère.

— Je sais que vous serez très heureux ensemble… maman.

Sa mère déglutit convulsivement. Cela faisait bien vingt ans qu'il ne lui avait plus dit « maman », préférant l'appeler « Margaret » ou « Meg ».

Il ouvrit les bras et l'attira contre lui. Margaret se blottit contre son épaule et sanglota doucement. Il comprenait à présent que sa mère avait plusieurs fois tenté de franchir le fossé qui les séparait, au cours des années, mais qu'il l'en avait empêchée.

L'amour qu'il éprouvait pour Darcy l'avait dessillé. Il savait qu'il ne pourrait jamais s'empêcher d'aimer sa mère, qu'il le veuille ou non.

— Merci, Logan, murmura-t-elle en déposant un baiser sur sa joue.

— Soyez juste heureux tous les deux, d'accord ?

— Et toi, renchérit-elle, es-tu heureux ?

— Si je ne le suis pas, j'en suis le seul et unique responsable.

Car c'était lui qui avait choisi de vivre ainsi, d'endurcir son cœur, de le fermer à l'amour.

— Darcy…, commença Daniel Simon d'un ton hésitant.

— … est une jeune femme formidable, coupa-t-il en le regardant droit dans les yeux.

Daniel savait-il ce qu'il éprouvait ? S'était-il trahi ? Etait-il possible que son amour eût été visible de tous, sauf de lui-même ? Darcy elle-même s'en était-elle aperçue ?

— Elle vous fait honneur, renchérit-il.

— Sauf lorsqu'elle vous a renversé les œufs en neige sur la tête, lui rappela Daniel en souriant.

— Je crois que je le méritais, reconnut Logan. Et au moins, elle assume ses émotions.

Chose qui ne lui était pas arrivée depuis longtemps. N'était-il pas temps pour lui d'être honnête à son tour, même si sa fierté devait en souffrir ?

— Si ça ne vous dérange pas, je vais vous laisser, tous les deux. Non, bien sûr que ça ne vous dérange pas, corrigea-t-il avec un sourire. Prenez bien soin de ma mère, Daniel.

— Vous pouvez compter sur moi, répondit l'intéressé, passant un bras autour des épaules de Meg.

Il ne fallut qu'une minute à Logan pour gagner le premier étage. Il savait ce qu'il avait à faire, à présent. Tout était clair dans son esprit.

Mais il n'y eut pas de réponse lorsqu'il frappa à la porte de Darcy — elle devait dormir. Ce qu'il avait à lui dire devrait donc attendre le lendemain. Et pourquoi pas, après tout ? Il avait attendu trente-cinq ans avant de trouver le bonheur, une nuit de plus ou de moins n'allait rien y changer. Vu son comportement, il méritait bien de passer une nuit blanche, de toute façon.

Il eut donc le choc de sa vie lorsqu'il se trouva face à Darcy en débouchant dans le long couloir qui desservait les chambres de la tour sud. Elle-même avait l'air tout aussi surprise de se trouver nez à nez avec lui…

S'il osait… s'il osait faire la moindre remarque grossière sur sa présence ici, si près de sa chambre, elle n'hésiterait pas à le…

— Darcy, fit-il d'une voix douce. Vous vous êtes perdue ?

Etrange… Il n'avait pas l'air sarcastique. Mais cela ne voulait pas dire qu'il n'allait pas le devenir !

— Vous voulez que je vous raccompagne jusqu'à la tour nord ?

Darcy continua de le dévisager prudemment.

— C'est-à-dire que… Meg et mon père m'ont proposé de les rejoindre pour boire un dernier verre dans la bibliothèque. Comme je n'avais pas sommeil, je me suis dit « pourquoi pas ? ».

Idiote ! Il n'allait certainement pas gober qu'elle avait cherché la bibliothèque dans la tour sud. Mais son courage lui avait fait défaut lorsqu'elle s'était brusquement trouvée face à face avec lui.

— Je viens de les quitter, expliqua-t-il. Je pense qu'ils préféreraient rester seuls.

— Oh, murmura-t-elle en s'empourprant. Bien sûr.

— Que diriez-vous de venir prendre un verre avec moi ? J'aimerais vous parler, ajouta-t-il comme elle s'apprêtait à refuser.

Darcy hésita. Elle devait une explication à Logan, et c'était précisément dans ce but qu'elle s'était mise en quête de sa chambre. Elle devait lui expliquer sa méprise, lui faire comprendre pourquoi elle avait agi ainsi sur la terrasse. Alors si de son côté, il voulait s'entretenir avec elle, pourquoi pas ? Autant en finir au plus vite.

— D'accord, dit-elle dans un soupir.

A sa suite, elle regagna le rez-de-chaussée. Il l'introduisit dans une pièce de petites dimensions, bien plus intime que toutes celles qu'elle avait visitées jusqu'alors. D'épais tapis couvraient le sol, un feu de cheminée arrachait des éclats fauves aux meubles de bois cirés. La pièce était remplie de livres et de photos de famille. Logan se trouvait sûrement sur plusieurs d'entre elles, et Darcy regretta de ne pas pouvoir les examiner à sa guise.

— Tenez, dit-il en lui tendant un verre de brandy.

Elle le remercia d'un signe de tête, en avala une gorgée et fit la grimace en sentant l'alcool lui râper la gorge.

— Logan…

— Asseyez-vous.

Il indiqua le canapé qui occupait un pan de mur, et attendit qu'elle se fût installée avant de prendre place près d'elle. Darcy se crispa aussitôt, troublée par cette promiscuité.

Logan fit tourner son brandy dans son verre en silence, admirant ses reflets ambrés, avant d'annoncer doucement :

— Vous serez sans doute heureuse d'apprendre que j'ai fait la paix avec ma mère.

— Oh, Logan, c'est merveilleux !

Il ne le réalisait peut-être pas encore, mais la vie de Darcy allait être bien plus facile sans ce fardeau sur ses épaules !

— Oui, murmura-t-il en plongeant soudain son regard dans le sien. Et maintenant, c'est avec vous que j'aimerais faire la paix.

Darcy tressaillit légèrement.

— Avec moi ?

— Si je vous ai fait peur ou si je vous ai brusquée en quoi que ce soit, quand nous étions dehors…

— Non, pas du tout ! protesta-t-elle aussitôt.

La peur était bien la dernière chose qu'elle avait ressentie dans ses bras !

— Vraiment ?

Logan paraissait à présent surpris.

— Enfin, aucune importance, renchérit-il. J'ai apparemment fait quelque chose de mal, et je m'en excuse.

Darcy prit soudain conscience du silence dans l'immense château, seulement rompu par le tic-tac monotone d'une horloge. Elle se rendit également compte que c'était à elle de parler.

— Vous n'avez rien fait de mal, Logan. C'est juste que…

Elle s'humecta les lèvres et acheva d'un filet de voix :

— … j'ai cru que Francesca et vous étiez ensemble.

Logan la dévisagea d'un air de parfaite incompréhension.

— Pardon ? Où êtes-vous allée chercher une idée pareille ?

Darcy se déplaça légèrement sur le côté. Il lui était impossible de réfléchir si près de lui.

— Elle était avec vous quand je suis arrivée. Elle était assise en face de vous au dîner. Et il y a quelque temps, vous avez changé d'avis sur le mariage de votre mère et de mon père après avoir déjeuné avec quelqu'un !

Son compagnon la dévisageait à présent d'un air perplexe, tentant de comprendre ce qu'elle essayait de lui dire.

— Il est évident que c'est après ce déjeuner que vous avez changé d'avis, renchérit-elle.

— C'est exact. Et vous en avez déduit que j'avais déjeuné avec une femme ?

— Eh bien… oui, confessa-t-elle en baissant les yeux.

— J'ai déjeuné avec Fergus, lui apprit-il. Néanmoins, il est vrai que c'est une femme qui est responsable de ma décision.

— Je le soupçonnais, fit Darcy dans un soupir.

— Et cette femme, c'est vous.

Darcy écarquilla les yeux.

— Moi ? Mais… je… je…

— Je pensais que Fergus et Brice seraient tous les deux là. Et comme ce sont deux séducteurs impénitents, j'avais peur que vous…

Il se tut, visiblement embarrassé. Instinctivement, Darcy posa une main sur la sienne.

— Que je quoi ? demanda-t-elle, retenant son souffle.

— Darcy, que faisiez-vous vraiment dans la tour sud ?

— Je vous cherchais, confessa-t-elle aussitôt. J'ai entendu Francesca vous parler juste avant de partir, et j'ai compris que j'avais commis une énorme erreur. Je… je voulais vous le dire.

— Pourquoi ?

— Parce que je…

Elle fronça les sourcils, secoua la tête et enchaîna :

— Vous avez détourné la conversation. C'est vous qui n'avez pas fini votre phrase tout à l'heure.

Logan parut mener un bref combat intérieur, qu'il conclut par un soupir avant de déclarer :

— J'ai décidé de venir au mariage pour m'assurer que mes cousins n'essaieraient pas de charmer la femme que j'aime.

Un son rauque, à mi-chemin du rire et du hoquet, franchit les lèvres de Darcy. Avait-elle bien entendu ? Logan l'aimait ? Mais il ne croyait pas en l'amour ! Il le lui avait dit !

— On dirait que je vous ai choquée, commenta Logan avec un sourire incertain.

— Non ! Je… Vous m'aimez vraiment ? demanda-t-elle, le cœur battant à tout rompre.

— Oh oui. Je n'imagine rien de plus merveilleux que de me réveiller à vos côtés pour le restant de mes jours. Je suis même prêt à recevoir des œufs en neige sur la tête de temps en temps.

Darcy continua de le fixer avec incrédulité.

— Je… Saviez-vous que votre grand-mère avait frappé votre grand-père avec une poêle à frire, et que c'est à ce moment-là qu'il a compris qu'il l'aimait ?

— *Ma* grand-mère ? fit Logan, surpris et amusé.

— Apparemment. C'est ce que Hugh m'a raconté.

— En tout cas, ça a marché. Ils formaient un couple merveilleux. Mais est-ce là une façon de me dire, dans votre style inimitable, que vous m'avez martyrisé ainsi parce que vous m'aimez ?

— Pas tout à fait. Oh, oui, je vous aime, renchérit-elle en le voyant pâlir. Mais je ne m'étais pas rendu compte que c'était ça qui me mettait en colère.

Ce fut au tour de Logan de paraître mal à l'aise. Chose qui

ne lui arrivait pas souvent… Pour le tirer de cet état, elle lui prit les deux mains et répéta avec ferveur :

— Je t'aime passionnément, Logan McKenzie.

— Je suis fou amoureux de toi, Darcy Simon. Veux-tu m'épouser ?

— T'épouser ? répéta Darcy d'une voix tremblant d'émotion. Tu es sûr que tu ne veux pas t'habituer au fait d'être amoureux, d'abord ?

— J'espère bien ne jamais m'habituer à ce sentiment. C'est merveilleux, entêtant…

Il se pencha vers elle, effleura ses lèvres, revint à la charge et l'embrassa cette fois passionnément.

— Je crois que je suis tombé amoureux de toi dès le premier jour, confessa-t-il un long moment après, l'attirant tout contre lui.

Darcy appuya sa tête sur son torse et se mit à rire.

— J'ai peine à y croire. J'étais affreuse, et j'avais pleuré sur ta chemise.

— Ce sont tes larmes qui te rendent unique, ma chérie. Veux-tu m'épouser ?

— Oui, mille fois oui ! répondit-elle en se redressant. Oh, Logan… je n'arrive pas à y croire, reprit-elle d'un ton rêveur. Je te promets que je ne te donnerai plus jamais de coups de pied et que je ne te renverserai plus d'œufs en neige sur la tête.

— Ne fais pas de promesses que tu ne pourras pas tenir, déclara Logan en riant. Et je ne devrais pas le dire, mais j'adore le fait que tu sois si imprévisible. Aucun risque de s'ennuyer, avec toi. Tiens, je suis sûr qu'un jour, tu me présenteras des jumeaux ou des triplés !

« Avoir des enfants de Logan, quelle perspective merveilleuse ! » songea Darcy en se blottissant de nouveau contre son torse musclé. Une perspective tout aussi merveilleuse que de passer le reste de sa vie avec lui…

CAROLE MORTIMER

Une nuit avec Fergus McCloud

SAGA

PASSION DANS LES HIGHLANDS

Traduction française de
ANNE BUSNEL

• SAGAS •

HARLEQUIN

Titre original :
TO MARRY McCLOUD

Ce roman a déjà été publié en 2004, 2009 et 2011.

1

— Vous fêtez quelque chose ?

Fergus ne daigna pas répondre à cette question. Assis depuis un bon moment à une table d'angle au fond de la discothèque bruyante, il fixait d'un œil maussade sa coupe de champagne, l'esprit totalement coupé de la musique cacophonique qui rugissait dans les enceintes et des gens qui, autour de lui, discutaient, buvaient, fumaient et se trémoussaient.

Apparemment, tout le monde s'amusait.

Pas lui.

Cette fille était soit aveugle, soit stupide. Avait-il la mine de quelqu'un qui fête quelque chose ?

— Il ne faut pas boire seul, on ne vous l'a jamais dit ?

Elle insistait, en plus. Elle ne voyait donc pas que c'était précisément la solitude qu'il était venu chercher ici ? Il n'avait pas du tout l'intention de lier connaissance. Avec qui que ce soit.

— Cela vous dérange si je m'assieds ?

Quelle question ! Evidemment que ça le dérangeait. Elle avait quand même un culot phénoménal de…

Wouah !

Il avait fini par relever la tête. Et là, le choc. Car elle était magnifique. Absolument superbe. Indéniablement.

Toute petite, elle portait une robe noire très simple qui s'arrêtait au-dessus du genou et tombait avec fluidité sur sa silhouette ultramince. Elle avait de très longs cheveux d'un noir d'ébène qui accentuait le bleu de ses yeux — intense, fulgurant, presque violet. Fergus n'avait jamais vu un regard aussi fascinant.

Mais bon. Elle était belle, et après ? C'était avant tout une enquiquineuse qui le draguait ouvertement. En cet instant, il avait besoin de tout sauf de cela.

Carré contre le dossier de la banquette, il la jaugea de la tête aux pieds, lentement et avec une insolence délibérée, avant de revenir sur sa frimousse délicate.

Tout à coup, il fronça les sourcils et s'étonna :

— Vous avez l'âge de sortir en boîte ?

Elle éclata de rire et il entrevit l'éclat de ses petites dents bien blanches et régulières.

— Croyez-moi, il y a longtemps que j'ai dépassé l'âge de la majorité ! assura-t-elle gaiement.

Sa voix était légèrement voilée, sensuelle, raffinée. Il n'avait donc pas affaire à une poupée Barbie, comme il l'avait d'emblée supposé. Mais au fait, pourquoi lui avait-il posé une question dont la réponse l'indifférait au plus haut point ? Maintenant, elle allait croire qu'il s'intéressait à elle et elle chercherait certainement à s'incruster davantage. Alors qu'il voulait juste avoir la paix…

— Puis-je m'asseoir ?

Gagné ! Bon sang, que devait-il faire pour la rebuter ? L'insulter ? La mordre ?

Il n'aurait guère hésité si cela avait pu lui garantir sa tranquillité, malheureusement, cela aurait sans doute créé quelques remous dans la discothèque…

— Ecoutez, mademoiselle…

— Chloe.

Tout en lui disant son prénom, elle s'était glissée sur le siège face à lui. Il réprima une protestation. Impassible, elle posa les coudes sur la table et appuya son menton au creux de ses mains, sans cesser de le fixer de ses grands yeux bleus.

— Chloe, je m'en voudrais d'être grossier, mais…

— Alors soyez sympa !

D'accord. Mais ce n'était sûrement pas la marche à suivre s'il voulait qu'elle déguerpisse au plus vite.

— Chloe, la journée n'a pas été très bonne pour moi…

— Votre chance est peut-être en train de tourner ?

Mais qu'espérait-elle, à la fin ?

Fichue journée…

Il y avait eu ce mariage, le deuxième en un mois. Tout d'abord, sa tante Meg avait épousé un restaurateur, également chef cuisinier de son état, Daniel Simon ; et aujourd'hui — bien pire ! —, son cousin Logan s'était marié avec Darcy Simon.

Certes, Darcy était une fille charmante, très amoureuse de Logan qui le lui rendait bien. Le problème n'était pas là. Le problème, c'est que Fergus n'avait pas prévu à quel point ce mariage l'affecterait.

Depuis l'enfance, il formait avec ses deux cousins un trio inséparable. Brice, Logan et lui avaient grandi en Ecosse, puis étudié à Oxford. Durant les quatorze années qui avaient suivi, ils étaient restés très proches. Sans vivre constamment « accrochés » les uns aux autres, ils avaient tout de même profité ensemble de la joyeuse vie des célibataires. A tel point qu'on les avait surnommés « Les trois tombeurs ».

A présent que Logan s'était rangé, il ne restait plus que Brice et lui. Et « Les deux tombeurs », ça ne sonnait pas pareil…

Sa bouche se plissa en une moue désabusée.

— Ma chère Chloe, vous êtes charmante, mais je…

— Voulez-vous danser ? coupa-t-elle d'un ton léger.

Fergus n'était même pas sûr de pouvoir tenir debout, alors de là à danser… Tout à l'heure, à la réception qui avait suivi la cérémonie, le champagne avait coulé à flots et, maintenant, les bulles s'attaquaient sérieusement à son centre nerveux.

Lorsque les invités avaient commencé à s'en aller, vers minuit, il n'avait pas voulu rentrer pour se retrouver seul chez lui, aussi avait-il demandé au chauffeur de taxi de le déposer devant ce club. Au moins avait-il eu le bon sens de poursuivre la soirée au champagne, afin d'éviter de se réveiller le lendemain avec un sacré mal de crâne !

Enfin, vu la quantité ingurgitée, ce n'était pas totalement exclu…

Il soupira.

— Ce que je voudrais, Chloe, c'est…

— Vous m'offrez un verre d'eau minérale ?

Lui permettrait-elle d'achever une seule phrase ? Il lui jeta un regard irrité, mais elle souriait gentiment, si bien qu'il se laissa amadouer par l'expression mutine de son délicieux visage. Après tout, ce n'était pas sa faute s'il était d'humeur massacrante.

— Un tout petit verre d'eau…, plaida-t-elle, les yeux pétillant de malice.

Bon, va pour un verre d'eau. Ensuite, elle s'en irait.

Il se tourna pour faire signe au serveur campé derrière son bar, passa la commande et attendit que la bouteille arrive pour servir lui-même la dénommée Chloe. Du moins, telle était son intention mais, au dernier moment, sa main fléchit et un jet d'eau inonda la table. Et zut !

Etait-il soûl à ce point ?

— Maladroit ! lança Chloe avec bonne humeur.

Comme par miracle, un mouchoir en papier se matérialisa dans la main de la jeune femme. Elle épongea la flaque, puis leva son verre pour trinquer.

— A la santé de qui buvons-nous ? s'enquit-elle du même ton enjoué.

— A celle des amis absents, répondit Fergus, lugubre, avant d'engloutir une grande gorgée de champagne.

Bien sûr, Logan resterait un de ses proches, mais tout changerait entre eux. Agés de trente-cinq ans, les trois cousins avaient toujours été comme des frères. Ils avaient affronté ensemble chaque période de crise. Et il faudrait du temps à Fergus pour accepter le fait que Logan partageait désormais sa vie avec Darcy.

Chloe l'observait avec attention.

— Je croyais qu'il fallait siroter le champagne pour en apprécier pleinement la saveur, fit-elle remarquer.

— La personne qui vous a dit cela avait entièrement raison. Surtout quand il s'agit d'un grand millésime. Mais je vous avais prévenue, je ne suis pas de bonne compagnie ce soir…

— C'est vrai. De quoi voulez-vous parler ?

— De rien !

Elle inclina la tête, songeuse et, dans la lumière tamisée qui tombait de l'applique murale, ses longs cheveux noirs prirent un reflet bleuté.

— Vous êtes bien Fergus McCloud, n'est-ce pas ?

— Et ensuite ? rétorqua-t-il, aussitôt sur la défensive.

— Oui, bien sûr, c'est vous. J'ai lu plusieurs de vos livres et j'ai vu votre photo sur la jaquette. Vous avez beaucoup de talent.

— Merci.

— C'est tout l'effet que ça vous fait ? s'esclaffa-t-elle.

— Vous savez, j'ai lu mes romans. Ce sont des polars classiques. Une touche de mystère, une autre de violence, mélangez le tout avec une bonne rasade d'érotisme, et vous tiendrez la recette idéale.

— Vous avez publié six livres en six ans, et tous ont figuré en tête de la liste des best-sellers. Ce n'est pas ce que j'appellerais des « polars classiques ».

Bon sang, elle en savait décidément beaucoup sur lui et sur son œuvre. Etait-ce une fan, une de ces groupies qui s'attachent obstinément aux pas de leur héros, qu'il soit acteur, chanteur ou écrivain comme lui ?

— Que voulez-vous, les goûts du public sont parfois discutables, rétorqua-t-il.

— Eh bien ! Vous avez vraiment décidé de vous apitoyer sur votre sort, ce soir !

Oui, précisément. Alors pourquoi ne tirait-elle pas sa révérence, qu'il puisse enfin se morfondre tout à loisir ?

Lier connaissance avec ce type se révélait plus difficile que prévu. Depuis des semaines, Chloe cherchait désespérément un prétexte afin de rencontrer Fergus McCloud « par hasard ». Elle avait fini par renoncer. Il avait abandonné sa carrière d'avocat quand ses livres avaient commencé à se vendre comme des petits pains, aussi n'avait-il plus de cabinet où demander un rendez-vous. Il travaillait à son domicile. Et il ne sortait presque jamais en soirée. Dans ces conditions, comment faire sa connaissance de manière « apparemment » fortuite ?

Chloe n'avait obtenu qu'un seul renseignement digne d'intérêt : Fergus McCloud était convié au mariage de son cousin Logan, et il ne se défilerait sûrement pas puisqu'il était témoin du marié. Mais, comme elle ne connaissait ni ce dernier, ni sa promise, elle n'avait aucune chance de se faire inviter.

Découragée, elle avait accepté de passer la soirée en compagnie d'un groupe d'amis, anciens camarades d'université. Après avoir dîné au restaurant, ils avaient décidé de sortir en boîte. Et Chloe n'en avait pas cru ses yeux lorsque, au bout de deux heures, sur le point de quitter les lieux, elle avait reconnu Fergus McCloud qui franchissait le seuil de l'établissement !

Seul.

Chloe avait connu un instant de panique. Que faire ? Puis, elle avait repris son sang-froid. L'occasion était inespérée. Elle n'allait certainement pas laisser passer sa chance !

S'étant excusée auprès de ses amis — sous prétexte d'une subite migraine qui l'obligeait à rentrer chez elle plus tôt que prévu —, elle avait fait mine de partir, puis avait discrètement suivi Fergus McCloud qui, s'éloignant de la piste de danse bondée, avait gagné la salle du fond à l'atmosphère plus intime.

Chloe s'était méfiée. Il était seul, soit, mais peut-être avait-il rendez-vous avec quelqu'un ? Une femme, probablement. Aussi avait-elle patienté une bonne heure, le temps pour lui de vider une bouteille de champagne et d'en commander une deuxième.

Alors, prenant son courage à deux mains, elle s'était jetée à l'eau et l'avait abordé.

D'emblée, il s'était montré très clair : il ne désirait aucune compagnie. Mais il en fallait plus pour la dissuader !

Elle se mit à jouer avec son verre pour se donner une contenance et cacher sa nervosité.

— Vous êtes-vous amusé au mariage de votre cousin ? s'enquit-elle sur le ton de la conversation.

Il fronça les sourcils, ce qui ne diminua en rien son charme ravageur. Chloe, qui ne l'avait vu qu'en photo, ne s'attendait pas à lui trouver autant de sex-appeal. Et, de fait, il avait une présence physique extraordinaire, quasi magnétique.

Grand, bâti comme un athlète, il était absolument renversant dans son smoking noir. Ses cheveux noirs un peu longs sur sa nuque lui donnaient l'air romantique. Et ses yeux couleur noisette et moirés d'or adoucissaient la dureté de ses traits taillés à la serpe.

En d'autres circonstances, Chloe l'aurait trouvé excessivement attirant.

— Comment se fait-il que vous en sachiez autant sur ma vie privée ?

Consciente d'avoir commis une bévue, elle partit d'un rire léger pour faire diversion.

— Voyons, tout le monde sait que Logan McKenzie, le célèbre homme d'affaires, est votre cousin ; et qu'il s'est marié aujourd'hui même !

— Peut-être, mais…

Il ne termina pas sa phrase, au grand soulagement de Chloe qui réprima un soupir. Elle n'avait pas l'habitude de ces petites joutes verbales. A dire vrai, elle avait dû se faire violence pour approcher Fergus McCloud, lui parler, et s'inviter effrontément à sa table en dépit de sa froideur flagrante. Un tel comportement n'était pas dans ses habitudes ! Mais, prise au dépourvu en le voyant franchir le seuil de la discothèque, elle avait réagi en suivant son instinct.

— Vous savez bien que ce mariage est l'événement social du mois, mon cher Fergus, susurra-t-elle.

— Mmm… Eh bien, si vous tenez vraiment à avoir une réponse, la cérémonie s'est bien déroulée… du moins comme tout le monde s'y attendait.

— Ah… Vous n'aimez pas les mariages ?

De nouveau, il la considéra avec méfiance.

— Vous n'êtes pas journaliste, n'est-ce pas ? Je ne vais pas retrouver mes propos d'ivrogne étalés en première page demain matin ?!

Pas vraiment. Elle non plus n'avait pas beaucoup d'estime pour les journalistes. A cause d'eux, sa famille avait vu son existence bouleversée. Mais bon, il fallait bien trouver un sujet de conversation…

— Non, non, simple curiosité de ma part, assura-t-elle.

— Bon, alors si vous voulez bien m'excuser… J'en ai assez de cet endroit. Je vais faire appeler un taxi.

Après avoir jeté un billet sur la table, il se déplaça au bout de la banquette. Chloe leva sur lui un regard ébahi. Il n'avait tout de même pas l'intention de la planter là, sans autre forme de procès ? Ils n'avaient pas eu le temps d'échanger trois mots !

Mais elle se tracassait pour rien.

— Oh là !

Fergus McCloud vacilla et s'agrippa au rebord de la table. Puis, paupières closes, il se rassit pesamment. Il respira profondément plusieurs fois de suite et, sans ouvrir les yeux, demanda d'une voix rauque :

— Vous ne voudriez pas me rendre un petit service, par hasard ?

Le cœur de Chloe bondit dans sa poitrine. Elle était prête à tout, du moment qu'il ne partait pas.

— Oui ? Que voulez-vous ? lui demanda-t-elle.

— Eh bien… en toute franchise, j'ai un peu de mal à passer en position verticale. Bon, disons-le tout net, j'ai trop bu. Je suis ivre. Bourré. Complètement rond. Je ne me souviens même pas de la dernière fois où… Ah si ! C'était il y a quatorze ans, à ma sortie d'Oxford… Je suis resté comateux au lit pendant deux jours.

— D'accord, je comprends. Vous voulez que je vous aide ?

— S'il vous plaît… à sortir d'ici. Et seriez-vous assez aimable… pour appeler un taxi ?

Les mots sortaient difficilement. Il avait peine à les articuler, non pas parce que l'alcool lui empâtait la langue, mais parce que, de toute évidence, il n'avait pas l'habitude de demander service.

Quoi qu'il en soit, tout cela servait à merveille son plan… mais elle n'allait pas le lui dire !

Elle se leva, remonta la bandoulière de son sac sur son épaule et contourna la table.

— Appuyez-vous sur moi.

— Pas trop, objecta-t-il en l'enveloppant d'un regard flou.

Vous êtes toute petite. Si je m'appuie sur vous, nous allons tomber tous les deux !

Il avait trente centimètres de plus qu'elle et devait peser le double de son poids ! Néanmoins, elle était plus robuste qu'il n'y paraissait de prime abord et elle réussit à le soutenir sans trop de mal, tandis qu'ils avançaient vers la sortie.

— Bon sang, c'est humiliant ! marmonna-t-il quand ils eurent parcouru la moitié du chemin sans encombre.

— Prenez cela comme un entraînement pour vos vieux jours…

— En ce moment, j'ai l'impression d'avoir déjà cent ans !

En tout cas, il ne les paraissait pas. Il avait même l'air assez juvénile pour les trente-cinq ans que, elle le savait, il avait déjà fêtés. Il faut dire que l'expression mortifiée qu'il arborait en cet instant et la mèche de cheveux qui rebiquait sur son front n'aidaient pas à le prendre au sérieux.

Chloe ne chercha pas à attirer l'attention des chauffeurs de taxi qui attendaient le chaland le long du trottoir, aux environs du night-club. Elle entraîna Fergus McCloud vers la voiture de sport vert pomme garée dans le parking voisin, déclencha l'ouverture automatique des portes et, ayant ouvert la portière côté passager, poussa son compagnon sur le siège.

Curieusement, cette petite marche dans l'air frais de la nuit ne semblait pas lui avoir éclairci les idées. Au contraire. Il cilla, regarda autour de lui d'un air hébété, tandis que Chloe prenait place au volant. Et, dans un éclair de lucidité, il marmonna :

— Ce n'est pas un taxi !

— Non, c'est ma voiture, confirma Chloe en tournant la clé de contact.

Il parut sur le point de protester, mais sa tête retomba lourdement contre le dossier et il ferma les yeux de nouveau.

— Bah ! Après tout… Faut-il que je vous donne mon adresse ? A moins que vous ne la connaissiez aussi ?

— Hum… eh bien… oui.

Elle se mordit la lèvre dans l'attente de sa réaction. Mais l'alcool était son allié. Comme elle accélérait pour s'engager dans la circulation, il murmura avec indifférence :

— Vous me connaissez… vraiment bien. Rappelez-moi plus tard de vous demander pourquoi. Parce que… quand je me réveillerai demain matin… j'ai peur de ne pas me souvenir de grand-chose !

« J'espère bien ! » songea Chloe.

2

Fergus s'éveilla lentement et, totalement désorienté, tourna la tête de gauche à droite pour tenter de se repérer. Il finit par reconnaître sa propre chambre. Comment diable était-il arrivé là ? Aucune idée. On aurait dit que son crâne était bourré de coton…

Il jeta un coup d'œil au réveil posé sur la table de chevet. 9 h 30. Avec un grognement, il se renversa sur les oreillers.

Quel jour était-on ?

Hier, Logan et Darcy s'étaient mariés. Ça, il s'en souvenait. Par conséquent, on devait être dimanche. Inutile de bondir hors du lit. Il n'avait rien de prévu aujourd'hui, rien à faire, personne à voir, et Maud, son employée de maison, prenait toujours son dimanche. D'ordinaire ces jours-là, il travaillait du matin au soir, se contentant de grignoter un sandwich quand la faim se faisait sentir.

Alors pourquoi cette bonne odeur de café flottait-elle dans la maison ?

Il s'agissait peut-être d'une hallucination olfactive, due à l'excès de champagne la veille ? En tout cas, il avait justement besoin de café. Terriblement besoin ! Par chance, il n'avait pas la migraine, mais sa bouche était pâteuse et il avait l'esprit pour le moins embrumé. Oui, un bon café bien corsé et brûlant, c'est exactement ce qu…

Mais qui avait fait ce café ?

Sur ces entrefaites, une voix féminine enjouée s'éleva derrière la porte de la chambre :

— Allez, allez, debout là-dedans ! Je vous apporte un café, Fergus.

Interloqué, il redressa la tête, sans ouvrir encore les yeux. Pas de doute, l'odeur de café se faisait plus forte, elle était bien réelle. Et pourtant, un détail clochait. S'il y avait une femme dans sa chambre, il devait forcément rêver !

Bien sûr, il lui arrivait parfois, et même très régulièrement, de passer quelques heures mémorables dans ce même lit, en galante compagnie. Mais pas la nuit dernière. Sur ce point, il était catégorique.

Alors ? C'était peut-être la fièvre. Il avait contracté un mauvais virus et il délirait…

— On se réveille ! Voilà votre café, tenez…

Lentement, il ouvrit les yeux et, encore plus lentement, tourna la tête, redoutant ce qu'il allait découvrir…

Deux grands yeux bleus. Une cascade de cheveux noirs. Un petit corps mince, manifestement nu sous la chemise masculine à demi déboutonnée qui laissait voir la naissance d'une poitrine ronde et des cuisses fuselées.

Non, il ne s'agissait pas d'une vision, mais tout simplement d'un rêve. Un rêve délicieux. Il ne pouvait y avoir une femme à moitié nue dans sa chambre, car il se rappelait distinctement avoir quitté la réception seul la veille au soir.

— Du café, noir, sans sucre. C'est bien cela ? s'enquit l'apparition en déposant la tasse sur la table de nuit.

Un sans-faute. Mais comment le savait-elle ?

— Que faites-vous ici ? s'exclama-t-il en se dressant dans un sursaut.

Elle haussa ses fins sourcils noirs et lui sourit avant de s'asseoir sur le lit.

— Cela ne vous dérange pas que je reste là pendant que je bois mon café ? Ah, et j'ai été obligée de vous emprunter une chemise. Il ne fait pas très chaud, en bas, dans la cuisine…

Eberlué, Fergus la dévisageait sans mot dire. Qui était cette fille ? D'où sortait-elle ? Manifestement, elle avait fouiné dans la maison, fouillé dans les placards… Dieu merci, c'était le jour de congé de Maud ! Sa gouvernante n'était pas naïve, elle savait bien qu'il recevait des femmes de temps en temps chez lui, mais de là à ce que l'une d'elles déambule en petite tenue dans la maison… !

Fergus se détourna ostensiblement pour saisir sa tasse et boire une gorgée de café. Il voulait en réalité se donner quelques secondes de réflexion, afin de décider de la marche à suivre… mais il n'en eut pas le loisir. Au moment où il tendait le bras, il se rendit compte qu'il était lui-même nu comme un ver sous la couette !

Il ne se souvenait pas s'être déshabillé. Mais comme il ne se souvenait de rien… Du chaos qui régnait dans son esprit émergeait cependant un fait indubitable : cette femme avait passé la nuit ici, dans son lit. Avec lui.

Et il n'en gardait pas le moindre souvenir.

Il ignorait jusqu'à son nom.

Comment cela avait-il pu se produire ?

La réponse allait de soi : il avait bu trop de champagne, avec l'estomac vide pour couronner le tout. Il se rappelait vaguement avoir quitté la réception, puis être entré dans un night-club. Après… le trou.

— « Merci, Chloe ! » De rien, c'est tout naturel, Fergus ! se moqua-t-elle gentiment.

Chloe. C'était donc ainsi qu'elle s'appelait. Pourtant, il ne connaissait aucune… Mais si ! Ça lui revenait maintenant. A la discothèque, hier soir. Elle s'était invitée à sa table et avait tenu à boire un verre en sa compagnie. Ensuite…

Mon Dieu, avaient-ils couché ensemble ?

Une amnésie terrible lui cachait ce qui s'était passé entre le moment où il avait quitté le club et celui où il s'était éveillé dans sa chambre. Voyons, comment s'était prolongée la soirée ? Il n'avait pas souvenir d'avoir flirté avec elle, encore moins de…

Atterré, il ravala un gémissement. Quelle situation horrible !

Comment allait-il s'en sortir ? Une chose était sûre : il ne boirait plus une goutte de champagne de toute sa vie !

— Hum… euh, Chloe ? Je… hum…

Mieux réveillé, il fut frappé par son extraordinaire beauté. Toute menue, elle tenait sa tasse entre ses deux mains, telle une enfant. Elle ne portait pas de bague, remarqua-t-il avec un certain soulagement. Au moins, il n'aurait pas un marié bafoué et revanchard sur le dos !

Car, de toute évidence, ils étaient devenus intimes au cours de la nuit.

Comment était-on censé se comporter dans ces cas-là ? Il n'allait tout de même pas lui présenter ses excuses : « Bonjour, et mille pardons : je ne me souviens de rien ! »

— Votre café est bon, commenta-t-il platement.

— Merci. Vous savez, Fergus, j'ai passé une soirée merveilleuse, hier.

Ah bon ? Il ne se serait pourtant pas cru au top de sa forme et bien incapable de donner le meilleur de lui-même. Mais bon, puisqu'elle le disait… Quoique non ! Ce n'était pas normal ! Comment était-il possible d'effacer entièrement de sa mémoire une nuit entière passée avec une femme ?

Il n'allait pas faire comme si de rien n'était et lui jouer la comédie. D'un autre côté, il ne pouvait pas non plus lui balancer la vérité en pleine figure. Son instinct lui soufflait que cette muflerie serait très mal prise…

— Ah ? Eh bien, tant mieux, hasarda-t-il en prenant maladroitement une mèche de cheveux noirs entre ses doigts. Mais euh… avons-nous… ?

Il fut interrompu par le carillon de la porte d'entrée qui résonna dans toute la maison. Qui diable venait le voir à une heure pareille un dimanche matin ?

Il n'y avait qu'une seule façon de le découvrir, mais avec la belle Chloe à moitié nue dans les parages, il n'allait certainement pas sortir du lit pour aller ouvrir. Tant pis, il ne bougerait pas d'un pouce, et son visiteur — quel qu'il soit — finirait bien par se lasser.

La sonnerie retentit de nouveau, insistante.

Bon sang, est-ce qu'on allait lui ficher la paix ?

Chloe se leva avec grâce.

— Vous n'allez pas répondre ? s'étonna-t-elle.

Des idées atroces traversaient l'esprit de Fergus. Et si c'était sa mère ? Elle avait assisté au mariage elle aussi et devait encore être à Londres. Ou bien une de ses ex, prise d'un accès de nostalgie ? Comment présenter Chloe alors qu'il ne savait pas lui-même qui elle était ?

— Euh... une minute, bredouilla-t-il.

Il s'assit, posa ses pieds par terre. Bien, bien. Il était nu. Un regard furtif autour de lui lui apprit que son peignoir se trouvait dans la salle de bains, là où il l'avait laissé le matin précédent.

Il n'y avait que quelques mètres entre le lit et le cabinet de toilette, mais il n'avait nulle envie de traverser la pièce en tenue d'Adam sous le regard d'une étrangère, quand bien même il l'aurait honorée toute la nuit...

Prenant son courage à deux mains, il gagna rapidement la pièce adjacente en sifflotant, l'air dégagé. Puis, une fois vêtu décemment, il retraversa la chambre pour gagner le couloir.

— Je ne serai pas long, promit-il.

Il dégringola l'escalier en pestant, se demandant pour la énième fois qui était cette fille et ce qu'il allait en faire.

Son cousin l'attendait sur le perron.

— Brice !

— Bonjour, Fergus. Joli joujou, commenta Brice en désignant la voiture de sport verte garée dans l'allée, avant de demander : Je la connais ?

Fergus fixait le véhicule qu'il voyait pour la première fois et qui appartenait forcément à Chloe. Cela répondait au moins à l'une des questions les plus embarrassantes qu'il se posait depuis son réveil. La propriétaire d'une telle voiture flambant neuve ne s'attendait sûrement pas à recevoir une rétribution pour les cajoleries qu'elle lui avait prodiguées durant la nuit.

« Voilà déjà un point d'éclairci. Nous progressons ! » se dit-il pour s'encourager.

— En tout cas, j'aimerais la connaître, se reprit Brice avec malice.

Nul doute que cet amateur de jolies filles serait époustouflé par la beauté de Chloe, comme Fergus l'avait lui-même été. Cette idée l'irrita aussitôt. D'un ton rogue, il demanda :

— Que puis-je pour toi, Brice ?

— Tu ne te souviens pas ? Nous avions prévu hier de faire une partie de golf aujourd'hui. Tu m'as dit que tu ne travaillerais pas et j'ai réservé pour deux au club à midi.

Du golf. Il avait eu l'intention de jouer au golf *aujourd'hui* ? A l'heure actuelle, rien n'était plus éloigné de ses préoccupations ! Et Chloe qui attendait là-haut. S'il ne parvenait pas à…

— Bonjour ! lança sa voix chantante dans son dos.

La catastrophe n'était plus imminente, elle lui déboulait dessus. Fergus ferma les yeux un quart de seconde. Il avait caressé l'espoir de se débarrasser de Brice sous un prétexte quelconque afin d'éviter que ces deux-là se croisent. Pure utopie ! Bien évidemment, il avait fallu que Chloe pointe le bout de son nez — qu'elle avait ravissant au demeurant !

— Bonjour, répondit Brice avec un large sourire qui ne s'adressait pas à son cousin.

Fergus pivota lentement, imaginant le pire. Chloe était charmante et très sexy dans sa chemise d'homme, mais si Brice… Ouf ! Il s'était inquiété pour rien. Elle était habillée de pied en cap. La chemise avait disparu, remplacée par une petite robe noire toute simple, des collants et une paire d'escarpins à hauts talons. Ses cheveux ne caracolaient plus dans son dos mais, sagement lissés, encadraient son visage sublime dénué de maquillage.

Ainsi, elle était la femme la plus belle qu'il ait jamais vue.

— Eh bien, Fergus ? Vous ne nous présentez pas ? réclama-t-elle.

— Hum… Voici mon cousin, Brice McAllister. Brice, je te présente Chloe…

Il laissa sa phrase en suspens. Riant, elle vola à son secours et, tout en échangeant une poignée de main avec Brice, compléta :

— Fox. Chloe Fox. Il faut être indulgent avec Fergus ce matin, vous savez. Il a un peu exagéré avec le champagne ! Et maintenant, messieurs, si vous voulez bien m'excuser… Je vous ai entendus parler d'une partie de golf et j'ai moi-même rendez-vous à 13 heures. Et comme il faut encore que je passe chez moi me doucher et me changer…

Fergus retint une protestation. Elle n'allait pas disparaître comme ça en le laissant seul avec son amnésie ! C'était trop frustrant ! Quand la reverrait-il ? Comptait-elle seulement donner une suite à ce… cet intermède ? Et puis, c'était idiot, mais il ne pouvait s'empêcher de se demander qui elle allait retrouver à 13 heures, et où.

Souriante, elle se mit sur la pointe des pieds et déposa un baiser léger sur la joue de Fergus.

— Je vous appelle, lui chuchota-t-elle à l'oreille.

L'effet de ce baiser fut ravageur. Sa joue se mit à le picoter et il eut l'impression subite de se liquéfier de l'intérieur. La bouche sèche, tout à coup, il se trouva dans l'incapacité d'articuler le moindre mot.

Chloe Fox était plus dangereuse que de la dynamite !

— Ravie de vous avoir rencontré, Brice, ajouta-t-elle avec un petit hochement de tête.

Elle s'éloigna vers sa voiture, sous le regard fasciné de Fergus qui entrevit une jambe galbée au moment où elle s'installait au volant.

Le bolide démarra au quart de tour et bondit dans l'allée, avant de disparaître dans la rue.

Encore sous le charme, les deux cousins restèrent silencieux quelques secondes. Puis, Brice émit un long sifflement admiratif.

— Eh bien, mon vieux, elle est absolument splendide !

Splendide, oui. Elle avait la beauté du diable. Elle avait… disparu de sa vie ! réalisa Fergus avec un coup au cœur.

Lui qui avait toujours pris la fuite dès qu'une relation menaçait de devenir sérieuse, il venait de se faire planter là !

Car Chloe Fox n'allait certainement pas le rappeler, pour la simple et bonne raison qu'elle n'avait pas son numéro de téléphone.

*
* *

La bouche crispée, Chloe réussit à conserver son sourire confiant jusqu'au premier carrefour. Puis, ses genoux se mirent à trembler et bientôt ses mains, à tel point qu'elle dut s'agripper au volant pour manœuvrer la voiture, et finit par s'arrêter le long du trottoir de peur d'avoir un accident.

Là, renversée contre le dossier de son siège, elle ferma les yeux et attendit que le raz-de-marée émotionnel passe.

La veille, elle s'était imposée chez Fergus McCloud dans l'unique but d'avoir un entretien avec lui. Et elle avait été fort déconfite lorsque, l'ayant aidé à atteindre l'étage, elle l'avait vu tomber comme une masse sur le lit pour sombrer immédiatement dans un sommeil aviné.

Furieuse, elle l'avait considéré pendant de longues minutes, consciente que si elle s'en allait maintenant, il ne se souviendrait probablement pas d'elle le lendemain. Elle n'avait pas fait tout cela pour échouer si près du but !

Aussi, pelotonnée dans le fauteuil placé près de la fenêtre, avait-elle dormi tant bien que mal pendant que Fergus McCloud ronflait paisiblement, le nez dans l'oreiller.

Sur le moment, la fatigue aidant, elle n'avait guère hésité à passer la nuit chez l'écrivain. A présent… le doute l'assaillait. Elle avait réussi à piquer sa curiosité, ça c'était certain. Oh ! cet air ahuri qu'il avait eu à son réveil, en la trouvant à son chevet ! Mais la partie était loin d'être gagnée pour autant. C'est de la compassion qu'elle devait susciter chez ce type, or, elle n'était même pas sûre qu'il connaisse la signification de ce mot !

Elle avait tenté une approche en douceur, et puis son cousin avait débarqué, et toute chance d'une discussion sérieuse s'était envolée.

Un peu calmée, Chloe respira profondément et reprit la route de la maison. Elle habitait chez ses parents, ce que Fergus McCloud n'avait sûrement pas imaginé. Elle avait bien remarqué son coup d'œil, quand il avait vérifié qu'elle ne portait pas d'alliance. Il la prenait manifestement pour une célibataire sans responsabilités familiales. Ce qui était entièrement faux.

Restait à rentrer sans se faire repérer. Mais elle avait de la chance : à cette heure-ci, ses parents seraient encore à la messe. Elle pourrait se glisser dans la maison ni vu ni connu. Autant éviter les questions dérangeantes qu'ils ne manqueraient pas de lui poser s'ils se rendaient compte qu'elle avait découché…

Elle gara la voiture dans l'allée, ouvrit la porte de derrière avec son propre jeu de clés, puis monta l'escalier. Alors qu'elle parvenait devant sa chambre, une porte s'ouvrit dans son dos.

— Chloe ?

Heureusement ce n'était que David, son beau-frère, qui était également l'assistant de son père. Elle se tourna et lui sourit.

— Eh, que fais-tu là dimanche de si bonne heure ? Penny et les enfants doivent t'attendre, le taquina-t-elle gentiment.

Grand et mince, David Latham avait des cheveux blonds et un front qui commençait à se dégarnir. Il travaillait depuis quinze ans auprès du père de Chloe et, douze ans plus tôt, il avait épousé Penny, la fille aînée de la famille, avec la bénédiction de ses parents. Penny et David avaient maintenant trois charmants bambins : Paul, dix ans, qui portait le nom de son grand-père, Julie, sept ans, et le petit Josh qui venait de fêter son cinquième anniversaire.

— Il fallait que je passe déposer des papiers pour ton père, expliqua David en souriant. Mais tu es mal placée pour me faire la morale : je t'y prends à rentrer au petit matin !

— Je plaide coupable.

— Bah, ne t'inquiète pas ! J'ai été jeune, moi aussi. Je ne vais pas vendre la mèche.

— Merci ! Et maintenant, je vais aller prendre une bonne douche avant que quelqu'un me voie !

— Tu devrais plutôt aller te coucher. A mon avis, un petit roupillon te ferait le plus grand bien.

Chloe ne put qu'en convenir en découvrant sa mine livide dans le miroir de sa coiffeuse. Elle avait de grands cernes sous les yeux. Il faut dire que la nuit avait été courte. Recroquevillée dans le fauteuil de Fergus McCloud, elle n'avait cessé de s'interroger sur la personnalité de son « hôte ». Oh ! elle connaissait son parcours, bien sûr. Elle savait que sa mère et lui étaient partis vivre en Ecosse, dans le château de son grand-père, après le divorce de ses parents ; qu'une fois ses études terminées, il avait embrassé la carrière d'avocat, à laquelle il avait mis un terme brutal six ans plus tôt, lorsqu'il était devenu presque du jour au lendemain un romancier à succès.

Mais ce n'était pas ce genre de renseignements dont elle avait besoin.

Etait-il généreux ? Attentif avec son prochain ? Soucieux de justice et d'équité, même à son propre détriment ? Voilà ce qu'elle voulait savoir au sujet de Fergus McCloud, avant de lui demander une immense faveur.

Au lieu de suivre le conseil de David, elle prit une douche puis revêtit une tenue confortable pour le déjeuner du dimanche qui, comme d'ordinaire, réunissait toute la famille, ses parents, David, Penny et les enfants. Chloe passa le reste de l'après-midi en compagnie de sa mère, à éplucher le courrier et répondre aux nombreuses invitations reçues dans la semaine. Dans la mesure du possible, elles essayaient de ne jamais les décliner. Le père de Chloe étant sur le point de faire un retour fracassant sur la scène politique, leur vie sociale avait pris dernièrement un rythme beaucoup plus soutenu.

Le soir, elle dîna avec ses parents dans la petite salle à manger, plus intime et chaleureuse que la pièce de réception utilisée en présence d'invités.

Comme d'habitude, le repas fut excellent. Mais Chloe eut du mal à terminer son assiette tant ses yeux la picotaient. Elle payait sa nuit presque blanche. Aussi ne tarda-t-elle pas à souhaiter bonne nuit à ses parents, à qui l'on venait de servir le café et les liqueurs.

— Tu as une petite mine, ma chérie, remarqua son père après qu'elle l'eut embrassé sur la joue.

Paul Hamilton était un homme de haute taille, à l'allure

distinguée, encore très séduisant ; à cinquante-cinq ans, ses cheveux bruns commençaient seulement à grisonner aux tempes.

Chloe l'adorait. Elle aurait fait n'importe quoi pour lui. N'importe quoi !

Avant tout, il était dévoué, tolérant, ouvert et d'une droiture infaillible. Bref, il possédait toutes les qualités que Chloe aurait aimé trouver chez Fergus McCloud !

Elle eut le cœur lourd en songeant à ce dernier. C'était en partie à cause de lui qu'elle allait se coucher si tôt. Toute la journée, elle avait hésité à lui téléphoner, moitié par appréhension, moitié parce qu'elle espérait l'intriguer davantage en ne l'appelant pas comme promis.

Jusqu'à ce qu'elle ait un peu mieux cerné le personnage, elle préférait le laisser dans l'expectative. Et ce matin, elle y était très bien parvenue ! C'était sans doute très naïf de sa part mais, en décidant de passer la nuit chez lui, pas une seconde elle n'avait songé qu'il penserait avoir couché avec elle. C'est en surprenant son expression ébahie et terriblement gênée au saut du lit qu'elle avait saisi sa méprise.

— Je me suis couchée tard hier soir, papa.

— Alors, ne lis pas trop longtemps, lui conseilla sa mère.

Comme elle se penchait pour l'embrasser à son tour, Chloe eut l'impression de se trouver face à son double. En dépit des trente ans qui les séparaient, Diana Hamilton avait la même silhouette menue, et les mêmes cheveux noirs qui encadraient son visage presque dépourvu de rides. Ses grands yeux bleus ne reflétaient jamais autant de tendresse que lorsqu'ils se posaient sur sa fille cadette.

Penny avait déjà dix ans quand Chloe était née. Cette naissance tardive avait été une surprise pour tous et, toute petite déjà, Chloe, choyée et entourée d'amour, s'était sentie infiniment précieuse aux yeux des siens. Voilà pourquoi sa famille lui importait tant.

— A demain matin ! lança-t-elle à la cantonade.

Son sourire s'évanouit dès qu'elle se retrouva dans le couloir. Maintenant, fini les atermoiements ! Elle devait appeler Fergus McCloud.

Une fois seule dans sa chambre, elle composa le numéro sur son téléphone mobile, très vite pour ne pas se donner le temps de changer d'avis. Si elle commençait à réfléchir et à se poser des questions, son courage l'abandonnerait…

Retenant son souffle, elle écouta la sonnerie une, deux, trois fois. Brusquement, une voix masculine résonna à son oreille :

— Fergus McCloud.

— Je ne vous dérange pas, au moins ? demanda-t-elle d'une voix de gorge dont elle accentua à dessein la sensualité.

Il y eut un silence, puis la voix reprit, incertaine :

— Chloe ?

— Naturellement. Qui d'autre espériez-vous ?

Mais après tout, il avait peut-être une autre femme — voire plusieurs ! — dans sa vie…

Ces deux dernières semaines, elle avait discrètement enquêté sur son compte, sans découvrir grand-chose sur cet aspect de sa vie privée. A première vue, il n'était pas accompagné lorsqu'il s'était rendu au mariage de son cousin. Et puis, il avait fini la soirée dans un night-club. Seul.

— Vous ne me dérangez pas le moins du monde, assura-t-il, apparemment remis de sa surprise. J'ai mis du temps à répondre parce que je prenais un bain.

Délibérément provocante, elle demanda :

— Vous êtes donc nu en ce moment même ?

Elle n'était pas très à l'aise dans son rôle de séductrice, toutefois, elle se souvenait avec netteté de la vision éblouissante qu'elle avait eue le matin même, quand Fergus avait gagné la salle de bains dans le plus simple appareil. Elle avait eu toutes les peines du monde à ne pas se détourner pudiquement et à afficher l'air blasé d'une femme d'expérience devant cette glorieuse nudité masculine.

Il était tellement impressionnant ! Grand, large d'épaules, les muscles saillants sous sa peau bronzée, sans la moindre trace de graisse superflue.

— Oui, et je suis en train de tremper la moquette ! répondit-il, un rire dans la voix.

— Vous n'avez pas de mobile ?

— Non, je déteste ça. Ces petits appareils sont un prétexte pour s'immiscer dans la vie privée des gens. Je ne veux pas être joignable à tout instant. Et surtout pas quand je prends mon bain !

Chloe se remémora la luxueuse salle de bains entrevue le matin même, avec son immense baignoire d'angle à remous où deux personnes pouvaient tenir à l'aise, et son carrelage de faïence bleue.

— Je vous dérange donc, déduisit-elle.

— Je plaisantais. Que me vaut l'honneur de ce coup de fil ?

Chloe en eut soudain assez de cette mascarade. Elle aurait voulu crier dans l'appareil : « Votre inconséquence qui va détruire ma famille, espèce de sale égoïste ! »

Elle se contint malgré tout et répondit :

— Je devais vous rappeler, non ? Comment s'est passée votre partie de golf ?

— Je me suis fait battre à plate couture. Un vrai désastre ! Que m'avez-vous fait la nuit dernière ? J'avais à peine la force de lever mon club.

La nuit dernière ? Elle n'avait rien fait du tout, Dieu merci ! D'ailleurs, même animée d'intentions polissonnes, elle en aurait été pour ses frais. Le beau Fergus McCloud s'était révélé le recordman incontesté du sommeil instantané ! Et un troupeau d'éléphants chargeant dans la savane n'aurait pas produit plus de décibels que les barrissements anarchiques émis par son appendice nasal.

— Pauvre Fergus ! roucoula-t-elle avec une feinte commisération.

Elle avait décidé, après mûre réflexion, qu'il n'était pas question de l'éclairer sur les événements de la nuit passée. Au contraire, elle allait continuer de l'induire en erreur, sans pour autant lui raconter d'énormes bobards, tout simplement en restant évasive, en glissant çà et là quelques insinuations… Elle n'aurait pas été capable de mentir effrontément, de toute façon. Cela l'aurait ravalée au rang de ceux qui avaient autrefois détruit la réputation de son père et fait tant de mal à sa famille.

Huit ans plus tôt, en effet, son père était encore un membre influent du gouvernement, et sa position au sein de son parti était si forte qu'il était assuré d'en devenir le prochain leader et, à terme, le futur Premier ministre britannique.

Mais ce rêve s'était écroulé le jour où l'une de ses proches collaboratrices s'était suicidée.

Susan Stirling avait trente-quatre ans à l'époque. Célibataire, elle n'avait jamais eu de relation suivie connue. Elle était pourtant enceinte de quatre mois lorsqu'elle avait mis fin à ses jours.

Evidemment, la presse à sensation s'était emparée de l'affaire et en avait fait ses choux gras. Tout le monde se perdait en conjectures sur l'identité du père et c'était à qui lancerait l'hypothèse la plus farfelue, pour mieux racoler un lectorat friand de vulgarités.

La bêtise et la malveillance avaient visé le père de Chloe, personnage public à la réputation sans tache et, par conséquent, victime de choix.

Le scandale, énorme, avait duré des semaines, bouleversant la vie professionnelle et privée de Paul Hamilton, en dépit de ses démentis formels qui n'avaient ému aucun journaliste.

La famille avait vécu un véritable cauchemar. Partout où ils allaient, ils étaient hués, conspués, harcelés. A l'école, le quotidien de Chloe était devenu un enfer, comme si elle portait une part de responsabilité dans les soi-disant turpitudes de son père. Par bonheur, le mariage de ses parents avait tenu bon, contre vents et marées, grâce à la confiance indéfectible que Diana plaçait en son époux. Et ni Penny ni Chloe n'avaient un seul instant douté de la sincérité de leur père.

Mais, au bout du compte, le Premier ministre en place, à l'approche des élections, n'avait pas voulu mettre en péril les chances du parti en laissant planer le doute sur la moralité d'un membre du gouvernement. A regret, il avait demandé à Paul de donner sa démission.

Huit mois plus tard s'était déroulé un scrutin parlementaire et, en toute logique, le père de Chloe avait perdu son siège, son adversaire le plus dangereux ne s'étant pas privé de rafraîchir la mémoire des électeurs.

Depuis, Paul Hamilton connaissait une longue traversée du désert. Huit ans d'oubli, d'indifférence, de mépris à peine voilé dans les yeux de ceux qui daignaient le fréquenter. Pourtant, jamais il n'avait perdu courage ; jamais il n'avait renoncé à son combat : la gestion de la vie publique et le bien-être de ses concitoyens.

Et maintenant, alors qu'il était sur le point de réussir, que sa carrière politique connaissait enfin un nouveau souffle et qu'il préparait activement la prochaine campagne, une autre menace se profilait à l'horizon…

Qu'il soit au courant ou pas, qu'il s'en soucie ou non, Fergus McCloud incarnait cette menace. Et, si c'était humainement possible, Chloe avait la ferme intention de lui barrer la route !

3

— Chloe ? Vous êtes toujours là ? insista Fergus, qui ne comprenait pas pourquoi le silence s'éternisait.

Ce n'était pourtant pas bien compliqué de savoir si elle avait envie ou non de dîner avec lui. C'était quand même elle qui avait pris l'initiative de lui téléphoner !

A ce propos, comment s'était-elle procuré son numéro ? Cela l'intriguait et il comptait bien lui en toucher deux mots pendant le dîner… si toutefois elle acceptait son invitation. Il avait plusieurs questions très pertinentes à lui poser.

Elle sortit enfin de son mutisme :

— Désolée, Fergus. J'étais ailleurs. Que disiez-vous ?

Elle devait être fatiguée. Normal, après la nuit qu'ils avaient passée ensemble…

— Je vous ai demandé si vous vouliez bien dîner avec moi vendredi soir.

Il aurait aimé la revoir plus tôt, mais c'était impossible. Sa mère séjournait à Londres jusqu'à jeudi et lui demanderait sûrement de passer du temps avec elle. Et puis Chloe devait travailler, elle préférait sans doute sortir le week-end.

— Oui, avec plaisir, acquiesça-t-elle. Où irons-nous ?

— Chez Bernardo ?

C'était le restaurant à la mode depuis quelque temps, l'endroit où il fallait être « vu ». Fergus n'appréciait guère les mondanités, mais Chloe, qui était nettement plus jeune, serait certainement flattée de côtoyer des célébrités.

Du moins c'est ce qu'il croyait.

— Ne pourrions-nous pas aller dans un lieu plus discret ? demanda-t-elle d'un ton qui supposait qu'elle faisait la grimace.

— Volontiers ! répondit-il en riant. Chloe, vous venez de grimper plusieurs grades sur l'échelle de ma considération ! En réalité, j'ai horreur de m'afficher en ville.

— Mais alors… pourquoi m'avoir proposé… ?

— En toute franchise, je croyais vous faire plaisir.

— Oh… Non, merci ! Et que diriez-vous d'aller au Chef Simon ?

— Ah non ! répondit-il avec véhémence.

Il n'était pas question de mêler la famille à tout cela. Daniel Simon était le mari de tante Meg et sa fille Darcy venait d'épouser Logan. Fergus ne se voyait pas du tout débarquant avec une ravissante jeune femme au milieu de tout ce petit monde qui se livrerait aussitôt à mille supputations sur sa vie privée.

— Bon, concéda-t-elle, sans chercher à discuter les raisons de son refus. Alors pourquoi pas chez Xander ? C'est…

— Je connais.

Il s'agissait d'un petit établissement réputé pour sa cuisine, à l'ambiance intime, qui n'avait rien d'ostentatoire. L'idée était bonne, toutefois, Fergus n'était pas certain d'apprécier le côté dirigiste de Chloe. Elle finissait toujours par imposer ses vues ! Il n'était pas spécialement attiré par les femmes dominatrices, sa mère étant là pour lui rappeler de quels ravages elles étaient capables. Son père n'avait tenu que dix ans avant de s'enfuir en les abandonnant tous les deux !

— Sauf si vous avez un autre restaurant tranquille à me suggérer ? ajouta Chloe.

Bon, elle mettait un peu d'eau dans son vin. Un point pour elle. Il restait néanmoins sur ses gardes. Cette fille avait beau être superbe et avoir passé la nuit avec lui, il ne lui faisait pas confiance pour autant. Elle en savait beaucoup trop sur lui.

— Non, Xander, c'est parfait, assura-t-il. Je vais réserver une table pour 20 h 30, d'accord ?

— Très bien. Alors, à vendredi.

La sentant sur le point de raccrocher, il intervint :

— Euh… Chloe ? Dans ce genre de circonstances, il est d'usage que l'homme passe chercher la dame chez elle.

— Ah… Il vaut mieux que je prenne ma voiture, ne croyez-vous pas ? Cela peut toujours servir, non ? Et, personnellement, je ne bois jamais d'alcool.

Elle se moquait de lui, maintenant. Sur la défensive, il rétorqua :

— En temps ordinaire, je ne fais pas d'excès de boisson, vous savez !

— C'était donc conjoncturel. Vous disiez être déprimé par le mariage de votre cousin ?

Fergus n'était pas très sûr de ce qu'il avait ou non raconté ce soir-là. C'est précisément ce qui le mettait mal à l'aise. D'habitude, il aimait avoir le contrôle total de sa personne.

— J'ai dit cela parce que j'ai le vin triste, prétendit-il. En vérité, je suis très content pour Logan et Darcy.

Et, rétrospectivement, c'était vrai. Son amertume avait fini par s'évaporer au fil des heures. Après tout, lui et ses cousins ne seraient pas restés les « Trois tombeurs » toute leur vie !

— Je préférerais passer vous prendre à bord de *ma* voiture, si vous le voulez bien, enchaîna-t-il.

— Et *moi*, je préférerais vous retrouver au restaurant, riposta-t-elle du tac au tac.

Il dut museler son irritation. Quelle tête de mule ! Pourquoi refusait-elle de lui dire où elle habitait ? Avait-elle quelque chose à cacher ? Ou quelqu'un ? Ce n'est pas parce qu'elle ne portait pas d'alliance qu'il n'y avait personne dans sa vie. De nos jours, les gens ne passaient pas forcément devant le maire. Toutefois, si elle était bel et bien en ménage, son compagnon devait avoir les idées larges pour la laisser passer toute une nuit dehors sans se formaliser ! Lui, en tout cas, n'aurait sûrement pas été si complaisant.

— Bon, comme vous voudrez, dit-il d'un ton distant. Et

maintenant, si cela ne vous dérange pas, je vais retourner dans mon bain, car je commence à avoir froid.

De surcroît, cette conversation le perturbait. Quelque chose le gênait chez Chloe Fox, et pas seulement sa nature autoritaire. Ils avaient couché ensemble et pourtant il avait l'impression de ne pas la connaître.

Vendredi prochain, cela changerait ! se promit-il.

Hélas, le vendredi, à 21 heures, il attendait toujours que la jeune femme daigne se manifester. Il était installé à une table d'angle où le couvert était mis pour deux personnes et il avait déjà surpris deux ou trois regards pleins de compassion que, mortifié, il avait feint de ne pas voir. Mais son agacement montait de minute en minute. Quand Chloe arriverait — *si* elle arrivait ! —, il ne serait pas d'humeur très joyeuse…

Pour couronner le tout, il avait commandé une bouteille de vin et avait déjà bu deux verres pour patienter, alors qu'il avait l'estomac vide. La soirée commençait décidément mal !

Il n'avait pas pris le temps de déjeuner ce jour-là car, comme les précédents, il s'était plongé dans les recherches préliminaires indispensables à la rédaction de tous ses romans, œuvres qu'il voulait le plus documentées possible. S'immerger ainsi dans le travail l'avait également empêché de trop penser à Chloe Fox et au dîner de vendredi.

Il avait quand même pris le temps de mener une enquête discrète, pour découvrir que personne, absolument personne, n'avait entendu parler d'elle. L'annuaire ne lui avait été d'aucune aide dans la mesure où il ignorait son adresse. Et ce n'étaient pas les Fox qui manquaient à Londres !

Chloe semblait donc sortie de nulle part. Et, pour un peu, s'il n'avait pas reçu ce coup de fil dimanche soir, il aurait cru à un rêve. Il…

Elle était là !

Enfin, elle venait de faire son entrée dans le restaurant.

Et quelle entrée !

Le soir de leur rencontre, il l'avait trouvée superbe, et très sexy le lendemain matin dans sa liquette trop grande pour elle.

Mais cela n'avait rien de comparable avec le tableau qu'elle offrait ce soir. Et il n'était pas le seul à avoir le souffle coupé, à en croire les regards médusés — masculins pour la plupart — qu'elle attirait comme un aimant.

Sur son passage, les clients du restaurant demeuraient bouche bée, la fourchette en l'air, ayant totalement oublié le contenu de leur assiette. Et le brouhaha ambiant s'était tu pour laisser place à un silence admiratif.

Chloe portait une robe chinoise d'un rouge éclatant agrémentée d'un petit col Mao, qui tombait avec fluidité sur son corps menu et en soulignait les courbes sans les mouler de façon vulgaire. L'ourlet lui arrivait juste en dessous du genou et dévoilait de fins mollets galbés. Elle avait noué ses cheveux en un chignon très serré sur la nuque, transpercé d'une fine aiguille d'ivoire, une coiffure qui dégageait son visage aux traits splendides.

Son teint avait la délicatesse de la porcelaine. Elle avait souligné son regard bleu d'un trait eye-liner qui lui donnait un petit air asiatique, et posé sur ses lèvres un trait de rouge du même ton que sa robe.

Elle était, sans conteste, la plus belle femme de l'assemblée.

Fergus se leva à son approche.

— Vous êtes... époustouflante ! murmura-t-il en toute sincérité.

Il vint tirer sa chaise et elle y prit place, après lui avoir déposé un baiser léger sur la joue. Avec délice, il huma son parfum à la fragrance exotique, fraîche, acidulée. Il n'était pas capable de l'identifier, mais savait d'ores et déjà qu'il ne pourrait plus jamais sentir cette odeur sans penser à cette femme.

Pour le meilleur ou pour le pire ! se dit-il en se rasseyant.

— Merci, Fergus. C'est un restaurant très agréable, ne trouvez-vous pas ?

Elle jeta un regard satisfait autour d'elle. Fergus, lui, ne parvenait pas à la quitter des yeux. Il avait trente-cinq ans, il avait connu nombre de femmes ravissantes, mais aucune qui possède le charisme et la sensualité quasi magnétique de Chloe Fox.

— Désolée pour mon retard, dit-elle encore avec un sourire contrit qui révéla ses petites dents blanches parfaites.

Elle ne lui fournit cependant aucune explication et il tiqua. Cela faisait quand même une demi-heure qu'il l'attendait !

— Désirez-vous un verre de vin ? proposa-t-il avec une certaine raideur.

— Non, merci. Je vous l'ai dit, je ne bois pas. Je prendrai un simple verre d'eau minérale. Dites-moi, avez-vous passé une bonne semaine ?

Il réprima un geste d'impatience. Elle lui faisait la conversation, bien poliment. N'auraient-ils pas dû avoir des rapports plus complices après une nuit d'amour ?

— Assez bonne, confirma-t-il sans entrain particulier. J'ai surtout travaillé. Et vous ?

— Oh, j'ai été occupée à droite, à gauche…

On ne pouvait être plus évasive. Fergus ne perdit rien de la lueur de malice qui pétillait dans ses yeux bleus. La petite peste se moquait de lui ! Elle voyait très bien où il voulait en venir et le maintenait à dessein dans l'incertitude.

— Ecoutez, Chloe…

— Du calme, Fergus. Je vous taquinais juste un peu. Je vous demande pardon. Voilà, je suis créatrice de mode.

Enfin un renseignement ! Maintenant, il connaissait son métier et son nom. C'était toujours un début.

— Avez-vous dessiné la robe que vous portez ce soir ?

— Bien entendu.

Elle tourna la tête pour héler le serveur et commander son eau minérale. Fergus continua de la dévisager, détaillant la pureté de son profil — le front haut, à peine voilé d'une frange légère, le nez droit, la bouche pulpeuse, le petit menton…

Lorsqu'elle lui fit face de nouveau et lui sourit, il sentit que l'atmosphère se détendait enfin entre eux. Il fallait achever de briser la glace. Un comble pour un homme et une femme qui étaient déjà amants !

— Pour qui travaillez-vous ? questionna-t-il.

— Je suis indépendante. Et vous ? Etes-vous…

— Vous voulez dire que vous êtes à votre compte ? Vous avez votre propre entreprise ?

Cette fois, il n'avait pas hésité à lui couper carrément la parole. Non mais ! Il n'allait pas la laisser mener la conversation de bout en bout à sa guise. Elle avait tenté de détourner son attention, mais il n'était pas tombé dans le panneau.

— Cela ne vous gêne pas de passer la commande ? Je meurs de faim ! s'exclama-t-elle.

Et voilà, elle avait réussi à changer de sujet. Il ne pouvait pas protester et lui reprocher son appétit, tout de même ! Lui-même avait l'estomac dans les talons.

En tout cas, si elle pensait qu'il allait baisser les bras, elle se trompait du tout au tout.

Retranchée derrière son menu, Chloe étudiait son compagnon à la dérobée. Même s'il l'avait bien caché, il était en colère contre elle. Cela n'avait rien d'étonnant, elle l'avait fait poireauter une demi-heure. Volontairement. Toujours pour mieux ferrer le poisson. Car elle savait au moins une chose au sujet de Fergus McCloud : une gentille petite gourde béate d'admiration ne retiendrait pas son intérêt plus de deux minutes.

Il ne s'était jamais engagé dans une relation sérieuse au cours des quinze dernières années. Sans parler de mariage ! Par conséquent, si elle voulait titiller sa curiosité, le captiver, forcer son respect, elle devait rester insaisissable et garder une aura de mystère.

Mais à présent, à le voir renfrogné et méfiant, elle se demandait si elle n'avait pas poussé le bouchon un peu loin. Il ne fallait tout de même pas qu'il la prenne en grippe…

Etrangement, il commençait à lui plaire.

Fergus était beau, intelligent, spirituel et, pour ne rien gâter, il possédait ce charme particulier, fait de virilité et d'assurance. On sentait qu'au-delà de sa galanterie de bon aloi, il était prêt à protéger une femme, à veiller sur elle. Même une féministe appréciait cela !

Oui, dans un autre contexte, elle se serait peut-être laissé tenter…

Elle abaissa son menu et surprit le regard perplexe dont il l'enveloppait. Elle eut aussitôt un sourire crispé. Son instinct ne l'avait pas trompée : il se méfiait d'elle. Et ce n'était pas du tout ce qu'elle avait prévu. Il était grand temps de redresser la barre.

— Vous savez, Fergus, j'ai créé ma propre marque de vêtements, que je vends par l'intermédiaire de quelques enseignes renommées, expliqua-t-elle.

— Je vois. C'est très sélectif. Et cher, j'imagine ?

— Naturellement !

Elle rit doucement et, soulagée, le vit se détendre. Finalement, il suffisait de satisfaire sa curiosité jusqu'à un certain point. Il avait dû se poser beaucoup de questions qui, tout à coup, trouvaient une réponse logique : comment avait-elle pu s'offrir sa voiture de sport ? Et pourquoi était-elle si à l'aise dans un milieu huppé ?

Mais bien sûr, il n'allait pas s'arrêter là…

— Comment s'appelle votre marque ?

— *Foxy*. Original, non ?

— Très ! Et comment se fait-il que nous ne nous soyons jamais rencontrés auparavant ? Chloe Fox… Non, j'ai beau réfléchir, je n'ai jamais entendu prononcer votre nom dans les cercles que je fréquente.

Pas étonnant. Cela faisait seulement un an qu'elle était rentrée à Londres chez ses parents. Bien avant, elle avait longtemps vécu dans un pensionnat de province, au sud du pays. Ensuite, elle avait poursuivi ses études à l'université, avant de passer douze mois à Paris chez un grand couturier, afin de faire ses classes de styliste. Et, ces derniers mois, elle avait été bien trop accaparée par la création de son entreprise pour mener une vie sociale très active.

Mais ce qui justifiait surtout qu'il n'ait jamais entendu parler d'elle, c'est qu'elle avait « oublié » de lui mentionner la moitié de son patronyme.

— Bah ! C'est juste la malchance, argua-t-elle avec un petit haussement d'épaules.

— Vous croyez ?

— Bien sûr. Nous aurions dû nous croiser cent fois et cela

ne s'est jamais produit, voilà tout. Nous nous sommes rattrapés depuis. Et, tant que nous en sommes aux confidences, sachez que j'ai besoin d'être nourrie deux fois par jour au minimum. J'ai à peine grignoté au petit déjeuner ce matin, et je n'ai pas eu le temps de déjeuner, aussi…

— D'accord, j'ai compris, soupira Fergus en faisant signe au serveur.

Tandis que ce dernier notait leur commande, Chloe se morigéna mentalement. Elle avait sous-estimé Fergus, c'était une erreur. Perspicace, il ne tarderait pas à additionner deux plus deux et à découvrir sa véritable identité, ne serait-ce qu'en grattant un peu pour savoir qui se cachait derrière la marque *Foxy*. Elle avait pris un risque calculé en lui en parlant, mais il avait bien fallu donner un peu de mou, sinon il se serait braqué. En tout cas, elle avait encore un long chemin à parcourir avant d'atteindre son objectif.

Les entrées furent servies, un melon aux framboises pour elle, une terrine de légumes pour lui. Chloe laissa passer quelques minutes, avant de reprendre :

— Puis-je savoir pourquoi vous ne vouliez pas dîner dans le restaurant de votre oncle ?

Il faillit s'étrangler, toussa, but une gorgée de vin avant de lui lancer un regard de reproche. Elle savait donc que Daniel Simon était le mari de sa tante !

— Pardon… Ai-je mal saisi ? Au téléphone, j'ai cru comprendre que…

— Non. La réponse est simple, Chloe. Je désirais faire plus ample connaissance avec vous, dans un cadre intime, en toute tranquillité, sans que nous soyons importunés par les membres de ma famille.

— Oh… C'est gentil de votre part.

— J'ai pensé que nous avions encore beaucoup à apprendre l'un de l'autre.

En d'autres termes, il avait décidé de lui tirer les vers du nez pour qu'il n'y ait plus de secrets entre eux. Eh bien, comme on dit… il se fourrait le doigt dans l'œil !

— Voyons, si je vous dis tout ce soir, vous n'aurez pas le plaisir de me découvrir par vous-même, objecta-t-elle avec un sourire suave.

— Peut-être, mais…

Il fut interrompu par une voix masculine toute proche qui s'éleva dans le dos de Chloe :

— Chloe ? Vous êtes bien Chloe, n'est-ce pas ?

Le sourire aguicheur de la jeune femme retomba. Elle leva les yeux sur l'homme qui s'était immobilisé devant leur table et qu'elle identifia immédiatement.

Peter Ambrose !

Elle n'avait que quinze ans la dernière fois qu'ils s'étaient vus, aussi était-il normal qu'il ait hésité avant de la reconnaître. La panique l'envahit. Elle déglutit avec peine, évitant de croiser le regard de Fergus qui, bien entendu, avait lui aussi reconnu le nouvel arrivant.

Ce dernier avait ni plus ni moins occupé le poste de Premier ministre jusqu'aux dernières élections, trois ans plus tôt. Aujourd'hui, il était toujours le chef de l'opposition.

Et il venait de l'appeler par son prénom !

C'était une véritable catastrophe…

4

Une fois de plus, Fergus se demanda qui était Chloe Fox.

Elle était belle, intelligente, et avait un sens de l'humour un peu particulier. Mais *qui* était-elle vraiment ?

A présent, voilà qu'elle saluait Peter Ambrose en lui serrant chaleureusement la main.

— Peter, quelle bonne surprise ! Comment vont Joan et les enfants ?

Fergus les fixait, abasourdi. Chloe fréquentait les boîtes de nuit à la mode, elle conduisait une voiture de sport hors de prix, possédait sa propre marque de vêtements dont elle concevait elle-même les modèles… et elle appelait l'ex-Premier ministre et sa femme par leurs prénoms !

Peter Ambrose enveloppa la jeune femme d'un regard admiratif, un peu trop appuyé au goût de Fergus.

— Je dîne avec Joan, répondit-il en désignant une table voisine où l'attendait son épouse. Et les « enfants », comme vous dites, ont maintenant vingt et vingt-deux ans !

— Le temps passe ! commenta Chloe en riant.

— Oui, trop vite. Vous ne savez pas à quel point nous sommes ravis de retrouver Paul à nos côtés.

Paul ? Et qui était Paul, maintenant ? Fergus détestait être largué de la sorte. Mais ce qui le tarabustait surtout, c'est de savoir quel degré d'intimité elle entretenait avec Peter Ambrose…

L'ex-Premier ministre avait dépassé la cinquantaine et était marié depuis plus de trente ans. Il était néanmoins bel homme avec sa haute taille et ses cheveux blonds argentés aux tempes. Ce physique agréable avait d'ailleurs constitué un atout non négligeable dans sa carrière politique.

Et il semblait s'entendre à merveille avec Chloe.

Fergus sentait un malaise l'envahir, similaire à celui qu'il avait éprouvé samedi dernier, quand Chloe avait à toute force voulu s'asseoir à sa table. A quel genre de femme avait-il donc affaire ?

Elle se tourna enfin vers lui.

— Pardonnez-moi, Fergus, je ne vous ai pas présenté. Peter, voici Fergus McCloud. Fergus, je…

— Je connais M. Ambrose, coupa-t-il avec une pointe d'agacement, avant de se lever pour serrer la main de l'homme politique.

— McCloud…, répéta ce dernier d'un air pensif. Pourquoi ai-je l'impression de connaître votre nom ?

— Sans doute parce que j'ai rendez-vous avec vous mercredi ? suggéra Fergus, pince-sans-rire.

— Vraiment ? Oh, bien sûr ! Je me souviens maintenant… Vous êtes Fergus McCloud, l'écrivain.

Fergus hocha la tête. Quelle étrange coïncidence, tout de même. Enfin, pas vraiment : c'était Chloe que Peter Ambrose était venu saluer. Apparemment, il n'aurait pas reconnu Fergus parmi les clients du restaurant.

Il était quand même surprenant que, après avoir sollicité une entrevue et attendu des semaines que Peter Ambrose consente à lui fixer un rendez-vous, il le rencontre dans de telles conditions !

— Ma secrétaire m'a dit que vous êtes resté bien mystérieux quant au sujet dont vous souhaitez m'entretenir, reprit Peter Ambrose.

Il n'y avait là aucun mystère, simplement Fergus n'entendait pas en discuter devant des personnes non concernées. Et Chloe appartenait à cette catégorie, quelle que soit la nature de ses relations avec M. Ambrose.

Comme si elle avait deviné ses pensées, la jeune femme intervint :

— Joan va vous attendre, Peter. Nous ne voudrions pas vous retenir.

Mais Peter Ambrose continua de dévisager Fergus quelques longues secondes, avant de finalement se tourner vers Chloe, un large sourire aux lèvres.

— C'est gentil à vous, dit-il. J'ai vraiment été ravi de vous revoir et j'espère que nous aurons bientôt l'occasion de passer un moment ensemble.

— Moi aussi, déclara-t-elle.

— Eh bien, à mercredi, monsieur McCloud. Et bonne soirée à vous deux.

Fergus se rassit lentement et reporta son attention sur Chloe qui s'était mise à picorer dans son assiette. Cette femme était une véritable énigme ! Et si l'écrivain désirait résoudre ce mystère, l'homme, lui, n'avait pas la moindre idée de la façon dont il devait s'y prendre !

— Ma chère Chloe, vous avez des relations haut placées, on dirait.

Avec délicatesse, elle termina son melon. Elle n'aurait pu être plus calme, plus sereine, et pourtant Fergus était sûr que la fourchette tremblait légèrement dans sa main.

— Pas tant que cela, répondit-elle finalement. Peter n'est plus Premier ministre.

— Chloe…

— Je connais ses deux enfants bien mieux que lui et sa femme.

Ces « enfants » âgés respectivement de vingt et vingt-deux ans ? Cette fois, Fergus doutait carrément de sa sincérité. Même s'il la trouvait ravissante, même si elle le fascinait et qu'ils étaient déjà amants, il n'aimait ni les menteurs ni les hypocrites.

Chloe leva vers lui son éblouissant regard bleu.

— Vous ne me croyez pas, n'est-ce pas ?

Pris au dépourvu, il hésita avant de se décider à répondre franchement :

— A dire vrai, je ne sais que croire.

Elle posa ses couverts sur son assiette, le transperça d'un regard courroucé.

— J'ai comme l'impression que vous me soupçonnez d'avoir eu une liaison avec Peter Ambrose. Je me trompe ? lança-t-elle d'un ton accusateur.

Fergus frémit. Ainsi formulée, l'idée semblait totalement grotesque. Et pourtant, il ne la croyait toujours pas quand elle prétendait être seulement l'amie des enfants d'Ambrose. Cela ne suffisait pas à justifier qu'elle appelât leur père par son prénom ! Et puis, il avait bien remarqué que Joan Ambrose ne s'était pas déplacée pour venir saluer Chloe. Bizarre, non ?

Comme il tardait à répondre, la jeune femme poussa un profond soupir.

— Oui, c'est bien cela, vous pensez que j'ai été sa maîtresse. Fergus, je ne suis peut-être pas un parangon de vertu, mais sachez que jamais je ne tiendrai ce rôle-là dans la vie d'un homme.

— Lequel ?

— Celui de « l'autre ». L'officieuse. Me croyez-vous, cette fois ?

Curieusement, oui, il la croyait. Même s'il ne savait pas grand-chose à son propos, il avait la certitude, tout à coup, qu'elle ne lui mentait pas, du moins sur ce point.

Malheureusement, le développement de leur relation lui échappait complètement. C'était déstabilisant. Dans le passé, c'est toujours lui qui avait tiré les ficelles : faire le premier pas, prendre la décision de rompre, tout cela avait été de sa propre initiative. Or, Chloe, quoique très jeune, entendait visiblement qu'on lui laisse la bride sur le cou.

— Je vous crois. Mais vous ne me dites pas tout, Chloe.

— C'est vrai, concéda-t-elle avec un sourire désarmant. Je vous cache beaucoup de choses. Cependant je suis sûre que vous vous fichez de savoir que ma mère n'avait jamais vu plus beau bébé que moi quand je suis née, que j'étais une petite fille insupportable en pension mais une étudiante studieuse à la fac, et que j'ai passé une année formidable à Paris après mes études. Voyons, ne serait-ce pas terriblement assommant si nous savions tout l'un de l'autre ?

Bon, soit. Mais le problème n'était pas là. En l'occurrence, il voulait savoir…

Seulement, s'il persistait à la bombarder de questions, elle fuirait et il la perdrait, il le pressentait aussi clairement que si elle le lui avait signifié de vive voix.

— Ma mère aussi trouvait que j'étais le plus beau bébé du monde, répliqua-t-il. Mes deux cousins et moi, nous avons grandi en Ecosse et nous étions la hantise de l'intendant de mon grand-père. Je n'ai presque rien fichu à l'université, sans compromettre pour autant mes résultats aux examens. J'ai aimé exercer le droit, et j'adore écrire. Mais vous avez raison, nous n'en sommes qu'à notre deuxième rendez-vous et il est trop tôt pour divulguer tous ces détails.

— Officiellement, c'est le premier rendez-vous, rectifia-t-elle.

Tout à l'heure, elle avait pourtant été à deux doigts de se lever et de le planter là au beau milieu du repas, il s'en était bien rendu compte. S'il avait eu le malheur de lui répondre qu'il ne la croyait pas, elle serait partie aussi sec.

Il ne voulait pas qu'elle disparaisse.

Chloe Fox l'avait ensorcelé et il ne la laisserait pas sortir de sa vie avant d'avoir élucidé son mystère.

Chloe voyait les émotions se succéder sur les traits expressifs de Fergus McCloud, certaine que c'était bien à son insu qu'il lui donnait tant d'indications sur les idées qui lui traversaient l'esprit.

Ce n'était pas qu'il ne la croyait pas. En réalité, il ne lui faisait aucune confiance !

Bien sûr, elle ne pouvait guère l'en blâmer. Il était normal qu'il soit décontenancé par l'étrangeté de leur relation. Et puis, il était tombé des nues lorsque Peter Ambrose était venu lui dire bonsoir.

Ce n'était rien comparé à la panique qui s'était emparée d'elle lorsqu'elle avait reconnu l'ancien Premier ministre.

De tous les événements qui auraient pu se produire ce soir-là, cette rencontre fortuite était sans conteste le pire !

D'un autre côté, elle avait appris que Fergus avait rendez-vous le mercredi suivant avec Ambrose. Ce dernier serait certainement surpris. Il pensait sans doute que l'écrivain souhaitait lui parler de sa campagne électorale et du probable retour de son parti au pouvoir.

Chloe, elle, savait qu'il s'agissait de tout autre chose.

En écoutant les deux hommes, elle avait réalisé qu'il ne lui restait plus guère de temps. Le compte à rebours avait commencé.

Alors que le serveur venait débarrasser leurs assiettes vides, elle s'enquit d'un ton détaché :

— Vous intéressez-vous à la politique, Fergus ? Seriez-vous prêt à briguer un mandat ?

Il rit doucement en secouant la tête.

— Sûrement pas ! J'aime trop ma tranquillité pour en caresser seulement l'idée.

— Pourtant, vous êtes un auteur à succès et, par conséquent, vous avez acquis une certaine célébrité.

— Pas au point qu'elle en devienne gênante. Et comment supporter que les journalistes passent au crible ma vie privée ? Je n'ai jamais été marié, aussi commenceront-ils par prétendre que je suis homosexuel. Une fois convaincus du contraire, ils annonceront mes fiançailles avec chaque femme qui m'aura approché. Non, je vous assure, très peu pour moi !

Il venait de dépeindre le quotidien d'un personnage public comme un enfer. Chloe était bien placée pour savoir que c'était parfois le cas.

Bien que ses parents aient assez bien réussi à la protéger des effets de la notoriété, elle s'était rendu compte de ses répercussions dans leur vie de tous les jours. Sans parler des proportions épouvantables que cela avait pris au moment du scandale, huit ans plus tôt.

— Pourquoi cette question ? reprit-il. Vous trouvez que j'ai l'étoffe d'un homme politique ?

— Bah, j'y ai pensé quand vous avez parlé de ce rendez-vous avec Peter, mercredi prochain…

— Ça ? Oh, c'est à cause de mes recherches…

A cet instant, on leur apporta le plat principal et la conversation fut interrompue. Chloe maudit le serveur qui arrivait au pire moment, alors qu'elle touchait enfin au but qu'elle s'était fixé !

Impatiente, elle refusa les légumes et la salade que le serveur lui proposait avec son saumon grillé. Elle dut patienter cependant, le temps que Fergus choisisse un assortiment pour accompagner son onglet saignant.

— Moi aussi, j'ai faim ! dit-il une fois que le serveur eut emporté la table roulante.

— Vous me parliez de vos recherches pour votre prochain roman…

Chloe touchait à peine à son assiette. Depuis l'apparition inattendue de Peter Ambrose, son bel appétit l'avait désertée. Elle était bien trop tendue pour manger.

Fergus, lui, mâcha consciencieusement sa bouchée de viande avant de commenter :

— Je ne crois pas vous avoir spécifié qu'il s'agissait d'un nouveau roman.

Elle lui jeta un regard appuyé. Il le faisait exprès ou quoi ! Quelles recherches pouvait entreprendre un écrivain sinon celles qui concernaient sa prose ? D'ailleurs, elle savait pertinemment sur quoi porterait son prochain livre !

— Vous savez, si ce sujet vous embarrasse, nous pouvons en changer, déclara-t-elle avec une nonchalance étudiée.

— En effet, j'aime autant. Je m'en voudrais d'être grossier, Chloe, mais…

— Et pourtant vous l'êtes ! dit-elle gaiement, alors qu'elle aurait hurlé contre elle-même pour lui avoir offert cette échappatoire.

Il devait être l'un des rares hommes de sa connaissance à ne pas aimer parler de lui-même !

— Vous savez, soupira-t-il, écrire est un étrange métier. Enfin, pour moi en tout cas… Je me suis rendu compte que, afin de garder l'histoire captivante et préserver mon plaisir, il valait mieux que je n'en discute avec personne. Hormis mon agent, bien entendu, et encore… même lui n'a droit qu'aux grandes lignes du scénario, juste ce qu'il faut pour être capable de vendre l'histoire à l'éditeur.

Chloe était déjà au courant de tout cela.

— Comparez cela aux derniers modèles que vous avez créés, poursuivit-il doucement. Je suis certain que vous ne montrez pas vos dessins à tout le monde.

— Non, de peur qu'on me vole l'idée que… Eh ! Vous ne pensez quand même pas que je pourrais plagier un de vos livres ? s'exclama-t-elle soudain. Pour commencer, je vous garantis que je n'ai absolument aucun don pour l'écriture. Les rédactions étaient mon pire cauchemar à l'école !

— Savez-vous ce qu'on dit ? Que chacun de nous porte à l'intérieur de soi au moins un livre, qui n'attend que le bon moment pour être exprimé.

Elle n'était pas dupe : il essayait d'esquiver habilement le sujet qui l'intéressait.

— Je vous le répète, personnellement je ne saurais pas par où commencer. Voilà pourquoi votre talent d'écrivain me fascine autant. Et j'ai au moins compris quelque chose, Fergus : votre prochain livre comportera un aspect politique. N'est-ce pas ?

— Peut-être, répondit-il évasivement. Dites-moi, Chloe, avez-vous des frères et sœurs ?

— Une sœur aînée. Et vous ? se força-t-elle à demander.

Elle savait déjà qu'il était fils unique. Mais elle n'allait pas lui dire qu'elle s'en fichait éperdument, qu'elle ne s'intéressait qu'à son travail et qu'elle en avait assez de devoir lui arracher les mots de la bouche !

— Je n'ai ni frère ni sœur. Et vos parents ? Sont-ils toujours en vie ?

— J'espère bien ! Ils ont à peine dépassé la cinquantaine, vous savez.

Elle s'en tiendrait prudemment là. Il n'était pas question de lui fournir des renseignements sur sa famille, en particulier sur son père.

— Les miens sont vivants eux aussi, et divorcés, précisa-t-il, avant de demander en la considérant avec attention : Pourquoi êtes-vous aussi secrète sur votre vie privée ?

Prise de court, elle bredouilla :

— Vous me trouvez… secrète ? Non, je… je ne pense pas.

— Allons donc ! Que me cachez-vous, Chloe ?

Le ton restait badin, mais son regard s'était durci. Chloe s'obligea à ne pas broncher et s'efforça de répliquer avec légèreté :

— Moi ? Mais rien ! De quelles horreurs me croyez-vous donc coupable ?

— Je ne sais pas… Vous pourriez être mariée, par exemple. Fiancée. Vivre en concubinage. Ou être une tueuse en série en quête de sa prochaine victime…

Cette dernière remarque était destinée à brouiller les pistes, mais Chloe ne s'y trompa pas. Seules les trois premières hypothèses l'intéressaient. Il la croyait décidément capable de tout. Qu'aurait-elle fait là, en sa compagnie, s'il y avait eu quelqu'un d'autre dans sa vie ?

— Vous m'avez percée à jour : je suis en effet une criminelle assoiffée de sang et recherchée par toutes les polices !

Sa plaisanterie tomba à plat : Fergus ne lui rendit pas son sourire et son regard conserva toute sa gravité.

— Je ne pense pas que notre relation débouche sur quoi que ce soit de concret, Chloe.

— Et vous vous en plaignez ? Je croyais que vous fuyiez tout engagement ?

— C'est vrai. Toutefois, je trouve étrange que nos rapports stagnent autant, dans la mesure où nous avons déjà passé une nuit ensemble. En vérité, nous nous comportons comme deux étrangers !

Il paraissait le regretter sincèrement. Chloe savait qu'elle était l'unique responsable de cet état de fait. Elle aurait dû se montrer plus familière, plus détendue… Mais comment y parvenir avec cet homme qui s'apprêtait à détruire la réputation de son père ?

Car elle connaissait parfaitement le sujet de sa prochaine

œuvre : l'histoire serait fondée sur le scandale qui avait ruiné la vie de Paul huit ans plus tôt. Et la sortie du livre était déjà prévue. Elle aurait lieu quelques semaines seulement avant la date des élections auxquelles il devait se présenter !

5

— Pardonnez-moi, Fergus, mais vous n'êtes pas non plus du genre expansif ! se défendit-elle.

Il en avait bien conscience. Il ne s'était jamais vraiment confié aux femmes avec qui il était sorti, sans doute parce qu'il n'était jamais tombé amoureux. Il avait toujours préféré garder ses pensées intimes pour lui-même et, à plus d'une reprise, on lui avait reproché d'être trop distant.

C'était la première fois qu'il retrouvait ce trait de caractère chez une femme, si jeune de surcroît.

— C'est vrai, convint-il. Et je me demande si deux huîtres comme nous ont une chance d'apprendre à se connaître un jour ?

— Nous pouvons toujours essayer, ce sera amusant !

Fergus aurait trouvé cela beaucoup plus agréable s'il avait eu le moindre souvenir de la nuit de samedi, s'il s'était rappelé les baisers, les caresses, la douceur de sa peau sous ses doigts, la tiédeur de son corps contre le sien… Faisait-elle l'amour en silence, ou exprimait-elle son plaisir par des gémissements et des soupirs émouvants ? Si toutefois il lui avait donné du plaisir… Mais bon, il pouvait le supposer, puisqu'elle avait cherché à le revoir.

Tout à coup, il en eut assez de végéter ici, dans ce restaurant, à échanger des propos banals et polis. Il voulait connaître Chloe, et il n'y avait qu'une façon de la découvrir…

— Vous ne mangez plus ? demanda-t-il en désignant la darne de saumon à laquelle elle avait à peine touché.

— Non, je…

— Moi aussi, j'ai fini. Dans ce cas, allons-nous-en, vous voulez bien ?

Il jeta sa serviette sur la table, fit signe au serveur qu'il souhaitait régler l'addition. Puis, sans attendre, il se leva et vint se placer derrière la chaise de Chloe.

L'air désorienté, elle l'imita.

— Je croyais que vous aviez faim, au contraire ? s'étonna-t-elle.

— En effet, je suis prêt à dévorer.

Il l'enveloppa d'un regard sans équivoque et elle rougit violemment, ce qui fit paraître ses yeux encore plus bleus. Eh bien, eh bien ! Elle n'était pas si cynique et sophistiquée, finalement. Son visage empourpré reflétait une gêne bizarre, semblable à… oui, de la timidité, teintée de méfiance. Peut-être un homme l'avait-il cruellement blessée ? En ce cas, il souhaitait de tout cœur effacer cette cicatrice, au moins le temps qu'il la tiendrait dans ses bras.

Pendant qu'il payait l'addition, il la surveilla du coin de l'œil et la trouva curieusement figée, rigide, comme hébétée. Puis, tandis qu'il l'entraînait vers la sortie, elle fit un petit signe d'au revoir à Peter et Joan Ambrose.

Fergus, qui était volontairement venu en taxi au restaurant, repéra sur le parking la voiture de sport verte. Dès que Chloe eut débloqué les portières, il s'installa d'office sur le siège passager.

Le véhicule était si exigu que le sommet de son crâne frôlait le toit. Il dut replier ses longues jambes, si bien que ses genoux lui arrivaient presque sous le menton.

— Je suis très curieux de savoir comment vous avez réussi à me faire rentrer là-dedans samedi soir, musa-t-il.

— Le siège était reculé à fond… Le bouton se trouve en bas, sur votre droite.

Elle avait répondu distraitement, tout en mettant le contact. La voiture démarra et s'élança dans la rue. Fergus fit coulisser le siège en arrière afin de prendre une position plus confortable.

Quelqu'un s'était donc assis là durant la semaine. Quelqu'un de nettement plus petit que lui. Homme ou femme ? Il ne pouvait s'empêcher de se poser la question, et devait admettre que la première hypothèse lui déplaisait souverainement.

— Où allons-nous ? s'enquit Chloe.

— Chez vous ou chez moi, comme vous voudrez.

— Chez vous, alors, se hâta-t-elle de répondre.

Evidemment, comme ça il continuerait d'ignorer où elle vivait, pensa-t-il.

Il tourna la tête pour la contempler, admira l'assurance avec laquelle elle conduisait son bolide, avec une remarquable économie de mouvements. Puis, il se souvint qu'il avait plusieurs questions précises à poser à Mlle Fox.

Tout d'abord, qui lui avait dit où il habitait ? Et ensuite, comment avait-elle obtenu son numéro de téléphone ?

— Vous habitez Londres même ? lui demanda-t-il.

— Oui.

— Seule ?

Elle lui jeta un rapide coup d'œil avant de reconnaître :

— Non.

Le dépit le rendit muet durant quelques secondes, et elle enchaîna alors :

— J'habite chez mes parents. Voilà pourquoi je préfère aller chez vous. Je suppose que vous n'avez pas envie que je vous présente à papa-maman ?

Pas vraiment, il fallait le reconnaître ! Au bout du deuxième rendez-vous, cela aurait été un peu précipité.

— Vous avez raison, j'aime autant éviter les formalités pour le moment, confirma-t-il.

— C'est exactement ce que j'ai pensé.

— On dirait que vous me connaissez très bien, hein ?

— Pas du tout ! Je connais la psychologie masculine, c'est différent, contra-t-elle en riant.

Il ne pouvait rien objecter. Il n'avait jamais atteint ce stade dans une relation amoureuse. Mais sa curiosité s'intensifiait. A quoi ressemblaient les parents de Chloe ? Pourquoi avait-elle choisi de vivre sous leur toit ? Les jeunes femmes modernes préféraient en général avoir leur propre appartement. Lui, au même âge, n'avait eu de cesse que de quitter le domicile familial afin d'acquérir son indépendance.

Mais Chloe, manifestement, était restée très proche des siens.

— Qui est Paul… ? Eh, attention ! s'écria-t-il, comme elle donnait un brusque coup de volant sur la droite.

Elle corrigea aussitôt la trajectoire de la voiture, mais il avait compris qu'il venait de toucher un point sensible.

— Désolée, j'ai cru voir un chat filer sur la route…, marmonna-t-elle.

A d'autres ! Il n'en croyait pas un mot. Ses pommettes avaient rosi et ses doigts minces étaient crispés sur le volant. Elle était toute troublée, simplement parce qu'il avait mentionné ce Paul…

Et, bien entendu, elle n'avait pas répondu à sa question !

— Je vous prie de me pardonner, mais j'ai un début de migraine, déclara-t-elle brusquement.

Il faillit ricaner. Une migraine, vraiment ? Lui qui pensait que les femmes réservaient ce genre de prétextes pour leur mari… Il fallait vraiment qu'elle soit très, *très* nerveuse.

— Pauvre Chloe ! dit-il d'un ton compatissant. Je vous donnerai un cachet d'aspirine dès que nous serons à la maison.

— Si vous n'y voyez pas d'inconvénient… je préférerais en rester là et rentrer chez moi.

Elle tourna la tête et eut une petite grimace contrite. Nullement apitoyé, Fergus serra les dents. Pas d'inconvénient ? Bien sûr que si ! Décidément, cette femme était plus fuyante qu'une anguille ! Elle s'évertuait à lui échapper, à lui glisser entre les doigts chaque fois qu'il pensait la saisir.

Il n'avait qu'une envie : l'enlacer, sentir sa peau contre la sienne, l'embrasser… Et voilà qu'elle décidait brusquement de couper court à la soirée.

Et elle avait le culot de lui demander s'il y voyait une objection ?

— Entrez au moins boire un café, suggéra-t-il, alors qu'elle venait de garer la voiture dans l'allée.

— Non, c'est gentil, mais je ne…

— Ecoutez, ce n'est pas raisonnable de conduire si vous avez très mal à la tête, coupa-t-il avec fermeté. Venez au moins prendre une tasse. Juste une tasse, Chloe.

— Bon… D'accord.

Bien que réticente, elle coupa le contact et se décida à sortir de la voiture.

Fergus était perplexe. Il aurait juré que Chloe cherchait désespérément à éviter tout moment d'intimité entre eux. Mais pourquoi, puisqu'ils étaient déjà amants… ?

A moins qu'elle n'ait finalement compris qu'elle n'était pas attirée par lui ?

Lui, au contraire, était de plus en plus séduit. A présent, il avait une certitude : il voulait Chloe Fox, il la désirait comme un fou !

Comment, grands dieux, avait-elle pu se mettre dans une situation si épineuse ? Et, plus grave, comment allait-elle s'en sortir ?

Elle avait été totalement prise au dépourvu quand Fergus avait soudain décidé de quitter le restaurant, et elle s'était trouvée dans l'incapacité de lui opposer une excuse valable.

Elle n'avait pas prévu d'aller chez lui après le restaurant. D'ailleurs, qu'avait-elle prévu ? Rien du tout, c'était là le problème…

Et ensuite, cette question dans la voiture : « Qui est Paul ? » !

— Venez dans la cuisine, ne vous gênez pas, déclara Fergus en voyant qu'elle hésitait à le suivre. La dame qui tient la maison loge dans l'appartement mitoyen et elle s'est déjà retirée pour la nuit.

S'il croyait la rasséréner, il se trompait. Chloe aurait été beaucoup plus à l'aise s'il y avait eu quelqu'un d'autre dans les parages. Car c'était une chose de faire semblant d'avoir passé la nuit avec Fergus, et une autre de se rendre compte qu'il voulait tout naturellement recommencer !

Chloe n'était pas une oie blanche, elle avait déjà eu des liaisons dans le passé et avait même un temps envisagé d'épouser un homme avec qui elle avait eu une relation suivie pendant deux ans. Mais elle n'avait pas l'habitude de sauter au lit avec le premier venu.

Or, Fergus était persuadé qu'ils étaient déjà amants. Il ne comprendrait pas un refus.

Seigneur ! Dans quel pétrin s'était-elle mise ? Elle n'aurait jamais dû s'engager dans une histoire pareille. C'était un acte de pure folie de sa part. Ou de désespoir !

Le temps que Fergus ôte sa veste de costume pour la poser sur le dossier d'une chaise, puis qu'il prépare le café, la migraine de Chloe était devenue tout à fait réelle !

— Tenez, lui dit-il un peu plus tard, en déposant deux cachets sur la table, à côté de sa tasse fumante.

Il se montrait courtois, attentionné, deux des qualités qu'elle espérait bien trouver chez lui. Mais possédait-il la troisième, essentielle : le sens de l'abnégation ? Etait-il capable de se sacrifier pour le bien d'autrui ?

— Effectivement, vous êtes toute pâle, constata-t-il en la considérant avec attention. Allons dans le salon, si vous voulez. Je vais allumer un feu dans la cheminée, cela vous réchauffera.

Elle ne voulait pas se réchauffer… elle voulait sortir d'ici, partir, le plus vite possible avant que la situation ne dérape !

— Hum… d'accord, acquiesça-t-elle d'une voix inaudible.

Le salon avait une ambiance très masculine et personnelle, avec sa décoration sobre dans des teintes chaudes, miel, cannelle, paille, et ses matériaux nobles — lin, cuir et bois. Les meubles en merisier avaient une ligne simplissime. L'atmosphère aurait été quasi monacale sans quelques notes de verdure : ici une grande fougère, là un yucca…

Comme promis, Fergus alluma un feu dans la cheminée et, bientôt, les flammes illuminèrent joliment l'âtre de pierre.

— Voilà, c'est mieux, dit-il avec satisfaction, avant de venir s'asseoir près de Chloe sur le canapé.

Elle comprit à cet instant qu'elle aurait dû s'installer dans le fauteuil, bien que celui-ci soit plus éloigné du feu. Franchement, elle commettait erreur sur erreur. Ainsi, assise tout près de lui, elle avait une conscience aiguë de sa présence. Elle croyait sentir sa chaleur corporelle. L'odeur épicée de sa lotion après-rasage venait lui chatouiller les narines. Il était vraiment… vraiment très séduisant, conclut-elle en l'étudiant sous ses cils baissés.

Il se tourna face à elle et, du bout des doigts, écarta une mèche de cheveux noirs qui retombait sur sa tempe.

— Vous vous sentez mieux ? s'enquit-il d'une voix enrouée.

— Euh… pas vraiment.

Sa main tremblait lorsqu'elle porta la tasse de café à ses lèvres. Elle avait les jambes en coton et sa respiration était devenue anarchique.

« Pourvu qu'il ne remarque pas ma nervosité ! » pria-t-elle en silence.

— Vous auriez moins mal au crâne si vous laissiez vos cheveux libres…

Ce disant, il avait porté la main à son chignon et ôté la grosse barrette en argent qui le maintenait. Aussitôt, la masse soyeuse de sa chevelure tomba sur ses épaules. Fasciné, il fit lentement glisser ses doigts à travers les mèches brillantes, sans cesser de la regarder dans les yeux. Le cœur battant, Chloe eut un petit frisson de plaisir qu'elle ne put réprimer. Ces sensations étaient si exquises…

Mais elles l'entraînaient dans un tourbillon dangereux qu'elle ne serait bientôt plus en mesure d'arrêter si elle n'y prenait garde.

— Fergus…

Le pouce de celui-ci glissait à présent sur la courbe de sa joue, de sa mâchoire. Prise d'un doux vertige, elle humecta ses lèvres sèches.

— Fergus…

— C'est mon nom, oui. Et vous êtes Chloe, la belle, la très désirable Chloe, chuchota-t-il, avant d'incliner la tête pour prendre possession de sa bouche dans un baiser très sensuel.

Chloe eut l'impression de recevoir une décharge électrique, tandis qu'une lave en fusion semblait se répandre en elle pour la consumer de l'intérieur. Jamais elle n'avait éprouvé de telles émotions. Fergus aspirait son souffle, le buvait, goûtait la saveur de ses lèvres comme un fruit délicieux. De nouveau, ses mains s'égaraient dans ses cheveux, puis venaient encadrer son visage pour mieux la retenir, l'emprisonner dans son étreinte…

Chloe chavirait. Un gémissement lui échappa et elle se soumit à la houle voluptueuse qui déferlait sur elle. Tandis que son corps se cambrait, elle voulut nouer les bras autour du cou de son compagnon…

— Aïe ! s'exclama-t-il alors.

Elle sursauta en sentant une brûlure de nature très différente sur sa cuisse. Dans son abandon, elle avait tout simplement oublié la tasse qu'elle tenait à la main ! Le café venait de se renverser sur sa robe et sur le pantalon de Fergus.

— Oh ! Je suis désolée !

Heureusement, le liquide était chaud mais pas bouillant. Fergus, avisant les taches brunes sur leurs vêtements, fit la grimace et la débarrassa de la tasse et de la soucoupe.

— Ne bougez pas, je vais chercher une serviette, dit-il avant de quitter la pièce.

Une fois seule, Chloe se renversa contre le dossier du canapé et ferma les yeux. Quelle stupidité, mon Dieu ! Oublier qu'elle tenait une tasse pleine à la main… Fergus allait vraiment la prendre pour la dernière des demeurées !

Il revint muni d'un chiffon et épongea le café sur sa robe trempée. Une énorme tache noire maculait la fine soie écarlate.

— C'est trop tard, le tissu a déjà bu… Il faut l'enlever, décréta-t-il.

— Non, inutile. Cela va sécher tout seul…

— Ne soyez pas puérile, Chloe. Vous n'allez pas rester comme ça. Il faut ôter cette robe et prendre une douche chaude.

— Je vous assure que ce n'est pas nécessaire. D'ailleurs… il est temps que je parte ! décréta-t-elle en se levant d'un bond.

Fergus parut déstabilisé :

— Vous partez ? Mais… je pensais que vous passeriez la nuit ici…

— Ecoutez, Fergus, j'ai vraiment mal à la tête.

Elle s'efforça de le regarder avec franchise. Lui semblait

tiraillé entre sa bonne éducation et son désir de la convaincre. Finalement, il s'avoua vaincu.

— Très bien, dit-il froidement. Je vais vous raccompagner à votre voiture.

Inutile d'être grand clerc pour deviner qu'il était furieux. Sa colère était d'autant plus impressionnante qu'il la contrôlait parfaitement.

Chloe s'esquivait déjà vers la cuisine où elle récupéra son sac à main et ses clés de voiture. Tandis qu'elle se dirigeait vers le vestibule, elle perçut dans son dos la présence presque menaçante de Fergus. Il devait fulminer contre elle. Elle avait l'impression de percevoir les ondes négatives qui émanaient de sa personne et la transperçaient !

Ils ressortirent. Chloe s'installa au volant et, une fois en sécurité dans l'habitacle, adressa à Fergus un sourire hésitant.

— Peut-être pourrions-nous déjeuner ensemble la semaine prochaine ?

— Peut-être, répondit-il, laconique.

A son ton, il était évident que cette éventualité avait fort peu de chances de se concrétiser ! Chloe en prit conscience. Etait-elle en train de commettre une erreur grossière ? Au lieu de fuir, peut-être aurait-elle dû le maintenir à distance, par exemple en lançant la conversation sur son prochain livre… ?

Mais Fergus ne se laissait pas aisément manipuler. Surtout ce soir où, maintenant qu'il savait la partie perdue, il était d'une humeur de chien. Il n'aurait certainement pas la réaction espérée si elle le priait de renoncer à écrire son prochain livre !

D'un autre côté, elle devait faire vite. Le rendez-vous avec Peter Ambrose était imminent !

— Alors… je vous appelle, d'accord ? risqua-t-elle timidement par la vitre baissée.

Fergus demeura impassible. A la lueur de la lanterne du perron, ses traits ne trahissaient aucun sentiment, mais sa bouche barrait le bas de son visage d'une ligne horizontale.

— J'ai bien saisi que vous préfériez me joindre ou non à

votre guise, Chloe. Néanmoins, la prochaine fois, c'est moi qui prendrai contact avec vous.

— Mais… vous n'avez pas mon numéro de téléphone.

— C'est vrai.

Et, elle le comprit tout à coup, il n'avait pas l'intention de le lui demander. Il était vraiment fâché.

Trop vexée pour mesurer les conséquences sur l'instant, elle rétorqua sèchement :

— Bon, très bien. Merci pour le dîner, Fergus. C'était excellent.

— Vraiment ? Vous n'avez pas touché à votre assiette.

Elle se mordit la lèvre. Elle serait bien partie sans plus attendre, mais la portière était ouverte et Fergus ne reculait toujours pas, la bloquant dans cette position. Qu'attendait-il ? Quelles pensées défilaient derrière ces énigmatiques yeux noisette ?

— Aimeriez-vous déjeuner chez Chef Simon mardi prochain ? s'enquit-il enfin, presque à contrecœur.

Comme s'il n'avait aucune envie de la revoir ; comme si seule la politesse motivait cette proposition et que, de toute façon, il se décommanderait plus tard.

Quoi qu'il en soit, elle pouvait difficilement refuser. C'était sa dernière chance de lui parler avant son rendez-vous avec Peter Ambrose.

— D'accord, fit-elle. Vers quelle heure ?

— 13 heures.

En s'éloignant au volant de sa voiture, Chloe sentit son ventre se nouer d'appréhension. Car mardi, il lui faudrait brûler ses vaisseaux et tout révéler. Sinon, Fergus prendrait la mouche et finirait par couper tout lien avec elle.

S'il n'avait pas déjà décidé de le faire…

6

— Comment va la sublime Chloe ?

Impassible, Fergus était assis dans le fauteuil que Brice avait placé près de la fenêtre. Son regard tourné vers le carreau semblait perdu dans la contemplation du jardin ensoleillé, pourtant il se raidit imperceptiblement en entendant prononcer le prénom de la jeune femme.

— Peut-être vaut-il mieux ne pas poser la question ? reprit alors Brice avec intuition.

Fergus inspira bruyamment avant de jeter un regard torve à son cousin qui, debout devant son chevalet, ajoutait les dernières touches au portrait de Darcy, qu'il comptait offrir aux jeunes mariés à leur retour de lune de miel.

— Tu as raison, ne dis rien ! confirma Fergus d'un ton rogue.

Et il se tourna de nouveau vers la vitre.

Cela faisait deux bonnes heures maintenant qu'il était là, immobile, silencieux et plongé dans des pensées moroses, tandis que Brice travaillait à son côté.

Que cherchait Chloe ? Dans quel but l'avait-elle approché ?

Ces questions l'obsédaient depuis la veille et il n'avait toujours pas trouvé de réponse alors que, dans moins d'une heure, il avait rendez-vous pour déjeuner avec elle.

Il était au moins convaincu d'une chose : ce n'était pas par hasard qu'elle l'avait abordé samedi soir, avant de faire l'amour avec lui. Elle lui avait menti. Mais pourquoi ?

— Tu n'as pas envie d'en parler ? hasarda encore Brice, qui l'observait avec curiosité.

Parler ? Mais de quoi ? Comment Brice aurait-il pu donner un sens au problème insoluble sur lequel lui-même butait depuis un certain événement qui avait eu lieu la veille ?

Pourquoi ? Pourquoi ? Pourquoi ?

Un mot jaillit tout à coup dans son cerveau, si déplaisant qu'il ne put s'empêcher de faire la grimace…

Chantage.

Rebuté, il s'empressa de l'enfouir au tréfonds de son inconscient.

Brice recula d'un pas pour contempler d'un air satisfait sa toile enfin achevée.

— Bien ! dit-il d'un air excité. Allez, viens voir, Fergus !

Ce dernier se leva sans enthousiasme pour rejoindre son cousin. Néanmoins, il était soulagé de faire diversion à ses pensées sinistres qui déteignaient même sur son apparence : sans y réfléchir, il s'était habillé de noir de la tête aux pieds ce jour-là.

Bien entendu, le portrait était superbe. Brice avait su capter la beauté si originale de Darcy : le roux flamboyant de la chevelure, les grands yeux gris lumineux, ce sourire qui exprimait si bien sa gentillesse profonde. Le tableau était magnifique et prouvait — si besoin était — que Brice, non content de maîtriser son art à la perfection, possédait ce style unique qui avait fait de lui un artiste de renommée mondiale.

— Logan va adorer ! affirma Fergus.

— Je l'espère bien ! Hum… dis-moi, Fergus… Je suis peut-être en train de me monter le bourrichon tout seul, mais… j'ai comme l'impression que notre club de « Tombeurs » va encore perdre un adepte. Non ?

Fergus se renfrogna aussitôt et riposta furieusement :

— Tu racontes n'importe quoi, mon pauvre vieux ! Tu te trompes complètement !

Il n'était pas près de tomber amoureux de Chloe Fox. Ça non ! Au contraire, il avait envie de l'étrangler !

Brice haussa ses noirs sourcils :

— Vraiment ? fit-il d'un ton dubitatif. C'est bizarre, quand même… Je ne t'ai jamais vu te mettre dans un état pareil à cause d'une femme.

— Hein ? Quel état ?

— Ecoute, ça fait deux heures que tu traînes ici comme une âme en peine. Tu m'as à peine adressé la parole depuis ton arrivée, et ton humeur s'est encore détériorée quand j'ai évoqué Chloe.

— Tu en déduis donc que je suis amoureux d'elle ? lança Fergus, sarcastique.

— J'en déduis en tout cas qu'elle a sur toi un effet qu'aucune femme n'avait encore produit.

De l'effet ! Oh, elle lui en faisait, ça c'était sûr ! Elle était tellement jolie… Mais tous ces mystères, ces dérobades… Plus il y pensait, plus il se persuadait que tout cela n'avait rien à voir avec le hasard, mais faisait partie d'un plan soigneusement organisé, dans lequel il n'était qu'un vulgaire pion.

Certes, leur rencontre dans cette discothèque avait dû être fortuite. Après tout, lui-même ignorait quelques heures plus tôt qu'il échouerait là. Ce qui avait suivi, en revanche, avait été orchestré de bout en bout par Chloe.

Dès le début, il avait été intrigué par sa politique de la douche écossaise : « Je te veux — Je me sauve ! ». Tout d'abord, il avait cru avoir affaire à une de ces névrosées qui ne sortent qu'avec des célébrités afin d'améliorer sans cesse leur tableau de chasse. Une collectionneuse, en quelque sorte. Puis, il avait compris qu'il faisait fausse route.

Mais la seconde option qu'il entrevoyait n'était pas plus plaisante !

Qu'allait-il faire ? Là résidait le vrai problème.

Toute la matinée, il avait hésité à se rendre à ce déjeuner. Finalement, il avait opté pour un bon retard. Cela saperait un peu de cette assurance que Chloe affichait en toutes circonstances. Et puis, c'était son tour d'attendre…

Avec un profond soupir, il consulta sa montre : 12 h 55.

— Il faut que j'y aille, Brice. Je déjeune avec Chloe ce midi, annonça-t-il.

— Dis-lui bonjour de ma part.

— Je n'y manquerai pas.

— Tu sais… elle est très jeune. Tu es visiblement fâché contre elle, mais…

— Fâché ? Ce mot ne décrit pas le quart de ce que j'éprouve, je te le garantis !

— C'est précisément ce que je veux dire.

La colère de Fergus retomba et il considéra son cousin avec ironie :

— Tu ne crains tout de même pas que je l'étrangle au restaurant ? Cela manquerait un peu de discrétion, tu ne crois pas ?

— Et puis, ce serait dommage d'abîmer ce cou de cygne.

Fergus grimaça plutôt qu'il ne sourit. Bien entendu, Chloe avait plu à Brice qui était amateur de jolies femmes. Mais sa beauté n'occultait pas le fait qu'elle était également manipulatrice et menteuse, des défauts rédhibitoires à ses yeux.

— Ne t'inquiète pas, je ne vais pas la manger toute crue, promit-il en se dirigeant vers la porte.

— Tu sais, elle m'a fait bonne impression, ajouta doucement son cousin dans son dos. Je l'ai trouvée sympathique.

Fergus franchit le seuil sans s'arrêter et sortit de la maison. Il bouillait. Sympathique, sympathique… Lui aussi la trouvait sympathique. Et même bien plus que cela !

« Mon Dieu, qu'elle est belle ! »

Telle fut sa première pensée lorsqu'il fit son entrée dans le restaurant une bonne demi-heure plus tard et qu'il la vit assise à une table, face à lui.

Inconsciente de son regard critique, elle fixait la fenêtre d'un air pensif, le menton calé au creux de sa paume. Elle l'attendait. Ses yeux bleus reflétaient de l'inquiétude, sa bouche à l'arc parfait ne souriait pas. Elle devait croire qu'il lui avait posé un lapin.

Curieusement, Fergus n'éprouva pas la jubilation prévue. Le nœud de colère qui s'était serré au creux de son ventre refusait de se détendre et prenait toute la place, évinçant les autres émotions.

Il avança rapidement, s'immobilisa à sa hauteur et, avant qu'elle ne puisse réagir, lui planta un baiser sur la bouche.

— Bonjour, Chloe.

— Fergus… !

Elle avait violemment tressailli et cilla plusieurs fois.

— Quoi ? Que se passe-t-il ? Vous n'allez tout de même pas me reprocher de vous dire bonjour ? Nous avons depuis longtemps dépassé le stade des baisers, vous savez ! ironisa-t-il en s'asseyant.

Elle parut déroutée par son animosité. Il n'en avait cure. Les émotions bouillonnaient en lui. Il n'avait plus envie de l'étrangler, plutôt de la courber sur son genou pour lui administrer une bonne fessée !

C'est tout ce que cette peste méritait.

Quelque chose n'allait pas, Chloe le voyait bien.

Fergus était arrivé en retard et, maintenant, il se montrait agressif, railleur. Elle avait l'impression de s'adresser à un étranger. Il ne portait que du noir et, ainsi vêtu, il ressemblait un peu à l'image qu'elle se faisait du diable…

Dans ce climat hostile, comment aborder le sujet qui lui tenait tant à cœur, à savoir ce livre qui, s'il paraissait, ruinerait pour la deuxième fois la vie de son père ?

L'intervention du chef Simon — aisément identifiable à sa haute taille — la tira de son dilemme :

— Bonjour, Fergus ! Content de te revoir.

Le cuisinier à l'abord sympathique vint échanger une poignée de main avec Fergus.

— Comment se porte le jeune marié ? s'enquit ce dernier.

— Comme tu vois, à merveille !

Daniel Simon reporta un regard interrogateur sur Chloe, et Fergus procéda aux présentations d'une voix neutre. Mais son regard était si glacé qu'elle ne put s'empêcher de frissonner. On aurait dit qu'il la haïssait !

Elle avait bien perçu sa déception vendredi soir, au moment

où ils s'étaient séparés. Mais de là à la détester… Qu'avait-il pu se passer dans l'intervalle pour justifier ce changement drastique à son égard ?

Car il s'était produit quelque chose, et une angoisse croissante lui serra la gorge à mesure que cette certitude s'imposait à elle.

— Enchanté, dit Daniel Simon, qui lui tendit la main avant de s'excuser : Désolé, je dois retourner en cuisine. Bon appétit à vous deux !

Chloe jeta un coup d'œil à Fergus qui ne se déridait pas. Elle avait le sentiment que le déjeuner ne serait agréable ni pour lui ni pour elle. Elle s'était pourtant préparée avec soin, et avait revêtu un pantalon de soie bleue à pont orné de boutons de nacre, ainsi qu'un petit haut blanc cintré, sous un court spencer. Le bleu flattait son teint sans défaut et la couleur de ses yeux, elle le savait. Elle n'avait pas attaché ses cheveux qui coulaient, doux et brillants, sur ses épaules.

Mais pour tout l'intérêt que lui manifestait Fergus, elle aurait tout aussi bien pu être vêtue d'un sac à patates !

Un silence gêné s'écoula, durant lequel aucun d'eux ne fit le moindre geste vers son menu, posé à droite de l'assiette. Enfin, Chloe se risqua à demander :

— Qu'y a-t-il, Fergus ?

— Quoi ? Rien. Que voulez-vous qu'il y ait ?

Elle se mordit la lèvre. Fergus n'était pas du genre extraverti, mais se murer ainsi dans ce silence vindicatif… cela ne lui ressemblait pas. Enfin, elle le connaissait peu, mais en tout cas, cela ne cadrait pas avec l'image de l'homme courtois et attentionné qu'il lui avait offerte jusque-là.

— Vous êtes… différent.

— Différent ? Et en quoi ?

— Je ne sais pas…

Il secoua la tête.

— J'ignore de quoi vous parlez, Chloe. Et je ne suis pas sûr que vous le sachiez non plus. Voulez-vous que nous passions la commande ?

Elle continua de le regarder sans répondre, avec l'impression d'entendre les secondes s'égrener et son propre cœur tambouriner en écho. Le temps filait, elle devait agir, parler à Fergus ! Demain, il s'entretiendrait avec Peter Ambrose et il serait trop tard !

— Chloe ! Que voulez-vous ? reprit-il d'une voix impatiente.

Elle sursauta, bredouilla :

— Moi ? Euh… mais rien, je…

— Je vous demandais ce que vous désiriez manger.

Il leva les yeux vers le serveur qui s'était avancé, son bloc et son stylo en main, et attendait le bon vouloir de ses clients. Chloe sentit ses joues s'enflammer et se hâta d'ouvrir le menu.

— Un gaspacho… et une salade verte, dit-elle en choisissant les premiers plats qui lui tombaient sous les yeux.

Elle referma le menu dans un claquement. Fergus commanda un poisson grillé aux poivrons, puis attendit qu'ils soient de nouveau seuls pour engager la conversation.

— Vous avez travaillé ce matin ?

— Pas vraiment…

En réalité, elle avait passé la matinée à réfléchir au moyen de le convaincre. Sa nervosité grandissante l'aurait de toute façon empêchée de se concentrer sur ses croquis.

— Avez-vous passé un bon week-end ? demanda-t-il encore.

Elle retint un haussement d'épaules. Elle avait la très nette impression qu'il se fichait éperdument de ce qu'elle avait bien pu faire samedi, dimanche, et ce matin. Il lui faisait juste la conversation, bien poliment, et pourtant elle avait un sentiment de menace, comme si une épée de Damoclès oscillait au-dessus de sa tête.

Pour une raison qu'elle ignorait, la donne avait changé et les rôles s'étaient inversés : désormais, c'est Fergus qui détenait les atouts et la maintenait dans l'incertitude.

— Je n'ai rien fait de spécial, répondit-elle enfin. Et vous ?

— J'effectue toujours des recherches avant la rédaction de mon prochain livre.

— Ah oui, le thriller politique… Vous n'avez pas entamé la phase de rédaction ?

— Pas encore. J'aime posséder à fond mon sujet avant de me lancer dans l'intrigue.

Le cœur de Chloe se mit à palpiter. Enfin, la conversation prenait la direction qu'elle souhaitait ! Tâchant de dominer son excitation, elle prit négligemment une tranche de pain dans la corbeille, avant d'opiner :

— Je comprends. Vous devez vérifier chaque fait, sinon quelqu'un pourrait vous poursuivre en diffamation.

— Chloe, je suis avocat, je connais le droit en général et mes droits en particulier. Je sais jusqu'où je puis me permettre d'aller. Vous vous intéressez donc à la politique ?

Elle retint son souffle. La politique… Comment aurait-elle pu ne pas se passionner pour ce qui avait baigné toute son enfance ?

Fergus l'observait intensément. Un lent sourire se dessina sur ses lèvres et il déclara :

— Alors, ma petite Chloe… voilà l'occasion que vous espériez tant. Aurez-vous le courage d'en profiter ?

— Que… que voulez-vous dire ?

Elle se sentit pâlir et la pièce se mit à tourner autour d'elle. Face à elle, le méchant sourire de Fergus s'élargit.

— J'en ai assez de ce petit jeu. Voyez-vous, je n'ai jamais aimé les devinettes… Faites attention, vous mettez des miettes plein la nappe, lui fit-il remarquer, moqueur, en désignant le pain qu'elle déchiquetait avec nervosité sans même s'en rendre compte.

Elle lâcha la tranche de pain, posa ses mains à plat sur ses genoux pour qu'il ne les voie pas trembler.

— Je vous ai demandé si vous vous intéressiez à la politique ? insista-t-il.

— Je… je…

Elle essaya de parler, mais ses mâchoires contractées étaient comme soudées l'une à l'autre. Le doute n'était plus permis à présent. Fergus savait ! Il l'avait percée à jour et se riait d'elle.

Il lui en donna confirmation la seconde suivante en se penchant brusquement pour approcher son visage à quelques centimètres du sien.

— Allons, Chloe Fox-*Hamilton*, vous ne répondez pas ? gronda-t-il d'une voix de gorge menaçante.

— Ecoutez, Fergus…

Il ne la laissa pas poursuivre et, cinglant, continua :

— Je ne sais pas comment vous avez appris le sujet de mon prochain livre, mais je vous assure que je le découvrirai. Ce que je sais en revanche, mademoiselle Fox-Hamilton, c'est que vous ne me ferez pas changer une virgule de ce bouquin ! Suis-je assez clair ?

En effet, c'était clair. Limpide, même !

7

Fergus était ulcéré et, pour la première fois, permettait à sa fureur de s'exprimer.

Chloe l'avait manipulé du début à la fin. Elle lui avait menti, s'était servie de lui et avait même couché avec lui par intérêt !

La déception, le sentiment d'humiliation, le mépris, la rage, toutes ces émotions se mêlaient en lui pour former un immense tumulte intérieur, contre lequel il ne pouvait se défendre que par le sarcasme.

— Je suis vraiment curieux de connaître la suite de votre plan. Que comptiez-vous faire après m'avoir séduit ? M'extorquer des confidences sur l'oreiller ?

— Je… je ne…

— Je vous en prie ! Vous êtes la fille de Paul Hamilton, il est impossible que vous n'ayez pas eu une stratégie en tête.

Le regard bleu de Chloe étincela. Elle se rebiffa :

— Je vous interdis de parler de mon père sur ce ton !

A présent, il discernait parfaitement les ressemblances physiques entre le père et la fille : même implantation des cheveux, mêmes sourcils obliques, et une certaine similitude dans la structure du visage.

Et bien sûr, la fille de l'ancien parlementaire Paul Hamilton avait toutes les raisons de bien connaître Peter Ambrose, ex-Premier ministre de Grande-Bretagne.

Fergus avait tout découvert la veille et, depuis, son esprit n'avait pas connu une minute de répit. Il avait passé une nuit blanche, à se remémorer en boucle les événements des onze derniers jours. Et il n'avait rien trouvé, pas un geste, pas un regard, pas un mot, susceptible de lui faire penser que Chloe tenait un tout petit peu à lui en tant que personne.

En toute franchise, c'était surtout cela qui le mettait hors de lui. Parce qu'il tenait à elle, énormément… Ou plutôt, il avait *cru* tenir à elle ! Car c'était fini, bien fini. Il avait ouvert les yeux et la jugeait enfin pour ce qu'elle était vraiment.

Sa colère retomba d'un coup, balayée par le dépit, et presque malgré lui, un profond soupir s'éleva de sa poitrine.

— Que voulez-vous de moi, Chloe ? demanda-t-il avec lassitude.

Contre toute attente, il se sentit étrangement remué en voyant les prunelles bleues s'inonder de larmes.

— Je veux que vous trouviez un autre sujet pour votre livre, que vous laissiez mon père tranquille, répondit-elle dans un souffle. Ne pensez-vous pas qu'il a assez souffert comme ça ?

Sa voix s'était brisée. Fergus dut faire un effort pour se rappeler que cette fille n'était qu'une intrigante qui s'était sournoisement immiscée dans sa vie.

Sans aménité, il rétorqua :

— Les proches de Susan Stirling ne seraient sans doute pas d'accord avec vous.

— Mon père n'a jamais eu de liaison avec cette femme !

— Ce n'est pas ce que pense l'opinion publique.

— Je me contrefiche de l'opinion publique ! Mon père adore ma mère, il est toujours amoureux d'elle. Si vous les voyiez ensemble…

— Oui, c'est ainsi que tous les enfants se plaisent à imaginer leurs parents. La réalité est tout autre…

— Que savez-vous des couples unis ? coupa-t-elle avec virulence, sans se soucier des larmes qui roulaient sur ses joues. Vos parents sont divorcés !

En même temps qu'elle prononçait ces mots, elle se rendit

compte de leur impact. Ses yeux s'écarquillèrent et, confondue par sa propre grossièreté, elle porta la main à sa bouche.

— Je suis désolée, je n'aurais pas dû dire cela… je vous prie de m'excuser…

— Ce n'est pas grave, Chloe. Ecoutez, je comprends parfaitement que vous soyez attachée à votre père et que vous vouliez croire en son innocence…

— L'affection que je porte à papa n'a rien à voir avec tout ça. Enfin… si, un peu, reconnut-elle, après qu'il eut esquissé une moue dubitative. Mais la vérité, c'est que Susan Stirling n'a jamais été sa maîtresse !

Elle chercha le regard de Fergus et le soutint hardiment, comme pour le mettre au défi de la contredire sur ce qu'elle venait d'affirmer de manière si péremptoire.

Il la dévisagea quelques secondes, tâchant d'y voir clair dans ses propres émotions, violentes et contradictoires : de la compassion, un reliquat de colère et — il était bien obligé de l'admettre — de l'admiration pour la loyauté et la détermination dont elle faisait preuve à l'égard de son père.

Pour le défendre, la chatte devenait tigresse. Mais jusqu'où était-elle capable d'aller ?

— Mangez, lui enjoignit-il soudain avec une rudesse qu'il tenta dans la foulée de gommer en plaisantant : votre soupe va refroidir !

Chloe ne manifestait aucun intérêt pour le contenu de son assiette. Distraitement, elle prit sa cuillère et se mit à remuer son gaspacho glacé sur lequel flottaient joliment quelques feuilles de basilic ciselées.

Finalement, tête baissée, elle renifla et marmonna :

— Moi qui croyais que, dans ce pays, un homme était considéré comme innocent jusqu'à ce que la preuve de sa culpabilité soit établie !

— C'est le cas, confirma Fergus.

Elle pleurait toujours. Il voyait ses épaules frémir et les larmes tomber sur sa serviette. Mais il n'allait pas se laisser apitoyer.

De nouveau, elle renifla.

— Savez-vous que mon père compte se présenter aux prochaines élections ?

— Depuis hier, oui.

Surprise, elle releva vivement la tête. Des larmes étincelaient entre ses cils noirs.

— Mais… comment… ?

— Peter Ambrose m'a appelé pour avancer notre rendez-vous. Nous nous sommes entretenus hier, avoua-t-il enfin.

Il avait eu l'impression de recevoir un coup de poing en plein estomac quand l'ancien Premier ministre, s'étant étonné de l'avoir vu en compagnie de Chloe, lui avait finalement révélé à contrecœur qu'elle était la fille de Paul Hamilton.

En fait, Fergus avait été tellement stupéfait qu'il ne se souvenait même pas du déroulement de l'entretien !

Ensuite, dévoré par une colère grandissante, il avait peu à peu assemblé les pièces du puzzle et reconstitué l'image qui s'obstinait à lui échapper auparavant. Il avait compris l'insistance de Chloe, le soir où elle l'avait abordé ; et le fait qu'elle connaisse autant de détails personnels sur lui, jusqu'à la façon dont il buvait son café, bon sang ! Elle s'était évidemment renseignée sur son compte avant de simuler une rencontre inopinée.

En revanche, il ignorait toujours comment elle avait eu vent du scénario de son futur thriller.

— Qui vous a dit que je comptais écrire un livre fondé sur cette histoire véridique ? demanda-t-il.

— Je l'ai appris, voilà tout. A quoi bon…

— Non, répondez-moi. Très peu de gens étaient au courant. Je veux savoir d'où provient la fuite.

Mais, de nouveau, elle se déroba et, cette fois, avec une agressivité déclarée :

— Ecoutez, je l'ai appris, point barre. D'accord ?

Non, pas d'accord ! Jusqu'à ce qu'il ait obtenu la réponse à cette question, il se torturerait les méninges pour savoir qui, dans son entourage, avait vendu la mèche. S'il devait commencer à se méfier de tous ses proches, sa vie allait devenir un véritable cauchemar !

Et puis, il avait bien remarqué que Chloe évitait de croiser son regard… Il y avait encore là quelque chose à creuser.

— Maintenant que vous savez que papa va se représenter… avez-vous toujours l'intention de publier ce livre ?

Interloqué, il haussa les sourcils. Elle ne doutait décidément de rien ! Les faits qui avaient constitué le scandale étaient au cœur de son intrigue. D'ailleurs, lui-même faisait partie des gens qui avaient tendance à croire que Paul Hamilton mentait. Après tout, il était quand même assez courant qu'un homme entretienne une liaison adultère avec son assistante !

— Ne devriez-vous pas plutôt dire : « Maintenant que nous avons couché ensemble » ? suggéra-t-il avec un froid cynisme.

Si elle pensait qu'une unique nuit allait changer quoi que ce soit, qu'il allait se laisser embobiner par quelques larmes et un joli sourire, elle le prenait vraiment pour le dernier des demeurés.

Epaules voûtées, elle secoua la tête.

— Samedi dernier, je voulais juste vous parler…, chuchota-t-elle d'une voix étouffée. J'espérais vous convaincre d'épargner papa.

— Alors, pourquoi n'avez-vous pas employé des moyens plus ordinaires, comme solliciter une entrevue, par exemple ? C'est ce que font la plupart des gens, vous savez !

Elle frémit sous cette tirade vindicative et releva la tête pour le regarder douloureusement.

— Allez-vous prétendre que vous m'auriez reçue si je vous avais donné mon vrai nom ?

Oui ! Non ! Enfin… peut-être pas, finit-il par admettre *in petto*. Après tout, elle était suffisamment proche de Paul Hamilton pour…

— Vous m'auriez peut-être accordé un entretien, par pure curiosité. Mais c'est tout, conclut-elle avec amertume.

Fergus serra les dents. Il n'aimait nullement s'entendre prédire ses réactions et sentiments comme s'il était quelqu'un de totalement transparent.

— Vous avez donc décidé de me rencontrer, soi-disant par hasard, de me donner une version édulcorée de votre identité, et de vous débrouiller pour me mettre dans une situation compromettante. Et ensuite, Chloe ? Vous m'auriez fait chanter, c'est cela ? J'aurais eu peur d'être considéré comme le dernier des salauds si on avait su que j'avais eu une aventure avec la fille de ma « victime » !

Chloe était devenue encore plus pâle. Ses fins sourcils obliques et ses cils fournis tranchaient sur son teint livide. Dans son visage aux traits crispés, ses prunelles bleues formaient deux grands lacs emplis de souffrance.

Fergus se sentit soudain très mal à l'idée qu'il était directement responsable de ce chagrin. Il se ressaisit, tenta de s'aguerrir. Non, il ne devait pas faiblir ! Chloe avait été trop loin pour qu'il passe l'éponge si aisément. Sinon, il en viendrait à accepter n'importe quoi du moment qu'elle le lui demandait… comme renoncer à la publication de son livre sur lequel il travaillait depuis plusieurs mois déjà !

— Avez-vous rencontré mon père ? demanda-t-elle doucement.

— Non, pas encore.

— Mais vous le ferez avant d'entamer la rédaction de votre livre, n'est-ce pas ?

— Eh bien… probablement.

Elle n'avait pas à savoir qu'il avait déjà pris rendez-vous avec Paul Hamilton pour le vendredi suivant. Il était encore trop fâché contre elle pour lui donner le moindre espoir.

— Il va donc falloir que j'organise cela, déclara-t-elle, comme si cette conclusion coulait de source.

— Vous êtes convaincue que je changerai d'avis une fois que je l'aurai vu en personne, c'est cela ?

— Pour ne rien vous cacher… oui !

— Je vous trouve bien optimiste, Chloe. Dangereusement optimiste.

— Nous verrons bien.

Elle s'entêtait. Par naïveté ? Par loyauté indéfectible ? Il secoua la tête.

— Vous avez été trop loin en passant la nuit avec moi, Chloe. Et, je tiens tout de suite à vous avertir, si vous avez l'intention de divulguer dans la presse le détail de nos ébats, je…

— Alors… vous ne plaisantiez pas, tout à l'heure ? Vous pensez vraiment que… que j'allais vous faire chanter ? s'exclama-t-elle d'un air incrédule.

— Pour quelle autre raison auriez-vous…

Elle ne le laissa pas finir. Les joues écarlates, le regard dur, elle éleva la voix sans souci des autres clients qui déjeunaient dans la salle.

— Pour votre gouverne, monsieur McCloud, sachez que nous n'avons pas couché ensemble samedi dernier ! J'ai dormi dans le fauteuil et vous n'avez pas bougé du lit où vous avez ronflé toute la nuit, car vous étiez bien trop imbibé d'alcool pour faire quoi que ce soit d'autre !

Fergus s'était tassé sur son siège. Du coin de l'œil, il constata que leur table était à présent le point de mire vers lequel convergeaient tous les regards. Dans la salle où régnait un léger brouhaha l'instant d'avant, on aurait pu entendre une mouche voler. Même les serveuses et le maître d'hôtel n'avaient pas perdu une miette de la tirade vengeresse de la jeune femme.

— Est-ce clair ? dit-elle encore en le fusillant de ses yeux bleus.

— Très clair. Même les plongeurs en cuisine ont dû saisir.

Comme pour confirmer ces paroles, Daniel Simon et deux de ses assistants apparurent sur le seuil de la cuisine. Chloe se leva dans un mouvement plein de fierté et posa sa serviette sur la table.

— Dans ce cas, si vous voulez bien m'excuser…

Très digne, elle ramassa son sac, pivota, et gagna la sortie.

Et Fergus, foudroyé d'admiration, la regarda s'éloigner d'un pas sûr, tête haute, le dos bien droit. Seigneur, qu'elle était belle ! On eût dit une reine offensée quittant sa cour.

Dès que la porte se fut refermée derrière elle, les gens baissèrent le nez vers leur assiette et le bruit des conversations reprit.

Daniel s'avança vers la table de Fergus.

— Viens dans la cuisine, lui proposa-t-il gentiment.

Déconcerté, Fergus se leva et le suivit docilement dans la pièce la plus animée et la plus parfumée de l'établissement.

— Je me demande bien pourquoi toi et tes cousins vous choisissez toujours *mon* restaurant pour vous disputer avec vos petites amies ! Enfin, estime-toi heureux : au moins, elle ne t'a pas renversé son gaspacho sur la tête.

Daniel faisait allusion à la relation mouvementée qu'avaient entretenue sa fille Darcy et Logan avant leur mariage. Logan avait passé le plus clair de son temps à nettoyer ses vêtements des diverses substances dont Darcy l'éclaboussait, soit par inadvertance, soit délibérément.

— Chloe n'est pas ma petite amie ! protesta Fergus.

— Oui, je crois que c'est de notoriété publique, maintenant.

— Oh, ça va !

Mais, au fond, il se fichait pas mal que Chloe ait lancé cette information à la cantonade. Ce qui comptait surtout, c'est qu'ils n'aient pas couché ensemble. Il avait été ravi de l'apprendre.

Oui, ravi !

Seigneur, qu'avait-elle fait ?

Après avoir donné l'adresse de ses parents au chauffeur, Chloe s'était laissée tomber sur la banquette arrière du taxi. Elle avait l'impression que la fureur de Fergus la poursuivait jusque dans la voiture. Un instant, elle avait même craint qu'il ne la suive hors du restaurant, mais heureusement, il n'en avait rien fait.

Bien sûr qu'il était en colère après ce qu'elle venait de clamer à une quarantaine de personnes !

Mais qu'est-ce qui lui avait pris, enfin ?

La réponse était simple : elle avait perdu son sang-froid quand Fergus l'avait accusée de vouloir le faire chanter.

Elle grimaça au souvenir des visages choqués ou amusés qui s'étaient tournés vers leur table. Non contente de se couvrir de ridicule, elle avait publiquement humilié Fergus !

Elle avait tout gâché.

Au lieu de sympathiser avec Fergus, d'éveiller sa compassion et son altruisme, elle avait suscité sa colère et son mépris. Maintenant, évidemment, l'écrivain était plus que jamais résolu à publier son livre.

Et ce n'était pas tout. Comme ses espoirs avaient été réduits à néant, elle devrait bientôt révéler toute l'histoire à ses parents.

Cette perspective lui faisait froid dans le dos.

Par chance, elle avait encore un peu de temps devant elle. Son père et sa mère, occupés à recenser les problèmes de la circonscription, étaient en déplacement jusqu'à jeudi.

Un court répit…

Mais le jeudi soir, en rentrant de leur tournée, ses parents affichaient une mine si fatiguée que Chloe n'eut pas le cœur de leur infliger ce coup du sort.

Le lendemain, il était prévu de fêter l'anniversaire de mariage de Penny et David. Bien entendu, Chloe n'allait pas ternir l'ambiance de ce dîner familial. Elle se promit de trouver l'occasion d'aborder le sujet durant le week-end.

De toute façon, elle ne pouvait plus reculer, car Peter Ambrose ne tarderait pas à parler à son père. Mieux valait le devancer, même si pour l'heure elle ne savait pas comment elle expliquerait ses rapports avec Fergus McCloud.

Elle n'avait aucune nouvelle de lui et, à dire vrai, elle n'en avait pas espéré après la scène du restaurant. Elle tomba donc des nues le vendredi après-midi quand, sur le point de sortir acheter un cadeau à sa sœur et son beau-frère, elle passa devant le salon et aperçut par la porte entrouverte Fergus, confortablement installé sur le canapé !

Chloe pila net avec une exclamation étouffée. Après avoir jeté un regard autour d'elle afin de s'assurer qu'il n'y avait personne à proximité, elle se glissa dans le salon et en referma la porte.

— Que faites-vous là ?

Le ton accusateur ne parut pas l'affecter. Sans broncher, il se renversa contre le dossier et posa un bras nonchalant sur le coussin.

— Bonjour, Chloe. J'ai suivi votre conseil, vous voyez. J'ai demandé un entretien à votre père.

Elle s'en serait doutée ! Mais le souvenir de sa conduite inqualifiable au restaurant lui revint à la mémoire et l'emplit de honte. Pour dissiper ce sentiment pénible, elle enchaîna :

— Vous êtes toujours résolu à écrire votre livre, n'est-ce pas ?

Fergus se mit lentement debout et elle fut obligée de lever la tête pour continuer de le dévisager. Sa haute stature parut rapetisser la pièce.

— C'est votre père que je viens voir, répéta-t-il, pour bien lui signifier qu'elle n'avait pas son mot à dire. Son assistant vient juste d'aller le prévenir de mon arrivée.

— Fergus… Je sais que vous êtes furieux contre moi… et c'est bien naturel après ce que j'ai fait. Mais je vous en prie… ne laissez pas votre colère vous influencer en ce qui concerne papa. J'ai été si maladroite ! Et…

— Vous alliez sortir ? coupa-t-il, fixant tout à coup la veste qu'elle venait de passer sur son T-shirt.

Désarçonnée, elle bredouilla :

— Oui… euh… pourquoi ?

— Comme ça. Je m'étais dit que nous pourrions peut-être dîner ensemble une fois l'entrevue terminée.

— Co… comment ? Vous voulez dîner avec moi ? Franchement, je doute que ce soit une bonne idée. Rappelez-vous la dernière fois…

— Je ne vous encouragerai pas à réitérer cette sortie fracassante, dit-il avec un demi-sourire. A ce propos, vous avez eu de la chance qu'aucun journaliste ne se soit trouvé dans les parages !

Chloe se garda d'avouer que, ces derniers jours, elle avait vécu dans la terreur de voir son éclat rapporté dans la presse à scandale. Elle imaginait déjà les gros titres : « La fille de Paul Hamilton nous dit tout ! ». Ç'aurait été le pompon !

— Je suis vraiment désolée pour mardi, murmura-t-elle. Je vous prie de m'excuser… C'est juste que…

— Laissez tomber. Je ne vois qu'une explication : nous sommes tous deux en train de perdre les pédales. Daniel n'était pas fâché, si cela peut vous rassurer. En fait, il a même fait des affaires : il m'a dit par la suite que les clients s'étaient attardés pour bavarder de l'incident et qu'ils avaient commandé plusieurs tournées de cafés et des liqueurs !

Bien que ne le croyant qu'à moitié, Chloe lui sourit.

— Vous prenez les choses plutôt bien, fit-elle remarquer avec un petit soupir. Je ne m'attendais pas à cela…

— Ma réputation de séducteur a dû en prendre un coup, mais bon… je ne vais pas en mourir !

Leurs regards se rivèrent l'un à l'autre. A cet instant, une voix s'éleva à l'entrée de la pièce :

— Désolé de vous avoir fait attendre, monsieur McCloud, je… Chloe, tu es là ?

Paul Hamilton considéra sa fille d'un air surpris et ajouta :

— Pardon, je ne savais pas que vous discutiez. Vous vous connaissez ?

— Bien sûr ! Chloe et moi sommes de vieux amis. D'ailleurs, je viens de l'inviter à dîner, rétorqua Fergus en ignorant le froncement de sourcils que la jeune femme lui adressait.

Chloe ne comprenait rien à rien. Non seulement Fergus ne semblait pas lui tenir rigueur de l'avoir abandonné au beau milieu du repas, mais de surcroît il renouvelait son invitation ! A quel jeu jouait-il ?

Quoi qu'il en soit, la réponse était toute prête :

— Je suis désolée, mais nous fêtons ce soir l'anniversaire de mariage de David et Penny. C'est vraiment dommage ! Une autre fois, peut-être ? dit-elle gracieusement.

Elle s'amusait secrètement de sa mine déconfite quand son père intervint :

— Ce n'est pas un problème, Chloe. J'ignorais que tu étais amie avec M. McCloud, mais si cela lui convient… il peut parfaitement se joindre à nous pour dîner.

Avant que sa fille ait le temps de dire quoi que ce soit, il se tourna vers Fergus et enchaîna :

— Ce n'est qu'une réunion de famille sans chichis. Cela vous tente-t-il, monsieur McCloud ?

Dans le dos de son père, Chloe leva la main et agita frénétiquement l'index pour signifier à Fergus que sa présence n'était pas souhaitée…

Une lueur malicieuse s'alluma dans les yeux noisette.

Il n'allait tout de même pas accepter ?

8

Fergus avait bien saisi que Chloe voulait l'entendre décliner l'invitation, ce qui était suffisant en soi pour qu'il l'accepte !

D'un autre côté, ce n'était peut-être pas une très bonne idée…

Comme un silence électrique s'instaurait, Paul Hamilton perçut son hésitation et, plein de tact, déclara :

— Je vais vous laisser en discuter tous les deux. Quand vous aurez fini, Chloe vous conduira jusqu'à mon bureau.

Fergus le regarda s'éloigner avec intérêt. Ses photographies ne lui rendaient pas justice. Elles mettaient certes en valeur sa prestance, son élégance et son charme naturels, toutefois, elles ne rendaient ni l'éclat de ses yeux bleus ni la chaleur qui émanait de son sourire et sa voix.

Une voix qui trahissait une fierté incommensurable lorsqu'il parlait de sa superbe fille, laquelle vitupérait en cet instant :

— Vous n'allez pas rester ! Vous ne pouvez pas vous inviter à la table de mon père ! Il faudrait être foncièrement hypocrite pour… pour…

L'indignation la faisait bredouiller. Sa belle bouche s'était retroussée dans une expression de pur mépris et ses joues pâles avaient rosi sous le coup de l'émotion. Cela lui allait plutôt bien, d'ailleurs. Cela donnait de la profondeur à son regard.

En venant aujourd'hui à son rendez-vous, Fergus avait prié pour croiser Chloe et la chance lui avait souri. Sinon, il aurait été obligé de lui téléphoner pour l'inviter à dîner, risquant de nouveau l'humiliation au cas — probable — où elle aurait refusé. Et il appréhendait cette éventualité. Il avait la peau dure, mais quand même !

Et puis, tout simplement, il avait envie de la voir.

Aujourd'hui, elle avait l'air encore plus juvénile que d'ordinaire dans sa tenue décontractée, jean et T-shirt classiques, sans nom de marque apparent. Les cheveux noués en queue-de-cheval, sans maquillage, elle était sublime. Comme toujours.

Mais, en cet instant, elle le détestait.

— Voyons, Chloe, vous exagérez, vous ne trouvez pas ? Vous me considérez déjà comme un égoïste insensible, n'ajoutez pas l'hypocrisie, je vous en supplie !

— Mais… mais… vous ne pouvez pas ! s'entêta-t-elle.

Il retint un sourire. Elle paraissait sur le point de trépigner et ne devait qu'à sa bonne éducation de ne pas perdre toute maîtrise.

— C'est votre père qui m'a invité, lui rappela-t-il.

— Il va certainement le regretter quand vous sortirez de son bureau tout à l'heure !

— Peut-être. Néanmoins, il est trop courtois pour se dédire. Quant à moi, j'ai très envie d'accepter son aimable invitation.

— Oh ! Je n'arrive pas à y croire ! s'écria Chloe, outrée.

Bras croisés sur la poitrine, elle pivota vers la fenêtre, la mine fermée, le front buté. Un moment, elle fixa le gazon et les massifs bien entretenus, cachant ses poings serrés sous ses coudes. Finalement, elle secoua la tête avec incrédulité.

— Vous êtes encore pire que je ne l'avais imaginé ! lâcha-t-elle d'une voix sourde.

Fergus frémit sous l'insulte. Puis il comprit qu'elle l'agressait sciemment dans l'espoir de le faire sortir de ses gonds et de le voir quitter sur-le-champ la demeure de son père. Il n'allait pas mordre à l'hameçon.

En cet instant, nul doute qu'elle mourait d'envie de le gifler ou de lui lancer un objet à la figure ; et lui brûlait de la prendre dans ses bras et de l'embrasser follement !

— Fergus, reprit-elle d'un ton qui se voulait conciliant,

vous ne pouvez pas venir ce soir car… j'ai l'intention de tout raconter à mon père.

— Pour lui dire quoi ? Que nous ne nous connaissons que depuis quelques jours seulement ? Que vous m'avez abordé dans une discothèque avant de passer la nuit chez moi ?

Elle fit volte-face, les yeux étincelants.

— Je… je vous hais ! haleta-t-elle.

— Je me suis laissé dire qu'il y avait une frontière très mince entre la haine et l'amour.

— Et moi, je peux vous garantir que je ne la franchirai pas !

Il lui tenait tête, cependant sa dernière repartie l'avait ébranlé. Personne n'aime s'attirer la haine d'autrui. Il ne savait pas trop ce qu'il attendait de Chloe, mais… certainement pas cela !

Elle enfonça pourtant le clou, tout en se dirigeant à pas rageurs vers la porte.

— Vous êtes l'homme le plus méprisable que je connaisse !

Elle s'enfuit hors de la pièce, mais il eut le temps de voir ses épaules secouées d'un petit sanglot et il se sentit fondre. Seigneur, comme elle était jeune ! Si petite et fragile, si vulnérable… Il avait envie de refermer ses bras sur elle pour empêcher qui que ce soit de lui faire du mal à l'avenir.

Evidemment, il n'en ferait rien. Vu son état d'esprit actuel, elle serait capable de lui labourer le visage de ses ongles pointus.

— A ce soir, Chloe ! lança-t-il juste au moment où la porte d'entrée claquait.

Bien sûr, aucune réponse ne lui parvint. Il fut pris d'une subite inquiétude. Et si, pour se venger, elle s'arrangeait pour ne pas être présente au dîner ? Sous prétexte d'une migraine, par exemple… Mais non, se rassura-t-il aussitôt en se rappelant que les Hamilton fêtaient un anniversaire de mariage. Même hors d'elle, Chloe n'oserait pas gâcher la soirée de sa sœur et de son beau-frère. Elle avait trop le sens de la famille pour cela.

A présent, il ne lui restait plus qu'à trouver seul le bureau de Paul Hamilton. Ce qui n'allait pas de soi. La maison était vaste, il n'allait tout de même pas y déambuler en ouvrant les portes les unes après les autres.

Il s'aventura dans le vestibule, tourna sur lui-même pour s'orienter…

— Puis-je vous aider ? Vous m'avez l'air un peu perdu, fit une voix amusée.

Fergus leva la tête vers la femme qui descendait l'escalier à sa rencontre. Son cœur bondit dans sa poitrine. Il se trouvait face à l'image vivante de Chloe telle qu'elle serait d'ici à une trentaine d'années !

La ressemblance était saisissante. Diana Hamilton — puisqu'il ne pouvait s'agir que d'elle — avait des cheveux noirs à peine striés de quelques fils gris. Son visage rieur, que le temps avait griffé de jolies rides d'expression, avait conservé une beauté délicate. Petite et très mince, elle avait un chic fou dans son ensemble en lin ivoire.

Surtout, elle possédait d'admirables yeux bleus, en tout point semblables à ceux de sa fille.

— Bonjour, madame Hamilton, dit-il d'un ton cordial. J'ai un léger souci, en effet. Je suis censé me rendre dans le bureau de votre mari et… je ne connais pas le chemin !

Inutile d'expliquer que Chloe l'avait laissé se débrouiller seul en dépit des consignes paternelles.

Diana rit de bon cœur.

— Cette maison est un peu biscornue, convint-elle. Il y a des portes et des couloirs partout. Venez, je vous accompagne.

Fergus lui emboîta le pas et ne put s'empêcher de constater qu'elle avait la même démarche que sa fille : gracieuse et pleine de dignité. Il connaissait son allure qui alliait classe et simplicité, pour l'avoir souvent vue photographiée au côté de son époux qu'elle avait soutenu tout au long de sa carrière. Néanmoins, il ne s'attendait pas à la découvrir si amicale et ouverte.

Le visage de Paul Hamilton s'éclaira lorsque, du seuil de son bureau, il aperçut sa femme. Il lui adressa un sourire plein d'affection avant d'accueillir son visiteur.

— Ah, monsieur McCloud ! Je commençais à me demander si ce n'était pas plutôt ma fille que vous étiez venu voir… Chérie, peux-tu demander à Mme Harmon de nous servir un café ?

— Entendu, répondit Diana Hamilton, qui ajouta avant de se retirer : Ravie d'avoir fait votre connaissance, monsieur McCloud.

D'un geste, Paul Hamilton indiqua à Fergus la chaise placée devant le large bureau en acajou.

— Asseyez-vous, je vous en prie. Je n'ai pas encore prévenu ma femme que vous dîneriez avec nous au restaurant, juste au cas où Chloe et vous ne vous seriez pas accordés sur ce point, acheva-t-il avec un brin de malice.

Fergus remua sur son siège, se racla la gorge. Lui, en tout cas, était parvenu à un accord avec lui-même !

— J'accepte avec plaisir. Du moment que ma présence ne vous dérange pas. Il s'agit quand même d'un repas de famille et je comprendrais tout à fait que…

— Alors, c'est entendu ! coupa Paul Hamilton en souriant. Ne vous faites pas prier, j'ai toujours préféré les nombres pairs. Cinq, cela manquait de rondeur. Six, c'est beaucoup mieux !

Six ? Cela signifiait donc qu'il serait le seul étranger convié à table. Il avait craint que Chloe ait déjà quelqu'un dans sa vie et, heureusement, ce n'était pas le cas.

Il se sentit plus léger, tout à coup.

Il avait osé !

Ecœurée, Chloe toisait Fergus qui, à l'invite de son père, venait de pénétrer dans le grand salon où s'étaient réunis les membres de la famille. Ils avaient en effet prévu de boire une coupe de champagne avant de se rendre au restaurant où la soirée se prolongerait.

Chloe n'avait pas la moindre idée de la façon dont s'était déroulé l'entretien entre Fergus et son père, puisqu'elle avait à peine entrevu ce dernier depuis. En tout cas, il ne lui semblait pas particulièrement perturbé. C'était déjà ça…

Elle, en revanche, était la proie d'une tension croissante depuis que Fergus avait franchi le seuil de la pièce.

Sa coupe de champagne à la main, il se dirigeait justement vers elle. Le sourire arrogant qui flottait sur ses lèvres l'horripila d'emblée. Et pourtant… comme il était séduisant ! Dans son habit noir, sobre et stylé, sa virilité et son charme irradiaient littéralement.

— Pour l'amour du ciel, souriez un peu ! Sinon vos parents vont croire que vous n'avez pas envie de me voir, lui chuchota-t-il en parvenant à sa hauteur.

— Je ne vois pas pourquoi je leur cacherais la vérité, rétorqua-t-elle, sans chercher à dissimuler son hostilité.

Il rit doucement.

— Par égard pour votre sœur et son mari, je vous suggère de faire bonne figure, continua-t-il, avant de se pencher pour déposer un baiser rapide sur sa joue.

Elle eut un petit sursaut, mais trop tard. Il s'était déjà redressé et ajoutait :

— A ce propos, ne pensez-vous pas qu'il faudrait me présenter à l'heureux couple ?

— Non ! N'essayez pas de vous servir de moi pour vous immiscer dans le cercle familial !

Elle enrageait. Il n'avait rien à faire ici, elle n'allait pas en plus lui faciliter les choses ! S'il n'était pas capable de comprendre que…

— Chloe, souvenez-vous que je désirais sortir avec *vous* ce soir. Le fait que ce dîner se déroule en présence de vos parents est accessoire à mes yeux, croyez-le bien.

— Vous pensez me faire avaler cela ?

— C'est l'entière vérité. Je ne fonctionne pas autrement. Mais vous pouvez me croire ou non, peu importe !

Sa voix s'était durcie et il l'avait saisie par le bras. En sentant ses doigts fermes sur sa chair, elle frissonna, envahie d'un trouble indéniable. En même temps, elle était tellement furieuse contre lui qu'elle avait peine à trouver un semblant d'ordre dans ses pensées tourbillonnantes.

Fergus n'avait pas le droit d'être là, de sympathiser avec les siens comme si de rien n'était en leur faisant croire qu'il était son ami ! C'était surtout ce dernier mensonge qui la remplissait d'amertume. Car il avait beau prétendre le contraire, il ne lui portait aucun intérêt. Il se servait simplement d'elle pour atteindre son but.

— Non, je ne vous crois pas ! martela-t-elle.

Comme elle reposait brutalement sa coupe de champagne sur la table roulante, il lança :

— Je croyais que vous ne buviez jamais d'alcool ?

— Il faut croire que ce soir j'en ressens le besoin. Je pense même que je vais me resservir !

Sans plus se préoccuper de lui, elle reprit sa coupe et se dirigea vers son père qui était en train de remplir celle de Penny.

Sa sœur, qui avait dix ans de plus qu'elle, ressemblait beaucoup à leur père : grande, elle avait conservé une silhouette élancée en dépit de ses trois grossesses et pouvait se permettre de porter à peu près n'importe quoi. Cela dit, elle avait un goût très sûr en matière de mode. Ce soir-là, sa jupe noire asymétrique et sa blouse transparente aux manches évasées, portée sur un caraco prune, l'illustraient parfaitement. Ses courts cheveux noirs encadraient joliment son visage aux traits mobiles et bien dessinés.

Décidée à oublier sa colère pour mieux profiter de la soirée, Chloe fit l'effort de sourire et taquina sa sœur :

— Douze ans, Penny ! Nous devrons bientôt te décerner la médaille du mérite conjugal !

Riant, Penny décocha un regard plein de tendresse à David qui s'était mis à bavarder avec Fergus à l'autre bout du salon.

— Et toi, quand te décideras-tu ? riposta-t-elle. J'ai hâte d'entendre la marche nuptiale !

Son regard malicieux se porta ostensiblement sur Fergus. Chloe grimaça un sourire crispé. Maudit soit cet homme ! A cause de lui et de son toupet infernal, ses parents et sa sœur commençaient à se faire des idées ! Ne s'en rendait-il pas compte ? A moins qu'il ne s'en fiche éperdument. Oui, c'était le plus probable.

— Je ne sais pas si je suis faite pour le mariage, rétorqua-t-elle avec un haussement d'épaules.

— Nous disons toutes ça… jusqu'au jour où le prince charmant frappe à notre porte !

— Ça, c'est dans les contes de fées, Penny ! Maintenant, si tu veux bien m'excuser, je…

Depuis un moment, Chloe surveillait d'un œil soupçonneux David et Fergus qui paraissaient plongés dans une conversation animée. Que pouvaient-ils bien se raconter ? David ne risquait-il pas, à son insu, de divulguer certains détails sur lesquels l'écrivain allait se jeter ?

Inquiète, elle s'avança pour s'interposer entre les deux hommes.

— J'ignorais que tu avais des accointances avec un écrivain célèbre, Chloe ! lui dit son beau-frère.

Et il haussa les sourcils, l'air interrogateur, comme pour lui demander : « C'est donc à cause de Fergus que tu es rentrée si tard dimanche matin ? »

Ou alors, son imagination lui jouait des tours parce qu'elle n'avait pas la conscience tranquille…

— Chacun ses petits secrets ! répliqua-t-elle sans se compromettre.

— Mais notre amitié est désormais officielle, contra Fergus en lui passant un bras autour des épaules.

Elle n'osa pas le repousser franchement et se sentit rougir sous le regard indulgent de David. Puis, sous prétexte de poser son verre sur un plateau, elle se dégagea, avant de suggérer d'un ton égal qui masquait sa colère :

— Il serait peut-être temps d'y aller, non ?

— Oui, d'ailleurs je crois que vos parents sont sur le départ. Il a été décidé que je vous emmènerai dans ma voiture, précisa-t-il avec une satisfaction évidente.

Décidé ? Et par qui ? En tout cas, Chloe n'avait pas fait partie du comité délibératoire ! Il n'était pas question qu'elle…

— Ça ne te dérange pas, Chloe ? s'enquit David. Comme ça, je pourrai faire le trajet avec Penny dans l'autre voiture…

— Non, pas du tout.

Bon, elle était piégée. A la réflexion, cela lui donnerait l'occasion de s'isoler avec Fergus pour lui mettre les points sur les i et lui signifier ce qu'elle était prête à tolérer ou non de sa part au cours du dîner. Par exemple, il était exclu qu'il continue de se comporter de façon si possessive, tel un Cromagnon dopé à la testostérone !

Une surprise de taille l'attendait au-dehors : la voiture de Fergus, garée dans l'allée, était la réplique exacte de la sienne, à un détail près : la couleur. Celle de Fergus était gris métallisé.

Il remarqua son étonnement et, tout en actionnant le déverrouillage centralisé, commenta :

— Oui, c'est drôle, hein ?

Affectant un air blasé, elle s'engouffra dans l'habitacle et répliqua :

— Drôle ? Cela prouve seulement que vous avez du discernement dans un domaine.

— Dans *un* domaine, hein ?

Il s'était mis à rire. Elle ne prit pas la peine de lui répondre et, après avoir bouclé sa ceinture, se mura dans un silence obtus.

Pour autant, elle ne parvint pas à faire abstraction de sa présence envahissante. Au contraire, leur proximité dans cet espace réduit la bouleversait. Aucun homme ne l'avait autant touchée sur le plan physique.

Pourquoi fallait-il que cela se produise justement avec lui ?

Il était le dernier homme au monde qu'elle aurait dû regarder avec convoitise, et pourtant… il lui plaisait. Beaucoup. Enormément. Sa colère était à la mesure de l'attirance qu'elle ressentait et dont elle cherchait à se défendre, elle s'en rendait bien compte. Dès qu'il avait fait son entrée dans le salon, les battements de son cœur s'étaient accélérés, et elle s'était sentie curieusement vivante, comme si toutes ses terminaisons nerveuses, mystérieusement reliées à Fergus, se mettaient à vibrer en même temps.

— A quoi pensez-vous ? lui demanda-t-il soudain.

Elle sursauta et s'efforça de se détendre, de crainte que l'expression de ses traits ne lui dévoile ses pensées intimes. Il n'aurait plus manqué que cela !

— J'étais en train de me demander quel poison est le moins facilement détectable dans la nourriture, répondit-elle d'un ton suave.

— Très drôle ! Mais je ne crois pas vous avoir dit à quel point vous étiez belle, ce soir.

— Vous perdez votre temps. La flatterie ne vous mènera nulle part.

Elle avait beau le prendre de haut, elle ne put s'empêcher d'éprouver une satisfaction stupide et puérile à l'idée qu'il la trouvait séduisante. Elle avait longuement hésité avant de choisir sa tenue et ses efforts avaient été récompensés. Sa courte robe de soie marron glacé, au décolleté carré, soulignait sa taille de guêpe et exaltait son hâle doré, acquis sur la plage au début de l'été. Sur le tissu moiré, ses longs cheveux noirs formaient un joli contraste. Pour ce qui était du maquillage, elle avait joué la carte du minimalisme : une touche de mascara et un rouge satiné couleur myrtille avaient fait l'affaire.

— Je ne poursuis aucun but caché, assura-t-il d'un ton irrité. Ecoutez, Chloe, juste pour ce soir, ne pourrions-nous enterrer la hache de guerre ? Si vous cessiez de vous montrer si hostile à mon endroit, nous pourrions profiter de cette soirée en toute tranquillité, sans arrière-pensée. D'accord ?

Non, pas d'accord ! Elle ne voulait pas baisser sa garde, et pas seulement dans l'optique de protéger son père. Sinon, de fil en aiguille… qui sait ce que Fergus réussirait à obtenir d'elle ?

Cette pensée lui fit froid dans le dos.

Elle n'allait tout de même pas tomber amoureuse de l'ennemi !

9

Il n'y avait qu'à regarder le petit visage fermé de la jeune femme pour lire dans ses pensées.

— Je ne suis pas votre ennemi, Chloe. D'ailleurs, j'aimerais vous parler tout à l'heure, en aparté. J'ai une proposition à vous faire.

— Une proposition ? répéta-t-elle, sur la défensive.

Il sourit et précisa :

— Tout ce qu'il y a de plus honnête, rassurez-vous ! En fait, il s'agit d'une suggestion qui pourra peut-être nous aider tous les deux.

— Vraiment ? C'est bizarre, j'ai comme l'impression que cela ne me plaira pas du tout !

— C'est sans doute parce que en ce moment vous refusez tout ce qui me concerne de près ou de loin.

— Exact ! Sauf que le « en ce moment » est de trop dans votre phrase.

Sur ce, elle se détourna ostensiblement vers la vitre. Fergus, amusé, objecta :

— Votre père m'apprécie, *lui*.

— Je me demande bien pourquoi !

— Sans doute parce que j'ai « oublié » de mentionner Susan Stirling quand je lui ai parlé du thriller politique que je suis sur le point d'écrire.

Cet aveu lui attira un long regard soupçonneux.

— Je ne comprends pas, finit-elle par lâcher.

Bon, lui non plus ne comprenait pas bien sa propre attitude. D'accord, il avait été ébranlé dans ses convictions par l'absolue certitude de Chloe concernant l'innocence de son père. D'un autre côté, il se rendait bien compte que cette loyauté allait de soi de la part d'une fille. Seulement, après s'être entretenu pendant plus d'une heure avec Paul Hamilton, lequel avait répondu à ses questions avec la plus grande franchise, sans chercher à biaiser le moins du monde, Fergus s'était trouvé dans l'incapacité d'aborder le sujet qui l'amenait en réalité, à savoir le scandale qui avait éclaté huit ans plus tôt. D'autant que, manifestement, la perspective de réintégrer l'arène politique enchantait Paul Hamilton.

S'il poursuivait l'analyse, Fergus était obligé d'admettre que la ressemblance physique entre Chloe et sa mère entrait pour beaucoup dans ses nouvelles réticences. Comment être infidèle à une épouse aussi jolie et raffinée ? C'était peut-être un peu candide de sa part mais, à présent qu'il connaissait Diana, il ne pouvait concevoir que Paul Hamilton ait cherché les faveurs d'une autre femme que la sienne.

— Disons que je réserve mon jugement pour l'instant, déclara-t-il un peu vivement.

Il sentit le regard de Chloe s'appesantir sur lui, comme si elle cherchait à voir au-delà de la façade impassible qu'il lui opposait. Elle pouvait toujours essayer, elle n'y parviendrait pas ! Il avait tout de même exercé le droit durant cinq ans et, en habitué du prétoire, il était passé maître dans l'art de dissimuler ses émotions et sentiments personnels.

D'ailleurs, savait-il lui-même ce qu'il éprouvait au juste ? Pas sûr. D'un côté, il s'en voulait de s'être laissé influencer par la sympathie qu'inspirait spontanément Paul Hamilton ; de l'autre, il savait bien que s'il n'avait pas flanché lors de leur entretien, il ne serait pas assis près de Chloe en cet instant.

Finalement, celle-ci poussa un long soupir.

— Ainsi, vous nous accordez un sursis. C'est vraiment *très* généreux de votre part, laissa-t-elle tomber avec dédain.

— N'est-ce pas ? Et j'espère que vous êtes prête à faire de même.

— C'est-à-dire ?

— Nous donner un temps de répit, au moins durant ce dîner. Restons-en là et offrons l'image de deux bons amis. Est-ce possible ?

— Cela ne dépend que de vous, il me semble !

— Vous ne pensez tout de même pas que j'oserais poser des questions embarrassantes à table, en présence de votre mère, de surcroît ?

Il s'énervait. L'idée qu'elle le croie capable de blesser la délicieuse Diana l'indignait.

— Et je dois vous en remercier, c'est cela ? s'exclama-t-elle.

Il renonça à argumenter plus avant avec elle et se concentra sur sa conduite pour ne pas perdre des yeux la voiture de Paul Hamilton. Il était quasi certain que Chloe ne dirait rien ce soir. Si elle en avait vraiment eu l'intention, ce serait déjà fait, non ?

Pour le moment, il se contenterait de cette demi-victoire.

Les Hamilton formaient un clan très uni. Au restaurant, ils se mirent à bavarder et à plaisanter dans une atmosphère décontractée qui mit tout de suite Fergus à l'aise. Celui-ci, suite au divorce de ses parents, avait partagé une belle amitié avec ses cousins, et leur grand-père, bien que peu démonstratif, avait su les entourer d'affection. Néanmoins, jamais il n'avait connu un climat familial si gai et complice.

Ce soir, il avait au moins compris pourquoi Chloe s'était démenée pour protéger son père. Même si sa méthode était pour le moins discutable !

Evidemment, au bout d'un moment, Diana Hamilton se tourna vers lui pour lui poser la question fatale :

— Mon mari me dit que vous êtes en train d'écrire un thriller politique, monsieur McCloud ?

Fergus n'avait pas besoin de regarder Chloe, placée à sa droite, pour percevoir la raideur subite qui la tendait comme un arc. Il s'en irrita. Le soupçonnait-elle toujours d'avoir accepté cette invitation dans l'unique but de glaner de précieuses informations ? Oui, manifestement. D'ailleurs, lorsqu'il lui avait affirmé vouloir seulement passer un bon moment avec elle, elle ne lui avait pas caché qu'elle ne le croyait pas.

— Je vous en prie, Diana, appelez-moi Fergus. Votre mari va plus vite que moi en besogne : je n'en suis pas encore au stade de la rédaction, seulement à celui des recherches.

— C'est une part importante de votre travail ?

La discussion s'engagea et, contre toute attente, Fergus n'éprouva aucun embarras. Il en vint presque à oublier le lien de son interlocutrice avec son roman ! Diana était sans nul doute l'épouse idéale pour un responsable politique, tant elle avait l'art et la manière de rompre la glace et d'amener tout naturellement les gens à parler d'eux. Son intérêt était réel et il n'y avait rien d'artificiel dans ses propos.

Pendant ce temps, Chloe bavardait de la pluie et du beau temps avec David Latham. Mais leur conversation finit par retomber et, rongeant manifestement son frein, elle attendit que Fergus soit de nouveau disponible.

Dès que sa mère se tourna vers son mari qui l'interrogeait sur leur emploi du temps du lendemain, Chloe se pencha vers Fergus et siffla :

— Maman vous questionnait sur votre travail par politesse, vous n'étiez pas obligé de lui narrer par le menu toutes les étapes du processus !

Fergus arqua les sourcils, feignant d'être choqué par sa rudesse, et il eut la satisfaction de la voir rougir.

Les autres convives étant à présent plongés dans une polémique animée concernant la campagne électorale, il se permit de répliquer en toute liberté :

— Et de quoi donc aurais-je dû entretenir votre mère, selon vous ?

— Pour ne rien vous cacher, je préférerais que vous ne lui adressiez pas la parole !

— Ah... Ce ne serait guère facile, étant donné les circonstances.

De plus, j'apprécie beaucoup votre mère et je n'ai aucune envie de me montrer grossier envers elle.

— Je… vous… Oh ! allez au diable ! murmura-t-elle, excédée et à bout d'arguments.

Elle saisit rageusement sa cuillère et entreprit de finir le consommé de concombre glacé qu'elle avait pris en entrée. Fergus posa la main sur la sienne dans un geste apaisant.

— Du calme, Chloe, chuchota-t-il. Ce soir, je ne suis pas McCloud l'écrivain.

— Et qui donc, alors ?

— Disons… Fergus, votre amant dévoué ? Cela vous convient-il mieux ?

Ses joues s'empourprèrent de plus belle.

— Ecoutez, je vous ai déjà dit que nous n'avions pas…

— Je parlais de l'avenir et non du passé. N'ai-je pas droit à un semblant d'espoir ?

Cette tirade la réduisit au silence. Elle le dévisagea d'un drôle d'air, avant de se ressaisir et de lui arracher sa main qu'elle cacha sous la table.

Il rit sans bruit.

— Vous êtes si adorable, Chloe !

— Vous parlez de moi comme si j'étais une gamine de dix ans !

— C'est que, parfois, vous vous conduisez comme telle. Parfois seulement, s'empressa-t-il de répéter. Et je crois… oui, je crois que les prochaines semaines risquent d'être mouvementées.

Que diable signifiait cette remarque sibylline ?

Et cette histoire d'avenir, de « semblant d'espoir »… A quoi cela rimait-il ?

Il ne comptait tout de même pas la revoir alors qu'il s'ingéniait à rassembler tous les ragots susceptibles de jeter de nouveau l'opprobre sur son père ! Il ne pouvait être insensible à ce point ? Mais alors, cette proposition qu'il avait évoquée dans la voiture… de quoi s'agissait-il ?

L'exaltation qui s'était emparée d'elle à l'arrivée de Fergus n'était pas retombée. Elle avait conscience de chacun de ses mouvements, de chaque mot qu'il prononçait. Sa peau la picotait encore, là où il l'avait effleurée tout à l'heure…

Ce n'est pas seulement sa duplicité supposée qui l'avait mise en colère lorsqu'elle l'avait vu s'entretenir longuement avec sa mère. En réalité, elle était jalouse de chaque sourire, de chaque parole adressés à Diana !

Etait-ce cela, l'amour ? Jalouser sa propre mère parce qu'elle monopolisait l'attention de son compagnon ?

Même si Fergus tombait réellement amoureux d'elle, quelle différence cela ferait-il ? Il disposerait toujours du pouvoir de détruire sa famille, et elle ne pourrait jamais le lui pardonner.

— Eh, vous avez l'air bien sérieux, tout à coup ! observa-t-il. A quoi pensez-vous ?

— Cela ne vous regarde pas. Vous ne prétendez tout de même pas exercer un droit quelconque sur mes pensées ?

— Je n'aurais pas une telle audace ! Mais pourquoi cette réserve ? En tant que fille d'un personnage public, vous avez grandi sous les feux des projecteurs. Vous n'êtes quand même pas timide ?

— Je vous ferai remarquer que c'est vous qui abordez ce sujet que vous insistiez tout à l'heure pour éviter.

— Je n'ai jamais dit que nous ne parlerions pas de vous !

— Mais je suis la fille de mon père, vous venez de le dire.

— C'est un peu réducteur ! Vous ne vous définissez pas seulement comme ça, j'espère ?

— Je ne sais pas. Qu'en pensez-vous ? lui retourna-t-elle sur un ton de défi.

Il laissa passer quelques secondes, sans lâcher son regard.

— Vous savez ce que j'ai envie de faire en cet instant ? demanda-t-il dans un souffle.

— Non. Laissez-moi deviner : me botter les fesses ?

— Je ne vous cacherai pas que j'y ai songé. Mais mon grand-père nous a élevés en gentlemen, mes cousins et moi. Nous traitons donc les dames avec égards et ne saurions envisager le recours à des méthodes aussi vulgaires pour faire valoir notre point de vue.

Elle ne put s'empêcher de sourire.

— Eh bien ! Votre grand-père a droit à toute ma considération.

— C'est un vieux renard et je suis sûr que vous lui plairiez beaucoup. Non, Chloe, reprit-il sans baisser la voix, ce dont je meurs d'envie, c'est de vous embrasser, passionnément, follement, jusqu'à vous faire tourner la tête. Ou, du moins, vous clouer le bec.

Horreur ! Cette déclaration s'était produite au moment exact ou « un ange passait » à table. Chloe tressaillit en voyant les regards converger sur elle et, la seconde suivante, son père, avec un clin d'œil entendu à l'intention de Fergus, déclara :

— Vous avez raison, c'est souvent le seul moyen de faire taire une femme !

Penny et David éclatèrent de rire, tandis que Diana esquissait un sourire teinté de compassion. Chloe se savait écarlate. Elle tenta de protester :

— Je t'en prie, papa ! Fergus n'a pas besoin d'être encouragé…

— Non, de toute évidence ! acquiesça son père avec humour.

Chloe préféra se retrancher dans le silence. A mesure que la soirée s'écoulait, il devint manifeste que tous les membres de la famille éprouvaient une vive sympathie pour l'écrivain. C'était bien naturel, au demeurant. Fergus était drôle, cultivé, ouvert, et particulièrement charmant envers le beau sexe — grâce à l'éducation sans faille de son grand-père, certainement ! En outre, il savait comme personne raconter des anecdotes originales ou cocasses. Bref, l'invité idéal, en quelque sorte !

Le repas terminé, Fergus raccompagna Chloe dans sa voiture, comme à l'aller. A mi-chemin, voyant qu'elle ne lui adressait pas la parole, il s'enquit dans un soupir :

— Bon, qu'y a-t-il cette fois ?

— Vous voulez vraiment le savoir ?

— Je préfère la vérité à un mensonge poli, oui.

— J'étais en train de me dire... que j'aurais voulu que vous soyez n'importe qui... sauf vous.

Evidemment, il tiqua :

— Pardon ? Veuillez vous expliquer, je vous prie.

Elle n'était pas bien sûre d'y arriver, du moins sans trahir le fait qu'elle tenait beaucoup plus à lui qu'elle ne voulait l'avouer.

— Vous savez, je vous aime bien, Fergus..., commença-t-elle prudemment.

— Attention, vous devenez entreprenante !

Elle balaya la moquerie d'un geste impatient.

— Ça ne risque pas ! Mais je vous le répète, je vous apprécie et, dans d'autres circonstances, j'aurais pris plaisir à votre compagnie. En l'occurrence...

— Je vous l'ai déjà dit, je ne suis pas votre ennemi.

— Si, justement ! Vous ne comprenez pas que c'est exactement ce que vous représentez pour moi ?

— Ecoutez... Tout à l'heure, je vous ai dit que j'avais une proposition à vous soumettre, vous vous rappelez ? Connaissez-vous un endroit où nous pourrions discuter tranquillement ?

Chloe réfléchit quelques secondes. Penny et David, de retour chez ses parents, s'attarderaient certainement pour siroter un digestif, ce qui excluait d'aller là-bas. Mais elle ne voulait pas non plus se rendre chez Fergus et dépendre de lui pour rentrer par la suite.

Optant pour le compromis, elle suggéra :

— Déposez-moi chez mes parents. Je vais prendre ma voiture et vous rejoindre chez vous... seulement pour parler, c'est compris ?

— Bien sûr. J'ai dit que j'avais *envie* de vous embrasser follement — pas que j'allais le faire.

— Vous n'en aurez pas l'occasion, de toute façon !

De nouveau, sa réplique fit mouche. Il lui lança un regard courroucé, avant de reporter son attention sur la route. On le sentait tendu, irrité. La bonne humeur dont il avait fait preuve au cours du dîner s'était évaporée. Mais Chloe n'avait pas le choix. Elle était bien obligée de le maintenir à distance, même à contrecœur !

De retour chez elle, elle ne mit que quelques minutes à dire bonsoir à ses parents, à David et Penny, attraper ses clés et prendre le volant. Ayant déjà pris congé des membres de la famille au restaurant, Fergus ne l'avait pas attendue et, lorsqu'elle se gara dans son allée, elle trouva la demeure déjà illuminée.

Fergus lui ouvrit au premier coup de sonnette et, sans un mot, la précéda dans le salon.

— Un cognac ? lui proposa-t-il sèchement.

— Non, merci.

Il but une gorgée dans le verre qu'il s'était servi un peu plus tôt, et la suivit du regard tandis qu'elle prenait place dans l'un des fauteuils.

— Bien, commença-t-il. Tout d'abord, vous allez m'écouter, s'il vous plaît, sans m'interrompre, et sans monter sur vos grands chevaux. Est-ce possible ?

— Je ne peux pas vous le promettre sans savoir de quoi il s'agit !

Se désintéressant de son cognac, il se mit à arpenter la pièce. Il hésitait visiblement à se lancer, ce qui accrut la curiosité de Chloe. Puis, il pila net et lui fit face, la mine sombre.

— Je sais de qui vous tenez tous ces renseignements sur moi, y compris le thème de mon prochain livre.

Chloe éprouva un violent coup au cœur. La bouche sèche, elle réussit à balbutier :

— Vous… mais… comment… ?

— Simple déduction. J'ai procédé par élimination. Mon éditeur n'a reçu que les grandes lignes du projet. Quant à Bernie, mon agent littéraire, il est la discrétion incarnée. J'ai donc réduit mes soupçons à son proche entourage professionnel. Il a une assistante très compétente et très ambitieuse, qui ne risquerait certainement pas son poste en divulguant des informations confidentielles. Par conséquent, cela ne laissait plus que sa secrétaire, qui a beaucoup moins de responsabilités, mais est forcément au courant de ce qui se passe au sein de l'agence.

Chloe respirait à peine. Elle avait l'impression que son cœur, qui cognait à tout rompre dans sa poitrine, était sur le point d'éclater.

Fergus enchaîna :

— Parvenu à cette conclusion, je n'ai pas eu grand-chose à faire pour découvrir que Victoria Pelman se trouve être votre cousine. La fille de la sœur de votre mère. Comme par hasard !

Chloe ne chercha pas à nier.

Tout avait commencé cinq semaines plus tôt. Elle avait prévu de déjeuner avec sa cousine et Victoria était arrivée dans tous ses états. Bien que consciente de trahir un secret professionnel, elle n'avait pas hésité à révéler à Chloe ce qu'elle venait d'apprendre au sujet du prochain livre de Fergus McCloud. Elle risquait le renvoi pur et simple, mais le sens de la famille, une fois de plus, avait prévalu.

— Et alors ? Vous comptez prendre des mesures de rétorsion contre elle ? s'enquit Chloe avec une arrogance qu'elle était loin d'éprouver.

— Je me pose la question. Qu'en pensez-vous ?

Elle laissa tomber le masque et plaida :

— Il faut comprendre… Victoria a agi avec les meilleures intentions…

— Oh, je comprends parfaitement ses motivations ! La question n'est pas là.

Chloe se sentit tout à coup toute petite, écrasée par Fergus qui la toisait de toute sa haute taille. Elle se leva pour échapper à cette sensation oppressante.

— Si vous aviez été dans sa position, si vous aviez découvert quelque chose susceptible de nuire aux membres de votre famille… quelle décision auriez-vous prise ?

— La même que Victoria, assurément. Mais je vous le répète, Chloe, cela ne résout pas mon dilemme actuel.

— J'insiste. Avez-vous l'intention de dénoncer Victoria auprès de son employeur ?

Une sueur froide la parcourut comme elle attendait la réponse à sa question. Jusqu'à présent, elle ne s'était pas inquiétée pour sa cousine, persuadée que l'origine de la fuite resterait inconnue. Or, Fergus était perspicace, il n'avait pas tardé à additionner deux plus deux. Et maintenant, Victoria était sur la sellette… à cause d'elle !

Fergus la fixait durement, la bouche pincée dans une moue cynique.

— J'imagine que vous vous êtes bien amusées, votre cousine et vous, à discuter de mes petites habitudes ?

— Nous… non, je… Ce n'est pas de cela dont…

— Votre cousine savait même que je ne prenais pas de sucre dans mon café ; Dieu sait quels autres détails intimes elle a appris… comment au juste ? En écoutant aux portes ?

— Oh, ne soyez pas ridicule ! Il se trouve juste que Victoria vous a plusieurs fois servi le café lors de vos entretiens avec votre agent.

— Quoi qu'il en soit, mon adresse personnelle ainsi que mon numéro de téléphone sont des informations confidentielles qu'elle n'a pas hésité à vous livrer.

L'accusation était justifiée. Chloe se mordit la lèvre, objecta faiblement :

— Je ne me suis servie ni de l'un ni de l'autre… je veux dire, pas avant que nous n'ayons fait connaissance.

— Je suis obligé d'en convenir.

Son ton caustique la fit frémir. Elle avait honte. D'une toute petite voix, elle demanda :

— Depuis combien de temps savez-vous… pour Victoria ?

— Deux jours.

Deux jours. Et pourtant, il avait attendu cet instant pour la mettre au pied du mur. Etrange, non ? Mais il avait déjà prévu de l'inviter à dîner avant d'arriver chez son père. Et il devait se douter qu'elle était prête à tout pour empêcher que Victoria ne perde son emploi…

Sa proposition avait-elle un rapport avec tout cela ?

— Que… que voulez-vous de moi ? bredouilla-t-elle.

— Ce que je veux ? Que vous m'aidiez dans mes recherches, répondit-il tranquillement.

10

Au moment où Chloe levait le bras, Fergus comprit qu'elle avait l'intention de le gifler. Par réflexe, il saisit son poignet au vol et esquiva le coup.

Furieuse, elle se débattit pour lui arracher sa main et haleta :

— Comment osez-vous ? Espèce de sale… maître chanteur ! Espèce de…

— Chloe ! Ne prononcez pas des mots que nous regretterons tous deux ensuite.

— Pas moi, en tout cas !

— Je ne sais pas ce que vous vous êtes imaginé… mais je ne suis pas en train de vous proposer un échange de bons procédés, à savoir mon silence concernant Victoria contre des informations sur votre père et Susan Stirling ! Si j'étais ce genre de salaud, soyez sûre que j'exigerais de vous tout autre chose ! acheva-t-il, la voix frémissante.

— Vous me demandez de trahir mon père…

— Non, bon sang ! Décidément, vous ne me facilitez pas la tâche, c'est le moins qu'on puisse dire !

— Je ne vois pas pourquoi je vous faciliterais…

Elle ne put continuer car il l'avait brusquement plaquée contre lui pour capturer sa bouche dans un baiser plein de passion et de colère.

Ce n'était pas le bon moment, il en avait bien conscience. La situation, déjà précaire, allait empirer. Mais en un éclair, le parfum enivrant de Chloe avait pénétré ses sens et brouillé ses facultés. A la sentir si proche, il n'avait pu se maîtriser. Il la désirait… et au diable les conséquences !

Durant quelques secondes, elle demeura médusée. Puis, dans un sursaut, elle tenta de se libérer. Mais Fergus l'avait déjà enlacée et retenait son corps mince, l'emprisonnait dans sa chaleur. Sa langue fouillait audacieusement sa bouche, dans un baiser trop dominateur pour qu'elle puisse lui échapper.

Elle avait si bon goût ! songea Fergus. Elle sentait si bon ! Il ne pouvait s'empêcher de l'embrasser, encore et encore, de faire courir ses mains dans son dos, sur sa taille fine…

Durant toute la soirée, alors qu'ils étaient à table au restaurant et discutaient aimablement, il n'avait songé qu'à ce moment, l'imaginant blottie dans ses bras, consentante, joyeuse, abandonnée, lui rendant ses baisers avec fougue… Chloe ne l'admettrait jamais, mais lui savait que sur le plan physique au moins, ils avaient les mêmes désirs.

Comme pour lui donner raison, voilà que tout à coup elle ne luttait plus. Sa bouche s'ouvrait, sa langue venait à la rencontre de la sienne et ses doigts s'emmêlaient dans ses cheveux. Il sentait ses seins ronds s'écraser doucement contre son torse, tandis qu'elle s'arquait en arrière…

Fergus avait désespérément envie de lui faire l'amour, ici, tout de suite. Il voulait l'étendre sur l'épais tapis et se perdre dans la douceur parfumée de son corps…

Mais il savait que s'il cédait ainsi à ses instincts, il ne vaudrait pas mieux que l'homme qu'elle l'avait accusé d'être un peu plus tôt. Et, pire que tout, il la perdrait pour toujours.

Il eut du mal à détacher sa bouche de la sienne ; ce mouvement exigea de lui un effort presque surhumain. Ses mains remontèrent encadrer son délicieux visage. S'il avait osé, il aurait caressé les rondeurs tentantes de sa jeune poitrine, mais ensuite… aurait-il été capable de s'arrêter ?

— Laissez-moi m'expliquer, Chloe ! murmura-t-il d'une voix rauque. Je voudrais que vous m'aidiez dans mon travail… non pas contre votre père, mais pour lui !

— Je… je ne comprends pas !

— Je vous ai dit que je réservais mon jugement. Vous affirmez que votre père n'a pas eu de liaison avec Susan Stirling…

— C'est la vérité !

— … pourtant, elle était bel et bien enceinte quand elle s'est suicidée. Si nous découvrions qui était son amant…

— *Nous ?*

Fergus s'écarta brutalement. Décidément, il ne parvenait pas à réfléchir avec lucidité lorsqu'il était si proche de Chloe.

— Je veux faire un marché avec vous, reprit-il. Si nous apprenons qu'il y avait un autre homme dans la vie de Susan Stirling, je reconnaîtrai mon erreur, d'accord ?

— Et… dans le cas contraire ? Après tout, la police a enquêté à l'époque sans trouver la trace d'un amant. Susan était célibataire. C'est d'ailleurs ce qui a contribué à alimenter la rumeur contre papa.

Fergus ne l'ignorait pas. Néanmoins, il n'avait pas d'autre solution à proposer. Il était prêt à s'investir totalement. S'il parvenait à blanchir Paul Hamilton, Chloe cesserait peut-être de le haïr ?

Une idée lui traversa soudain l'esprit.

— Vous la désignez par son prénom… Vous la connaissiez donc personnellement ?

— Bien sûr. Elle était l'assistante personnelle de mon père et elle venait très souvent à la maison.

Curieusement, cette idée n'avait jamais traversé l'esprit de Fergus. En fait, il y avait beaucoup de choses auxquelles il n'avait pas réfléchi ! Et les rouages de son cerveau commençaient à s'imbriquer les uns dans les autres…

— Quelle opinion aviez-vous d'elle ? demanda-t-il encore.

— Vous savez, j'avais quinze ans au moment des faits. Je n'avais pas d'avis en particulier.

— De nos jours, les jeunes filles ont une certaine expérience du monde et de la société…

— Ce n'était pas mon cas. A cette époque, j'étais en pension.

Je ne rentrais que rarement à la maison, et puis… Susan avait plus de trente ans, elle me paraissait très vieille !

Fergus eut un sourire désabusé. Oui, tout comme lui qui, à trente-cinq ans, devait lui apparaître comme un grand-père !

— Vous aviez bien une impression générale ? insista-t-il.

— Bon… Je la trouvais très jolie. Mieux que cela, même. Elle était ravissante. C'est ce que vous vouliez savoir ?

Pas vraiment. Fergus avait déjà vu Susan Stirling en photo, il savait déjà qu'elle était très séduisante. Ce n'était pas ce qui l'intéressait. En fait, il s'interrogeait sur sa personnalité.

Mais Chloe ne lui laissa pas le temps d'approfondir la question.

— Vous ne m'avez pas répondu, Fergus. Que ferez-vous si nous ne retrouvons pas l'amant de Susan ?

Il hésita. Dans un sens, il espérait bien ne pas le retrouver, car cela mettrait par terre le scénario qu'il avait soigneusement élaboré. Et en même temps, il avait déjà compris que Chloe lui importait plus que son livre.

— Nous partirons du principe qu'il existe, décréta-t-il avec fermeté. Ce sera notre base de travail.

— Vous partez du principe que ma collaboration vous est acquise ! Mais vous vous leurrez. Il n'est pas question que je vous aide à enfoncer mon père !

— Ce n'est pas non plus mon objectif, répliqua-t-il avec exaspération. Je vous répète que j'essaie de l'aider, au contraire !

Et, par la même occasion, il passerait du temps avec Chloe et lui prouverait qu'il n'était pas animé de mauvaises intentions.

— Non, je ne peux pas…, protesta-t-elle plus faiblement.

— Vous ne *voulez* pas, c'est différent. La vérité, c'est que vous ne me faites nullement confiance, n'est-ce pas, Chloe ?

— Eh bien… il me semble que je n'ai guère de raisons de me fier à vous.

— Et moi encore moins ! riposta-t-il. C'est vous qui avez commencé à mentir ! Mais avouez que ma proposition prouve ma bonne foi, non ?

— Je crois surtout que vous êtes prêt à tout pour parvenir à vos fins et amener ma famille à vous faire des confidences…

— Bon sang, je n'ai même pas parlé de vos parents ! explosa-t-il.

— Vous me prenez pour une idiote ? Comment pourriez-vous approcher la vérité sans passer par eux ? Non, Fergus. Si je décidais de jouer les Sherlock Holmes dans cette affaire, vous seriez le dernier Watson que je choisirais pour m'assister, soyez-en sûr !

— Vous vous trompez, Sherlock, c'est moi ! ironisa-t-il.

— Vous voyez, vous n'êtes même pas capable d'être d'accord avec moi sur un détail aussi insignifiant !

— Nous ne sommes pas obligés d'être d'accord pour découvrir la vérité. « Vous connaîtrez la vérité et la vérité vous rendra libres », cita-t-il d'une voix sentencieuse.

Il voulait détendre l'atmosphère et y réussit en partie : il vit le coin de ses lèvres se retrousser légèrement. Mais elle objecta :

— Personnellement, j'ai une foi aveugle en mon père.

Difficile d'argumenter là-dessus. Lui-même avait été ébranlé dans ses convictions par sa rencontre avec Paul Hamilton. Mais il s'agissait plus d'idées préconçues sur les politiciens que de réelles convictions. Et, aujourd'hui, il voulait juste essayer d'y voir clair, en toute objectivité.

Il tenta une autre approche.

— Ne vaudrait-il pas mieux que l'affaire soit éclaircie une bonne fois pour toutes avant les prochaines élections ?

— Le scandale est retombé. Plus personne n'y fait allusion et il suffit que la situation en reste là.

— Les gens n'en parlent plus, mais ont-ils vraiment oublié ?

Elle secoua la tête.

— Je regrette, Fergus, la réponse est non. C'est ferme et définitif.

— Très bien, comme vous voudrez. Je peux enquêter avec ou sans vous. J'aurais juste préféré que nous œuvrions ensemble.

Le regard bleu limpide s'agrandit sous l'effet de la surprise.

— Parce que… vous allez persévérer dans vos recherches malgré tout ? balbutia-t-elle.

— Bien sûr.

Il n'avait pas le choix, et ce n'était pas tant son livre qui était en cause que sa relation avec Chloe. Il voulait la revoir, mais cette maudite histoire se dresserait toujours entre eux si elle n'était pas élucidée.

— Je ne peux pas faire autrement, répondit-il enfin.

— Oh si ! Seulement vous ne voulez pas vous priver d'un nouveau succès de librairie ! Dès le premier soir, j'aurais dû me douter de quel bois vous étiez fait !

Sa voix vibrant de mépris était une insulte en soi, son regard le tétanisait. Il serra les poings, se domina à grand-peine. Chloe le provoquait. Et, paradoxalement, cette attitude lui donnait de l'espoir pour l'avenir.

— Mais vous saviez en effet quel genre d'homme j'étais, grâce à votre chère cousine Victoria, répliqua-t-il d'un ton doucereux.

— Taisez-vous ! Nous n'avons plus rien à nous dire. Je m'en vais…

Il ne protesta pas, bien qu'il n'ait aucune envie de la voir partir. Elle lui en voulait tellement qu'il était inutile de tenter de la raisonner. Elle ne l'écouterait même pas.

— Je vous raccompagne à la porte.

Sans un mot, ils gagnèrent le vestibule. La lumière du dehors s'alluma automatiquement quand Chloe sortit sur le perron. Elle se tourna face à lui.

— Au revoir, Fergus.

— Bonne nuit, Chloe. A bientôt.

Elle ne répondit pas et, une minute plus tard, sa voiture s'enfonçait dans la nuit.

— Depuis combien de temps connais-tu Fergus McCloud ? s'enquit David.

Chloe leva la tête du croquis sur lequel elle travaillait depuis une bonne heure.

— Pardon ? fit-elle, sur la défensive.

Trois jours s'étaient écoulés depuis le dîner de vendredi, trois jours qu'elle avait vécus dans la crainte qu'un membre de sa famille ne la questionne sur sa prétendue amitié avec Fergus.

Ses parents s'étaient montrés curieusement discrets sur le sujet, sans doute parce qu'ils suspectaient une relation sérieuse et préféraient attendre qu'elle leur en parle de sa propre initiative. Elle n'avait pas revu Penny mais, à en juger par la curiosité de David, sa sœur et son beau-frère avaient dû en discuter entre eux.

Patiemment, David répéta sa question et s'adossa au chambranle de la porte de la chambre située au dernier étage de la maison, qui avait été aménagée en atelier pour Chloe.

— Je l'ai rencontré... il y a quelques semaines, répondit-elle, l'air détaché. Aussi, tu peux tout de suite dire à Penny que ce n'est pas la peine de courir les boutiques de mariage !

Elle avait du mal à feindre l'indifférence, car en réalité, elle ne cessait de penser à Fergus. Que devenait-il ? Où en était-il dans son enquête ? Avait-elle eu tort de refuser de l'aider ? Après tout, mieux valait être au courant de ses agissements plutôt que de rester dans l'ignorance et de s'angoisser à longueur de temps !

David ne souriait pas. Il avait même l'air plutôt soucieux, remarqua-t-elle tout à coup avec un pincement au cœur.

— Pourquoi cette question ? demanda-t-elle.

— Parce que... en l'absence de ton père, j'ai répondu à un coup de téléphone de l'équipe de Peter Ambrose. On m'a prévenu qu'il souhaitait annoncer quelque chose à Paul sans passer par les voies officielles.

Chloe s'affola. David venait de faire allusion à Fergus, et voilà que dans la foulée, il citait son père et Peter Ambrose. Ce n'était sûrement pas un hasard.

— Oui. Et alors ? fit-elle d'une voix étranglée.

— McCloud n'a pas été tout à fait sincère quand il est venu voir ton père, l'autre jour. Il a juste omis de préciser que son thriller aura comme toile de fond l'affaire Stirling.

Chloe bondit :

— Il n'y a pas d'affaire Stirling ! se récria-t-elle. En tout cas, nous savons tous que papa n'avait rien à voir là-dedans !

— Sans doute... Mais bon sang, Chloe, pourquoi ne nous as-tu pas dit ce que McCloud mijotait, puisque tu étais au courant ? Il a fallu que je l'apprenne d'une source extérieure ! Tu ne te rends pas compte que ce type se sert de toi contre ton père ?

Chloe n'avait pas besoin des remontrances de David. Ses propres doutes lui suffisaient amplement ! Et elle ne supportait pas d'être sermonnée ainsi comme une gamine.

Elle se leva dans un mouvement brusque qui trahissait son irritation.

— Bien sûr que je m'en rends compte ! s'exclama-t-elle. Pourquoi crois-tu que je ne le vois plus ?

— Depuis combien de temps connais-tu ses intentions réelles ? Apparemment, Peter Ambrose vous a vus au restaurant ensemble il y a quelque temps.

— Il y a juste une semaine. Mais je ne vois pas quelle différence cela fait. De toute façon, Fergus va écrire son livre. Il n'en démord pas.

— Il existe sûrement des recours légaux, nous pouvons…

— David, Fergus est avocat. Il sait ce qu'il fait, crois-moi, et il ne prendra pas le risque de voir son ouvrage interdit à la vente. Il connaît la limite entre la réalité et la fiction. Et maintenant, il ne nous reste plus qu'à déterminer qui de nous deux va mettre papa au courant…

Cela faisait des jours qu'elle ne parvenait pas à s'y résoudre. Son père était si enthousiaste à propos de sa future campagne ! Il nageait dans le bonheur et elle ne voulait pas être celle qui le couperait net dans son élan.

Bien sûr, il pourrait toujours reprendre les rênes de l'entreprise qu'il dirigeait depuis des années. Mais c'était la politique qui le passionnait vraiment, et depuis toujours.

Maudit Fergus ! fulmina-t-elle, dents serrées.

— Je lui annoncerai, décida David, la mine sombre. Mais il voudra sans doute te parler. Tu disais que tu ne voyais plus McCloud ?

— C'est exact.

— Es-tu sûre que… ce soit une bonne idée ?

— Comment cela ? Il faudrait te décider, David ! Tout d'abord, tu me reproches de le fréquenter, et maintenant tu me conseilles… Que me conseilles-tu au juste ? lança-t-elle, soudain méfiante.

Avec un soupir, David se passa la main dans les cheveux.

— Je ne sais pas ! avoua-t-il. Je suis totalement déstabilisé par cette histoire et j'ai beaucoup de mal à réfléchir. Je croyais que tout cela appartenait au passé, que nous n'en entendrions plus parler…

— … et que le scandale avait été enterré avec Susan ? acheva Chloe durement.

David lui renvoya un regard lourd de reproche.

— Tu as une façon plutôt brutale de formuler les choses…

— Tu semblais avoir quelques doutes tout à l'heure, quand j'ai dit qu'il n'y avait jamais rien eu entre papa et Susan. Ne proteste pas, j'ai bien vu que tu n'étais pas catégorique ! Saurais-tu quelque chose que j'ignore, David ?

— Que… que veux-tu dire ?

— Exactement ce que je te dis ! rétorqua-t-elle, de plus en plus étonnée par son attitude fuyante. Toi et papa, vous avez toujours été très proches, il t'a peut-être fait certaines confidences.

— Chloe, je te jure que je n'ai jamais cru à une liaison entre eux !

Elle ne put s'empêcher de pousser un soupir de soulagement.

— Tu me rassures ! Un moment, j'ai pensé… Bon, en tout cas, il faut avertir papa de la prochaine parution du livre. Tu veux bien t'en charger, alors ?

— Oui, mais pas tout de suite. J'aimerais avoir une confrontation avec McCloud au préalable. On ne sait jamais…

— Il ne t'écoutera pas !

— Peut-être, mais cela ne coûte rien d'essayer. Paul est un homme brillant et il a déjà accepté tant de sacrifices !

Chloe était bien placée pour le savoir, au même titre que sa mère et sa sœur aînée. Elle était reconnaissante à David de vouloir plaider une fois de plus la cause de son père et elle l'admirait pour son opiniâtreté. Simplement, elle savait déjà que son intervention ne servirait à rien. Il perdrait son temps.

C'est à elle que Fergus avait proposé un compromis... A elle seule.

Elle déclara brusquement :

— Pourrais-tu patienter quelques jours, David ? Quelques jours seulement. Je voudrais tenter de convaincre Fergus moi-même.

Son beau-frère avait froncé les sourcils.

— Et que vais-je dire à Peter Ambrose en attendant ? marmonna-t-il.

— Eh bien... dis-lui que nous contrôlons la situation.

Elle espérait de tout cœur que ce vœu pieux deviendrait réalité. Mais il fallait avouer que les chances étaient bien minces.

11

Fergus dînait en solitaire quand la sonnette de la porte d'entrée retentit. Il émit un grognement de contrariété. Non qu'il appréciât particulièrement les rognons sauce madère que Maud lui avait préparés : il n'en avait pas encore avalé une seule bouchée. Simplement, il n'avait aucune envie de recevoir de la visite.

Il avait passé un très mauvais week-end après le départ de Chloe le vendredi soir, et les jours suivants avaient été pires.

De nouveau, cette sonnerie insistante… Il avait oublié de ranger sa voiture dans le garage, aussi était-il exclu qu'on le croie absent.

De mauvaise grâce, il se leva.

En d'autres circonstances, il aurait été ravi de trouver Chloe sur le perron. Mais, étant donné les récentes informations qu'il avait obtenues, elle était la dernière personne qu'il souhaitait voir.

Pourtant, elle était absolument adorable dans sa petite robe prune à ligne chasuble sur laquelle elle avait passé un trench blanc.

Elle lui adressa un sourire timide.

— Etes-vous toujours fâché contre moi ou puis-je espérer que vous m'inviterez à entrer ?

Il ouvrit le battant plus largement et s'effaça pour lui livrer passage. Il n'était pas fâché, pas plus qu'il ne l'était vendredi soir. Cependant, sachant ce qu'il venait d'apprendre, il ne savait trop quoi lui dire…

Il la précéda dans le salon, attendit qu'elle se fût assise pour demander :

— Que puis-je pour vous, Chloe ?

— Eh bien… tout d'abord, voulez-vous bien m'offrir un café ?

— Un café ? Bien sûr.

Elle atermoyait. Mais ensuite, elle partirait, statua-t-il en gagnant la cuisine. Il devait réfléchir, ce qu'il ne pouvait faire dans de bonnes conditions si Chloe demeurait dans les parages.

Mécaniquement, il versa de l'eau dans la machine à espresso, inséra une capsule de café, posa la tasse sur son support, appuya sur le bouton… Tout en regardant le liquide noir emplir le petit récipient en porcelaine, il tenta de trouver une raison logique à la venue de Chloe. En vain.

Et, de son côté, qu'allait-il lui dire ?

La voix de la jeune femme s'éleva soudain dans son dos :

— Je me rends compte que j'ai interrompu votre dîner. Je vous prie de m'excuser. Je vais attendre, sinon vous mangerez froid…

— Non, je n'avais pas faim, de toute façon. Venez, retournons dans le salon, voulez-vous ?

Cela fait, il disposa devant elle la tasse, une petite cuillère et le sucrier, en silence. Chloe l'observait d'un air perplexe et, au bout d'un moment, elle demanda :

— Quelque chose ne va pas, Fergus ?

Il se mordit la lèvre. Bon sang, rien n'allait comme il le voulait ! Ce qu'il avait appris le paralysait. Il ne savait pas quoi dire à Chloe.

— Que voulez-vous ? lui demanda-t-il.

— Hum… je pourrais vous dire que je passais dans le coin par hasard…

— Je vous répète que je préfère la vérité au mensonge.

— Je sais. J'aurais dû vous téléphoner pour vous prévenir, mais…

— Bon, vous êtes là maintenant. Alors dites-moi ce qui vous amène.

— D'accord. Voilà… Peter Ambrose a contacté mon père, de manière officieuse… à propos de votre livre.

Fergus déglutit avec peine. Il n'était pas étonné. Il se demandait seulement pourquoi Ambrose avait mis tant de temps à réagir.

Chloe leva vers lui un regard suppliant.

— Fergus, il n'est pas trop tard pour renoncer… et empêcher tout ce gâchis !

Il se crispa. Oh si ! il était trop tard… Car la situation lui avait échappé, telle une petite boule de neige dévalant une pente, qui grossissait, grossissait, et échappait à tout contrôle en même temps qu'elle prenait de la vitesse…

Penché en avant dans son fauteuil, il croisa les doigts sous son menton, chercha désespérément une réponse adéquate. Puis, laborieusement, il déclara :

— Chloe, pourquoi ne parlez-vous pas à votre père ? Vous pourriez peut-être le convaincre que ce n'est pas le bon moment pour lui de réintégrer la vie politique…

Ni aujourd'hui ni jamais, si ses informations étaient exactes ! Toutefois, il se garda de le préciser.

Chloe lui retourna un regard ahuri.

— Pas le bon moment ? Parce que *vous* avez décidé d'écrire un livre ? s'insurgea-t-elle.

— Non, parce que…

— Comment peut-on être aussi égoïste ? Renoncer ne serait pas si terrible pour vous ! Vous êtes écrivain, vous avez sûrement des dizaines de scénarios à l'esprit !

— Vous me flattez. Néanmoins…

— Vous ne voulez pas céder ! Vous voulez à toute force écrire cette histoire ! s'écria-t-elle en se levant d'un bond, avant de tendre les mains vers lui dans un geste implorant : Mais je vous en prie, je vous en supplie, Fergus ! Vous avez le pouvoir de tout arrêter ! Alors faites-le, faites-le !

Ses grands yeux bleus noyés de larmes le bouleversèrent. Il aurait tant aimé accéder à sa requête, sécher ses larmes, rendre le sourire à cette jolie bouche !

Malheureusement, la visite qu'il avait reçue cet après-midi même le lui interdisait.

Il s'efforça de la raisonner.

— Chloe, quand votre père a décidé de reprendre sa carrière, il savait certainement qu'un jour ou l'autre, son passé le rattraperait. Avec ou sans intervention de ma part.

— Son passé ? Oui, et il y est prêt. N'a-t-il pas toujours clamé son innocence ? Mais ne comprenez-vous pas que votre livre va relancer toute l'histoire et le discréditer de nouveau aux yeux des électeurs ? Oh, Fergus ! renchérit-elle, je ferai n'importe quoi… tout ce que vous voudrez… du moment que vous abandonnez votre projet !

Une vague d'amertume le saisit. Chloe s'offrait à lui, mais pas de son plein gré, et il n'avait que faire de ce « marché ». Et, très bientôt, elle le haïrait et se haïrait elle-même en se remémorant cette scène…

Il fallait qu'elle parte. Maintenant. Avant que les choses n'empirent.

Qu'avait-il à perdre, de toute façon ?

Lentement, il la jaugea, avec une insolence délibérée.

— Vous mettez les enchères très haut. Qu'est-ce qui vous fait croire que vous valez autant ? laissa-t-il tomber.

— Vous… vous…

Il stoppa net ses bredouillements :

— Ça suffit, Chloe ! J'en ai assez entendu. Nous n'avons plus rien à nous dire. Pour moi, en tout cas, le sujet est clos !

Toute pâle, elle chancela et, à tâtons, récupéra son sac posé sur l'accoudoir du fauteuil, avant de balbutier :

— J'ignore pourquoi j'ai fait appel à vos bons sentiments… Vous n'avez pas de cœur ! Je… je ne sais pas comment vous pouvez dormir la nuit… et vous regarder dans la glace le matin !

— Je n'ai aucun problème de sommeil, vous êtes bien placée pour le savoir. Maintenant, si vous voulez m'excuser… J'ai rendez-vous ce soir.

A dire vrai, le rendez-vous n'était pas encore fixé. Mais il le serait dès qu'il aurait passé un coup de fil. Du moins l'espérait-il.

Il avait bien compris que cette visite était celle de la dernière chance pour Chloe. Elle était désespérée. Aussi avait-il pris une décision. Il n'allait pas rester ainsi sans rien faire ! Et même s'il ne réussissait pas à stopper le cours infernal des événements, il pouvait au moins tenter de l'influencer.

Chloe le foudroya d'un regard écœuré.

— Désolée de vous avoir fait perdre votre temps ! lança-t-elle.

— C'est plutôt vous qui avez perdu le vôtre.

— Oui, de toute évidence !

Elle avait déjà tourné les talons. Fergus conserva sa posture nonchalante jusqu'à entendre le claquement de la porte d'entrée. Puis, il s'autorisa à soupirer, et ses épaules se voûtèrent dans un accès de découragement.

Il se reprit dans un sursaut. Non, ce n'était pas le moment de se laisser aller ! Il devait agir et, tout d'abord, téléphoner à quelqu'un…

Comment diable s'y prenait Fergus pour la mettre chaque fois dans une colère telle qu'elle en oubliait sur-le-champ toutes ses résolutions et tactiques de persuasion ? s'interrogeait rageusement Chloe.

Les pleurs qui traduisaient son intense déception et son sentiment d'impuissance ruisselèrent sur ses joues tout au long du trajet qui la ramena chez elle. Elle ne réussit à se maîtriser qu'en parvenant aux abords de la maison. Une fois de plus, elle avait échoué à convaincre Fergus. De surcroît, elle s'était ridiculisée en s'offrant à lui en échange de son silence, et son rejet dédaigneux lui avait infligé une cuisante humiliation.

Mais le pire, c'est que ce maudit livre allait bel et bien paraître ! Demain matin, elle devrait l'annoncer à David et ils n'auraient d'autre solution que d'alerter Paul. Et la vie de sa famille basculerait de nouveau…

Au dernier moment, la pensée de dîner avec ses parents lui parut intolérable ; aussi, au lieu de bifurquer dans l'allée, poursuivit-elle résolument son chemin en accélérant.

Un quart d'heure plus tard, elle arrivait chez Penny et David. La maison, tout illuminée, semblait accueillante et Chloe sourit en songeant à ses neveux qu'elle adorait. Avec un peu de chance, ils ne seraient pas couchés et elle aurait le temps de les embrasser. Elle se sentait si mal que voir leurs frimousses innocentes était à peu près la seule chose qui puisse la réconforter ce soir.

Penny vint lui ouvrir et poussa un petit cri de joie en la trouvant sur le seuil.

— Chloe, quelle bonne surprise ! Tu arrives juste à temps pour m'aider à donner son bain à ce petit monstre !

Elle ébouriffa tendrement les cheveux bruns de son petit dernier, Josh, qui pouffait, agrippé à sa jambe.

— Nous sommes en retard ce soir, expliqua Penny en précédant sa sœur dans la cuisine. David a été obligé de ressortir. Je ne sais pas pour combien de temps il en a.

Chloe était plutôt soulagée. En présence de son beau-frère, elle aurait eu du mal à paraître enjouée et naturelle devant Penny qui, de toute évidence, n'était pas au courant de la situation.

— Allons décrasser ce diablotin ! proposa-t-elle en chatouillant Josh qui se mit à criailler de plaisir.

Auparavant, Penny installa ses deux aînés à la table de la cuisine pour qu'ils fassent leurs devoirs. Elle leur donna quelques directives et conseils, sous le regard admiratif de Chloe. Penny ne perdait jamais patience et trouvait toujours les mots d'encouragement qu'il fallait. C'était également une championne de l'organisation. Elle emmenait les petits à l'école, aux cours d'équitation et de danse, aux goûters organisés chez les petits camarades. Et, comme David était absent la plupart du temps, elle assumait encore une foule d'autres tâches avec une efficacité égale, sans jamais se départir de sa bonne humeur.

« J'aimerais être une aussi bonne mère plus tard... », songea Chloe.

Les deux sœurs gagnèrent l'étage. Pendant que Chloe s'occupait de faire couler le bain, Penny, qui avait entrepris de déshabiller Josh, s'enquit :

— Et comment va le sublime Fergus ?

— Aucune idée ! répliqua Chloe d'un ton éloquent.

Penny afficha un air déçu.

— Ah bon ? fit-elle. Pourtant, moi je l'ai trouvé charmant...

— Beaucoup trop arrogant et dominateur à mon goût !

— C'est dommage…

Penny déposa son fils dans la baignoire et commença à lui faire un shampooing tandis qu'il s'amusait avec un bateau en plastique.

— C'est qui, Fergus ? pépia-t-il, démontrant si besoin était que les enfants laissent toujours traîner leurs oreilles, même lorsqu'ils semblent absorbés dans leurs jeux.

— C'est un ami de tante Chloe, répondit sa mère en souriant.

— C'est son chéri, hein ?

Chloe grimaça mais s'abstint de protester vigoureusement de peur d'éveiller la curiosité de Penny. Elle s'empressa de détourner la conversation, et le bain se déroula au son de leurs bavardages et des rires de Josh. Une fois ce dernier tout propre dans son pyjama, ils descendirent dans le salon où les deux grands, ayant fini leurs devoirs, s'étaient installés devant la télévision.

— Tata Chloe a un chéri ! chantonna Josh.

— Qui ça ? s'enquit aussitôt Julie, la mine intéressée.

— Il s'appelle Fergus ! C'est son amoureux !

Chloe leva les yeux au plafond. Et elle qui, cinq minutes plus tôt, s'extasiait devant la bouille angélique de son plus jeune neveu et jurait à Penny qu'elle n'avait jamais vu enfant plus adorable !

— Tu vas te marier avec lui, tante Chloe ? demanda Julie qui rêvait d'être demoiselle d'honneur.

Chloe frémit. Epouser Fergus ? Plutôt se jeter dans la fosse aux lions ! Les fauves seraient moins cruels…

— Eh non, ma chérie ! répliqua-t-elle d'un ton léger. Tu sais, il faut se méfier : parfois on embrasse un prince et il se transforme en grenouille !

Elle obtint l'effet recherché : Julie éclata de rire, puis enchaîna en lui demandant quelle histoire elle lui lirait au moment du coucher, un rituel auquel Chloe se pliait toujours volontiers, même si la fillette savait lire depuis longtemps.

Une heure plus tard, alors que tous les enfants étaient couchés, les deux femmes prirent le temps de savourer une tasse d'infusion dans le salon en attendant David.

— Est-ce vrai ? s'enquit Penny au bout d'un moment. Cette histoire de prince charmant qui se transforme en grenouille ? Le beau Fergus n'aurait donc pas que des qualités ?

Chloe soupira.

— J'en ai bien peur. De toute façon, je veux me consacrer exclusivement à ma carrière. Elle démarre à peine, mais au moins je peux y placer mes espoirs !

— Eh bien ! En ce qui me concerne, je suis heureuse d'avoir trouvé « chaussure à mon pied », comme on dit ! fit Penny en s'étirant telle une chatte sur le canapé. De nos jours, découvrir l'âme sœur relève du parcours du combattant ! C'était beaucoup moins compliqué à mon époque !

— On dirait une grand-mère ! s'esclaffa Chloe. Mais je vois que tu es fatiguée… David n'est toujours pas rentré, pourquoi ne vas-tu pas te délasser dans un bon bain chaud ? Je préfère partir, de toute façon. Je veux me coucher tôt.

— Tu es sûre ? Bon, comme tu veux. C'est vrai qu'un petit répit me fera du bien. Merci pour ton coup de main et fais une bise de ma part à papa et maman.

Chloe ne se pressa pas sur le chemin du retour, dans l'espoir que ses parents ne l'auraient pas attendue et auraient fini de dîner à son arrivée. Mais une mauvaise surprise l'accueillit là-bas : lorsqu'elle tourna dans l'allée, elle aperçut deux voitures garées devant la façade : celle de David… et celle de Fergus !

Que faisaient-ils ici, tous les deux ?

Mais avait-elle besoin de se poser la question ? songea-t-elle dans la foulée, son étonnement se muant en abattement.

Elle comprenait maintenant pourquoi David mettait si longtemps à rentrer chez lui…

Chloe trouva sa mère dans le salon, occupée à feuilleter un magazine. A l'entrée de sa fille, Diana releva la tête avec un grand sourire :

— Bonsoir, ma chérie. Je commençais à me demander où tu avais disparu.

— J'étais chez Penny.

— Nous n'avons pas encore mangé, ton père est toujours en rendez-vous.

Sa mère ne semblait pas soucieuse le moins du monde. Elle n'avait visiblement aucune idée de ce qui était en train de se jouer dans le bureau où son père, David et Fergus s'étaient enfermés.

De quoi discutaient-ils ? Son père avait-il déjà tout appris ? Et si oui, que déciderait-il ?

Maudit Fergus !

Elle résista à sa première impulsion qui la poussait à foncer dans le bureau pour clamer sa fureur.

— Hum… Fergus est là depuis longtemps ? demanda-t-elle d'un air dégagé.

— Ah… tu as vu sa voiture, j'imagine. Oh, je dirais une bonne heure. Tout d'abord, j'ai supposé qu'il venait te voir, mais il a demandé à parler à Paul. Tu ne penses quand même pas qu'il irait jusqu'à demander officiellement ta main selon la bonne vieille coutume ? Oh, ce serait amusant ! s'exclama Diana, riant soudain.

Chloe était bien certaine que son mariage n'était pas à l'ordre du jour, ni même inscrit nulle part dans l'agenda de Fergus !

— Cela m'étonnerait beaucoup, répliqua-t-elle. Et… j'ai vu que David était là, lui aussi ?

— Oui, il est arrivé quelques minutes après Fergus. Je ne sais pas ce qu'ils trafiquent tous les trois… cela m'a l'air assez mystérieux !

Pour Chloe, au contraire, tout était limpide ! Mais elle n'avait pas l'intention d'éclairer sa mère. Elle s'assit donc sur le canapé et toutes deux attendirent patiemment que les trois hommes daignent quitter leur retraite. Chloe se força à parler de frivolités, alors qu'elle se sentait sur des charbons ardents. Il lui fallut attendre presque une demi-heure encore, avant d'entendre des voix masculines dans le couloir.

S'interrompant au beau milieu d'une phrase, elle se leva et sortit du salon.

Les trois hommes étaient graves, tendus. David venait en premier, très pâle, les traits tirés, suivi de Fergus qui soutint froidement le regard de Chloe lorsqu'il l'aperçut. Mais c'est surtout son père, qui fermait la marche, qui retint son attention. Avec angoisse, elle scruta son visage et sentit son cœur se serrer de compassion.

Paul Hamilton paraissait vieilli de dix ans. Son teint avait viré au gris et il se tenait le dos voûté, lui dont la démarche était d'ordinaire si énergique.

Chloe foudroya Fergus d'un regard accusateur. C'était la deuxième fois qu'elle le voyait aujourd'hui et la deuxième fois qu'elle avait envie de le frapper !

Comme il parvenait à sa hauteur, il lui saisit rudement le poignet et l'entraîna vers la porte.

— Pas un mot ! lui chuchota-t-il. Raccompagnez-moi jusqu'à ma voiture.

C'était un ordre pur et simple. Bien qu'offusquée par ses manières autoritaires, Chloe ne parvint pas à se libérer et se retrouva dehors presque manu militari.

— Lâchez-moi ! Je vous interdis ! fit-elle, en lui tapant en vain sur le bras.

Il daigna ralentir l'allure mais ne la lâcha qu'une fois devant la voiture. Chloe se campa face à lui, poings sur les hanches, bégayant de fureur :

— Vous… Je… j'espère que vous êtes content !

— Non, pas particulièrement.

— Alors pourquoi faites-vous cela ? s'emporta-t-elle, avant de capituler et d'ajouter d'une voix brisée : Oh, et puis qu'importe ! Nous savons bien pourquoi vous agissez ainsi… Qu'a décidé mon père ?

— Vous feriez mieux de lui poser directement la question.

Chloe luttait contre les larmes qui menaçaient de la faire suffoquer.

— Jamais je ne le vous pardonnerai, Fergus ! Jamais !

— Oui, je m'en doutais un peu.

— J'espère que votre livre sera un échec sur toute la ligne ! C'est tout ce que vous méritez ! lança-t-elle puérilement.

— Chacun de nous obtient-il vraiment ce qu'il mérite ? C'est une pensée à méditer.

— Allez-vous-en ! Je ne veux plus jamais vous revoir !

— J'avais bien compris. Un jour, peut-être…

— Jamais ! répéta-t-elle avec véhémence.

— Dans ce cas… il n'y a plus rien à ajouter, n'est-ce pas ? soupira-t-il en ouvrant la portière. Un conseil toutefois, Chloe : quand vous serez moins en colère et plus objective, parlez avec votre père. J'ignore ce qu'il sera disposé à vous dire, mais… essayez toujours, d'accord ?

Elle haussa les épaules. Bien sûr qu'elle discuterait avec son père ! Et elle n'avait pas besoin de la bénédiction de Fergus McCloud !

— Au revoir, Chloe…

— Adieu !

Sans attendre, elle tourna les talons et partit en courant. Elle détestait cet homme ! Elle n'éprouvait que mépris pour son égoïsme forcené qui l'amenait à tout broyer sur son passage, tel un rouleau compresseur. Il ne songeait qu'à son satané livre, à l'argent et à la gloire qu'il pourrait en retirer ! Oh oui, elle le détestait de toutes ses forces !

Mais alors même qu'elle entendait le gravier crisser sous les pneus de la voiture qui s'éloignait, elle avait conscience des sentiments bien différents qui se heurtaient à sa haine corrosive.

Et elle avait l'impression que son cœur se déchirait en deux.

12

— Tu sais, mon garçon, pour moi, il n'y a que deux solutions à ton problème.

Fergus lança un regard irrité à son grand-père qui était venu lui rendre visite et à qui il avait offert un apéritif avant de passer à table. Au moins, celui-ci appréciait son whisky. Fergus, lui, n'avait plus goût à rien depuis une semaine.

— Quel problème ? grogna-t-il.

Hugh McDonald hocha sa tête chenue. En dépit de ses quatre-vingts printemps, son visage distingué était curieusement dépourvu de rides. Il était resté mince et avait conservé une allure dynamique. Seuls ses cheveux blancs et la sagesse reflétée par son regard donnaient une indication de son âge réel.

— Soit tu épouses cette fille, soit tu l'oublies. Voilà mon opinion ! Et si je puis me permettre, tu n'as pas l'air parti pour la faire passer aux oubliettes, mon garçon !

— Hein ? Mais de quelle fille…

— Bon, écoute… Tu sais que j'ai dîné avec Brice hier soir ? Et…

— … et mon cher cousin t'a parlé de Chloe !

— Ah, elle s'appelle Chloe ? Joli prénom. Mais pas aussi joli que la demoiselle en question, si j'en crois Brice. Il était vraiment enthousiaste !

— Elle n'est pas jolie. Elle est belle. Magnifique. Superbe, énuméra Fergus, maussade.

— Et… ?

— Et rien ! Chloe est séduisante, intelligente, spirituelle…

— Mariée ?

— Non, certainement pas ! se récria Fergus, révulsé par cette idée, avant de hausser les épaules : Enfin… elle pourrait tout aussi bien l'être, cela ne ferait guère de différence, parce qu'il n'y aura jamais rien entre elle et moi.

Son grand-père haussa ses sourcils broussailleux.

— Pourtant, Brice avait l'air de croire qu'elle avait passé la nuit chez toi…

— Brice parle beaucoup trop !

— En fait, je crois qu'il s'inquiète pour toi. Et moi aussi !

La famille de Fergus était peut-être moins typique que celle de Chloe, cela n'empêchait pas les trois cousins et leur grand-père d'être très proches. Fergus savait bien qu'il méritait ce sermon, car c'en était un, même si son grand-père ne le brusquait pas vraiment.

— Tu n'as aucune raison de te tracasser à mon sujet, prétendit-il.

Et pourtant… Les dix jours qui venaient de s'écouler depuis qu'il avait vu Chloe pour la dernière fois avaient été les plus longs de toute son existence. Il n'avait plus d'appétit, ne trouvait plus le sommeil et était incapable de se concentrer sur son travail. Son esprit était obnubilé par une seule pensée : Chloe.

Que faisait-elle ? Où était-elle ? Qui rencontrait-elle ? Avait-elle parlé à son père ? Lui avait-il fait des confidences ?

Le haïssait-elle toujours ?

— Ne pas me tracasser ? répéta son grand-père. Laisse-moi au moins libre de juger par moi-même, veux-tu ! Et parle-moi d'elle, ajouta-t-il plus doucement, avant de prendre une lampée de whisky.

— Je viens de le faire, non ?

— Tu plaisantes ? Je veux plus de détails. Qui est-elle ? Quel métier exerce-t-elle ? Pourquoi dis-tu qu'il ne se passera jamais rien entre vous ?

Inutile de résister à Hugh McDonald, il était têtu comme une bourrique ! De toutes les questions qu'il venait de poser, il était clair que seule la dernière l'intéressait réellement. Par conséquent, Fergus choisit de répondre aux deux premières.

— Elle s'appelle Chloe Fox-Hamilton. Et elle est créatrice de mode.

— Fox-Hamilton… de la famille du député ?

— Ex-député. C'est sa fille, en effet.

— Ah, je me souviens de cet esclandre qui a brisé sa carrière… Sale histoire ! Chloe est donc la petite-fille de Willie Fox-Hamilton ?

— Tu connais son grand-père ?

— Oui, et son père aussi, bien que je ne l'aie pas vu depuis des années. Ne fais pas cette tête ! Tout jeune, Paul avait l'habitude d'accompagner son père qui venait chasser sur le domaine. C'était avant ta venue en Ecosse. Paul a raccourci son patronyme quand il est entré en politique, il trouvait « Hamilton » plus facile à retenir. Ainsi, Chloe est la petite-fille de Willie… Eh bien ! si elle ressemble un tant soit peu à son grand-père, cela ne m'étonne pas qu'elle te mène la vie dure ! acheva Hugh dans un rire.

— Ce n'est pas elle qui me mène la vie dure, c'est moi qui…

Par réflexe, il avait pris la défense de Chloe et s'apprêtait à dire qu'elle ne voulait plus le voir parce qu'il l'avait fait souffrir, mais il fut interrompu par l'entrée de Maud dans le salon.

— Monsieur Fergus, une jeune dame vous demande. Elle m'a dit qu'elle s'appelait Chloe Fox-Hamilton, annonça la gouvernante.

Fergus sursauta et se sentit rougir sous le regard goguenard de son grand-père. La seconde suivante, Chloe fit son apparition dans la pièce.

— Inutile de me faire répondre que vous n'êtes pas là ! lui lança-t-elle d'un air de défi, avant de se rendre compte de la présence de Hugh McDonald et de se figer dans son élan, déstabilisée. Oh, je… j'espère que je ne vous importune pas ?

— Pas le moins du monde, ma chère ! assura Hugh avec bonhomie.

Fergus était trop stupéfait pour articuler le moindre son. Il la dévorait des yeux, trop heureux de la revoir après tout ce temps, même s'il se rendait compte à sa mauvaise mine qu'elle aussi avait vécu les dix derniers jours comme une épreuve. Son teint était encore plus pâle que d'habitude et marqué de cernes foncés. Ses pommettes paraissaient plus accentuées, elle avait visiblement maigri, elle déjà si mince.

Et c'était lui le responsable…

Maud, estimant qu'on n'avait plus besoin d'elle, s'était discrètement retirée. Dans le salon, un silence embarrassant s'était installé. Le grand-père de Fergus se leva pour tendre la main à Chloe.

— Etant donné que mon petit-fils semble avoir oublié tout sens des convenances, je me présenterai moi-même : Hugh McDonald. Enchanté, mademoiselle.

— Je… j'ignorais que vous étiez en famille. Il vaut mieux que je revienne un autre jour…

— Non ! s'exclama Fergus, recouvrant d'un coup l'usage de la parole. Je veux dire… c'est inutile. Grand-père, tu ne m'en voudras pas si nous déjeunons plus tard que prévu, n'est-ce pas ?

— Pas du tout ! A moins que Mlle Fox-Hamilton n'accepte de partager notre repas ?

— Merci… mais je ne peux pas, répondit doucement Chloe dont les joues se colorèrent. Je voulais juste… dire deux mots à Fergus. Ensuite, je partirai.

Cela n'augurait rien de bon et son grand-père dut penser de même, car ils échangèrent un regard furtif quoique lourd de sens. Fergus se racla la gorge en se levant :

— Bien, hum… si vous voulez bien passer dans mon bureau, nous y serons plus tranquilles pour discuter.

— Eh bien, enchanté d'avoir fait votre connaissance… Chloe, c'est bien cela ? s'enquit Hugh.

— Oui… Moi de même, monsieur McDonald.

— Et veuillez transmettre mon bon souvenir à votre père.

Chloe se pétrifia une seconde, avant de transpercer Fergus d'un regard ulcéré. Il faillit lever les yeux au plafond. Naturellement, on pouvait compter sur Hugh McDonald pour mettre les pieds dans le plat ! Chloe, qui paraissait plutôt dans de bonnes dispositions un instant auparavant, avait maintenant les joues empourprées de colère. Ses yeux flamboyaient. Elle croyait manifestement que la remarque de son grand-père cachait un sarcasme.

— Chloe…, commença Fergus en levant la main d'un geste apaisant.

Elle ne le laissa pas poursuivre.

— Les nouvelles vont vite, à ce que je vois ! Mais pourquoi feriez-vous preuve de discrétion alors que vous vous apprêtez à publier un torchon pour insulter publiquement ma famille ? Franchement, je ne vois pas l'utilité d'aller nous enfermer dans votre bureau pour parler en tête à tête ! Vous… vous m'avez déjà beaucoup déçue, Fergus, mais je ne vous croyais pas acharné à ce point !

— Je ne m'acharne pas, je…

— Ah non ? Mon père a décidé de se retirer une fois pour toutes de la vie publique, afin de protéger ma mère. Il veut l'emmener vivre à Majorque. C'est David qui va reprendre les rênes de l'entreprise familiale. Et comme, une fois la maison vendue, je n'aurai plus où loger à Londres, j'ai moi-même choisi d'aller vivre à Paris…

— A Paris ! s'exclama Fergus, atterré. Mais… quand ?

— Le plus tôt sera le mieux. Aussi, je tenais à vous faire savoir que vous avez gagné, Fergus. Sur toute la ligne ! Les Fox-Hamilton vous laissent seul maître du champ de bataille.

Comme assommé, Fergus l'écoutait à peine. Chloe partait. Elle allait vivre à Paris ! Il ne la verrait plus !

Enfin, il protesta :

— Je n'ai jamais voulu la guerre…

— Non, bien sûr ! railla-t-elle. Qui croyez-vous abuser ?

— Avez-vous parlé à votre père, comme je vous l'avais…

— Papa refuse d'aborder le sujet. Même avec maman, précisa-t-elle avec une peine notable. Il a pris sa décision et ne reviendra pas dessus, voilà tout.

Cette nouvelle désolait Fergus, mais que pouvait-il faire ? Il n'avait pas voix au chapitre, de toute façon. Aurait-il dû réagir autrement lorsqu'il avait découvert la vérité dix jours plus tôt ?

Peut-être... Mais, même s'il bravait aujourd'hui l'interdiction reçue pour tout révéler à Chloe, cela n'ébranlerait pas l'intransigeance de Paul Hamilton.

La famille de Chloe était en train de se déliter. Fergus comprenait son désarroi, toutefois, il ne pouvait rien pour elle.

Elle lui adressa un sourire amer.

— Voilà, Fergus. J'étais venue vous annoncer ce que vous brûliez certainement d'entendre. Je m'en vais, maintenant.

Elle se détourna dans un mouvement plein de fierté. La porte du salon claqua et le silence retomba.

Quelques secondes passèrent. Puis Hugh McDonald rugit :

— Eh bien, qu'est-ce que tu attends, espèce d'idiot ? Cours ! Rattrape-la !

Fergus réprima un haussement d'épaules. A quoi bon puisqu'il ne pouvait rien dire ? Il n'allait pas trahir la parole donnée à Paul Hamilton. Et si celui-ci avait décidé d'aller vivre à Majorque, c'était son droit le plus légitime.

— Sacredieu, c'est la digne petite-fille de Willie ! Et je suis bien d'accord avec Brice : elle est superbe. Ah, si j'avais quarante ans de moins...

— Eh bien, tu ne les as pas ! coupa Fergus avec agressivité.

— Es-tu une chiffe molle, à la fin ? s'emporta Hugh McDonald avec un accent écossais de plus en plus rocailleux. Ne me dis pas que cette fille a raison ? Tu n'as quand même pas fait ce dont elle t'accuse ?

— Grand-père, je te demande de ne pas te mêler de cette affaire dont tu ne sais rien.

— C'est vrai, j'ignore de quoi il est question. Mais je sais que, personnellement, je ne laisserais pas une fille comme ça me quitter sans rien faire !

Et Hugh McDonald ponctua ces paroles d'un regard de défi.

Chloe tremblait tant que, une fois dehors, elle s'adossa contre le mur de la façade, de crainte que ses jambes ne la soutiennent pas jusqu'à la voiture.

Elle avait voulu revoir Fergus. Grave erreur, la dernière d'une longue suite en ce qui concernait cet homme.

— Chloe !

Tout à coup, il était là, à côté d'elle, et lui saisissait la main.

— Chloe, ne pleurez pas…

Elle secoua la tête, réalisa que les larmes coulaient sur ses joues. Mais cela faisait dix jours qu'elle pleurait presque sans interruption. Ses émotions la faisaient passer sur des montagnes russes tant elle était déchirée entre le désespoir et la colère. D'un côté, elle le méprisait tant qu'elle se sentait capable de le gifler ; de l'autre, elle ne pensait qu'à se jeter dans ses bras pour le supplier de tout arrêter.

Elle aurait voulu qu'il renonce à publier son livre, tout en continuant à faire partie de sa vie. C'était totalement illusoire !

— Allons marcher un peu, proposa-t-il.

Sa main ne lâchait pas la sienne. Il l'entraîna dans la rue, puis vers le parc municipal qui jouxtait la demeure. Il choisit un banc face à un charmant étang, à la surface duquel flottaient quelques nénuphars.

Le cadre était serein, bucolique. Pourtant, Chloe avait l'impression de tout voir en gris.

Sans protester, elle s'assit pesamment, le regard vague. Elle avait les jambes en coton, la tête bourdonnante. Elle n'avait rien mangé ce matin, pas déjeuné non plus, et comme en outre elle souffrait d'insomnie depuis dix jours, il était normal qu'elle se sente faible.

Ici, tout était tranquille. Le feuillage des arbres et des bosquets alentour étouffait le bruit de la circulation. Des couples se promenaient main dans la main, des mères et leurs jeunes enfants jetaient du pain aux canards qui glissaient sur l'eau noire de l'étang. Il semblait dur de croire, dans un environnement si agréable, que son univers était en train de s'effondrer ! Et pourtant…

Fergus, la mine crispée, avait pris place à côté d'elle. Il paraissait malheureux, indécis, et pourtant il ne perdait rien de son charisme. Il était tellement viril, tellement fort, tellement… lui-même !

Finalement, il secoua la tête.

— Je ne sais que dire, Chloe.

— Sans doute parce qu'il n'y a rien à dire.

— Non, au contraire ! Je ne sais vraiment pas *que* vous dire. Vous avez déjà une tête à faire peur…

— Merci beaucoup ! rétorqua-t-elle, vexée.

— Navré, mais c'est la vérité. Vos parents ne s'en rendent pas compte ?

— Ils ont d'autres soucis en ce moment.

Son père organisait sa succession pour permettre à David d'assurer la direction du siège social de l'entreprise. Il s'occupait également de vendre la maison et de régler certaines démarches administratives avant le départ pour Majorque. Quant à sa mère, elle s'efforçait de garder le moral, tout du moins de faire bonne figure. Comme toujours, elle soutenait son mari de tout son amour dans cette nouvelle épreuve.

Pour Chloe, tout cela avait des allures de cauchemar !

— Vous êtes leur fille, quand même ! Ils devraient faire plus attention à vous ! tempêta Fergus, avant de demander d'un ton où perçait l'incrédulité : Alors, c'est définitif ? Ils vont réellement emménager à Majorque ?

— Oui. Nous possédons une villa là-bas. Papa a décidé qu'il était temps pour lui de prendre sa retraite.

— Quelle ânerie ! Un homme de sa trempe doit lutter, au contraire !

— Pourquoi vous mettez-vous en colère ? Vous auriez préféré qu'il vous traîne au tribunal ? Qu'il organise une conférence de presse ? Qu'il se venge en attaquant ses adversaires politiques sur leur vie privée ?

— Certainement pas. Et pour répondre à votre question : oui, je suis furieux ! Absolument hors de moi, pour être plus précis !

Chloe ne comprenait pas mais elle se sentait trop lasse et trop abattue pour exiger des explications. Cependant, Fergus n'avait pas l'intention d'en rester là.

— Je n'ai jamais voulu vous faire du mal, Chloe. Ni à vous, ni à aucun des membres de votre famille. Je vous le jure…

Elle soupira.

— Que voulez-vous ! De toute façon, cette affaire était une bombe à retardement ; il fallait bien qu'elle explose un jour ou l'autre.

Elle-même s'était faite à cette idée. Le doute planant toujours sur l'identité de l'amant de Susan Stirling, la candidature de son père aurait toujours été remise en cause par certains. Quant au reste, le départ de ses parents pour Majorque, la vente de la maison familiale… tout cela était inévitable et se produisait simplement plus tôt que prévu.

Fergus la considérait avec intensité.

— Vous ne m'avez pas laissé parler, tout à l'heure, après m'avoir accusé de m'acharner contre votre père… Mais finalement, j'ai décidé de ne pas publier mon livre.

Chloe se figea.

— Comment ? Mais… pourquoi ?

— Disons que… je n'ai plus le cœur à l'écrire. Et puis, comme vous l'avez dit, je suis un auteur de fiction et je peux facilement m'attacher à d'autres histoires qui, elles, ne blesseront personne.

Décidément, c'était à n'y rien comprendre ! Voilà qu'il renonçait, à présent ! Alors que le mal était déjà fait ! Car, pour Chloe et les siens, rien ne serait plus jamais pareil.

Comme elle le fixait sans mot dire, il demanda :

— Partez-vous toujours pour Paris ?

— Oui. J'ai déjà vécu un an là-bas et j'y ai gardé beaucoup d'amis. Maintenant que j'ai ma propre marque, on m'a proposé de créer une collection pour un grand magasin, au printemps prochain. C'est le moment idéal, non ?

C'est ce qu'elle se répétait sans relâche. Oui, Paris était l'endroit rêvé pour démarrer sa carrière. Et, une fois là-bas, accaparée par son travail, elle réussirait peut-être à oublier Fergus.

Pourtant, c'est le cœur lourd qu'elle songeait à son avenir.

— Combien de temps resterez-vous en France ?

Elle n'en avait aucune idée. Elle voulait juste fuir l'Angleterre et Fergus. Mettre une mer entre eux.

— Qui sait, je choisirai peut-être de m'y établir définitivement, répondit-elle sans réfléchir.

— Définitivement ?

— Bien sûr, je reviendrai de temps en temps pour voir Penny, David et les enfants. Si jamais vous passez à Paris, venez me rendre visite, se sentit-elle obligée d'ajouter, incapable d'admettre l'idée qu'elle ne le verrait plus. Je serai dans l'annuaire, de toute façon.

— Sous quel nom ? Fox ou Hamilton ?

Elle eut un sourire penaud en se remémorant le stratagème dont elle avait usé pour faire sa connaissance, trois — non, quatre — semaines plus tôt. Il lui semblait qu'une vie entière s'était écoulée depuis !

— Les deux ! Vous verrez, la marque *Foxy* sera bientôt célèbre. J'ai l'intention de me distinguer très vite dans cette jungle qu'est la mode féminine ! plaisanta-t-elle sans entrain.

— Je suis sûr que vous réussirez, répliqua-t-il avec une tendresse qui la bouleversa.

Pour masquer son trouble, elle se leva d'un mouvement décidé.

— Je l'espère ! conclut-elle. Mais votre grand-père vous attend pour déjeuner… Je ne veux pas vous retenir.

Fergus ne l'écoutait pas. Il la dévisageait, songeur, visiblement dérouté. Enfin, il murmura :

— Je n'arrive pas à croire que votre père abandonne la lutte de cette façon…

— Il ne s'agit pas d'un abandon ! Quelqu'un tient un pistolet chargé contre sa tempe, il essaie juste de s'esquiver avant qu'on ne presse la détente.

— Et c'est moi qui suis censé tenir l'arme dans votre brillante métaphore ?

— Oui. Qui d'autre ?

— Je vous répète que j'ai laissé tomber le bouquin.

— Oui, pour le moment. Mais dans six mois, un an…

— Je vous répète que je n'écrirai jamais ce livre !

Elle haussa les épaules.

— C'est à mon père qu'il fallait dire cela. Maintenant, cela ne changera rien à ses projets, à mon avis. C'est trop tard, Fergus, affirma-t-elle d'une voix voilée par la détresse.

Si elle avait souhaité le revoir une dernière fois, ce n'était pas parce qu'elle espérait un miracle. Comme elle venait de le dire, il était trop tard. Non, elle voulait juste imprimer dans sa mémoire son visage, son regard, sa démarche…

— Trop tard ? C'est ce que nous verrons ! lança-t-il soudain en se levant à son tour.

— Fergus ! Ne comprenez-vous pas que tout est fini ? Le sort en est jeté. Toute intervention de votre part ne fera qu'empirer les choses.

Il se calma, leva les mains dans un geste d'impuissance, avant de baisser la tête.

— Je passerai vous voir… si jamais je fais un tour à Paris, marmonna-t-il entre ses dents.

— Au revoir, Fergus.

Et elle s'éloigna.

13

— Eh bien, fiston, te voilà emberlificoté dans une drôle d'histoire ! déclara le grand-père de Fergus.

Ils avaient fini de déjeuner et savouraient maintenant un cognac dont Fergus ne sentait pas le goût, pas plus qu'il n'avait senti ou apprécié celui des plats mangés un peu plus tôt.

— Je peux t'assurer qu'il n'y a rien de drôle là-dedans ! rétorqua-t-il, lugubre.

Après avoir quitté le parc, il avait fini par rentrer chez lui, plus par considération envers son grand-père que par envie personnelle. Et, au cours du repas qui avait suivi, le vieil homme avait réussi à lui soutirer tous les détails de l'affaire.

A vrai dire, Fergus était plutôt soulagé de ne plus porter seul ce fardeau. Toutefois, il se serait bien passé de certains commentaires de son grand-père. Il se sentait assez mal comme ça sans qu'on se charge d'accentuer son horrible sentiment de culpabilité !

— Et Chloe ne se doute de rien ? murmura Hugh McDonald en hochant du chef.

— Non, et j'ai promis à son père que rien de ce que je sais ne franchirait les murs de son bureau.

— Voyons, tu viens de tout me répéter !

— Je me suis ouvert à toi comme on le fait dans un confessionnal. Tu es tenu au secret au même titre qu'un prêtre !

— Bon, bon… Tu veux donc tenir ta promesse. Je sais que je

vous ai élevés en hommes d'honneur, toi et tes cousins, mais… bon sang, il y a un temps pour tout, fiston ! Et en l'occurrence, tu n'as pas choisi le bon moment !

— Je ne suis pas d'accord.

Fergus avala une grande gorgée de cognac et reposa bruyamment son verre sur la table. Non, il ne trahirait pas sa parole, même si cela devait lui faire perdre Chloe. De toute façon, elle n'avait jamais été à lui.

Evidemment, sans cet imbroglio, sans la carrière de son père, sans ce maudit livre… ils auraient pu s'aimer. Mais cela faisait beaucoup de restrictions !

— Et que fais-tu de Chloe ? s'enquit Hugh McDonald dans un parfait écho des pensées de son petit-fils.

— Tu l'as entendue comme moi : elle a décidé de vivre à Paris.

— Et tu vas la laisser partir ?

— Oui.

— Les bras m'en tombent ! Tu es peut-être un homme de parole, mais ce qui est sûr, c'est que tu es un triple idiot ! tonitrua soudain son aïeul.

Fergus esquissa un sourire amer et, opiniâtre, s'entêta.

— Chloe ne me remercierait pas si je lui disais la vérité.

En tout cas, elle ne viendrait pas se jeter dans ses bras dans la foulée ! « La vérité vous rendra libre »… Eh bien, dans ce cas précis, c'était faux. La vérité l'avait emprisonné entre des murailles de silence.

— Tu ne crois pas que tu devrais l'en laisser seule juge ? insista Hugh.

— Peut-être. Néanmoins, je n'ai pas le droit de…

— Oh, sacredieu ! Ce serait tout à fait légitime, au contraire !

— Ah bon ? Et en quel honneur ?

— Parce que tu l'aimes !

Fergus se redressa brutalement dans son fauteuil pour considérer son grand-père avec une stupeur muette.

Lui, aimer Chloe ?

Comment interpréter autrement cette douleur incessante dans

sa poitrine, ce vide abyssal en lui à la seule pensée qu'elle puisse partir pour la France ?

Oui, il aimait Chloe.

D'un mouvement raide, il se leva et s'avança vers la fenêtre. Là, les mains fourrées dans les poches de sa veste, il contempla sans le voir le jardin baigné de soleil.

Il aimait Chloe !

Depuis combien de temps ? Il l'ignorait. Mais il était fou amoureux. Il aimait tout en elle, de son adorable visage à ses minuscules orteils. Il aimait même son mauvais caractère ! Et, surtout, il vénérait sa loyauté envers les siens. Pour eux, elle était capable de déplacer des montagnes ! Bien que son père ne daigne ni se justifier ni se défendre, elle proclamait son innocence haut et fort, envers et contre tous.

Fergus aurait donné n'importe quoi pour qu'elle l'aime d'un amour aussi inconditionnel.

La voix impatiente de son grand-père le ramena à la réalité :

— Alors, Fergus ?

— Alors quoi ? Nous ne sommes pas dans un conte de fées, grand-père. Dans la vraie vie, le prince n'épouse pas toujours la princesse.

— Surtout pas s'il se conduit comme un crétin décérébré ! Je constate qu'il ne sert à rien de discuter avec toi, mon garçon. Tu es plus buté qu'une mule. Aussi, je te prie de m'excuser, mais j'ai promis à Darcy et Logan de leur rendre visite cet après-midi.

Sur ces mots, Hugh se leva. Fergus ne chercha pas à le retenir. En réalité, il était plutôt heureux de rester seul avec ses pensées. Il lui fallait faire le deuil de ses sentiments et tirer un trait sur son amour pour Chloe, ce qui lui demanderait du temps, il en avait douloureusement conscience. Lui qui avait cru ne jamais tomber amoureux ! Il n'avait pas écarté délibérément cette éventualité à cause du divorce de ses parents, non. Simplement, n'ayant connu au fil des ans que des liaisons éphémères et superficielles, il avait fini par se convaincre qu'il ne vivrait pas de grande histoire d'amour.

Et voilà qu'il aimait à la folie Chloe Fox-Hamilton !

Entre toutes les femmes, il avait choisi celle qui avait toutes les raisons du monde de le haïr !

Oh, il ne se faisait pas d'illusions ! Même s'il ne représentait plus une menace pour son père, il restait le catalyseur des récents événements, et cela, Chloe ne le lui pardonnerait pas.

Peut-être dans cinq ou dix ans… ?

Mais non. La destruction de sa cellule familiale avait généré une souffrance que le temps n'effacerait pas et dont il était la cause directe.

Maintenant qu'il s'avouait son amour pour Chloe, un amour qu'il savait voué à l'échec… à quoi ressemblerait sa vie ?

A rien, et cette idée lui était insupportable.

Il prit brusquement sa décision et décrocha le téléphone.

Mme Hamilton répondit à son appel. Fergus reconnut immédiatement sa voix chaude et légèrement voilée de contralto.

Il demanda à parler à son époux.

— Je suis navrée, Fergus, Paul est en réunion d'affaires. C'est ainsi qu'il occupe presque tout son temps en ce moment ! déclara-t-elle d'un ton de regret, avant de reprendre : Si vous voulez, je vais noter votre message et… Ah ! une seconde, je crois que je l'entends. Ne quittez pas…

Le silence se fit à l'autre bout de la ligne et Fergus pianota nerveusement sur le poste. Déjà, le doute l'envahissait. Avait-il eu tort d'appeler ? Peut-être aurait-il dû se déplacer pour parler en personne à Paul Hamilton ? Ce dernier pouvait refuser de prendre la communication…

Mais aussi, il aurait pris le risque de tomber sur Chloe. Et, après ce qu'ils s'étaient dit dans le parc, ni lui ni elle ne géreraient facilement pareille situation…

Diana reprit le téléphone :

— Désolée pour cette attente, Fergus. Mon mari vous propose de dîner avec nous ce soir à la maison. Seriez-vous d'accord ?

Pris de court, il mit quelques secondes à réagir. L'autre jour, Paul Hamilton et lui ne s'étaient pas séparés en mauvais termes, mais de là à être de nouveau convié à sa table… Et puis, il y avait Chloe. Bien sûr, il mourait d'envie de la revoir, néanmoins…

Son silence incita Diana Hamilton à enchaîner :

— Vous savez, Paul et moi emménageons à Majorque le mois prochain. Aussi, nous organisons de petits dîners afin de recevoir nos parents et proches amis avant le départ.

Fergus était au courant, en effet. Mais, à en juger par le ton de Diana, celle-ci ignorait tout du rôle qu'il avait joué dans ces bouleversements.

Il ne tenait pas à dîner en compagnie des proches de Paul Hamilton, il voulait juste lui parler… Mais s'il acceptait, il aurait l'occasion inespérée de revoir Chloe. Elle constaterait que son père ne gardait aucun grief contre lui et peut-être cela arrangerait-il les choses.

— Je vous remercie et j'accepte volontiers, madame Hamilton.

— Parfait. A 20 heures, alors, précisa Diana avant de raccrocher.

Avec lenteur, Fergus reposa le combiné sur son socle, avant de soupirer bruyamment. Maintenant que le sort en était jeté, le doute l'assaillait. Comment réagirait Chloe en le voyant ce soir ? Dans la mesure où ils s'étaient déjà dit adieu dans le parc, n'aurait-elle pas l'impression qu'il violait leur intimité familiale ?

Mais peut-être se tracassait-il pour rien. Peut-être ne serait-elle même pas présente au dîner ?

Chloe n'avait pas du tout envie de participer à la soirée. Elle comprenait que ses parents aient le souhait de réunir leurs proches une dernière fois avant de s'installer définitivement aux Baléares, mais n'aurait-il pas mieux valu organiser une seule grande soirée et tout expédier du même coup, plutôt que de donner une succession de dîners en petit comité ?

Visiblement, ses parents n'étaient pas de cet avis et entendaient procéder par étapes. Et Chloe voulait les épauler, aussi serait-elle présente même si elle n'était pas d'humeur à s'amuser.

Elle avait revêtu une de ses créations, un sarouel d'inspiration marocaine, coupé dans un léger tissu ivoire brodé de petites perles ton sur ton sur la large ceinture, et porté avec le haut coordonné.

Penny et David se trouvaient déjà là lorsqu'elle fit son entrée dans le salon, peu avant 20 heures. Sa sœur était un peu pâle, nota-t-elle. Elle aussi était ébranlée par la décision subite de leurs parents mais, comme Chloe, elle souhaitait leur offrir une soirée aussi plaisante que possible.

Quand les premiers invités se présentèrent, Chloe eut la surprise de reconnaître Peter et Joan Ambrose. Elle savait qu'ils seraient huit à table, mais ne s'était pas doutée que l'ancien Premier ministre et son épouse seraient là ! La soirée serait donc encore pire que prévu, car son père profiterait sans doute de l'occasion pour avertir le chef de l'opposition de son départ imminent pour l'étranger.

Comme Paul et Diana Hamilton allaient accueillir leurs amis, Chloe sentit son cœur se gonfler d'orgueil et de tendresse. Son père avait tant de prestance dans son costume sombre ! Et sa mère rayonnait dans la toilette qu'elle-même avait créée pour elle. Ils formaient vraiment un très beau couple.

— M. McCloud ! annonça le majordome quelques minutes plus tard.

Chloe étouffa un cri. Ses doigts se crispèrent sur son verre d'eau minérale et elle vacilla. Elle serait tombée si sa main n'avait automatiquement trouvé appui sur le dossier du canapé.

Le temps de se reprendre, elle vit la haute silhouette de Fergus s'encadrer dans la porte, puis s'avancer à pas mesurés, d'une démarche nonchalante, pour ne pas dire arrogante.

Il était magnifique dans sa veste habillée qui flattait sa large carrure. Ses yeux brillaient dans son visage hâlé.

Le cœur battant la chamade, Chloe le fixait sans comprendre. Son apparition l'avait tellement surprise que, pour un peu, elle aurait cru à une hallucination ! Que venait-il faire ici ? Il n'avait absolument pas mentionné ce dîner lorsqu'ils s'étaient parlé un peu plus tôt. Alors ?

— M. McDonald ! poursuivit alors le majordome.

Le regard de Chloe passa de Fergus à son grand-père, qui venait d'entrer à son tour, bien droit dans son habit de soirée passé sur une chemise immaculée qui, nonobstant son âge, lui donnaient beaucoup d'allure.

Chloe saisissait de moins en moins. Etait-elle en train de rêver ? Ou plutôt de faire un cauchemar ?

Elle jeta un regard accusateur à Fergus… et se rendit compte qu'il était tout aussi stupéfait qu'elle, sinon plus, par l'apparition de Hugh McDonald !

Stupéfait et très contrarié.

S'arrachant enfin à son inertie, elle se dirigea vers les deux hommes qui, après avoir salué leurs hôtes, s'étaient retranchés un peu à l'écart pour avoir une explication.

— Je croyais que tu devais rendre visite à Darcy et Logan ! était en train de chuchoter Fergus. Je ne sais pas ce que tu mijotes, mais je te préviens, si cela a un quelconque rapport avec notre conversation de ce midi, je…

Il s'interrompit brutalement en voyant Chloe. Nullement perturbé par cette tirade, Hugh McDonald la salua d'un large sourire et la complimenta :

— Ma chère, vous êtes absolument ravissante ! Très heureux de vous revoir en cette occasion. Je vous avais dit, n'est-ce pas, que je connaissais votre père ?

— Oui. Moi aussi je suis contente de vous revoir, monsieur McDonald. Et vous êtes très élégant vous-même.

— Ma foi, je dois dire que les hommes du clan McDonald vieillissent plutôt bien !

Fanfaron, le vieil homme se tourna vers son petit-fils qui arborait une mine renfrognée. Chloe objecta :

— Mais Fergus appartient à la branche McCloud.

— De nom seulement, mon grand-père sera ravi de vous le confirmer ! répliqua Fergus avec une acidité qu'il tempéra d'un regard affectueux.

Chloe glissa un bras sous celui de Hugh McDonald.

— Venez, je vais vous présenter ma sœur et son mari, lui proposa-t-elle, avant de se tourner à demi pour demander, comme pour réparer un oubli : Voulez-vous nous accompagner, Fergus ?

— Merci, mais je vais d'abord me rappeler au bon souvenir de M. Ambrose et de sa femme.

Il s'éloigna sans attendre. Hugh McDonald laissa échapper un petit gloussement.

— Il faut lui pardonner, ma chère. Fergus n'a jamais été très doué pour partager ce à quoi il tient le plus.

Une remarque pour le moins sibylline. Chloe, en tout cas, sentait sa colère contre Fergus se raviver : il se comportait avec une morgue pire que d'ordinaire !

Elle procéda aux présentations, puis laissa David se lancer dans le panégyrique de l'Ecosse où, enfant, il avait passé la majeure partie de ses vacances. Chloe en profita pour épier Fergus qui s'entretenait le plus naturellement du monde avec Peter et Joan Ambrose, décontracté et souriant, alors que l'instant d'avant, il affichait un air sinistre. Décidément, elle n'arriverait jamais à cerner la personnalité de cet homme !

Mais quelle importance puisque, très bientôt, elle s'envolerait pour Paris et que Fergus se consolerait… dans les bras de Dieu sait qui !

Comme elle s'efforçait de reprendre le fil de la discussion, elle surprit le regard inquisiteur de Hugh McDonald posé sur elle. Prise en flagrant délit d'indiscrétion, elle baissa vivement la tête afin de masquer la rougeur qui lui envahissait les joues.

Sa déconvenue augmenta encore lorsqu'ils passèrent dans la salle à manger et qu'elle découvrit le plan de table prévu par sa mère : elle était placée entre Fergus et son grand-père.

Ce dernier se montra prévenant, s'arrangeant pour relancer la conversation quand celle-ci retombait. Fergus, lui, ne lui adressa pas la parole. Il semblait prodigieusement intéressé par ce que racontaient les autres convives.

— A votre avis, comment se déroulera la prochaine élection ? demanda Hugh McDonald, très à l'aise, à Peter Ambrose.

— Je…

Peter s'interrompit car Penny venait de laisser tomber son couteau. Confuse, elle le ramassa en chuchotant une excuse. Compatissante, Chloe lui sourit. Apparemment, sa sœur partageait sa nervosité ! Elle aussi devait redouter le moment où leur père en viendrait à parler de ses projets… ou plutôt de leur disparition.

— Oui, vous disiez ? reprit Hugh McDonald à l'intention de Peter Ambrose.

Mais l'intervention de Fergus empêcha le politicien de répondre.

— Depuis quand t'intéresses-tu à la politique, grand-père ?

— Depuis que nos élus comptent sur les citoyens pour faire tout le boulot ! plaisanta Hugh, ignorant le regard noir que lui lançait son petit-fils.

La pique dérida Peter Ambrose.

— Ecossais jusqu'au bout des ongles, hein ?

— L'Ecosse est le plus bel endroit que Dieu ait créé sur cette terre ! répliqua Hugh, très sérieux cette fois. Mais vous ne m'avez pas répondu : quels sont vos pronostics pour les prochaines élections ?

— Nous les remporterons, bien sûr !

— J'aime votre bel optimisme. Et quel poste réservez-vous à notre ami ici présent au sein de votre futur gouvernement ? A moins qu'il ne soit trop accaparé par un futur mandat ?

Il avait tourné les yeux vers le père de Chloe. Un peu décontenancé par cette question directe, Peter Ambrose hésita à répondre.

Furieuse de voir Hugh McDonald jouer les trouble-fête, Chloe se pencha vers Fergus pour lui siffler à l'oreille :

— Faites quelque chose !

— A part ligoter et bâillonner grand-père, je ne vois pas bien quoi.

— Fergus, je vous jure que si…

Hugh McDonald avait surpris leur aparté.

— Que roucoulez-vous, les tourtereaux ?

— Personne ne roucoule, grand-père. Nous disions juste que nous n'aimons pas parler de politique à table. En ce qui me concerne, je trouve le sujet assommant.

Chloe retint son souffle. Fergus tentait de dévier le cours de la conversation comme elle lui en avait donné l'ordre, mais en même temps, il venait tout simplement d'insulter la moitié des personnes assises à cette table !

— Toi peut-être, rétorqua Hugh McDonald, mais pour ce qui est de Chloe, j'ai du mal à le croire. Je suis certain que, comme nous tous, elle a hâte de voir son père reprendre ses activités publiques.

Rassuré de constater que toute la tablée était dans la confidence, Peter Ambrose enchaîna en souriant :

— Tu vois, Paul, je te répète que tu te tracasses pour rien. Personne n'accueillera mal ton retour sur la scène politique. Personne ne jasera. Les gens ont la mémoire très courte, tu sais !

— Courte, mais sélective, répliqua le père de Chloe. Et à ce propos, Peter, j'ai quelque chose…

— Papa, je ne peux pas te laisser faire ça !

Ce cri venait d'être lancé par Penny qui, à la stupeur générale, s'était dressée et dévisageait son père d'un air suppliant et désespéré. Chloe faillit se pincer pour s'assurer qu'elle ne rêvait pas. Sa sœur était restée silencieuse durant tout le repas. Elle ne paraissait d'ailleurs pas en très grande forme, son teint était brouillé et elle avait les traits tirés.

Elle affrontait tous les regards, l'air déterminé, sans souci des larmes qui brillaient dans ses yeux. Pourtant, c'est à son père qu'elle s'adressait avec conviction :

— Papa, je n'ai rien dit jusqu'à présent, par respect pour le choix que tu as fait il y a huit ans. Mais c'est fini… Je ne supporte plus que tu te sacrifies pour moi !

Diana Hamilton, main tendue vers sa fille aînée, voulut protester :

— Penny, chérie…

— Non, maman ! Je ne veux plus que tu souffres, ni Chloe, ajouta-t-elle, en considérant tour à tour les convives. Il est temps de lever le voile. N'est-ce pas, David ?

Chloe ne comprenait rien à ce qui se passait. Mais, en dévisageant ses parents, les Ambrose, Hugh McDonald et Fergus, elle se rendit compte qu'ils éprouvaient plus de sympathie que d'étonnement.

Et tous regardaient Penny.

En un éclair, Chloe comprit qu'elle était la seule à cette table à ignorer la vérité.

Au même moment, elle sentit la main de Fergus se refermer sur la sienne.

14

Fergus serra les doigts de Chloe entre les siens en sentant qu'elle était sur le point de se dégager.

Tout s'était passé si vite ! La situation avait dérapé sans qu'il puisse intervenir. Alors, même si Chloe le repoussait, il pouvait au moins la soutenir au pire moment.

— David ? fit Penny d'un ton insistant.

Elle enveloppait son mari d'un regard tendre et résigné en même temps.

Fergus, écœuré d'en arriver à ce point, décocha un regard meurtrier à son grand-père. Cette fois, c'est ce vieux renard qui avait tout déclenché ! Cet après-midi, il avait décidé de prendre les choses en mains parce qu'elles n'avançaient pas assez vite à son goût. Au lieu de rendre visite à Logan et Darcy comme il l'avait prétendu, il s'était arrangé pour se faire inviter chez Paul Hamilton. Comment ? Mystère ! Il avait toujours eu plus d'un tour dans son sac. Et le résultat était là !

Fergus avait toujours aimé et respecté son aïeul, mais en cet instant, il avait une furieuse envie de le secouer comme un prunier !

Paul Hamilton s'était levé.

— Penny, c'est inutile, protesta-t-il. Tu n'as pas à faire ça…

Il contourna la table pour prendre sa fille aînée dans ses bras. Penny l'embrassa, puis se recula pour soutenir son regard, presque au même niveau que le sien quand elle portait de hauts talons, comme ce soir.

— Papa, David et moi avons discuté avant de venir. Nous avons décidé que, dans l'intérêt général, il valait mieux éclaircir le passé et faire place nette pour l'avenir. Et comme toutes les personnes concernées sont présentes ici ce soir…

— Pardon ! Je ne pense pas que mon grand-père et moi-même entrions dans cette catégorie ! intervint Fergus.

Il jeta un coup d'œil à Chloe. De toute évidence, elle ne comprenait rien à ce qui se passait. D'ici à un instant, elle tomberait des nues, tout comme lui le jour où David était venu lui apprendre la vérité.

Penny eut un petit sourire mélancolique et argua :

— Si, je crois que vous êtes concerné, Fergus. Et pour ce qui est de M. McDonald… Il est passé me voir cet après-midi et c'est lui qui a réussi à me convaincre de mettre un terme à cette folie. Il est préférable d'affronter la réalité, aussi douloureuse soit-elle, plutôt que la refouler dans l'espoir vain d'oublier avec le temps…

Sa voix se brisa sous le coup de l'émotion. Aussitôt, David fut à son côté et lui pressa la main.

— Penny, je t'en prie ! Pourquoi t'infliges-tu cela ? C'est moi seul qui suis à blâmer.

— Pas du tout ! Si je ne t'avais pas trompé…

Contre toute attente, ce fut Hugh McDonald qui interrompit le couple.

— Votre mari a raison, Penny. Vous n'avez pas besoin de vous faire du mal. Hormis Chloe, tout le monde ici sait ce qui s'est passé il y a huit ans. Vous n'allez pas battre votre coulpe éternellement. Votre couple a traversé une crise sérieuse qui, malheureusement, a conduit votre père à démissionner de ses fonctions, en accord avec M. Ambrose. C'est cette conséquence qui importe à nos yeux aujourd'hui, rien d'autre.

Fergus percevait la tension qui gagnait Chloe dont la main s'était inconsciemment crispée sur la sienne. Le jour s'était fait dans son esprit. Elle venait de comprendre que l'homme qui avait été l'amant de Susan Stirling n'était autre que son beau-frère, David Latham.

*
* *

Après avoir fait ces aveux à Fergus dix jours plus tôt, David avait voulu aller jusqu'au bout des choses et organiser une conférence de presse, afin de blanchir une fois pour toutes le nom de Paul Hamilton et lui permettre de relancer sa carrière.

Paul avait toujours su la vérité. A l'époque où les mauvaises langues se déchaînaient contre lui, il avait ouvertement parlé à Peter Ambrose, avant de donner sa démission, pour préserver son gendre et sa fille aînée.

David et Penny traversaient en effet une grave crise conjugale et se trouvaient au bord de la rupture. Penny avait admis avoir eu une brève aventure et David, furieux, avait noué une liaison avec Susan Stirling par esprit de revanche.

Réaction puérile mais bien humaine, avait songé Fergus en entendant la confession de David.

Ce dernier avait cependant vite repris ses esprits et rompu avec Susan. Laquelle ne l'entendait pas de cette oreille. Avec un acharnement quasi pathologique, elle l'avait harcelé, s'était mise à le suivre, à lui téléphoner à son domicile, pour finalement le menacer de tout révéler à Penny.

David avait pris peur. Il venait de se réconcilier avec sa femme et leur deuxième enfant allait bientôt voir le jour. Plus que tout, il voulait préserver l'équilibre encore précaire que sa famille avait retrouvé. Aussi s'était-il montré très ferme et très clair avec Susan : leur histoire était terminée. Il aimait Penny et ne la quitterait jamais.

C'est alors que Susan lui avait annoncé qu'elle attendait un enfant…

Livide, Chloe pivota vers Fergus.

— Vous le saviez ! s'exclama-t-elle d'une voix sourde. Vous étiez au courant et vous ne m'avez rien dit !

Il ne répondit pas tout de suite. Evidemment, elle lui en voulait de s'être tu. Mais avait-il le choix ? Après les confidences de

David, il avait filé chez Paul Hamilton pour le mettre au courant des intentions de son gendre. A eux deux, ils avaient réussi à persuader David de ne pas aller trouver la presse. Ensuite, Paul Hamilton avait exigé une discrétion absolue sur cette histoire, et Fergus lui avait promis de n'en souffler mot à personne. Y compris Chloe.

A présent, elle le toisait avec un mélange de dégoût et de colère.

— Vous étiez au courant, depuis le début ! répéta-t-elle.

— Votre père a agi en son âme et conscience il y a huit ans. Il a préféré protéger votre sœur des malveillances dont son couple aurait fait l'objet si la vérité avait été rendue publique. Je n'avais tout simplement pas le droit d'aller contre sa volonté.

Chloe ôta vivement sa main de la sienne pour s'approcher de sa sœur.

— Tu aurais dû m'en parler, Pen ! Je ne suis plus une gamine, tu sais, lui reprocha-t-elle gentiment en la prenant par les épaules.

— Non, mais tu l'étais au moment des faits, objecta Penny avec douceur. Et puis, je n'ai fait que suivre les conseils de papa. Je me fiais entièrement à son jugement, après l'énorme sacrifice qu'il a fait pour nous…

Elle tourna un regard plein d'amour vers son père qui, souriant, lui répondit :

— Je recommencerais demain s'il le fallait, Penny.

La voix bourrue et impatiente de Hugh McDonald s'éleva alors au bout de la table :

— Vous ne voyez donc pas qu'il n'est plus question que qui que ce soit se sacrifie ? Ce qui s'est passé il y a huit ans était une affaire strictement familiale. Elle n'aura pas d'impact sur votre carrière, Paul, puisque Fergus a renoncé à écrire son livre ! Plus rien ne s'oppose à votre action politique. Vous œuvrez pour le bien de la communauté et vous avez le *devoir* de reprendre le combat que vous meniez auparavant. C'est cela qui importe, et non les éventuels ragots que quelques jaloux se plairont à réveiller, mais que personne n'écoutera !

En dépit de la gravité de l'instant, Fergus réprima un sourire. Sacré grand-père, toujours le même ! Même en de pareilles circonstances, il se débrouillait pour voler la vedette et jouer les chefs de clan. Tous les convives avaient les yeux rivés sur lui et l'écoutaient dans un silence déférent.

— Il ne reste plus que Chloe qui doive revoir sa façon de penser. N'est-ce pas, ma chère ? conclut le vieil Ecossais en reportant son attention sur la jeune femme.

Revoir sa façon de penser…

Pour le moment, Chloe en était bien incapable. Elle avait déjà du mal à réfléchir. En fait, elle avait l'impression d'avoir reçu un coup de massue sur la tête !

Oh, elle avait toujours su que son père était innocent de ce dont on l'accusait ! Mais il ne lui avait pas effleuré l'esprit qu'un autre de ses proches puisse avoir été l'amant de Susan Stirling. Et surtout pas David !

Elle n'était pas naïve. Le mariage n'était pas un long fleuve tranquille, un couple pouvait rencontrer des difficultés. Aujourd'hui, Dieu merci, David et Penny étaient très heureux ensemble, ils s'aimaient profondément et adoraient leurs enfants.

Au milieu de ce chaos, une seule chose devenait claire dans son esprit. Elle déclara enfin :

— M. McDonald a raison…

— Appelez-moi Hugh, s'il vous plaît.

— Hum… Hugh a raison, papa. Rien ne t'oblige à t'exiler à Majorque et à renoncer à la politique.

— Absolument ! renchérit Peter Ambrose dans un sursaut. D'ailleurs, je n'accepterai pas un désistement. J'ai besoin de toi, Paul. Tu ne vas pas me laisser tomber !

Ces paroles péremptoires firent plaisir au père de Chloe qui esquissa un léger sourire, avant d'objecter néanmoins :

— Je ne veux pas constituer un frein à l'avancée du parti.

— Tu n'es rien de tel ! Hugh a vu juste, je t'ai réservé une place au sein de mon gouvernement… si la victoire nous est accordée, bien entendu ! ajouta Peter avec un sourire qui s'élargit.

Hugh McDonald approuva d'un hochement de tête.

— Voilà l'affaire réglée ! décréta-t-il. Et maintenant, je crois qu'il est temps pour Fergus et Chloe de…

— Grand-père ! coupa Fergus d'une voix grondante. Tu ne penses pas que tu t'es suffisamment mêlé des affaires des autres pour aujourd'hui ?

— Non, justement, répliqua le vieil homme, imperturbable. Car je n'interviens que dans ton intérêt, mon garçon.

— Si tu m'avais demandé mon avis, avant de te lancer dans…

— Tout cela, c'est bien joli ! tonna soudain l'Ecossais, mais moi, je veux voir mes arrière-petits-enfants avant de manger les pissenlits par la racine !

Chloe nageait en pleine confusion. Elle n'était pas encore remise des révélations qui venaient d'être faites et son esprit fonctionnait au ralenti. Pour elle, l'échange verbal entre Fergus et son grand-père n'avait ni queue ni tête.

— Grand-père, je te préviens…

— Trêve de balivernes ! Si tu ne lui parles pas, c'est moi qui le ferai ! affirma Hugh, avant de se tourner vers le père de Chloe : Paul, vous avez un jardin, n'est-ce pas ? Bon, alors Fergus va emmener Chloe faire quelques pas dehors.

Chloe et son père échangèrent un regard effaré. Le vieux McDonald perdait-il la tête ? Elle n'avait nulle envie d'aller dans le jardin, encore moins en compagnie de Fergus !

Ce fut Diana qui répondit avec sérénité :

— Bien sûr que nous avons un jardin. Penny chérie, montre le chemin à Fergus. Et toi, Chloe, accompagne-le, enjoignit-elle à sa cadette avec une fermeté inhabituelle.

Ce détail fit taire Chloe qui s'apprêtait à protester avec vigueur qu'elle n'était pas une enfant à qui l'on donnait des ordres. Le regard bleu de sa mère se faisait insistant. Réprimant un haussement d'épaules, elle posa sa serviette sur la table et suivit Penny et Fergus hors de la salle à manger.

Une fois dans le couloir, Penny se tourna vers elle et l'étreignit avec émotion.

— Je suis vraiment désolée que cette histoire vous ait rendu les choses si difficiles, à Fergus et à toi, murmura-t-elle.

J'ignorais que votre relation était sérieuse jusqu'à ce que Hugh vienne m'éclairer sur ce point. Papa et maman ne s'en étaient pas aperçus, eux non plus. Heureusement, Hugh les a contactés cet après-midi. Papa t'aime autant qu'il m'aime, tu sais.

Sur ces mots, Penny pressa affectueusement le bras de sa sœur, avant de repartir en direction de la salle à manger. Chloe demeura plantée au milieu du couloir, sans savoir que faire. Elle était horriblement gênée par ce que Hugh McDonald, puis sa sœur, avaient sous-entendu, et elle n'osait même pas se tourner pour affronter Fergus.

Finalement, elle entendit sa voix grave s'élever derrière elle :

— Mon grand-père est un vieux fouineur, mais il faut dire à sa décharge qu'il a très bon cœur. Quant au mien… il repose entièrement entre vos tendres mains, Chloe Fox-Hamilton !

Lentement, elle pivota. Un frisson glacé la secoua, puis tout son corps se réchauffa. Fergus la considérait avec tant de tendresse qu'elle sentit le souffle lui manquer !

Doucement, il la prit par les épaules.

— Et si nous allions faire un tour dans ce fameux jardin ? suggéra-t-il.

Tel un automate, Chloe le précéda. Avait-elle bien entendu ? Avait-il vraiment dit que son cœur lui appartenait ?

Une allégresse d'abord timide, puis triomphante, lui gonfla la poitrine. Au-dehors, le parfum capiteux des fleurs acheva de la griser. Fergus l'aimait ! C'était incroyable, mais il l'aimait !

— Chloe ? l'appela-t-il d'un ton incertain.

L'air inquiet, il scrutait son visage à la lueur des rayons de lune. Elle humecta ses lèvres sèches, bredouilla :

— Je… je n'ai pas été… très gentille avec vous… ces derniers jours.

— Ni ceux d'avant, j'en ai bien peur ! rétorqua-t-il en riant. En fait, ma chérie, je crois que vous m'avez toujours malmené. Mais je n'ai pas perdu espoir.

— Est-ce que… c'est vrai ? *Vraiment* vrai ?

— A propos de David, voulez-vous dire ? Oui, hélas. Mais il ne faut pas le tenir pour responsable de la confusion qui a régné concernant l'identité de l'amant de Susan Stirling. David avait vraiment l'intention de se dénoncer, et c'est votre père qui n'a rien voulu entendre. Pour protéger Penny et les enfants. C'est un homme particulièrement têtu, vous devez le savoir…

— Je ne parlais pas de David. J'ai compris ce qui s'était passé avec ma sœur, et je sais que leur couple est sorti vainqueur de cette épreuve. Le lien qui les unit aujourd'hui est aussi fort que celui qui soude mes parents. Non, je voulais savoir… je me demandais… si vous…

— Si je vous aimais vraiment ? Oh, Chloe ! Rien n'est plus vrai !

Et il la regardait avec tant d'amour, en effet, qu'il lui était impossible de douter de ses sentiments. Pourtant, un reste d'angoisse persistait en elle. Etait-il possible, après ces horribles semaines ponctuées de quiproquos, de souffrances et d'incompréhensions, que tout se finisse bien ?

— Je me suis donné tant de mal pour essayer d'arranger les choses ! avoua Fergus. Mais j'avais beau me démener, la situation ne faisait qu'empirer. Je n'ai jamais voulu vous faire de mal, Chloe. Au contraire…

Ces paroles doucement chuchotées dissipèrent ses dernières craintes. Tout à coup, le passé était aboli. Seul l'avenir existait.

— Je vous aime, murmura-t-elle.

— C'est vrai, Chloe ? Oh, je vous en prie, ne me faites pas marcher !

Elle rit doucement.

— C'est la vérité, Fergus.

— Vous m'aimez… suffisamment pour m'épouser ?

— Seulement si vous êtes certain d'en avoir envie…

Avant même qu'elle ait achevé sa phrase, il l'avait enlacée et attirée contre lui.

— Si tu m'aimes autant que tu le dis, je n'accepterai aucune autre solution que le mariage, dit-il dans un élan.

Lentement, elle fit glisser ses bras autour de lui et posa la joue contre son épaule robuste. Là, elle perçut les battements précipités de son cœur.

— Je serais la femme la plus heureuse du monde si tu m'épousais !

Elle ne put en dire plus, car Fergus lui avait relevé la tête et, déjà, sa bouche réclamait la sienne. Il l'embrassa alors avec fougue et elle eut l'impression que son cœur allait éclater de bonheur.

Leur baiser devint tout à coup plus passionné et fiévreux, comme s'ils ne pouvaient se repaître l'un de l'autre. Chloe avait noué les doigts sur la nuque de Fergus et l'embrassait éperdument, avec toute l'ardeur qui la consumait.

Enfin, ils s'écartèrent avec peine l'un de l'autre et, haletants, les pommettes en feu, se dévisagèrent, le regard brillant de désir.

— J'ai du mal à croire que tu vas être ma femme ! dit-il en lui prenant la joue au creux de sa paume.

Le cœur noyé d'amour, elle lui sourit à travers les larmes qui lui embuaient ses yeux. Elle non plus n'en revenait pas. Tout était arrivé si vite ! L'amour avait jailli entre eux en dépit des obstacles dressés sur leur route, il les avait pris par surprise. Et désormais, elle ne pouvait envisager la vie sans Fergus à ses côtés.

Elle espérait seulement qu'il éprouvait exactement la même chose.

— Je croyais… que tu voulais rester célibataire, objecta-t-elle d'une petite voix.

— En toute franchise, ma chérie, je crois que je songe à me marier depuis que je me suis réveillé un certain dimanche en découvrant ta présence ! D'ailleurs, je n'ai jamais rien eu contre cette vénérable institution. Je n'avais tout simplement pas rencontré la bonne personne.

— Oh, Fergus ! soupira-t-elle, le cœur empli d'allégresse, en nichant son visage contre lui. C'est exactement ce que je rêvais de t'entendre dire !

Il resserra son étreinte autour d'elle.

— Je t'aime à la folie, Chloe. Et je te promets de te le répéter tous les jours de notre vie.

A présent, Chloe mesurait la puissance du lien qui unissait certains couples, tels Penny et David, ou encore ses parents. Car, quand on possède un tel amour, on le chérit comme un trésor et on se bat pour lui jusqu'à son dernier souffle, en dépit des contraintes extérieures.

La voix Fergus l'arracha à son extase :

— Quand partons-nous pour Paris, mon ange ?

— Paris ? Mais…

— Tu ne penses tout de même pas t'envoler sans moi ? Avec tous ces Parisiens qui ne songeraient qu'à te faire la cour ! Non, pas question, ma chérie ! Je t'accompagne. Après tout, je suis écrivain et capable d'exercer mon métier n'importe où. L'inspiration me viendra du moment que tu es à mes côtés.

Chloe n'en croyait pas ses oreilles. Fergus était donc capable de renoncer à sa vie londonienne par amour pour elle !

— Ce ne sera que pour quelques mois, assura-t-elle.

— Oui, une longue lune de miel. J'ai hâte d'y être ! Au fait, que penses-tu du prénom « Hugh » pour notre premier enfant ? Grand-père a tellement comploté pour nous réunir que ce serait la moindre des choses !

— Espérons que ce sera une fille !

Fergus redevint sérieux et plongea son regard dans le sien.

— Marions-nous vite, très vite, murmura-t-il. Je t'en prie, ne me fais pas languir !

— Dès que tu voudras, mon amour.

— Tu ne crois pas… que nous devrions rentrer, maintenant, et annoncer la nouvelle aux autres ?

Chloe lui sourit.

— Oui, il est temps enfin de se réjouir ! dit-elle en glissant son bras sous celui de Fergus. Il y a eu assez de malheurs comme ça. Allons sabler le champagne et inviter tout le monde à notre mariage !

Épilogue

— Fergus, n'est-ce pas merveilleux ? s'écria Chloe, radieuse. Mon Dieu, je suis tellement heureuse que j'ai envie de pleurer !

— Ce sont les hormones, ma chérie.

Il la taquinait. Chloe n'était enceinte que de deux mois, ce n'était donc sûrement pas la raison de son hyperémotivité. Mais aujourd'hui, tout le monde était heureux. Hier, le parti de l'opposition avait remporté les élections haut la main et, le matin même, Peter Ambrose avait nommé Paul Hamilton Chancelier de l'Echiquier.

La fête avait débuté deux heures plus tôt chez les parents de Chloe et semblait partie pour durer toute la nuit. La famille était réunie au grand complet. Etaient également conviés les proches de Fergus, ainsi que plusieurs personnalités du monde de la politique et des affaires.

Chloe et lui étaient mariés depuis six mois, mais venaient tout juste de rentrer de Paris où la jeune femme avait organisé son premier défilé de mode. Fergus n'avait jamais été plus heureux et la grossesse de Chloe, confirmée tout récemment, avait amplifié le bonheur qu'il éprouvait en se levant chaque jour.

— Je t'aime, Chloe, lui chuchota-t-il à l'oreille.

— Je t'aime aussi ! murmura-t-elle sur le même ton. Quand annoncerons-nous la bonne nouvelle aux autres ?

— Quand tu voudras, mon cœur. En ce qui me concerne, j'ai envie de crier à tue-tête que je vais être papa !

Chloe ressentait exactement la même exaltation à la perspective d'être mère. L'idée qu'un petit être grandissait en son sein la bouleversait.

Elle désigna Darcy et Logan qui pouponnaient leur premier-né, un bel enfant baptisé Daniel Hugh.

— Heureusement, ils nous ont devancés. Nous ne serons pas obligés d'appeler notre enfant comme ton grand-père !

— Et que penses-tu de Huguette si c'est une fille ?

Ils éclatèrent de rire.

— Un peu démodé, reconnut Fergus.

L'attention de Chloe se fixa sur le deuxième cousin de son mari, qui se tenait à l'écart de la cohue joyeuse et, debout devant la baie vitrée, feignait de s'absorber dans la contemplation du jardin.

— Pauvre Brice ! dit-elle. Lui aussi, il aurait besoin d'une femme dans sa vie.

— Il est assez grand pour la trouver tout seul !

— Il ignore peut-être qu'il en a envie ?

Fergus rit derechef en la prenant dans ses bras. Elle poussa un soupir de bien-être.

— Ne t'occupe pas des désirs de Brice, fit-il. Dis-moi plutôt vers quelle heure nous pourrons partir sans vexer personne. J'ai l'envie irrépressible de faire l'amour à ma femme !

Chloe lui répondit d'un baiser torride. Elle aussi brûlait de désir pour lui. Et, après six mois de mariage, elle avait la certitude qu'il en serait toujours ainsi.

Car leur amour était de ceux qui durent toute la vie…

CAROLE MORTIMER

Tentation pour Brice McAllister

SAGA

PASSION DANS LES HIGHLANDS

Traduction française de
FLORENCE MOREAU

SAGAS

HARLEQUIN

Titre original :
TO MARRY McALLISTER

Ce roman a déjà été publié en 2004 et 2011.

1

— Vous êtes bien McAllister, n'est-ce pas ?

A ces mots, Brice se crispa.

Qui osait faire intrusion dans ses rêveries solitaires ? se demanda-t-il sans se retourner immédiatement. Encore que l'on puisse difficilement vouloir être seul au milieu de convives fêtant une victoire politique !

D'ordinaire, il se gardait bien d'assister à ce genre d'événement, mais en l'occurrence, la benjamine du député récemment élu n'était autre que la femme de son cousin Fergus. Aussi était-ce tout naturellement qu'il avait été convié à la sauterie mondaine que donnait pour l'occasion Paul Hamilton. Comme il eût été fort impoli de sa part de refuser l'invitation, il s'était armé de tout son courage pour s'y rendre.

Etre apostrophé par son nom de famille lui déplaisait fortement, se dit-il encore, car cela lui rappelait de douloureux souvenirs scolaires. D'autant que la voix de l'homme qui venait de l'interpeller lui était foncièrement antipathique : elle était empreinte d'une arrogance qui frisait la condescendance.

Lentement, il finit par pivoter sur ses talons et se retrouva nez à nez avec… un total inconnu ! D'une taille imposante, les tempes grisonnantes, le blond qui se tenait devant lui avait dépassé la cinquantaine. Encore fort bel homme, il arborait cependant un air méprisant des plus détestables — en conformité avec sa voix.

— Effectivement, je suis bien *Brice* McAllister, répondit Brice en martelant son prénom.

— Richard Latham, enchaîna son interlocuteur en lui tendant la main.

Richard Latham… Le nom lui évoquait vaguement quelque chose, mais ce visage ne lui était absolument pas familier. Il serra rapidement la main de l'inconnu, sans faire mine de vouloir poursuivre la conversation.

Brice n'était pas un homme particulièrement sociable et il estimait qu'aujourd'hui il avait largement participé aux relations publiques et familiales. Il ne souhaitait qu'une chose : avoir la paix !

— Vous ne savez pas qui je suis, n'est-ce pas ? insista l'homme avec une pointe d'amusement dans la voix.

Certes, Brice ignorait son nom. En revanche, il avait d'emblée reconnu la catégorie à laquelle appartenait cet individu : celle des importuns !

Bon, il affirmait s'appeler Latham, pensa Brice dans un ultime effort pour faire bonne figure. Nom inconnu du côté de sa famille… Par conséquent, il devait s'agir d'un parent de Paul Hamilton. Curieux ! On aurait dit que finalement, c'était moins son identité que sa fonction que l'homme voulait mettre en valeur.

La barbe ! Que son interlocuteur cesse de tergiverser, à la fin ! Et pourquoi ne lui disait-il pas ce qu'il attendait de lui ? Il était près de 19 heures et Brice avait hâte de rentrer à la maison. Il avait l'intention de prendre congé en prétextant un rendez-vous professionnel important, seule solution pour que Fergus ne le supplie pas de rester.

— Non, désolé, répondit enfin Brice… sans paraître le moins du monde navré, mais passablement agacé !

En tant qu'artiste reconnu et apprécié, il ne pouvait se soustraire totalement aux conventions sociales, et visiblement, Richard Latham jouait sur cette corde-là. Levant les sourcils, ce dernier annonça alors :

— Ma secrétaire vous a contacté à deux reprises la semaine dernière. J'aimerais vous commander un portrait de ma fiancée.

Bingo ! Voilà, il s'en souvenait à présent : c'était Richard Latham, le multimillionnaire. Son nom était bien évidemment connu de Brice : sa réussite économique était internationalement reconnue — tout comme sa réputation de play-boy ! Latham faisait souvent la une des journaux à scandale en compagnie des plus belles femmes de la terre. Brice ignorait cependant quelle créature avait en ce moment l'heur d'être sa « fiancée ».

— Comme je vous l'ai indiqué dans mon courrier, répondit sèchement Brice, je ne peins pas de portrait.

— Faux ! rétorqua Latham en plissant les yeux. J'ai eu récemment l'occasion d'admirer le magnifique portrait de Darcy McKenzie réalisé par vos soins.

— Darcy est ma cousine par alliance, c'était un cadeau de mariage destiné à son mari, Logan, se justifia Brice.

— Dans mon cas aussi, il s'agit d'un cadeau de mariage ! argua l'homme d'affaires d'un air entêté.

Manifestement, Latham n'avait guère l'habitude qu'on lui résiste… Eh bien, tant pis pour lui ! se dit Brice. Il était hors de question qu'il cède au caprice du milliardaire. Il n'exécutait pas de portrait et ne ferait certainement pas d'exception pour les nantis de ce monde. Pas question qu'ils les accrochent ensuite dans leur salon et affirment avec fierté : « C'est un McAllister » !

— Ecoutez, commença Brice, je suis réellement désolé, mais…

Il s'interrompit brutalement — à l'instar de la salle entière. Tous les regards convergèrent alors vers la jeune femme qui était apparue sur le seuil : Sabina !

Comme tout le monde, Brice avait déjà admiré des photos du célèbre mannequin. Il ne se passait pas une journée sans que Sabina ne pose pour un magazine ou un journal quelconque. Pourtant, aucun des clichés n'avait préparé Brice à la perfection absolue de sa beauté, au merveilleux velouté de sa peau que soulignait sa robe de lamé, à la longueur infinie de ses jambes, à ses grands yeux d'un bleu lumineux et à la cascade de ses cheveux aussi blonds que les blés, dont les pointes frôlaient ses hanches sveltes.

Elle ne portait pas le moindre bijou, observa-t-il. Pourquoi renchérir sur la perfection ?

Le regard de Brice se concentra de nouveau sur les yeux de la jeune femme… Certes, ils étaient lumineux, le bleu azur de l'iris étant serti dans un cercle plus sombre qui le mettait en valeur. Pourtant, lorsqu'ils balayèrent la salle, il aperçut dans leur profondeur une sorte d'appréhension. Etait-ce de la peur ?

Il n'eut pas le temps de méditer davantage sur cette curieuse lueur, car à peine eut-il reconnu l'éclair qui trahissait les émotions de Sabina que celle-ci avait déjà recouvré un regard socialement correct et affichait un sourire confiant… tout en se dirigeant vers lui !

— Veuillez m'excuser, annonça Richard Latham, un sourire de supériorité aux lèvres. Je vais saluer ma fiancée.

Et, sous l'œil médusé de Brice, il se dirigea *effectivement* vers Sabina, passa un bras familier autour de sa taille et l'embrassa sur la joue.

Tiens, constata alors Brice, il s'était trompé en ce qui concernait les bijoux. Sabina n'en était pas totalement dépourvue — à son annulaire gauche brillait un gros diamant en forme de cœur.

Sabina était-elle la fiancée à qui Richard Latham avait fait référence ? La fiancée dont il souhaitait un portrait ?

En tout cas, c'était bien la seule femme au monde que lui-même ait jamais eu envie de peindre dès l'instant où il l'avait vue en chair et en os !

Oh, pas à cause de sa beauté, aussi spectaculaire fût-elle ! Non : en raison de cette lueur d'angoisse entraperçue dans ses prunelles et si rapidement masquée — un aveu de faiblesse fort intriguant de la part d'une aussi belle femme, et qui l'élevait à un rang bien supérieur à celui d'une icône de la mode.

Cette émotion, il avait une terrible envie de l'explorer — en tant qu'artiste, du moins…

*
* *

— Désolée pour le petit retard, déclara Sabina en souriant chaleureusement à Richard. Andrew était très exigeant aujourd'hui, les essayages n'en finissaient pas !

— Tu es ici, à présent, et c'est le principal, lui assura son compagnon.

A ces mots, Sabina éprouva un vif soulagement. Comme il était appréciable de vivre avec un homme qui ne se plaignait jamais des contraintes et exigences liées à sa carrière ! Richard était si accommodant : tout ce qu'il voulait, c'était qu'elle parade à son bras. Le reste…

Ouf, constata Sabina, les gens avaient repris leur conversation ! Bien qu'elle fût top model depuis sept ans, elle ne parvenait pas à s'habituer aux réactions que déclenchait immanquablement son arrivée dans un lieu quelconque. Elle avait dû se forger une véritable carapace pour masquer la gêne que les regards inconnus continuaient d'exercer sur elle.

Le seul endroit public où elle se sentait bien… c'était le fast-food à l'angle de sa rue ! Elle s'y rendait en jean délavé et pull informe, une casquette de base-ball vissée sur la tête. Bien malin qui aurait pu reconnaître le top model Sabina, en train d'engloutir un hamburger hautement calorique, accompagné d'une large portion de frites qui ne l'étaient pas moins !

Certains journalistes mal intentionnés avaient beau affirmer que, pour garder la ligne, le mannequin ne se nourrissait que de fruits et d'eau minérale, Sabina faisait partie de ces rares et heureuses femmes qui pouvaient avaler tout ce qu'elles voulaient sans prendre le moindre gramme.

Néanmoins, cela faisait longtemps qu'elle ne s'était pas aventurée dans le fast-food pour l'une de ces visites impromptues et anonymes.

Six mois exactement…

— Viens, je veux te présenter à quelqu'un, déclara Richard d'un air mystérieux.

Sabina lui lança un regard intrigué. Sans lui révéler ses

intentions, son compagnon l'entraîna vers le fond de la salle… pour lui présenter l'homme avec qui il s'entretenait au moment de son arrivée.

Bien que Richard fût d'une taille impressionnante, son interlocuteur avait quelques centimètres de plus que lui. Il avait environ trente-cinq ans et était vêtu de façon décontractée — jean, T-shirt et veste noire — en accord avec ses cheveux, plutôt longs pour un homme.

Son expression contrastait avec cette décontraction apparente et lui conférait une beauté ténébreuse. Ses yeux verts retinrent particulièrement l'attention de Sabina ; son regard était si intense qu'il semblait plonger directement dans votre âme.

A cette pensée, Sabina sentit de nouveau l'angoisse l'étreindre. Elle défendait à quiconque — et particulièrement à cet inconnu aux yeux troublants — de lire dans son âme.

— Brice, je voudrais vous présenter ma fiancée, Sabina, décréta Richard. Sabina, voici Brice McAllister.

Comme à chaque fois qu'il la présentait à un tiers, Sabina reconnut dans la voix de Richard des inflexions de fierté. Sans compter qu'en l'occurrence, il semblait forcer le trait !

Sabina scruta McAllister d'un air confus. Etait-elle censée le connaître ?

Mais oui, elle y était ! Il s'agissait du peintre Brice McAllister, celui dont on s'arrachait les œuvres à prix d'or !

— Bonjour, monsieur McAllister, dit-elle enfin sur un ton réservé.

— Enchanté, Sabina, déclara Brice. A propos, avez-vous un nom de famille ?

Sa question avait été posée sur le mode ironique, aussi répondit-elle froidement :

— Smith. D'une banalité affligeante, n'est-ce pas ? Ma mère m'a choisi un prénom original pour compenser… Presque personne ne connaît mon vrai nom.

Brusquement, elle se tut. Pourquoi confier cela à cet inconnu ? Un inconnu qui, de surcroît, la mettait fort mal à l'aise avec son regard perçant…

— Tu es Sabina, et c'est suffisant, trancha Richard non sans arrogance.

Sentait-il, lui aussi, l'intensité anormale du regard de Brice ? se demanda Sabina qu'un frisson d'angoisse venait de parcourir. Instinctivement, elle se rapprocha de Richard.

— Je vous promets de ne le répéter à âme qui vive, affirma alors Brice.

Ces propos, qui se voulaient rassurants, provoquèrent en elle l'effet opposé. Au mot « âme », elle sursauta. Car elle était persuadée qu'il lisait dans la sienne comme dans un livre ouvert !

Allons ! Que redoutait-elle tellement qu'il y décelât ? Dans son âme, il devait voir de la chaleur et de la gentillesse. De l'humour aussi, du moins l'espérait-elle. Sans compter le sens de la loyauté et de l'honneur.

Et immanquablement, de l'appréhension, de la peur…

Non ! Ces émotions-là, elle les avait enfouies au plus profond d'elle-même. *Personne ne pouvait les deviner.* Elles affleuraient uniquement lorsqu'elle était seule, et comme elle évitait le plus possible de se trouver seule avec ses propres pensées…

— Votre fiancé et moi discutions d'un éventuel portrait que je peindrais de vous, déclara Brice sans ambages.

A ces mots, Sabina adressa un regard surpris à Richard… Jamais il ne lui avait fait part de son intention de commander un portrait d'elle à un artiste. Pour sa part, elle refusait de poser pour Brice McAllister. Pas question de passer du temps en sa compagnie ! Cet homme la mettait définitivement trop mal à l'aise.

— Je voulais te faire une surprise, intervint alors Richard en la couvant d'un regard protecteur avant de se tourner vers Brice et d'ajouter, non sans une inflexion d'ironie : finalement, vous voulez bien exécuter ce portrait ?

Sabina jeta un bref coup d'œil à Brice McAllister. Ainsi, il n'avait pas accepté d'emblée la commande de Richard ; il le laissait pourtant entendre… pourquoi avait-il changé d'avis ? Au même instant, Brice répondait à Richard en haussant les épaules :

— Pourquoi pas ? Je devrai réaliser quelques esquisses avant de prendre une décision définitive. Mais je vous préviens, je ne pratique pas l'enjolivement, si vous voyez ce que je veux dire.

Charmant personnage ! se récria intérieurement Sabina. Même si sa franchise était tout à son honneur… Soudain, elle ressentit un pincement au cœur. Elle venait de comprendre le véritable sens de ses propos !

Nul doute qu'il envisageait de la peindre en fonction de ce qu'il lisait dans son âme !

— Je doute qu'il soit nécessaire d'enjoliver les traits de ma fiancée, répliqua sèchement Richard. Ainsi que vous pouvez le constater, elle est d'une beauté irréprochable.

Face à l'éloge appuyé de Richard, Brice se contenta d'un petit sourire.

— Je crains que tu ne sois guère objectif, intervint alors Sabina, avant d'ajouter, désireuse de mettre un terme à cette impossible conversation : je crois que nous avons assez abusé de la gentillesse de M. McAllister…

Brice McAllister lui était décidément fort peu sympathique ! conclut-elle. Quelque chose dans son regard l'avait immédiatement mise mal à l'aise. Et le plus tôt elle s'éloignerait de lui, le mieux ce serait.

— Donnez-moi votre numéro de téléphone, demanda alors Brice. Si vous le permettez, je vous appellerai et nous conviendrons d'un rendez-vous pour les esquisses.

Par pitié ! Elle n'avait nulle envie que Brice McAllister en connaisse plus à son sujet que ce qu'il avait déjà deviné.

— Tenez ! décréta Richard en sortant une carte de visite de sa poche qu'il brandit avec fierté sous le nez de Brice. Nous habitons ensemble.

A cette annonce, Sabina sentit le regard de l'artiste s'appesantir sur elle. Visiblement, il ne prenait pas bien cette information ainsi que l'indiquait le pli désapprobateur de sa bouche.

Déterminée à lui tenir tête, elle plongea à son tour un regard défiant dans le sien — tout en se sentant rougir, mais peu importe !

Seigneur ! Pour qui se prenait-il pour se permettre de la

juger ? Elle avait vingt-cinq ans, tout de même, et était tout à fait libre de ses choix ! Et ceux-ci lui convenaient parfaitement !

Vraiment ? interrogea alors une petite voix intérieure.

Dans ces conditions, pourquoi était-elle sur la défensive ? Aspirant une large bouffée d'air, elle s'efforça de rationaliser la situation. Il était impossible que Brice McAllister ait deviné sur quelle base reposait son *arrangement* avec Richard.

Sept mois plus tôt, lorsque ce dernier et elle-même avaient opté pour une vie commune, il était clair pour chacun que l'amour n'était pas à l'origine de cette décision. A dire vrai, elle leur convenait à tous deux : Richard lui offrait une protection contre la peur perpétuelle dans laquelle elle vivait avant son installation chez lui, et lui en retour pouvait s'afficher en public avec une très belle femme — ce qui semblait être l'ultime but de sa vie !

Oui, curieusement, c'était tout ce que Richard attendait d'elle, ainsi qu'elle avait pu le constater durant ces sept mois de cohabitation.

Nul doute que leur arrangement aurait paru des plus étranges à une tierce personne, mais pour eux, il était parfait. D'ailleurs, leur intimité — ou plus exactement leur absence d'intimité — ne regardait qu'eux. Et sûrement pas cet inquisiteur aux yeux trop verts !

— Je vous appellerai, affirma Brice en plaçant la carte dans la poche de sa veste noire.

Là-dessus, il prit congé d'eux pour aller rejoindre un couple avec un tout jeune enfant.

— C'est Logan McKenzie, indiqua alors Richard à Sabina, et sa charmante femme Darcy.

Sabina se moquait de savoir qui étaient ces gens ou quelle relation Brice entretenait avec eux. En revanche, elle était extrêmement soulagée d'être débarrassée de lui ! Elle pouvait de nouveau respirer tranquillement.

De fait, elle venait juste de s'apercevoir que, durant toute cette conversation, sa respiration avait été saccadée. En tout cas, elle était certaine d'une chose : si Brice lui téléphonait, elle ferait dire qu'elle était absente !

Entre-temps, elle comptait mettre en œuvre toute son habileté et sa force de persuasion pour que Richard change d'avis et renonce au portrait !

2

— Je regrette, Mlle Sabina est sortie, répondit la domestique de Richard Latham à Brice.

C'était la cinquième fois en cinq jours qu'on lui faisait la même réponse, et il sentait qu'il allait finir par perdre son sang-froid. Car il était persuadé que la belle Sabina voulait se débarrasser de lui et avait donné des indications très strictes à la domestique.

Lors de la réception chez Paul Hamilton, il avait rapidement compris que Sabina, contrairement à son compagnon, ne souhaitait absolument pas qu'il réalisât un portrait d'elle.

Et, naturellement, cette nette réticence qu'il avait perçue chez elle avait contribué à renforcer son propre désir de la peindre !

— Bien, merci, répondit Brice en rongeant son frein.

Bon… Il allait devoir adopter une autre stratégie — puisque, manifestement, ses tentatives pour prendre rendez-vous par téléphone n'aboutiraient à rien.

— Je lui ferai part de votre appel, précisa la domestique avant qu'il ne raccroche.

Oh, nul doute qu'elle lui transmettrait le message ! Mais cela ne l'avancerait guère, étant donné que Sabina avait certainement été informée de ses quatre précédents coups de téléphone… et qu'elle s'était bien abstenue de le rappeler.

— Si j'étais toi, je garderais mes distances avec mon oncle Richard, lui avait gentiment conseillé David Latham à la fête de

Paul Hamilton, en l'entraînant à part. C'est un collectionneur qui accumule les objets de valeur. Et il considère que Sabina est sa dernière acquisition. En outre, il illustre parfaitement le concept de mouton noir de la famille, si tu vois ce que je veux dire.

Certes… Mais en l'occurrence, ce n'était pas Richard Latham qui intéressait Brice. Hélas ! Comme il l'avait appris à ses dépens, ce premier était l'élément incontournable qui menait à la belle Sabina…

Pour une femme jouissant d'une notoriété internationale, elle menait une vie de recluse, se dit-il encore. En outre, elle ne sortait jamais sans Latham ou le chauffeur de celui-ci, ou encore l'un de ses gardes du corps.

Deux semaines avant leur rencontre chez Paul, Brice avait assisté à un défilé de mode auquel l'avait convié Chloe, la femme de Fergus, par ailleurs créatrice de mode.

Sabina avait alors fait une courte apparition sur le podium puis s'était rapidement retirée dans les coulisses, suivie de deux gardes du corps… tandis que Brice renonçait à l'aborder, ainsi qu'il en avait eu initialement l'intention.

Après le défilé, elle n'avait pas assisté au cocktail et, comme Brice se renseignait discrètement sur la raison de son absence, on lui avait indiqué qu'elle s'était éclipsée dans une limousine avec chauffeur, une fois sa prestation terminée.

Décidément, cette femme incarnait le mystère — et attisait la curiosité de Brice. En outre, il était convaincu que Richard Latham ignorait ses vaines tentatives téléphoniques pour prendre rendez-vous avec Sabina. Oui, son instinct lui disait que la belle ne se vantait pas de ses dérobades. Richard paraissait tellement déterminé à ce qu'il réalise son portrait !

Il regarda sa montre. 16 heures. Le plus simple n'était-il pas de se rendre chez Richard, dans le quartier de Mayfair — le plus chic de Londres, soit dit en passant ? Il ne tergiversa pas longtemps.

La Mercedes coupé sport, garée devant la riche demeure de Latham, lui indiqua qu'il y avait quelqu'un à la maison.

Peu importait qu'il s'agît de Richard ou de Sabina. Il avait la ferme intention d'obtenir le rendez-vous promis — de l'un ou de l'autre.

Pourquoi avait-il été si surpris d'apprendre que Richard et Sabina habitaient ensemble ? s'interrogea-t-il en descendant de sa voiture.

Sans doute parce qu'il émanait de Sabina une aura qui la rendait intouchable, et maintenait les autres à distance... Visiblement, cela ne s'appliquait pas à Richard Latham qui, partageant sa vie, devait aussi partager son lit. Logique, non ?

— Oui ?

Perdu dans ses pensées, Brice avait machinalement appuyé sur la sonnette, aussi sursauta-t-il lorsque la porte s'ouvrit. La femme âgée qui se tenait sur le seuil le fixait d'un air interrogateur. Nul doute qu'il s'agissait de la domestique qui avait pour consigne de lui signifier l'absence de Sabina !

— Je viens voir Sabina, annonça-t-il d'une voix ferme.

— Avez-vous rendez-vous ?

La bonne blague ! C'était précisément ce qu'il cherchait à obtenir. Allons, pensa-t-il, inutile de s'énerver : la pauvre domestique n'était pas responsable des caprices de sa patronne.

— Pouvez-vous informer Sabina que M. McAllister désire la voir ? demanda-t-il en ravalant sa colère.

— McAllister ? répéta la domestique, déconcertée. Mais n'êtes-vous pas...

— Oui, l'homme qui a tenté de la joindre plusieurs fois cette semaine, l'interrompit Brice. Pouvez-vous lui dire que je suis là ?

Il avait répété sa demande d'un ton impatienté, conscient de son impolitesse, mais il était bien trop énervé pour concevoir encore des scrupules envers cette tierce personne — aussi innocente fût-elle — qui se dressait entre son but et lui.

Il était convaincu à présent que le coupé sport appartenait à Sabina et qu'elle se trouvait bel et bien chez elle. Tout comme c'était le cas lorsqu'il avait téléphoné tout à l'heure ! A l'évidence, elle le fuyait.

— Mais…, commença la domestique.

— C'est bon, madame Clark, intervint soudain Sabina en se matérialisant au côté de la gouvernante. Monsieur McAllister, voulez-vous me suivre dans le salon ?

Privilégiant le silence à un commentaire acerbe qu'il aurait regretté par la suite, Brice hocha la tête et la suivit à l'intérieur. Curieux comme cette femme lui apprenait la patience, à lui le fougueux, qui s'emportait à la moindre contrariété.

Aujourd'hui, elle paraissait différente. Plus naturelle, mais toujours d'une beauté éclatante, dans son jean clair et son T-shirt blanc. Elle avait relevé sa chevelure en une queue-de-cheval et n'était absolument pas maquillée. On lui aurait donné dix-huit ans à peine.

— Je vous prie de m'excuser, mais je n'attendais personne, dit-elle en faisant référence à sa tenue décontractée. Je reviens à l'instant de mon club de sport.

Adorable menteuse !

Fronçant les sourcils d'un air moqueur, Brice rétorqua :

— A l'instant, vraiment ?

— Puis-je vous offrir du thé ? demanda-t-elle alors d'un ton dégagé.

— Non merci, répondit-il, avant d'ajouter froidement : Je vous ai téléphoné plusieurs fois cette semaine.

— Ah bon ? fit-elle d'un ton détaché.

— Vous le savez pertinemment, répliqua-t-il sans cacher son agacement.

— J'ai été fort occupée cette semaine, argua-t-elle. J'ai dû me rendre à Paris, j'ai défilé pour plusieurs couturiers. Sans compter une séance de photos avec…

— Je me moque de votre emploi du temps ! trancha-t-il de façon cavalière. Ce que je veux savoir, c'est pourquoi vous ne m'avez pas rappelé.

— Je viens précisément de vous expliquer que…

— Ecoutez, passer un coup de téléphone, cela prend objectivement peu de temps, et même si vous étiez réellement absente, je suis certain que la diligente Mme Clark vous a fait part de *tous* mes appels et vous a communiqué *tous* les numéros de téléphone que je lui ai laissés : le numéro de mon domicile, de mon atelier, ainsi que celui de mes deux portables, le privé et le professionnel.

— Peut-être, je ne sais plus, dit-elle rapidement. Etes-vous bien certain de ne pas vouloir de thé ?

— Absolument certain, fit-il en serrant les dents.

Un double whisky, voilà ce dont il aurait eu besoin, même au beau milieu de l'après-midi ! La froideur de cette femme aurait poussé n'importe quel homme à se ruer sur la boisson !

— Bon, reprit-il, à propos de notre rendez-vous…

— Asseyez-vous, monsieur McAllister, je vous en prie.

— Merci, je préfère rester debout, répliqua-t-il, les nerfs chauffés à blanc par la désinvolture de Sabina.

Etonnée par son refus, elle se laissa choir pour sa part dans un confortable fauteuil et, le regardant droit dans les yeux, lui asséna :

— C'est curieux, je croyais pourtant que vous étiez un artiste réputé.

— Je le suis ! répondit-il, immédiatement sur la défensive.

— Vraiment ? fit-elle sur le ton de la dérision. Et traquez-vous toujours vos mécènes potentiels de cette façon ?

Une bouffée de colère le submergea.

Elle cherchait délibérément à le froisser ! *Et y était parvenue !* Mais pourquoi le provoquait-elle, au lieu de lui avouer tout simplement qu'elle ne voulait pas qu'il réalise son portrait ? Poussant un profond soupir, il déclara subitement :

— Finalement, je prendrais volontiers du thé.

Là-dessus, il s'assit dans un fauteuil face à elle… et eut le plaisir de constater le désarroi qui se peignit alors sur le visage de la belle Sabina. Il était clair qu'en dépit de son invitation initiale, elle n'attendait qu'une chose : qu'il s'en aille !

Que redoutait-elle ? Certainement l'arrivée de Richard qui ne manquerait pas de la convaincre d'accepter de poser pour lui.

— J'ai tout mon temps, précisa-t-il d'un ton provocateur.

— Très bien, dit Sabina en se levant brusquement. Je vais donner des instructions à Mme Clark.

Et en profiter pour se remettre de ses émotions ! ajouta Brice *in petto*. Pourquoi Sabina redoutait-elle tant qu'il la peigne ? Qu'est-ce qui lui déplaisait tellement en lui ? Encore qu'il ne fût pas certain qu'il s'agît réellement d'hostilité à son égard. Il repensa alors à l'éclair de peur qu'il avait aperçu dans ses yeux, à la réception de Paul Hamilton…

Quel mystère cachait donc le sublime mannequin ? Dans quelles eaux troubles nageait son âme ?

Sabina ne se rendit pas directement dans la cuisine, mais se précipita vers la salle de bains pour s'asperger le visage d'eau froide, car ses joues la brûlaient.

Jamais elle n'aurait imaginé que McAllister aurait l'audace de venir chez elle, alors qu'elle avait systématiquement refusé de lui parler au téléphone.

Pauvre idiote ! Elle aurait pourtant dû s'en douter ! Brice McAllister était animé d'une détermination implacable. Ah, comme elle avait eu tort de l'éconduire ! Résultat : il la traquait jusque chez elle.

Bon, le mal étant fait, à quoi bon se lamenter ?

Il fallait réagir !

Dans une heure, Richard rentrerait à la maison. D'ici là, elle devait s'arranger pour que Brice McAllister ait bu son thé, et surtout s'ingénier à trouver toutes sortes d'empêchements afin de repousser le fameux rendez-vous aussi loin que possible dans le temps — rendez-vous qu'elle continuerait à remettre par la suite aux calendes grecques !

Cette seconde rencontre venait de la conforter dans son opinion : elle ne voulait pas que McAllister réalise son portrait. Non qu'elle doutât de son talent, bien au contraire ! D'ailleurs, elle savait pourquoi il était si doué : tout simplement parce qu'il allait au cœur des choses et des êtres.

Ses prunelles d'un vert perçant faisaient sauter le vernis

social et plongeaient droit dans l'âme, mettant à nu des émotions profondément ensevelies. Fatalement, le peintre découvrirait le mur de protection qu'elle avait érigé autour d'elle pour maintenir les autres à distance. Et, tout aussi inexorablement, il voudrait savoir pourquoi elle n'était pas une jeune femme insouciante et heureuse, profitant sereinement de sa célébrité...

— Le thé sera servi dans quelques minutes, annonça-t-elle en revenant au salon. Selon Richard, vous avez peint un remarquable portrait de votre cousine Darcy McKenzie.

— A ce qu'il paraît, répondit-il d'un ton abrupt, peu sensible à ses efforts de courtoisie.

— Il espère certainement que vous en ferez un aussi magnifique de moi.

— Et vous, Sabina, qu'espérez-vous ? rétorqua-t-il tout à trac.

Pourquoi cette question ? s'étonna-t-elle. Etait-il borné ? N'avait-il pas encore compris qu'elle ne souhaitait pas qu'il la peigne, mais qu'il s'en aille, et surtout, qu'il laisse intacte la carapace dans laquelle elle avait enfoui son être ?

— Euh... La même chose que lui, bien sûr. Oh, mais voici le thé.

Soulagée, elle se tourna vers Mme Clark et lui adressa un large sourire. La gouvernante avait reçu la consigne de servir uniquement du thé, sans les petits gâteaux secs qui allaient avec. Rien, en somme, qui fût susceptible de retarder le départ de Brice McAllister !

— Sans sucre, pour moi, s'il vous plaît, marmonna Brice tandis que la domestique quittait la pièce et que Sabina remplissait les tasses.

Voilà qui correspondait bien à la personnalité de cet homme, pensa-t-elle. Apre et fort !

Brice avala une gorgée de thé brûlant puis, braquant son regard vers elle, il déclara soudainement :

— Vous êtes comme chez vous, ici !

— Pourquoi ne le serais-je pas ? rétorqua-t-elle en s'efforçant de ne pas paraître déconcertée par cette affirmation qui sonnait comme une accusation. J'habite ici, c'est ma maison.

Décidément, sa cohabitation avec Richard le perturbait, pensa-t-elle. Curieux tout de même, pour un homme de trente-cinq ans. Etait-il vieux jeu ? A moins que ce ne fût la différence d'âge entre Richard et elle qui le contrariât ?

— Quand serez-vous libre pour des séances de pose ? demanda-t-il soudain.

— Vous savez, durant les deux mois à venir, mon agenda est totalement rempli, et…

— Allons, il doit bien vous rester une petite heure libre quelque part, objecta-t-il non sans ironie.

— Effectivement, mais alors j'en profite pour me reposer, dit-elle.

— Rester assise pendant que je réalise des esquisses ne sera pas particulièrement éreintant, insista-t-il.

La position assise, non. Mais conserver un regard dénué d'expression pendant une heure pour se protéger du sien, si ! Terriblement fatigant, même !

— Navrée, mais j'ai oublié mon agenda chez un client, je vous appellerai dès que je pourrai vérifier mon emploi du temps.

— Demain, nous sommes samedi. Et le samedi, vous n'avez pas de rendez-vous professionnel, n'est-ce pas ?

Un élan de fureur la traversa. Ce n'était plus de la détermination, mais de l'acharnement ! Plus il sentait sa réticence, plus il insistait. Logique !

— Désolée, Richard et moi ne sommes pas à Londres ce week-end.

Soudain, elle entendit un bruit de moteur sous ses fenêtres. *Richard !* Par pitié… Elle qui en général était heureuse de l'entendre rentrer sentit alors son cœur se serrer ! Car elle savait que ce dernier, en dépit de ses réticences, était décidé à obtenir ce maudit portrait.

— Dommage, répondit Brice sans deviner ses tourments, je me demandais si…

— Sabina ? Es-tu…

Richard s'interrompit brusquement quand il s'aperçut que sa fiancée n'était pas seule.

— Richard ! s'exclama cette dernière en se levant pour l'enlacer tendrement avant d'ajouter sur un ton insouciant : M. McAllister est venu prendre le thé.

Prendre le thé, vraiment ? pensa Brice, agacé. Il était venu pour l'obliger à lui accorder un rendez-vous, oui !

A cet instant, Sabina posa sur lui un regard inquiet…

Brice allait-il dévoiler à Richard la véritable raison de sa présence ici ? se demanda-t-elle. Et lui rapporter le nombre précis de fois où il avait appelé pour prendre rendez-vous et s'était entendu répondre par la fidèle gouvernante : « Mlle Sabina est sortie » ?

Mon Dieu ! S'il informait Richard de ses dérobades, celui-ci en concevrait un vif mécontentement. Et exigerait des explications dès qu'ils seraient seuls. Comment lui avouer alors qu'elle redoutait le regard de McAllister sur son âme ?

— Je suis venu personnellement vous prier de m'excuser, déclara subitement Brice. Je n'ai pas appelé pour prendre rendez-vous, ainsi que je l'avais promis. A ma décharge, je dois dire que j'ai été fort occupé ces derniers temps.

Elle le regarda, stupéfaite… C'était lui qui présentait des excuses ? Lui qui invoquait un emploi du temps chargé ?

— Je vous en prie, inutile de vous justifier, répondit Richard. Eh bien, êtes-vous finalement convenus d'un rendez-vous ?

A ces mots, Sabina lança une œillade désespérée à Brice…

Allait-il encore la sauver ? se demanda-t-elle, le cœur battant. Certes, il avait déjà menti une fois pour elle, mais elle se demandait bien pourquoi, dans la mesure où sa propre attitude envers lui ne pouvait en aucun cas inciter à la complicité ! De son côté, Brice n'avait donné aucun signe de galanterie auparavant.

— Je crois que oui, répondit ce dernier dans un large sourire.

D'accord, elle venait de comprendre ! Il avait menti dans le dessein de la placer au pied du mur et de la contraindre à lui accorder un rendez-vous !

— J'étais en train de dire à M. McAllister que…

— Brice, corrigea ce dernier.

— Je disais à Brice, répéta-t-elle, vaguement irritée, que je suis libre mardi après-midi.

— Et moi, je félicitais Sabina d'avoir une si bonne mémoire car elle n'a même pas eu besoin de consulter son agenda. Pour ma part, sans lui, je suis perdu, précisa Brice, en la regardant d'un air ouvertement moqueur.

Le fourbe ! pensa-t-elle. Comment osait-il se moquer d'elle si effrontément, sachant qu'elle ne pouvait se défendre ?

— A 15 heures, alors ? ajouta-t-il.

Un sourire éclatant éclaira son visage lorsqu'il tendit sa carte de visite à Sabina. Visiblement, il était satisfait de lui-même, se dit-elle en saisissant brutalement la carte qu'il lui présentait.

— Je ne pourrai pas t'accompagner, annonça Richard, mais je prierai Clive de venir avec toi.

— A dire vrai, je n'aime guère avoir de spectateurs lorsque je travaille, précisa Brice.

— Oh, Clive est un homme fort discret ! lui assura Richard. Néanmoins, si sa présence vous importune, je lui demanderai d'attendre dans la voiture, à l'extérieur.

— Merci, je préfère, répondit Brice.

Et elle, pensa-t-elle amèrement, personne ne lui demandait si cela ne l'importunait pas de passer une heure seule avec lui, dans son atelier ?

3

— Que sais-tu au juste du top model Sabina ?

— Tiens, tiens…, fit Chloe en reposant sa fourchette, non sans lancer un regard amusé à Brice, assis en face d'elle. J'avais bien dit à Fergus qu'il y avait anguille sous roche, lors du dernier défilé. Tu ne m'as donc pas invitée pour mes beaux yeux en l'absence de Fergus, mais afin d'en savoir plus sur celle que tu convoites !

Brice adorait Chloe qu'il considérait comme sa petite sœur, mais parfois… elle était tout simplement impossible !

— Non, il n'y a rien entre nous et je ne la convoite absolument pas, se défendit-il vivement. Il se trouve que je dois réaliser le portrait de Sabina. Voilà pourquoi je m'informe sur elle. A titre d'inspiration.

— Oh… ! fit Chloe, visiblement déçue.

— Tu sais, ma petite Chloe, ce n'est pas parce que Fergus et toi vous aimez passionnément que tout le monde est amoureux autour de vous !

— Tout de même, avoue que ce serait merveilleux, non, si c'était le cas entre Sabina et toi ? reprit la femme de son cousin, revenant à la charge.

— Désolé de jouer les rabat-joie, mais je te rappelle que Sabina est fiancée, dit-il.

— Mouais… Ils n'ont pas l'air bien pressés de se marier,

ces deux-là. Et puis Richard Latham est bien plus âgé que Sabina. Il pourrait largement être son père.

C'était exactement ce que pensait Brice, pourtant il se garda de l'avouer. Quant à tomber amoureux de Sabina… il doutait que le terme *merveilleux* fût un qualificatif approprié pour décrire ce cas de figure.

Oh, la beauté de la jeune femme était incontestable ! En outre, depuis leur rencontre de vendredi dernier, il savait qu'elle était naturelle et sincère… de même qu'intrigante et réservée ! Par ailleurs, le fait qu'elle vive chez un homme plus âgé et qu'elle ne sorte jamais sans mentor contribuait à renforcer son mystère.

Quelle relation entretenait-elle réellement avec Richard Latham ? Brice ne cessait de repenser à ce que David lui avait confié à propos de son oncle. Sabina représentait-elle pour lui juste une nouvelle pièce de collection — une pièce de choix —, ou bien étaient-ils ensemble pour d'autres raisons ?

Autant de questions qu'il aurait aimé poser à Chloe car, en tant que créatrice de mode, elle était forcément au courant des éventuelles rumeurs qui couraient sur les top models — et plus précisément sur Sabina ! Seulement, Chloe étant capable de tirer des conclusions hâtives, il se retenait de la questionner.

— Le livre de Fergus se vend bien ? demanda-t-il pour changer de sujet.

— Il caracole en tête du box-office, annonça fièrement Chloe. J'espère au moins que tu l'as lu !

— Pas encore, avoua-t-il, la mine penaude…, l'intrigue se déroule dans le milieu de la mode, n'est-ce pas ?

Chloe se mit alors à discourir avec un plaisir évident sur l'œuvre de son mari. Définitivement oubliée, la belle Sabina ! pensa-t-il avec soulagement.

Pour être honnête avec lui-même, il devait bien reconnaître que toutes les questions qui lui brûlaient les lèvres concernant Sabina étaient d'ordre purement personnel !

Il voulait percer le mystère de sa froideur et de sa distance, et découvrir pourquoi Richard Latham faisait exception à la règle. Ce qui le troublait par-dessus tout, c'était la vulnérabilité qui émanait malgré elle de son être. En dépit de tous les efforts qu'elle prodiguait pour paraître hors d'atteinte.

Sabina était riche, belle, célèbre, elle avait le monde à ses pieds et des honoraires au moins égaux aux actrices les mieux payées d'Hollywood et pourtant…

C'était précisément ce « et pourtant » qui allait finir par l'obséder ! Il soupira, agacé. Cet après-midi, il espérait résoudre l'énigme Sabina Smith.

En rentrant chez lui, il repensa à sa conversation avec Chloe. Il avait juste fait une brève allusion à Sabina et pourtant il était certain que d'ici à ce soir, toute la famille saurait qu'il avait questionné sa cousine au sujet du célèbre mannequin !

Il arriva à l'atelier bien avant l'heure de leur rendez-vous. 15 heures sonnèrent sans que Sabina apparaisse… Allait-elle lui jouer un mauvais tour ? Après quatre jours d'attente et d'anticipation, elle ne pouvait pas ne pas venir ! Au fur et à mesure que les minutes passaient, Brice sentait croître sa fureur, ne doutant pas un instant que Sabina avait délibérément « oublié » le rendez-vous.

La sonnerie retentit brusquement.

15 h 25 ! Aucun coup de téléphone pour l'avertir de son retard, et pourtant il savait que c'était elle. Il s'efforça de prendre un air dégagé et d'effacer toute trace d'agacement sur son visage. Si elle s'attendait à ce qu'il fût furieux, eh bien, elle allait être déçue !

— Navrée pour le retard, lui dit-elle en entrant dans l'atelier. J'arrive d'une séance photos. On m'avait promis que je serais libre à 14 heures, mais…

— Peu importe, vous êtes là à présent, l'interrompit-il, ne sachant si elle lui jouait la comédie ou disait la vérité. Avez-vous déjeuné ?

— Non, mais…

— Je vais demander qu'on vous prépare un sandwich.

— Inutile, je mangerai plus tard.

— Un thé, alors ? Ou un café ?

Bon sang ! Elle était d'une beauté époustouflante dans son chemisier en Lycra moulant, de la même couleur que ses yeux, et son pantalon noir qui épousait tout aussi étroitement ses formes. Aujourd'hui, ses cheveux détachés formaient un épais rideau d'or dont les franges venaient caresser le creux de ses reins…

Du calme, Brice ! s'ordonna-t-il en se mettant en quête de son carnet de croquis et de ses crayons.

— Je boirais volontiers un café, répondit-elle.

Comme il se dirigeait vers le téléphone pour prier sa domestique de préparer du café et de le monter à l'atelier, il ne put s'empêcher de demander :

— Comment va Clive ? Dois-je lui faire servir une tasse de café à lui aussi ?

— Inutile ! fit-elle d'un ton froissé avant d'ajouter sèchement : où dois-je m'asseoir ?

— Sur le canapé.

Il ignorait encore comment la peindre… Allait-il réellement pouvoir rendre justice à sa beauté ? En outre, ce n'était pas seulement sa beauté qu'il voulait capter, mais ce qu'il y avait au-delà, à l'intérieur de son être. Il était résolu coûte que coûte à faire tomber ses barrières et à atteindre cette Sabina-là…

Le soleil de mai entrait à flots par l'immense baie vitrée de l'atelier et projetait ses rayons sur le canapé. A l'extérieur, le jardin flamboyait de couleurs et le foisonnement des fleurs multicolores apaisa Sabina.

— Est-ce vous qui entretenez votre jardin ? lui demanda-t-elle soudain.

— Pardon ?

Tournant ses regards vers lui, elle s'aperçut qu'il avait commencé à travailler.

— Oh, navrée ! fit-elle, non sans éprouver un certain agacement à l'idée qu'il l'avait croquée à son insu, alors qu'elle admirait ses fleurs. Vous avez donc commencé ?

— Quelques traits, répondit-il en plongeant son regard vert dans le sien. Et pour répondre à votre question, oui, c'est moi qui entretiens mon jardin. Cela me détend, lorsque je suis resté des heures enfermé dans mon atelier. Et vous, aimez-vous jardiner ?

— Autrefois, oui…, fit-elle, une pointe de nostalgie dans la voix.

— Avant que le travail ne vous happe tout entière, n'est-ce pas ? dit-il en souriant.

— Oui, c'est à peu près ça, répondit-elle tandis qu'un nuage passait dans ses yeux.

Le fait qu'elle ait arrêté de jardiner n'avait rien à voir avec son activité professionnelle. Non, c'était simplement parce qu'elle n'habitait plus son charmant petit cottage… Allons ! Elle ne devait pas s'abandonner au sentimentalisme ! Et puis, ce n'était tout de même pas auprès de Brice McAllister qu'elle allait s'épancher.

— A peu près ça ? reprit-il doucement.

Sabina changea de position et déclara dans un soupir :

— Je doute que je fasse un très bon modèle. Je n'arrive pas à rester assise sans bouger très longtemps.

— Vous pouvez vous lever et marcher, si vous préférez. D'ailleurs, je ne suis pas certain que la position assise soit celle que j'adopterai pour vous.

Ah bon ? Et quelle position jugeait-il adéquate pour elle ? se demanda-t-elle en se levant. Tout en faisant les cent pas dans l'atelier, elle inspecta la pièce du regard : des toiles étaient entassées contre les murs et sur les étagères, les pots de peinture et les pinceaux se disputaient l'espace. Bref, il régnait le joyeux désordre d'un atelier d'artiste, avec le minimum de mobilier — en l'occurrence, la chaise sur laquelle Brice était assis, une table maculée de peinture et le divan sur lequel elle s'était installée.

— Voici le café, annonça jovialement Mme Potter en entrant dans l'atelier.

Comme Brice l'avait prévu, elle avait préparé des petits en-cas, et tranché le cake aux fruits confectionné par ses soins, dans la matinée.

— Merci, lui dit Sabina, ravie.

Mmm, pensa-t-elle en les dégustant, ces toasts étaient tout simplement délicieux. Finalement, elle était affamée !

— Sautez-vous souvent des repas ? lui demanda subitement Brice.

— Cela m'arrive, quand je n'ai pas le temps de manger. Ne croyez pas que je me prive de nourriture ! J'ai la chance de ne pas grossir, quoi que j'avale.

A cet instant, les yeux de Brice glissèrent sur le corps de Sabina et elle regretta sa remarque. Son regard était si inquisiteur, si…

— A quand le mariage ?

Elle sursauta. Avait-elle bien entendu ?

— Pardon ?

— Si j'ai bien compris, le portrait que je vais réaliser sera le cadeau de mariage de Richard. Aussi je me demandais de combien de temps je disposais pour le réaliser.

— Je crains que vous n'ayez mal interprété les propos de Richard, objecta-t-elle en sourcillant.

Jamais il n'avait été question que leur arrangement débouche sur un mariage…

— Richard m'a pourtant donné l'impression que la date de la noce était imminente.

— Vraiment ? dit-elle, persuadée que Brice se trompait.

— Mais oui ! Vous avez une grande différence d'âge, n'est-ce pas ?

Elle se mit à rougir violemment. Qu'est-ce que cela pouvait bien lui faire ? se révolta-t-elle en silence. Cela ne le regardait absolument pas !

— C'est comme l'union du printemps et de l'automne, insista Brice, non sans dérision.

— A vingt-cinq ans, on peut difficilement me comparer au printemps, rétorqua-t-elle sèchement. L'analogie avec l'été serait plus adaptée. Mais de nos jours, l'âge n'a guère d'importance.

— De nos jours ? reprit-il ironiquement. Vous croyez donc que c'est une question de mode ?

Cet homme était décidément infernal ! Richard et elle étaient uniquement amis, et il s'était certainement mépris sur les propos de son « fiancé ».

— Ecoutez, commença-t-elle, visiblement agitée, je suis venue ici pour que vous fassiez des croquis de moi, et non pour subir vos questions sur ma vie personnelle, d'accord, monsieur McAllister ?

— M. McAllister s'appelle Brice, déclara-t-il alors.

— Pour moi, vous êtes M. McAllister, répliqua-t-elle avec hauteur.

— Comme vous voudrez, fit-il, résigné. Pouvez-vous prendre place près de la cheminée ?

Voilà à présent qu'il faisait comme si cette conversation très personnelle n'avait jamais eu lieu ! Furieuse, elle se plaça là où il le lui avait indiqué.

— Les vêtements que vous portez ne conviennent pas. Comprenez-moi bien ! Ils vous vont à ravir, mais ils ne sont pas adaptés à la façon dont je compte vous peindre.

— Et comment comptez-vous me peindre, exactement ?

Sans répondre, il poursuivit son esquisse, d'un air fort concentré. Elle resta immobile, adoptant son fameux regard figé, celui pour lequel elle optait lors des séances de photos. Un maître était à l'œuvre et elle était l'objet qui servait son art. En tant que personne, elle n'existait pas, et cela lui convenait parfaitement. Elle était ici contre sa volonté et la dernière chose qu'elle voulait, c'était établir une intimité quelconque avec McAllister.

— Devrez-vous en faire beaucoup ? demanda-t-elle au bout d'une bonne demi-heure, commençant sérieusement à se lasser.

— Beaucoup de quoi ? fit-il en relevant la tête, visiblement absorbé par son travail.

— De croquis ! Ces séances se renouvelleront-elles souvent ?

Réservant sa réponse, il continua de dessiner.

C'était réellement un fort bel homme, reconnut-elle à son corps défendant. Ses cheveux, longs et noirs, lui conféraient un faux air de tsigane. Quant à ses yeux, aussi verts que troublants, ils étaient dignes d'une star de cinéma.

— Pourquoi ? finit-il par demander.

— Comme je vous l'ai dit, je suis…

— Très occupée, oui, je sais. Vous me l'avez précisé plusieurs fois, je crois que j'ai compris. La question est : *pourquoi* êtes-vous si prise ?

Il lui lança un regard moqueur avant d'ajouter :

— Ne me dites pas que vous travaillez pour vivre. Depuis sept ans, vous avez dû accumuler un joli petit pécule. Qu'est-ce qui vous pousse à travailler sans relâche, Sabina ?

Une raison simple : lorsqu'elle se plongeait à corps perdu dans le travail, elle ne pensait plus à rien et dormait à poings fermés la nuit, sans ressasser le passé !

— Pour rester l'un des top models les plus demandés, répondit-elle calmement.

— Est-ce si important que cela ?

Sa question la fit rougir. Néanmoins, elle rétorqua sur un ton caustique :

— Et pour vous, monsieur McAllister, n'est-il pas important de demeurer au top du marché de l'art ?

D'accord, les métiers de mannequin et d'artiste peintre ne requéraient pas les mêmes talents, il n'empêche qu'elle se sentait une âme d'artiste. Elle mettait en valeur le génie des grands couturiers, inspirait les meilleurs photographes ; elle possédait un don pour exalter le talent des autres !

— Touché ! concéda-t-il de mauvaise grâce. Seulement, je conçois mal qu'on ait envie de faire votre métier ad vitam aeternam.

— Que cherchez-vous à faire ? Me blesser, me provoquer — ou bien est-ce que la goujaterie est une seconde nature, chez vous ?

— Peut-être un peu des deux, qui sait ?

Ils se jaugèrent durement.

— Vous vous moquez de tout, n'est-ce pas ? dit-elle dans un souffle, déconcertée par l'arrogance de Brice.

Oh, comme elle aurait aimé être aussi insouciante qu'autrefois ! Alors elle aurait éclaté de rire, oui, elle aurait ri d'elle-même et de lui. Mais la personne qu'elle était autrefois avait définitivement disparu. Et Sabina doutait qu'elle revînt un jour.

— Il est temps que je parte, décréta-t-elle d'un air las en regardant sa montre.

Il l'observait intensément, cherchant à deviner ce qui agitait ses grands yeux bleus, les troubles pensées qui se formaient derrière son beau front lisse…

— Déjà ? dit-il.

— J'ai un autre rendez-vous.

— Chez vous, avec Richard ? fit-il en se relevant, déployant son immense silhouette qui sembla alors remplir tout l'atelier.

Elle recula d'un pas, prise soudain de claustrophobie. Le regard toujours enchaîné au sien, Brice se rapprochait d'elle, lentement, avec une souplesse toute féline… Il était si proche d'elle à présent qu'elle sentait son souffle sur sa joue, la fragrance de son after-shave.

— Je dois vraiment partir, dit-elle d'une voix étranglée, sans esquisser cependant le moindre geste en ce sens.

— Eh bien, qu'est-ce qui vous retient ? lui murmura-t-il au visage.

Ses jambes ! Elles étaient en coton et refusaient de lui obéir ! Sabina avait l'impression qu'elle allait s'effondrer d'un instant à l'autre. Elle se faisait l'impression d'un lapin affolé, surpris par les phares d'une voiture et qui, au lieu de sauter dans le fossé, demeurait sur la chaussée, hébété.

Brice était décidément un homme dangereux, elle l'avait senti d'emblée ! S'humectant les lèvres du bout de sa langue, elle répondit :

— J'attends que vous me laissiez passer…

A ces mots, il s'écarta.

— Je vous en prie, dit-il avec une courtoisie affectée.

Dans un ultime effort, elle se dirigea vers la porte.

— Je vous appellerai, ajouta-t-il.

Une main tremblante posée sur la poignée, elle se retourna lentement.

— Pardon ?

— Afin de prendre rendez-vous pour une prochaine séance, précisa-t-il d'un air amusé.

Que venait-il de se passer ? se demanda-t-elle. Il s'était juste approché un tout petit peu trop d'elle, et alors ?

Sornettes !

Elle savait parfaitement qu'il s'était produit autre chose entre eux, de curieuses ondes sur lesquelles elle préférait ne pas s'attarder…

— Me ferez-vous l'honneur de me répondre, cette fois ? poursuivit-il.

— Si je suis chez moi, évidemment !

— Si tel n'est pas le cas, je suis certain que Richard pourra convenir d'un rendez-vous pour vous.

— Contrairement à ce que vous insinuez, monsieur McAllister, je gère moi-même mon emploi du temps.

— Curieux, ce n'est pas l'impression que j'ai eue lors de notre première rencontre.

Elle le fixa un instant en silence, avant de lui asséner d'une voix blanche :

— Je me fiche comme d'une guigne de ce qu'était — ou n'était pas — votre impression lors de notre première rencontre. Et pour tout vous dire, rien chez vous ne présente le moindre intérêt à mes yeux.

— Rien du tout ?

— Non ! fit-elle d'un ton rageur. Au revoir, monsieur McAllister.

— A *très* bientôt, Sabina.

Elle ne releva pas son ultime provocation et referma soigneusement la porte derrière elle. Enfin libre…

Une fois installée à l'arrière de la confortable limousine, elle s'autorisa à repenser à la séance en regardant distraitement le paysage urbain défiler derrière la vitre fumée.

Elle n'aimait pas la façon dont McAllister la dévisageait. Pas plus qu'elle n'appréciait le ton très personnel sur lequel il s'adressait à elle. Ou encore la manière dont il s'était approché d'elle, tout à l'heure, avant qu'elle ne parte, comme s'ils étaient intimes.

Bref, elle ne l'aimait pas !

Comment allait-elle bien pouvoir s'y prendre pour ne jamais retourner dans son atelier ?

4

Brice passa la semaine suivante à se maudire pour la façon dont il s'était comporté avec Sabina lors de la séance de croquis qu'elle avait bien voulu lui accorder.

Dès leur première rencontre, il avait reconnu en elle l'éclair qui brille dans les yeux des biches traquées. Pourquoi, alors, avait-il fallu qu'il cherche systématiquement à la provoquer ? Quel démon intérieur l'avait donc conduit à se moquer d'elle ? Il avait tout simplement été aveuglé par sa volonté d'aller au-delà de l'image publique qu'elle entretenait soigneusement.

Résultat : il n'était parvenu qu'à se rendre antipathique !

Oh, cette fois-ci, elle avait accepté de répondre à ses coups de téléphone ! Elle avait pris ses quatre appels, mais à chaque fois elle avait trouvé une excuse des plus légitimes pour décliner toutes les dates qu'il lui proposait en vue d'une deuxième séance de travail.

Lors de leur dernière conversation téléphonique, Sabina avait cependant fait une concession. Elle pouvait lui accorder une petite heure, ce matin, mais… chez elle ! Et vraisemblablement sous l'œil vigilant de Richard, avait-il alors pensé.

Autant dire que cette proposition ne l'enchantait guère. Néanmoins, comme il n'en était qu'au stade des croquis, il pouvait, il est vrai, se rendre chez elle. Et, de toute façon, il n'avait pas le choix.

Après tout, se dit-il en découvrant une Sabina fort détendue dans sa résidence de Mayfair, peut-être cette solution n'était-elle pas si mauvaise que cela ? D'autant que la belle était seule. Nulle trace de Richard à l'horizon…

Ce matin, elle incarnait la quintessence de l'hôtesse charmante. En outre, elle était vêtue avec beaucoup de distinction : un corsage beige et une jupe noire, qui lui arrivait juste au-dessus des genoux. Sa chevelure était rassemblée en un chignon sage et bas.

Une évidence s'imposa alors à lui : ce n'était pas cette Sabina-là qu'il voulait peindre !

— On s'entraîne à jouer son futur rôle de maîtresse de maison ? railla-t-il, peu après lui avoir dit bonjour.

Ç'avait été plus fort que lui !

Il était pourtant arrivé plein de bonnes intentions et bien résolu à s'en tenir à un échange professionnel afin de la mettre à l'aise. Hélas ! Cette image si lisse qu'elle s'appliquait à donner d'elle-même avait suffi à raviver le démon qui sommeillait en lui. De toute évidence, par cette tenue, elle avait surenchéri dans la protection dont elle s'entourait habituellement. Nul doute que la séance à l'atelier l'avait sensiblement ébranlée !

— Vous aviez raison, Brice, lorsque vous affirmiez la dernière fois que la goujaterie était une seconde nature chez vous, repartit-elle alors calmement.

D'accord, il aurait dû s'excuser… mais il n'y parvint pas.

Quelque chose dans son être, sa personnalité, lui donnait envie de la prendre par les épaules et de la secouer. Il voulait l'entendre rire… ou pleurer, bref, lui arracher des émotions, que diable ! Néanmoins, s'il passait à l'acte, il risquait fort d'être à jamais banni de chez elle ! Il convenait d'opérer de façon plus subtile.

— Vous avez bonne mémoire, se contenta-t-il d'observer avant d'ajouter sèchement : navré, mais il va falloir dénouer vos cheveux.

Là-dessus, il prit place sur une chaise, carnet de croquis et crayon en main.

— C'est impossible, décréta-t-elle. J'ai un déjeuner juste

après notre séance et je n'aurai pas le temps de refaire mon chignon.

La peste ! pensa Brice, fort énervé. Elle avait donc décidé de lui donner du fil à retordre !

— Avec qui ? fit-il. Votre confesseur ?

Elle le fixa durant quelques instants sans ciller et, dans les profondeurs de ses prunelles bleutées, il vit briller un bref éclair de colère.

— J'ai rendez-vous avec ma mère ! précisa-t-elle froidement.

Il lui lança un regard étonné puis déclara :

— Vous êtes top model… et votre mère aime vous voir dans une tenue pareille ?

Finalement, ce n'était pas *à cause* de lui qu'elle s'était accoutrée de la sorte, mais *pour* sa mère. Voilà où menait la vanité, McAllister ! se dit-il, piqué au vif.

— Que reprochez-vous donc à ma tenue ? demanda-t-elle, la voix vibrant de ressentiment.

Objectivement, il était difficile de critiquer ses vêtements. Elle était d'une élégance irréprochable, mais sa coiffure et sa mise masquaient toute sa personnalité ! Impossible de déceler en elle, ce matin, la beauté provocante du mannequin Sabina.

Mue par le besoin de se défendre, elle enchaîna sans attendre sa réponse :

— Ma mère vit en Ecosse depuis le décès de mon père, et je la vois rarement. C'est une femme qui déteste l'excentricité.

— C'est-à-dire ?

Elle soupira longuement, puis commença d'une voix chargée de tristesse :

— Mes parents enseignaient l'histoire à l'université d'Edimbourg, et se consacraient entièrement à leur carrière. Je crois qu'en réalité, ils ne voulaient pas d'enfant, mais un accident est si vite arrivé…

Elle émit un petit rire dérisoire avant de poursuivre :

— Ils étaient relativement âgés quand je suis née ; ma mère avait quarante et un ans et mon père quarante-six. Aujourd'hui, évidemment, on voit les choses différemment, mais à l'époque…

Toujours est-il que mon père a, me semble-t-il, mieux accepté sa paternité que ma mère sa maternité. Naturellement, lui n'a pas dû arrêter d'enseigner pendant cinq ans pour s'occuper de moi !

C'était bien la première fois que Sabina se livrait autant. Ce qui en disait long sur sa nervosité !

— Votre naissance a constitué un bouleversement total pour eux, lui dit-il.

Et pas seulement sa naissance, pensa-t-il. Comment s'étaient-ils accommodés de sa beauté frappante ? Car nul doute qu'enfant, elle devait déjà avoir l'air d'un ange sorti tout droit du paradis.

— J'ai eu effectivement une enfance étrange, dit-elle d'un ton mélancolique.

Et certainement très solitaire, réalisa Brice. Une enfance aux antipodes de la sienne, lui qui avait été élevé par des parents jeunes et joyeux et qui passait tous ses étés en Ecosse, dans le château de son grand-père, avec ses cousins Logan et Fergus. Il avait réellement le sentiment d'appartenir à une fratrie. Au clan des McDonald.

— A qui ressemblez-vous ? demanda-t-il doucement, désireux de ne pas rompre le charme, car il avait le sentiment que Sabina évoquait rarement son enfance.

— A mon père, dit-elle en esquissant un vague sourire — sourire qui disparut totalement lorsqu'elle précisa : il est mort il y a cinq ans.

— Je suis désolé, dit-il d'un ton sincère, tout en se demandant s'il ne tenait pas là la clé de sa relation avec Richard.

Ne recherchait-elle pas une figure paternelle auprès de cet homme plus âgé ?

— Il souffrait d'un cancer depuis des années, sa disparition a été une délivrance pour lui, confia-t-elle. Mon plus vif regret, c'est qu'il n'ait pas été là lorsqu'on m'a remis ma licence d'histoire…

Elle s'interrompit et, devant son expression étonnée, elle lui décocha un superbe sourire avant d'ajouter d'un ton dérisoire :

— Eh oui, Brice, je n'ai pas toujours été top model à plein temps ; je suis allée à l'université, vous savez.

Allusion directe à ses remarques désobligeantes sur le métier de mannequin, la dernière fois, se dit-il, presque honteux. Comme il regrettait son arrogance ! Il l'avait jugée sans la connaître. Pas étonnant qu'elle veuille le tenir à distance !

Soudain, il l'entendit ajouter :

— En tant que grand défenseur de la cause féministe, ma mère désapprouve la voie que j'ai choisie.

— Et que pense-t-elle de votre vie en concubinage avec Richard Latham ?

A peine eut-il terminé sa phrase, qu'il la regrettait déjà. Bon sang ! Il venait de commettre un sérieux impair. De fait, ce n'était pas réellement l'opinion de Mme Smith qui le préoccupait. Sa question exprimait davantage son indignation à lui, à l'idée que la belle Sabina partageât la vie — et le lit — de Richard Latham.

— Vous êtes bien trop indiscret, monsieur McAllister ! rétorqua-t-elle, furieuse, en le fusillant du regard.

Certes, la question de Brice l'avait agacée ! Néanmoins, elle était surtout en colère contre elle-même pour les confidences qu'elle venait de lui faire.

— En parlant de Richard… Votre fiancé n'est pas à la maison, aujourd'hui ?

— Il est à New York jusqu'à demain.

Sur une impulsion, il demanda :

— Dans ces conditions, accepteriez-vous de dîner avec moi ce soir ?

Sa question le stupéfia lui-même… Comment osait-il inviter une femme déjà fiancée au restaurant ? Et qui plus est, une femme qui ne lui avait donné aucun signe encourageant ! Bien au contraire !

Sabina paraissait aussi suffoquée que lui.

Ses joues étaient devenues toutes pâles, aussi pâles que l'albâtre, et ses yeux insondables le fixaient d'un air stupéfait.

A cet instant, comme pour reprocher à Brice son audace, un rayon de soleil vint jouer sur le diamant de Sabina qui se mit à scintiller de tous ses feux. Le cadeau de Richard Latham…

— Ce n'était pas une bonne idée, excusez-moi, marmonna-t-il alors, confus. Enfin, ce n'était qu'une invitation à dîner, Sabina, sans arrière-pensées.

Elle le fixait toujours d'un air égaré…

A cet instant, on frappa à la porte.

— Entrez, fit-elle d'une voix rauque.

— Vous m'aviez priée de vous apporter le courrier dès qu'il arriverait, précisa Mme Clark en lui tendant une liasse d'enveloppes.

— Merci beaucoup, répondit Sabina en lui adressant un beau sourire.

Quelle incroyable faculté à recouvrer une contenance ! pensa alors Brice. Comme il regrettait ses propos ! Elle n'avait déjà pas une grande opinion de lui, mais il venait de sonner le glas de leur relation !

Certes, il n'espérait pas que toutes les femmes tombent à ses pieds, mais il n'était pas habitué à ce qu'on le prenne en grippe dès le premier regard, comme cela avait été le cas avec Sabina. Et, contre toute attente, plus elle était inamicale, plus elle l'intéressait !

— Ecoutez, déclara-t-il subitement en se levant, je crois qu'il est préférable que nous en restions là, aujourd'hui. De toute évidence…

Il s'interrompit subitement. Sabina venait de laisser tomber son paquet de lettres et paraissait totalement tétanisée. Ce n'était tout de même pas lui qui…

— Sabina, que se passe-t-il ? s'enquit-il, inquiet.

A cet instant, elle se baissa pour ramasser son courrier… et chancela. Se précipitant vers elle, il la prit fermement par le bras et l'aida à s'asseoir sur une chaise.

Puis, d'un pas décidé, il se dirigea vers le bar, lui servit un double whisky et le lui tendit.

— Non, merci, dit-elle, le souffle court. Je doute que ma mère apprécie les effluves de whisky.

— Ma proposition vous répugne donc à ce point ? demanda-t-il alors, hésitant lui-même à vider le verre.

— Pardon ? fit-elle, visiblement surprise par sa question.

Ce n'était donc pas son invitation qui l'avait mise dans cet état. Dans ces conditions, pourquoi avait-elle failli s'évanouir ?

Ce fut alors qu'il remarqua qu'elle serrait une enveloppe vert pâle entre ses doigts crispés. Elle la serrait si étroitement que la lettre en était froissée et ses phalanges blanchies…

— Sabina…, commença-t-il.

Brusquement, elle se leva et annonça :

— Votre proposition ne me contrarie absolument pas, bien au contraire, je trouve que c'est une excellente idée.

Curieux ! Si Mme Clark n'était pas venue les interrompre, il doutait fort qu'elle eût répondu favorablement à son invitation. Néanmoins, pour une raison inconnue de lui, la seule vue de cette mystérieuse lettre verte — qu'elle n'avait même pas lue — l'avait perturbée au point qu'elle avait accepté son invitation à dîner.

Le mystère s'épaississait…

— Parfait, répondit-il avant qu'elle ne change d'avis. Je passerai vous prendre à 19 h 30. Cela vous convient-il ?

— Entendu, dit-elle, visiblement pressée de le voir partir.

Etait-ce afin de pouvoir lire le contenu de l'enveloppe vert pâle ? se demanda Brice.

— Dois-je réserver pour trois ou Clive patientera-t-il dans la voiture ?

— Je suis certaine que nous pourrons nous passer de lui, répondit-elle, tendue, en jetant un coup d'œil à sa montre. Désolée, nous n'avons pas avancé ce matin, mais à présent, je dois partir.

— Je comprends, vous ne devez pas faire attendre votre mère, dit-il en lui souriant gentiment.

Contrairement à ce qu'elle croyait, ils avaient énormément progressé ce matin : il avait beaucoup appris à son sujet — sur son enfance, ses relations avec ses parents.

Et pourtant, il repartait frustré ! Car ce qu'il aurait réellement aimé savoir, c'était ce que contenait la lettre qui l'avait étrangement bouleversée.

L'interrogerait-il ce soir, à ce sujet ? Peut-être… Il avait tout l'après-midi pour méditer là-dessus.

— Un appel pour vous, mademoiselle Sabina, l'informa Mme Clark en fin d'après-midi, lorsque la jeune femme décrocha le téléphone de sa chambre. M. Latham.

— Passez-le-moi ! s'exclama-t-elle chaleureusement.

Après la drôle de journée qu'elle venait de vivre, elle avait envie d'entendre le son rassurant de sa voix.

— Richard ! Comment vas-tu ? Oh, ne me dis pas que tu dois repousser ton retour ?

— Allons, allons, une question à la fois ! Oui, je vais bien, et non, mon retour n'est pas repoussé, je serai à la maison demain, comme prévu. J'avais juste envie de savoir comment tu allais.

Cela faisait quatre jours qu'il était parti et jusque-là, elle n'avait pas vu le temps passer, car elle avait été fort occupée. Et puis ce matin, tout avait basculé ! Et depuis, elle ne souhaitait qu'une chose : qu'il rentre le plus rapidement possible à Londres.

— Je vais bien, mentit-elle. Très prise par le travail, comme toujours.

— Et qu'as-tu prévu de beau, pour ce soir ?

— Oh… Eh bien, je vois McAllister.

— Parfait ! Comment se déroulent les séances ? Le grand homme est-il enfin descendu de sa tour d'ivoire et s'est-il rendu compte que tu es la plus belle créature qu'il ait jamais peinte ?

— Hum… Pas vraiment, répondit-elle, réalisant que Richard s'était mépris sur le sens de ses propos et avait cru qu'elle rencontrait Brice McAllister pour une séance de travail.

Non qu'elle ne fût jamais sortie au restaurant avec un autre homme depuis qu'elle vivait sous le toit de Richard ! Son travail la conduisait souvent à accepter ce genre d'invitations. Mais le dîner avec Brice n'entrait pas dans cette catégorie. Avalant une large bouffée d'air, elle commença :

— En fait, Richard, je…

— Un instant, Sabina, on essaie de me joindre sur mon autre ligne. Ne quitte pas…

Plus elle attendait, et plus le courage lui manquait. Richard apprécierait-il qu'elle dîne avec un homme pour des raisons non directement professionnelles ?

Voilà qu'elle redoutait ce dîner, à présent. Oh, pourquoi avait-il fallu que Brice fût là précisément au moment où elle avait reçu la lettre ? Elle s'était ensuite trouvée dans un tel état de confusion que, désireuse qu'il parte au plus vite, elle avait accepté son invitation.

— Désolé, Sabina, reprit enfin Richard. Mon rendez-vous est arrivé, je dois te quitter. Je te rappellerai plus tard dans la soirée, d'accord ?

— Euh… A dire vrai, je comptais me coucher tôt, ce soir, mentit-elle pour la deuxième fois. Je viendrai t'attendre à l'aéroport, demain.

Et elle pourrait enfin lui expliquer tranquillement que Brice McAllister l'avait invitée à dîner !

— Inutile de te déplacer jusqu'à Heathrow, envoie Clive, cela suffira.

Non, elle viendrait l'accueillir. Il serait plus facile de faire des confessions à l'arrière de la banquette de la limousine…

— Je n'ai rien à faire demain, et cela me ferait vraiment plaisir de venir te chercher.

— Comme tu voudras. A demain.

Génial ! pensa-t-elle avec dérision en raccrochant. Non seulement elle allait dîner en tête à tête avec un homme qu'elle s'était ingéniée à fuir jusqu'à présent, mais en plus elle avait menti à son fiancé à ce sujet.

Fallait-il que Brice la rende nerveuse pour qu'elle agisse contre son gré ! Tout cela, c'était la faute de ses yeux verts. Des yeux qui vous transperçaient jusqu'au plus profond de votre être, et auxquels rien n'échappait.

Nul doute qu'il était conscient de ses réticences à poser pour lui. Des réticences qui l'avaient conduite à trop parler.

Elle d'ordinaire si réservée ne parvenait pas à s'expliquer ses confidences sur son enfance, ce matin.

En outre, elle était convaincue que Brice avait compris que c'était l'enveloppe verte qui l'avait plongée dans un état d'agitation intense.

La dernière qu'elle avait reçue remontait à trois semaines. Durant cette longue période, elle avait presque nourri l'espoir que le calvaire était terminé. Voilà pourquoi ce matin, à la réception de la lettre, elle avait été si bouleversée !

Et le déjeuner avec sa mère n'avait absolument pas arrangé les choses !

— Etes-vous convenus d'une date de mariage, Richard et toi ? lui avait demandé cette dernière tandis qu'elles dégustaient leur salade aux crevettes.

Sabina avait manqué s'étrangler.

McAllister, sa mère à présent… mais qu'avaient-ils donc tous à vouloir la pousser au mariage ?

— Pas encore, avait-elle répondu. Nous ne sommes pas pressés.

Comme tout le monde, sa mère ignorait l'arrangement qui la liait à Richard. Une mère qui était l'incarnation de la perfection, pensa-t-elle alors. Tout en Leonore Smith était soigné, de ses ongles à sa tenue vestimentaire, en passant par sa syntaxe. Oh, Sabina adorait sa mère, seulement… elle était incapable de communiquer avec elle ! Et chaque fois qu'elle la rencontrait, elle avait l'impression d'être sur la sellette.

— Si je te pose cette question, précisa Leonore, c'est que je projette de faire un petit voyage, à l'automne. Je ne voudrais pas que ton mariage ait lieu durant cette période.

— Excellente idée ! répondit Sabina, sans prêter attention à la dernière phrase. Et où comptes-tu aller ?

— Nous n'avons pas encore choisi notre destination, répondit-elle en avalant une gorgée de vin. Je… Je pars avec une connaissance. Il se peut que nous nous rendions à Paris, c'est une ville où l'on peut se divertir…

Se divertir ? Etait-ce bien sa mère qui venait de prononcer ce mot ?

— Et cette amie, je la connais ?

A ces mots, Leonore rougit légèrement et détourna les yeux. Mon Dieu ! Cette connaissance, c'était un homme ! réalisa Sabina, choquée.

Pourquoi cette nouvelle la bouleversait à ce point, mystère ! Après tout, sa mère était encore une fort belle femme pour ses soixante-six ans. Elle était toujours aussi mince et blonde qu'à trente. Mais de là à ce qu'elle fît une escapade romantique à Paris…

Décidément, se dit-elle en regardant une dernière fois son reflet dans le miroir avant de rejoindre Brice, elle venait de vivre une bien mauvaise journée !

Hélas, elle n'était pas encore terminée. Qu'allait lui réserver la soirée ?

5

Nul besoin d'être devin pour comprendre que Sabina n'avait aucune envie de passer la soirée avec lui !

Même à présent qu'ils étaient confortablement installés dans l'élégant restaurant londonien où il avait réservé la meilleure table, la jeune femme ne parvenait pas à se détendre.

Pour sa part, il était loin de partager les sentiments de la belle Sabina et ce tête-à-tête le comblait.

Elle l'intriguait tellement ! A commencer par sa beauté époustouflante, mise en valeur par la robe noire à décolleté pigeonnant qu'elle arborait ce soir. Toutes les têtes s'étaient retournées sur son passage lorsque le maître d'hôtel les avait conduits à leur table. Et cependant, c'était la femme qui se trouvait derrière cette beauté qui intéressait Brice, l'intelligence que reflétaient ses beaux yeux bleus.

Des yeux certes merveilleux… mais indubitablement méfiants ! Voilà pourquoi il avait décidé de ne pas l'interroger sur la fameuse lettre verte. Non qu'il eût l'intention d'oublier l'incident, mais il pressentait que s'il la questionnait à ce sujet, elle refuserait de le revoir.

— Comment s'est passé votre déjeuner ? lui demanda-t-il distraitement tandis qu'ils étudiaient la carte.

— Bien, répondit-elle, laconique.

Oh, oh… Le nuage qui assombrit à cet instant le front de

Sabina lui mit la puce à l'oreille. Et, étant donné qu'elle avait évoqué son enfance le matin même, il se permit d'insister :

— Vraiment ?

— Mais oui, fit-elle, sur la défensive. Puisque je…

Elle s'interrompit brusquement, poussa un long soupir et reprit :

— Non, en réalité, ça ne s'est pas bien passé. Ce n'était pas comme d'habitude.

— Pourquoi ?

— Eh bien…

Elle hésita, puis relevant la tête, déclara :

— Ma mère a un petit ami. Enfin, j'ignore si c'est réellement le terme adéquat ! En tout cas, elle projette un voyage à Paris en compagnie d'un homme, cet automne.

— Dois-je en conclure qu'il ne s'agit pas d'une bonne nouvelle pour vous ? Allons, votre mère a elle aussi le droit de vivre !

— Vous pensez que je suis égoïste, n'est-ce pas ? Mais je n'ai jamais envisagé que ma mère puisse refaire sa vie, comme on dit.

— Elle si, visiblement !

Devant la mine renfrognée de Sabina, il regretta sa franchise et ajouta :

— Sabina, je suis désolé, simplement…

— Je sais, je sais, c'est moi qui dramatise, dit-elle en avalant une gorgée du délicieux vin blanc que Brice avait choisi pour eux. Navrée de vous ennuyer avec mes petits problèmes, je doute que cela soit bien passionnant pour vous !

Comme elle se trompait ! Tout ce qui la concernait l'intéressait. De fait, il ne se souvenait pas avoir été si captivé par une femme depuis des années…

— Mais si, ça l'est ! affirma-t-il.

— Allons, oublions ce que j'ai dit et parlons d'autre chose.

— Qu'est-ce qui vous perturbe tellement dans cette histoire ? insista-t-il. Le fait que votre mère ait trouvé un compagnon avec qui elle ait envie de passer du bon temps ? Ou le fait qu'elle veuille profiter de la vie en compagnie d'un autre homme que votre père ?

— Je vous l'ai dit, je réagis de manière égoïste, c'est stupide de ma part.

— Ce n'est pas le moins du monde stupide ! lui assura Brice avant de demander de façon impromptue : connaissez-vous mon cousin Logan et sa femme Darcy ?

— Je ne leur ai pas été présentée, mais je sais qu'ils étaient à la fête des Hamilton.

— Ils sont tombés amoureux l'un de l'autre alors qu'ils tentaient d'empêcher le père de Darcy d'épouser la mère de Logan.

— Et comment les choses se sont-elles soldées pour les parents ? s'enquit-elle, visiblement fort intéressée.

— Ils se sont mariés un mois avant les enfants, répondit-il, tout en se demandant s'il avait vraiment eu raison d'évoquer cet exemple.

— Oh…

L'arrivée du serveur mit un terme provisoire à la conversation.

Ainsi qu'elle le lui avait annoncé, Sabina ne se privait nullement en ce qui concernait la nourriture ! constata Brice. En hors-d'œuvre, elle avait commandé des asperges accompagnées d'une sauce mousseline, suivies d'un steak à la sauce béarnaise et d'un gratin dauphinois.

— Ne soyez pas choqué : je crois qu'après cela, j'aurai encore de la place pour un fondant au chocolat, lui dit-elle d'un air mi-amusé, mi-navré.

Il n'allait certainement pas se plaindre, lui qui depuis des années sortait avec des femmes qui choisissaient les plats les moins caloriques qu'elles se contentaient ensuite de picorer du bout de leur fourchette !

— Vous pouvez même prendre deux desserts si vous en avez envie ! répondit-il. Vous êtes le genre de convive que Daniel est ravi d'accueillir dans son restaurant !

— Vous connaissez le chef cuisinier ?

— C'est mon oncle par alliance, le père de Darcy, dit-il en souriant. Vous savez, l'heureux marié dont je viens de vous parler.

A son tour, Sabina lui adressa un sourire et déclara, d'un air songeur :

— Je me demande à quoi peut bien ressembler l'ami de ma mère…

— Pourquoi ne pas lui poser directement la question, la prochaine fois que vous la verrez ? A mon avis, elle serait ravie que vous lui témoigniez de l'intérêt.

— Peut-être, fit Sabina de manière évasive, pas certaine d'avoir envie d'aborder le sujet de front avec sa mère. Parlez-moi de votre prochaine exposition ! Où et quand aura-t-elle lieu ?

Manifestement, elle n'avait plus envie d'évoquer sa vie privée. Quel dommage ! Il y avait encore des dizaines de choses qu'il aurait aimé apprendre sur Sabina Smith.

— Richard est allé à l'une de vos expositions, il y a deux ans, poursuivit-elle. Il a beaucoup apprécié vos travaux et visiblement il n'était pas le seul.

Brice ne doutait pas un instant des éloges de Richard. Il savait aussi que Sabina avait mentionné son fiancé non pas incidemment, mais afin de lui rappeler qu'elle n'était pas libre, au cas où il l'aurait oublié…

Comme s'il pouvait oublier le maudit diamant qui brillait à son annulaire gauche ! Et pourtant… Plus il apprenait à la connaître, plus il aurait aimé que son fiancé s'évapore dans les airs !

Allons, cette soirée ne se passait pas trop mal ! pensa Sabina. Finalement, il n'était pas désagréable de discuter avec Brice McAllister, même si, de temps à autre, il avait tendance à être trop curieux.

— Mmm, voilà qui a l'air délicieux, déclara-t-elle devant son assiette d'asperges tandis que l'on servait des escargots à Brice.

— Est-ce que vous…, commença-t-il avant de s'exclamer : oh non !

Surprise, elle suivit son regard.

Il fixait un couple qui venait d'entrer dans le restaurant. Si Sabina reconnut immédiatement la créatrice de mode Chloe Fox, qu'elle avait rencontrée plusieurs fois au cours de défilés, elle ignorait en revanche qui était l'homme qui l'accompagnait… D'une taille imposante et d'une beauté arrogante, il n'était pas sans présenter une certaine ressemblance avec Brice.

— Mon cousin Fergus et sa femme Chloe, annonça ce dernier d'un ton contrarié en se levant.

Là-dessus, il héla le couple et les salua. Les entraînant vers la table où la jeune femme était sagement assise, il déclara :

— Puis-je vous présenter Sabina ?

— Bien sûr, répondit Fergus en s'approchant vivement d'elle pour lui serrer la main. Même si nous l'avons tous deux reconnue. Nous ne vous dérangeons pas, j'espère ?

Le petit air provocateur qu'elle lut dans les yeux couleur noisette de Fergus plut beaucoup à Sabina. De toute évidence, une indéfectible affection liait les deux cousins. En outre, l'attitude railleuse de Fergus rendait Brice moins arrogant. Moins dangereux aussi.

— Joignez-vous à nous ! proposa-t-elle spontanément, consciente du regard irrité que Brice lança alors à son cousin.

— Nous ne voulons pas vous déranger. Je suis certaine que Brice et vous préférez rester seuls, objecta Chloe.

— Absolument pas ! s'écria Sabina. Plus on est de fous plus on rit ! Brice a été si gentil de m'inviter au restaurant pendant que je me languis de mon fiancé qui est en voyage d'affaires à New York.

— Brice est bien connu pour sa gentillesse, déclara Fergus, non sans ironie.

Le couple finit par se laisser convaincre et prit place à leur table. Fergus tenta alors de compenser le silence de son cousin par des plaisanteries appuyées. Quant à Sabina, elle était ravie d'échapper au tête-à-tête prévu. Elle avait en quelque sorte neutralisé Brice.

— Continuez à manger, je vous en prie, insista Chloe. Fergus et moi allons étudier la carte, pendant ce temps.

A la dérobée, Sabina observa Brice en train de manger ses escargots : on aurait pu croire qu'il réglait leur compte à chacun d'entre eux tant ses gestes étaient brusques et nerveux ! Pour la première fois depuis leur rencontre, elle avait l'impression qu'il n'était pas à son avantage… et elle s'en réjouissait vivement !

Bien que Brice participât peu à la conversation, le repas se poursuivit de façon fort plaisante. Chloe et Fergus étaient des interlocuteurs extrêmement agréables, dotés d'un sens de l'humour décapant. En outre, ils débordaient d'amour l'un pour l'autre et les regards qu'ils échangeaient étaient tout simplement touchants.

— Nous allons bientôt être de la même famille, Sabina, annonça Chloe au moment du dessert.

A ces mots, Brice lui décocha un regard inquiet qui n'échappa pas à Sabina.

— Pardon ? dit cette dernière.

— L'une de mes cousines se marie avec le neveu de votre fiancé, expliqua Chloe. Comme je ne suis pas douée pour la généalogie, je ne sais pas exactement quel lien de parenté cela crée entre nous, mais toujours est-il que cela en établit un.

Elle aussi, pensa Sabina, elle ignorait la nature de ce lien de parenté — d'autant que jamais elle n'épouserait Richard ! Elle répondit gentiment :

— Effectivement, cela semble compliqué… Désolée d'interrompre cette soirée, mais je suis un peu fatiguée et je crois qu'il est temps pour moi de rentrer.

A l'expression de Brice, elle comprit qu'il n'appréciait pas du tout ce qu'elle venait de dire. Raison de plus pour partir ! Elle avait eu tort d'accepter son invitation, et beaucoup de chance que Fergus et Chloe la sauvent, sans le savoir, des griffes de leur cousin.

— Peut-être aurons-nous l'occasion de travailler ensemble bientôt, déclara Chloe en prenant congé de Sabina tandis que les deux hommes se disputaient pour régler l'addition.

— Peut-être, fit Sabina, évasive, tout en pensant que moins elle aurait affaire à la famille de Brice, mieux ce serait.

— J'ai été navrée que nous ne puissions collaborer comme prévu, l'année dernière, en novembre. Vous étiez malade, alors. J'espère que ce n'était rien de grave.

Décidément, aujourd'hui, ce n'était pas son jour ! D'abord cette lettre, ce matin, et puis maintenant cette allusion au fameux mois de novembre où elle avait manqué tous les défilés importants à cause de…

Non, elle ne devait pas penser à ça !

— Qu'est-ce qui n'était pas grave ? s'enquit alors Brice.

— Nous évoquions un rendez-vous professionnel manqué, l'année dernière, dû à un problème de santé de Sabina, répondit Chloe.

— Que vous est-il arrivé ? interrogea-t-il vivement.

Cet homme était décidément impossible ! D'ailleurs, sa cousine s'écria :

— Brice ! Tu es bien indiscret !

— Je ne vois pas en quoi !

Evidemment ! pensa Sabina, excédée. Elle qui espérait que son absence des défilés à la fin de l'année dernière était passée inaperçue…

— C'était bénin, répondit-elle brièvement. Juste la grippe. Ravie de vous avoir rencontrés et à bientôt, j'espère.

Elle ne désirait à présent qu'une chose : rentrer chez elle pour s'y enfermer à double tour, à l'abri des regards inquisiteurs de Brice McAllister.

— Nous pourrons peut-être dîner de nouveau tous les quatre, un de ces soirs, suggéra Fergus.

— J'en doute. Mon fiancé rentre demain de New York. Comme je vous l'ai déjà dit, Brice a eu pitié de ma solitude ce soir et c'est pourquoi il m'a invitée à dîner.

— Pourquoi avoir menti à Fergus ? lui demanda brusquement Brice quelques minutes plus tard, à l'arrière du taxi qui filait vers Mayfair. Je n'ai pas eu pitié de votre solitude, je voulais passer la soirée avec vous, c'est différent !

Subitement, l'habitacle parut bien exigu à Sabina. En outre, la proximité de Brice sur la banquette, sa jambe qui frôlait la sienne, son bras puissant reposant nonchalamment sur le siège, derrière ses frêles épaules, tout contribuait à renforcer son sentiment de claustrophobie.

Oui, il était trop proche d'elle, trop viril, trop attrayant !

Dans la demi-obscurité, elle tourna la tête vers lui. Elle devait dire quelque chose, n'importe quoi…

— Brice…

— Sabina ! murmura-t-il alors en baissant la tête vers elle pour capturer sa bouche.

Il ne devait pas l'embrasser ! Telle fut la première pensée de Sabina qui ne cherchait pas pour autant à se débattre ! Elle était fiancée à Richard, et même s'il ne s'agissait que d'un arrangement entre eux, et non d'une réelle relation, elle se devait de lui être loyale.

Et malgré tout, Brice continuait à l'embrasser…

Une sorte de langueur s'empara alors de son être. Elle se sentit soudain légère, aérienne, tel un oiseau prenant son envol et dont les ailes déployées battent l'air chaud pour aller toujours plus haut…

Elle n'entendait plus les bruits extérieurs, tout avait cessé d'exister — tout, sauf Brice et la sensation de ses lèvres sur les siennes. Oui, uniquement cela importait !

Peu à peu, des ondes de plaisir parcoururent son être, chaque parcelle de sa peau devint électrique… Elle se mit alors à tâter langoureusement les épaules de Brice, lui rendant son baiser avec une ardeur partagée…

— Ça fera huit livres !

Elle sursauta comme si on venait de lui lancer un verre d'eau glacée au visage. Et prit soudain conscience de ce qu'elle venait de faire : au lieu de repousser froidement Brice McAllister, elle avait accepté son baiser. Pire encore : elle l'avait embrassé avec une fougue égale à la sienne.

Paniquée, elle se raidit et se plaqua contre le siège.

— Désolé de vous interrompre, mes tourtereaux, reprit le chauffeur, mais cela fait déjà cinq minutes que nous sommes arrivés.

Seigneur ! Cinq minutes qu'ils s'embrassaient devant la maison de Richard ! Une maison qu'elle partageait avec lui ! Fallait-il qu'elle fût perturbée, aujourd'hui !

Comme Brice posait la main sur la poignée, elle objecta, le souffle court :

— Ne m'accompagnez pas, Brice, c'est inutile.

Sans l'écouter, il descendit du taxi pour lui ouvrir la portière.

— Sabina…

— S'il vous plaît, ne dites rien, l'interrompit-elle d'une voix plus ferme, le menton relevé en arrière et osant enfin le regarder. J'ai été enchantée de rencontrer Fergus et Chloe. Et… merci pour le dîner !

— Je suppose que ce sera le premier et le dernier, n'est-ce pas ? murmura-t-il tristement.

— Effectivement, rétorqua-t-elle d'un ton cassant. Bonne nuit.

Là-dessus, elle pivota sur ses talons et s'éloigna précipitamment vers la maison. Lorsqu'elle entendit le taxi repartir, elle s'adossa à la porte d'entrée, sur le point de s'écrouler.

Mon Dieu ! Qu'avait-elle fait ?

Qu'avaient-*ils* fait ?

Et surtout, comment annoncer à Richard qu'elle ne voulait plus poser pour Brice McAllister sans lui révéler la vérité au sujet de cette soirée — une vérité qui provoquerait inévitablement l'annulation du contrat qui les liait ?

6

— Le dîner n'était-il pas à votre goût, monsieur Brice ? s'enquit Mme Potter, consternée, en constatant qu'il n'avait pas touché à son plat.

— Non, c'était parfait… Seulement, je n'ai pas faim.

Il était bien trop furieux pour être affamé. Furieux contre Sabina, contre Richard Latham et contre lui-même.

Oui, surtout contre lui-même.

Trois jours s'étaient écoulés depuis le dîner avec Sabina. Trois longs jours de solitude et de frustration.

Curieux. La solitude était un sentiment qu'il n'avait pas connu jusque-là, même lorsqu'il était seul. De fait, il avait toujours adoré vivre en solitaire. Or, depuis le baiser qu'il avait donné à Sabina, sa façon de voir le monde avait changé.

Oui, quelque chose s'était transformé en lui dès l'instant où il l'avait tenue dans ses bras pour explorer la douceur de sa bouche… et où elle lui avait rendu son baiser avec une passion égale à la sienne ! S'il n'arrivait pas encore à caractériser la subite transformation qui s'était opérée en son être, il savait en revanche que, désormais, la solitude lui pesait et que sa propre compagnie l'insupportait.

Car, quand il était seul, toutes ses pensées se focalisaient sur Sabina. Qu'était-elle en train de faire ? Avec qui était-elle ? Lui avait-elle accordé la moindre pensée, ces trois derniers jours ?

Ses traits se crispèrent soudain. Nul doute que si Sabina avait pensé à lui, ce n'est pas de manière flatteuse. A qui la faute d'ailleurs ? N'avait-il pas outrageusement franchi les limites qu'elle lui avait imposées ? Son propre comportement l'écœurait ! Par conséquent, comment attendre de la mansuétude de la part de Sabina ?

Sabina qui était fiancée à un autre homme ! ne cessait-il de se répéter.

Cela avait beau lui déplaire, cet engagement demeurait un fait indéniable dont il ne pouvait faire abstraction — au risque de s'exposer au mépris de la jeune femme.

Il l'admettait, il avait agi sur un coup de tête en l'attirant à lui pour l'embrasser. Il avait cédé à une violente pulsion et il allait payer cher, puisqu'il était certain de ne plus la revoir. Elle refuserait désormais de poser pour lui, il en était convaincu.

Néanmoins, jusqu'à présent, Richard Latham n'avait pas sonné furieusement à sa porte pour exiger des comptes sur son attitude envers sa fiancée. Ce qui tendait à prouver que cette dernière ne lui avait rien confié au sujet de leur baiser…

Dans ces conditions, quelle raison invoquerait-elle pour ne plus poser pour lui ? Et si faute de trouver une justification, elle…

Assez ! Il devait cesser de se torturer l'esprit. Ses pensées tournaient en rond, pour revenir toujours à un terrible paradoxe : son besoin urgent de voir Sabina et l'impossibilité dans laquelle il se trouvait de combler ce désir.

— Mlle Smith demande à vous voir, annonça subitement Mme Potter en entrant dans le salon.

Il se redressa sur son siège. Mlle Smith… ? *Sabina !*

Quoi ? Sabina était chez lui ? Elle désirait le voir ?

— Dois-je la faire entrer ? demanda la gouvernante.

— Oui, enfin, non… Oh, mon Dieu !

Il n'était absolument pas présentable. Ses cheveux dans lesquels il ne cessait de passer ses doigts nerveux étaient tout ébouriffés et il ne s'était pas rasé depuis deux jours. Quant à ses vêtements… Ce matin, il avait enfilé son jean et son T-shirt de la veille, tous deux copieusement maculés de peinture. Franchement, il avait l'air misérable.

En même temps, il ne pouvait pas la faire patienter dans le corridor pendant qu'il irait se doucher, se raser et se changer…

— Faites-la entrer, je vous prie, trancha-t-il brusquement.

Ce fut alors qu'un doute l'étreignit. Anxieux, il ajouta :

— Est-elle seule ?

— Absolument seule, répondit froidement Sabina en apparaissant au côté de Mme Potter, dans l'encadrement de la porte.

Comme elle était belle !

Eclatante de beauté, comme dans les magazines de papier glacé pour lesquels elle posait.

Elle portait une robe de lamé or, en harmonie avec sa longue chevelure blonde qui cascadait souplement sur ses épaules. Un trait de khôl bleu marine intensifiait son regard azur, du rouge vif soulignait la plénitude de ses lèvres et des escarpins dorés à talons vertigineux mettaient en valeur ses jambes interminables. Une véritable apparition.

— Merci, madame Potter, déclara Brice, peu désireux qu'un témoin assiste au tête-à-tête qui allait suivre.

— Dois-je servir du thé, du café ? Du vin, peut-être ? suggéra alors cette dernière.

— C'est fort aimable à vous, s'empressa de répondre Sabina, mais je ne fais que passer. J'ai un rendez-vous professionnel.

Précision inutile ! Il n'avait pas la prétention de croire qu'elle s'était parée avec tant de soin pour ses beaux yeux à lui !

— Que voulez-vous ? demanda-t-il sans ambages une fois que la gouvernante fut sortie.

Lui lançant un regard froid, elle lui asséna :

— Vous êtes l'homme le plus cavalier que j'aie jamais rencontré.

— Au moins, je suis cohérent avec moi-même.

— Exact ! approuva-t-elle avec dédain avant d'ajouter : je suis venue vous voir car Richard a l'intention de vous passer officiellement commande du tableau demain. Je veux que vous refusiez cette commande.

— Et pourquoi, s'il vous plaît ? lança-t-il sur un ton persifleur.

— Je suis certaine que je n'ai pas à vous expliquer pourquoi ! répondit-elle sans le quitter des yeux.

Effectivement… Et pourtant, après les trois horribles journées qu'il venait de vivre, il ne pouvait la laisser s'en tirer comme ça. D'autant que le masque d'indifférence polie qu'elle affichait en ce moment l'agaçait profondément. Immensément…

— Vous faites allusion au fait que nous nous sommes embrassés, n'est-ce pas ? fit-il d'un air défiant.

Une rougeur de colère empourpra les joues de Sabina qui répondit :

— Je constate, monsieur McAllister, que non content d'être cavalier, vous avez également une mémoire défaillante ! Je vous rappelle que c'est *vous* qui m'avez embrassée !

— Au début, oui, mais il me semble bien que vous m'avez rendu mon baiser.

— Décidément, McAllister, vous êtes tout le contraire d'un gentleman ! lui asséna-t-elle d'une voix tremblant de colère.

Oh, comme elle se trompait ! Car si le gentleman qui sommeillait en lui ne l'en avait pas dissuadé, il l'aurait prise à l'instant même dans ses bras et l'aurait embrassée de nouveau. Longuement, passionnément… Elle était si ravissante lorsqu'elle était en colère !

— Et je suppose que Latham, lui, est un gentleman ?

A ces mots, elle se figea et, les yeux étincelant de fureur, demanda :

— Que sous-entendez-vous par là ?

— Que je n'ai jamais supposé que dans cette grande maison que vous partagez avec Latham, vous dormiez sagement dans une chambre et lui, dans une autre.

A ces mots, il la vit se transformer en une véritable statue de glace. Mâchoires serrées, elle parvint néanmoins à marmonner :

— Cela ne vous regarde absolument pas ! Je… j'étais venue faire appel à votre sens de l'honneur, mais visiblement vous n'en avez pas !

— Latham ignore ce qui s'est passé l'autre soir, n'est-ce pas ? interrogea-t-il alors perfidement.

— Richard sait parfaitement que je vous ai vu, ce soir-là, riposta-t-elle, non sans rougir.

— Ce n'est pas ce que je veux dire et vous le savez parfaitement !

— Estimez-vous heureux que je n'aie pas informé Richard de votre geste déplacé !

— Heureux, et pourquoi ? Est-ce un cow-boy qui règle ses comptes en duel ?

Elle lui décocha un regard méprisant.

— Vous...

— A propos, comment va votre mère ? lança-t-il tout à trac, sentant qu'elle était sur le point de partir.

Il avait été si surpris de sa visite ! Si heureux de la revoir, en dépit des circonstances ! Sa présence chez lui signifiait qu'elle tenait absolument à ce que Richard Latham ignore ce qui s'était passé entre eux.

Cela prouvait-il qu'elle était profondément éprise de son fiancé ? Pas sûr....

Visiblement, le changement abrupt de sujet la déconcerta, puisqu'elle bredouilla :

— Je... je n'ai pas reparlé à ma mère depuis notre déjeuner.

— D'après ce que vous m'avez dit, vous n'avez pas été particulièrement sympathique, ce jour-là. Vous devriez vraiment la rappeler pour discuter avec elle.

— De quoi vous mêlez-vous, Brice ?

— Serait-ce par lâcheté que vous ne l'avez pas rappelée ?

— Ecoutez, je parlerai à ma mère quand j'estimerai que l'heure sera venue, répondit-elle, outrée.

— Et pendant ce temps, qu'est-elle censée faire ? Se morfondre parce que sa fille juge sa conduite ?

— Vous ne connaissez absolument pas Leonore, elle...

— Ce que je sais, c'est qu'elle vous aime assez pour se déplacer spécialement à Londres afin de vous informer de son futur voyage à Paris. Même s'il ne fait aucun doute qu'elle s'attendait à votre réaction !

Elle écarquillait tellement ses grands yeux bleus qu'on ne

voyait plus qu'eux dans son beau visage à la fois bouleversé et indigné. Il la provoquait délibérément, l'attaquait frontalement ! Mais c'était plus fort que lui : il ne supportait pas qu'elle se retranche derrière cette image glacée ! Il voulait la faire sortir de ses gonds. Car, dès qu'elle avait franchi le seuil de son salon, il avait été obsédé par une seule idée : l'embrasser !

Déglutissant avec difficulté, elle le fixait toujours.

Il avait l'air différent aujourd'hui. Pas seulement à cause de sa barbe naissante, ses cheveux ébouriffés ou ses vêtements peu soignés. Non, cela, c'était tout à fait compréhensible de la part d'un artiste de son calibre. Elle concevait qu'absorbé par sa création, il en négligeait les contingences matérielles.

Non, c'était résolument autre chose… Quoi exactement ? Elle n'aurait su dire.

— Précisez votre pensée, le défia-t-elle. Vous paraissez un si grand connaisseur de l'âme humaine !

Elle prononça cette dernière phrase avec une ironie appuyée. Saisissant la balle au bond, il lui asséna alors :

— Vous ne voyez pas d'inconvénient à vivre en concubinage avec un homme qui pourrait être votre père, mais vous jetez la pierre à votre mère s'il lui prend d'aspirer à un peu de bonheur pour ses vieux jours !

Elle secoua la tête et un sourire dédaigneux barra son visage.

Ce qu'il désirait, c'était la provoquer, la titiller. En lui répondant, elle lui donnerait entière satisfaction. Aussi reprit-elle :

— Ecoutez, Brice, je ne suis pas venue ici pour parler de ma mère.

— Oh, je sais ! Vous êtes venue me prier de dire à votre fiancé — quand il me téléphonera — que je ne peux pas peindre votre portrait.

Et Sabina comprit à sa seule expression qu'il ne le ferait pas !

— Je perds mon temps, c'est évident, dit-elle en jetant un rapide coup d'œil à sa montre sertie de diamants. Je n'ai pas le loisir de m'attarder davantage, je…

— Vous ne voulez pas faire patienter Richard, n'est-ce pas ? Je suppose qu'il vous attend à l'arrière de la limousine, avec le fidèle Clive au volant.

— Je vous ai dit que je me rendais à un rendez-vous officiel ! N'écoutez-vous donc rien lorsqu'on vous parle ?

Si pour Richard il se trompait, en revanche, il avait raison concernant Clive. D'ailleurs, ce dernier l'attendrait sagement dans la limousine, durant le gala de charité auquel elle devait assister. Il la ramènerait ensuite en toute sécurité à la maison…

— Je suis navrée que nous ne puissions trouver un arrangement à l'amiable concernant le portrait, reprit-elle froidement. Je croyais pouvoir faire appel à votre sens de l'amitié… J'ai eu tort.

Sa référence à l'amitié eut le don d'exaspérer Brice. Avec elle, il ne voulait pas en rester à *l'amitié* — et elle le savait parfaitement !

— Je n'aime pas vous voir jouer les martyres, déclara-t-il alors, excédé par son attitude.

— Et moi, je me fiche de ce que vous aimez ou non ! rétorqua-t-elle, un sourire ironique aux lèvres.

Là-dessus, elle fit demi-tour et se dirigea vers la porte. Il s'élança derrière elle.

— Sabina, murmura-t-il alors doucement, il y a quelque chose que je voudrais savoir…

A cet instant, elle sentit le souffle chaud de Brice sur sa nuque frissonnante… Il se tenait bien trop près d'elle ! La scène dans le taxi lui revint en mémoire. Lui revint ? En réalité, ce souvenir ne l'avait pas quittée un seul instant depuis qu'elle était sortie du taxi !

Avant de vivre avec Richard, elle avait bien eu quelques liaisons. Mais jamais aucun homme n'avait fait battre son cœur comme Brice McAllister… Aucun avant lui n'avait su transformer son être en un véritable feu liquide.

Du cran ! s'ordonna-t-elle brusquement. Elle était désormais « fiancée » à Richard. Trop tard donc pour se laisser aller aux sensations que lui inspirait le dangereux Brice.

— Je vous écoute, dit-elle sans se retourner.

— Que contenait l'enveloppe verte qui vous a si profondément bouleversée ?

Son sang se glaça subitement dans ses veines, sa respiration se fit plus courte, ses oreilles se mirent à bourdonner. Mon Dieu, elle allait…

— Sabina… ?

Posant une main sur son bras frêle, il la força à se retourner.

Le visage de Brice lui apparut à travers un brouillard. Sa bouche s'agitait, mais elle n'entendait pas ce qu'il lui disait…

Soudain, elle perdit connaissance.

7

« Mon Dieu, comme elle a l'air jeune ! » se dit Brice en se penchant vers Sabina, toujours évanouie.

La mélancolie qui se reflétait dans ses grands yeux bleus, et qui rendait son regard si grave, avait disparu derrière ses paupières closes. Le contraste entre ses cils noirs et fournis et sa peau aussi délicate qu'un magnolia soulignait sa vulnérabilité.

Il l'avait retenue avant qu'elle ne s'écroule à terre, puis l'avait délicatement portée sur le sofa où elle était toujours allongée, la couronne de sa chevelure dorée déployée sur les coussins. Promenant son regard sur son corps de déesse, il eut soudain l'impression qu'elle avait perdu du poids… Il reporta les yeux vers son beau visage pâle… Oui, ses joues étaient assurément plus creuses.

Etait-ce à cause de lui ? Parce qu'il l'avait embrassée ?

Ou bien était-ce la fameuse lettre vert pâle qui avait provoqué cette perte de poids ?

Qui pouvait bien être l'auteur de cette missive ? Et que contenait-elle de si perturbant pour que, des jours plus tard, elle continue à exercer un tel effet sur Sabina ?

Evidemment, il aurait pu l'interroger à ce sujet, mais il doutait qu'elle lui répondît !

Soudain, elle remua un peu, ouvrit les yeux… pour les refermer aussitôt en l'apercevant.

— Allez, lui dit-il d'un air gentiment moqueur, ce n'est que moi, vous pouvez ouvrir les yeux.

Lentement, elle consentit à rouvrir les paupières, puis humectant ses lèvres sèches avec le bout de sa langue, elle demanda d'une voix rauque, sans le regarder :

— Pourrais-je avoir un verre d'eau ?

— Ne bougez pas, je vous l'apporte.

Lorsqu'il revint de la cuisine, elle s'était assise sur le canapé, tentant de se recoiffer. Il lui tendit le verre et elle se mit à boire l'eau fraîche à petites gorgées.

— Je suis navrée, dit-elle enfin. Je ne sais pas pourquoi j'ai eu ce malaise.

— Eh bien, moi, je vais vous dire pourquoi ! décréta Brice. Vous n'avez pas fait un repas digne de ce nom depuis des jours !

A ces mots, elle rougit légèrement.

« Touché ! » pensa-t-il avant d'ajouter :

— Pourquoi ?

— Ecoutez, mes habitudes alimentaires ne vous concernent pas.

— Dans la mesure où vous vous évanouissez chez moi, je m'estime concerné ! riposta-t-il. Eh bien, j'attends votre réponse !

Au lieu de répondre, elle consulta soudain sa montre et déclara :

— Il faut vraiment que je parte !

— Pendant que vous étiez évanouie, j'ai averti Clive que vous n'iriez pas à votre rendez-vous, l'informa-t-il tranquillement.

— Pardon ?

— Vous avez parfaitement entendu. Je lui ai également dit de rentrer, car vous n'auriez plus besoin de lui ce soir.

Elle ouvrit la bouche, la referma. Recommença…

Si la situation n'avait pas été aussi sérieuse, Brice aurait trouvé sa réaction amusante. Bon, il concédait que ses initiatives étaient osées, mais franchement, si elle n'était pas capable de prendre soin d'elle, il fallait bien que quelqu'un le fasse à sa place ! Pourquoi Richard ne veillait-il pas à ce qu'elle se nourrisse correctement ?

— Où est Richard, ce soir ? demanda-t-il brusquement.

— En voyage, parvint-elle enfin à dire, toujours en état de choc.

— Encore ! ne put-il s'empêcher de s'exclamer. Pourquoi vous abandonne-t-il si souvent ? Pour qui vous prend-il donc ? Un objet précieux que l'on exhibe ?

— Ne soyez pas ridicule ! s'exclama Sabina, profondément irritée. Richard est un homme d'affaires très occupé.

— Moi aussi, je suis occupé, mais si vous étiez ma fiancée, je ne vous délaisserais pas de cette façon et surtout, je ne vous permettrais pas de vous mettre dans un état pareil.

— Quel état ? s'insurgea-t-elle.

— Vous n'avez que la peau sur les os.

— *Merci !*

— Ce n'était pas un compliment !

— Je sais !

— Vous…

— Le dîner est servi, monsieur Brice, annonça Mme Potter dont la silhouette se dessina alors dans l'encadrement de la porte.

Aucun d'eux ne l'avait entendue frapper… et pour cause : ils étaient au beau milieu d'une dispute !

— Que signifie tout cela, Brice ? lui demanda subitement Sabina d'un ton sévère.

Décidément, il avait dépassé les limites, ce soir !

— Nous avons tous deux besoin de reprendre des forces, annonça-t-il.

Lui non plus n'avait rien mangé tout à l'heure, mais à présent, il avait une faim de loup !

Sabina le foudroya du regard. Néanmoins, en présence de Mme Potter, elle s'abstint de lui dire ce qu'elle pensait de sa conduite. Elle était trop bien élevée pour faire un esclandre devant la gouvernante.

De son côté, Brice était conscient que ses initiatives l'avaient profondément contrariée… mais qu'était-il censé faire ? La porter, évanouie, jusqu'à la limousine et la confier aux soins de Clive pour qu'il la ramène à Mayfair ? Certainement pas !

— Nous allons passer à table, indiqua-t-il alors à Mme Potter.

Dès que cette dernière eut tourné les talons, Sabina laissa libre cours à sa colère.

— Comment osez-vous ? s'écria-t-elle en le fixant de ses grands yeux scintillants.

— Avouez que vous avez besoin de manger, Sabina et…

— Je ne parle pas du dîner ! Comment avez-vous osé modifier mes projets pour cette soirée ? Congédier Clive ? Un baiser ne confère nullement ce genre de droits !

Tiens donc ! En dépit de ses protestations, ce baiser avait donc davantage compté qu'elle voulait bien l'admettre, sans quoi, elle n'y aurait pas fait allusion ! D'ailleurs, elle venait elle-même de s'en apercevoir, comprit-il devant la mine déconfite de Sabina.

— Un seul baiser mais quel baiser ! commenta-t-il d'un ton provocateur.

— Vous… Je… Vous êtes impossible !

— C'est ce qui fait mon charme.

— L'arrogance n'est pas une vertu, Brice, lui asséna-t-elle avec rage.

— Le jeûne non plus, répliqua-t-il d'un ton léger. Venez, allons dîner.

Se levant, il lui tendit la main.

— Entendu, dit-elle de guerre lasse. Mais à une condition !

— Laquelle ? demanda-t-il, soudain tendu.

— Plus de questions sur ma correspondance.

Il s'en était douté ! Ce n'était pas une condition à laquelle il cédait volontiers — notamment après la façon dont elle venait de réagir. Mais si c'était l'unique moyen de la retenir…

— D'accord, dit-il enfin.

Pour ce soir, il renonçait à la questionner. Toutefois, il avait la ferme intention de découvrir le terrible secret lié à la lettre dans un futur proche.

Sabina mit un point d'honneur à ne pas prendre le bras qu'il lui offrait tandis qu'ils se dirigeaient vers la salle à manger.

Bah, peu importe, pensa-t-il, philosophe. Il était parvenu à la retenir pour le dîner, il ne devait pas non plus trop exiger d'elle !

Il avait peut-être remporté ce premier round, pensa Sabina en s'asseyant à table, mais il n'avait pas encore gagné la partie ! La perspective peu réjouissante d'appeler un taxi et de rentrer seule dans sa grande maison vide l'avait conduite à accepter sa proposition à dîner.

Du moins était-ce ce dont elle préférait se convaincre…

Il était vrai qu'aujourd'hui elle n'avait rien mangé de la journée — non délibérément, mais parce qu'elle n'y avait pas pensé ! A présent, la tête lui tournait encore un peu et son estomac gronda lorsque Mme Potter déposa une soupière fumante sur la table. Une odeur délicieuse s'en dégageait !

— J'espère ne pas vous causer trop de dérangements, déclara-t-elle alors à l'adresse de Mme Potter.

— Nullement, lui assura la gouvernante. Je suis ravie que monsieur Brice se décide enfin à goûter au dîner qu'il n'a pas touché tout à l'heure.

Là-dessus, la domestique s'éclipsa.

Incapable de soutenir le regard de Brice, Sabina se concentra sur le délicieux consommé de carottes de Mme Potter. Ainsi, elle n'était pas la seule à ne pas avoir mangé…

Comme s'il lisait dans ses pensées, Brice déclara :

— D'accord, je reconnais que depuis trois jours, je n'ai pas réellement fait honneur à la cuisine de ma gouvernante.

Elle continua à savourer le velouté, ne sachant si elle devait apprécier ce que sous-entendait cet aveu. Cela faisait trois jours qu'ils avaient dîné ensemble, trois jours qu'il l'avait embrassée…

Elle s'était efforcée de refouler le souvenir de ce baiser. Peine perdue ! Il revenait la hanter à chaque instant !

— Quel dommage ! répondit-elle. Car, autant que je puisse en juger d'après cet exquis consommé, Mme Potter est une excellente cuisinière.

Elle ne voulait surtout pas surenchérir sur ce qui s'était passé trois jours auparavant. Elle était fiancée à Richard, et lui était redevable de tant de choses ! Ce baiser n'aurait jamais dû se produire, aussi le plus vite ils l'oublieraient, le mieux ce serait.

— Je me disais que…

— J'aimerais réellement que…

Ils s'interrompirent, ayant parlé tous les deux en même temps.

— Allez-y, dit Sabina.

— Non, vous la première ! En dépit de la piètre opinion que vous avez de moi, je n'ai pas oublié toutes les bonnes manières que l'on m'a inculquées.

— Très bien ! Je voulais vous demander si vous aviez finalement renoncé à l'idée du tableau.

— Non ! répondit-il d'un ton définitif.

On ne pouvait être plus clair ! pensa-t-elle, dépitée. Pourquoi ne se rendait-il pas compte que ce n'était pas une bonne idée de passer tant de temps ensemble ?

Ils formaient un couple étrange, tous les deux, se dit-elle subitement. Elle était habillée de façon extrêmement sophistiquée, alors que lui n'était même pas rasé. Quant à ses vêtements… On aurait pu croire qu'il avait dormi dedans.

Lisant dans ses pensées, Brice reprit alors :

— Navré pour la barbe. Voulez-vous que j'aille me raser et me changer ?

Effectivement, elle aurait préféré qu'il le fasse… mais pas pour la raison qu'il croyait. En vérité, il avait l'air bien plus dangereux et bien plus attrayant avec cette barbe naissante qui lui prêtait des airs de pirate ! Et puis, ce qui la désarmait par-dessus tout, c'était qu'il avait une nouvelle fois lu dans ses pensées.

Enfin, pas toutes, heureusement !

— Ne vous dérangez pas pour moi ! assura-t-elle. Je me fiche que vous soyez rasé ou non.

— On dirait que je n'ai pas le monopole de la grossièreté, déclara-t-il alors sèchement.

Reposant sa cuillère, elle se cala contre le dossier de sa chaise, puis reprit d'un ton plus amical :

— Que vous apprêtiez-vous à me dire, tout à l'heure ?

Il la jaugea un instant, déconcerté par son changement de ton, hésitant encore à lui dévoiler son projet. Soudain, il se lança :

— Le week-end prochain, je dois me rendre en Ecosse. Je voudrais que vous veniez avec moi.

Avait-elle bien entendu ? Non, il ne pouvait pas être sérieux. Il…

— Allons, ne faites pas cette tête, poursuivit-il, c'est une proposition honnête, je me rends au château de mon grand-père.

Que croyait-il ? Que la seule mention de son grand-père allait la rassurer ? Après tout, il n'avait pas précisé si son aïeul serait présent ou non au château.

— Qu'êtes-vous au juste en train de me proposer, Brice ? demanda-t-elle d'un ton parfaitement calme.

A cet instant, Mme Potter entra pour débarrasser, et il attendit qu'elle fut repartie pour annoncer :

— Je sais exactement comment et où je veux vous peindre.

— C'est-à-dire… ? fit-elle, immédiatement sur ses gardes.

— Comme je l'ai indiqué d'emblée à votre fiancé, je ne peins pas volontiers de portraits. Et encore moins sur commande.

— Dans ces conditions, pourquoi tenez-vous tant à me peindre alors que je vous supplie de renoncer à votre projet ?

— Je veux vous peindre, lui expliqua-t-il en la fixant droit dans les yeux. En revanche, je n'entends pas réaliser le portrait aseptisé que Richard attend de moi. Dans ces conditions, il n'a qu'à faire encadrer une photographie de vous, ce sera plus simple !

Il reprit son souffle, et enchaîna :

— Moi, j'ai envie de vous saisir telle que vous êtes réellement ! Et l'inspiration m'est venue, je sais exactement le tableau que je vais réaliser de vous : vous serez assise dans une des tours du château, près d'une fenêtre ouverte, votre chevelure d'or voletant au vent…

— Avec une traîne de velours et une couronne sur la tête, ajouta-t-elle sur un ton ironique. La Belle au bois dormant, en somme !

Elle éclata de rire, s'efforçant de masquer toute la nervosité que contenait cette réaction… Car l'idée de poser pour lui dans un cadre si romantique avait accéléré les battements de son cœur.

Néanmoins, ce qu'il lui proposait était totalement irréalisable ! Il fallait que cette relation reste professionnelle et ne dégénère pas ! Elle refusait de se laisser prendre au jeu des fantasmes de Brice.

Quand allait-il le comprendre ?

8

D'instinct, Brice comprit qu'elle allait refuser la proposition qu'il venait de lui faire. Il enragea !

Il n'aurait pu expliquer d'où lui venait cette idée de la peindre dans le château écossais de son grand-père, mais elle s'imposait désormais à lui comme une évidence. C'était dans ce cadre qu'il entendait faire son portrait, un point c'est tout !

Hélas, ainsi qu'il le craignait, il la vit secouer la tête en signe de négation.

— Je doute que c'était ce que Richard avait en tête lorsqu'il vous a commandé le tableau, déclara-t-elle, non sans se départir de son petit ton moqueur.

— Il ne m'a donné aucune recommandation spécifique et si tel avait été le cas, je ne les aurais pas acceptées, répliqua Brice. Si mon tableau ne lui plaît pas quand il sera terminé, tant pis, je le garderai pour moi !

— Brice, je suis désolée, je ne peux pas aller en Ecosse avec vous, c'est…

— Pourquoi ? l'interrompit-il, fort agacé.

A présent que l'inspiration lui était venue, il ne supportait pas que l'on contrarie ses projets. Il souhaitait s'atteler à la tâche le plus rapidement possible. Aussi ajouta-t-il :

— Mon grand-père habite les lieux, votre vertu sera donc sauve ! Et il ne manquerait pour rien au monde la venue du top model Sabina chez lui, en dépit de ses quatre-vingts ans.

Elle esquissa un vague sourire, peu convaincue par l'argument. Sans désarmer, il opta pour une autre stratégie :

— Où votre mère habite-t-elle exactement, en Ecosse ?

— Ma mère ? Mais quel rapport… ?

— M'écoutez-vous, Sabina ? la sermonna-t-il brusquement. Je vous propose de m'accompagner en Ecosse, en d'autres termes dans le pays où réside votre mère. Si elle n'habite pas trop loin du château, vous pourrez lui rendre visite durant notre séjour.

Sabina poussa un soupir dépité. Cette conversation ne menait nulle part !

Elle ignorait encore que, lorsque Brice avait trouvé l'inspiration, il ne reculait devant aucun obstacle. En l'occurrence, en dépit de tous les croquis qu'il avait réalisés d'elle, il était resté dans le brouillard absolu la concernant… jusqu'à ce que le déclic se produise !

— Je n'ai jamais…, commença-t-elle sans terminer sa phrase, manquant soudain de courage à l'idée de lui faire ce terrible aveu.

— Jamais quoi ? Rendu visite à votre mère en Ecosse ? demanda-t-il, incrédule, en la voyant hocher la tête en signe d'acquiescement. Depuis combien de temps habite-t-elle là-bas ?

— Cinq ans.

— Cela fait donc une éternité que vous n'êtes pas allée chez elle !

Devait-elle entendre des reproches dans sa voix ? Franchement, de quoi se mêlait-il encore ?

— Ecoutez, ma relation avec ma mère…

— Ne me regarde pas, je sais ! Cependant, comme nous nous rendons en Ecosse, vous pouvez en profiter pour aller la voir.

— Je n'ai pas accepté de vous accompagner, objecta-t-elle.

Sans l'écouter, il ajouta d'un air songeur :

— Il faudra que vous preniez rendez-vous avec Chloe cette semaine. Elle…

— Chloe ? Pourquoi ?

— Je veux qu'elle crée une robe spécialement pour vous. Pour le tableau. J'ai une idée très précise en tête, il suffira qu'elle prenne vos mesures… Suis-je trop rapide pour vous, Sabina ? ajouta-t-il d'un air moqueur, conscient qu'il la bombardait d'informations.

— Bien trop rapide ! Vous…

Elle s'interrompit : Mme Potter apportait le plat principal, composé d'un poulet rôti et de pommes de terre rissolées.

— Mmm, ça a l'air délicieux…, commenta Sabina.

— Merci, madame Potter, fit promptement Brice, désireux que cette dernière reparte au plus vite.

Il attendit patiemment son départ et, levant les yeux vers Sabina, ajouta :

— Vous disiez ?

— Je ne connais pas mon emploi du temps sur le bout des doigts, mais je peux vous garantir une chose : même si je le voulais, il me serait impossible de me libérer pour un voyage en Ecosse !

— De toute façon, ce n'est pas le cas…

— Effectivement, confirma-t-elle.

— Hum, hum, fit-il, pensif, avant de décréter subitement : vous travaillez trop, Sabina ! Pourquoi ? Selon toute vraisemblance, ce n'est pas l'appât du gain qui vous guide.

Tout à coup, il repensa à la lettre… Etait-il possible que quelqu'un exerçât un chantage financier sur elle ?

— Non, Brice, ce n'est pas pour des raisons pécuniaires ! se défendit-elle. J'aime travailler, être occupée… Et puis, la vie professionnelle d'un mannequin étant très courte, autant en profiter pleinement.

La tentative pour détourner la conversation était astucieuse ! reconnut Brice. Manque de chance, il n'était pas le genre d'homme à se laisser distraire si facilement…

— D'accord, dit-il. Mais la véritable raison, quelle est-elle ?

— Je viens de vous l'exposer ! Tout comme je vous ai dit que je ne peux pas disparaître brusquement du circuit professionnel — ne serait-ce que deux jours pour me rendre en Ecosse ! J'ai du travail, des engagements !

« Latham ! » pensa soudain Brice.

Nul doute que celui-ci n'apprécierait pas que sa fiancée parte avec lui quelques jours, même s'il s'agissait d'une escapade à but artistique. Evidemment, il pouvait l'inviter lui aussi, mais cette perspective ne l'enchantait guère !

En vérité, il voulait Sabina pour lui tout seul, ne serait-ce que pour un bref séjour en Ecosse !

Il rêvait de faire plus ample connaissance avec elle, loin de Londres et de ses fameux engagements professionnels. Loin de Latham, ce maudit fiancé.

— Je pourrais peut-être expliquer la situation à Richard, suggéra-t-il en désespoir de cause.

— Impossible, il part pour l'Australie !

— Quel dommage ! s'exclama-t-il alors, masquant avec difficulté la joie qu'il venait de ressentir à l'annonce de cette nouvelle. Sans quoi, il aurait pu se joindre à nous !

— Vous êtes bien trop insistant, Brice.

Quelle idiote ! se reprocha-t-elle aussitôt intérieurement. Pourquoi venait-elle de lui avouer que Richard allait s'absenter ?

Elle était venue chez lui afin de le persuader de renoncer au tableau. Pourquoi ce besoin pressant de mettre définitivement un terme à leurs rendez-vous artistiques ? se demanda-t-elle soudain. Le baiser qu'il lui avait donné trois jours auparavant l'avait-il à ce point ébranlée ?

Pire encore : Brice percevait-il ses contradictions ?

Etait-ce pour cette raison qu'il tenait tant à l'emmener en Ecosse ? Pour qu'elle se rende compte qu'elle était attirée par lui et qu'elle ne pouvait décemment épouser Richard Latham ?

Soudain, elle regarda la cuisse de poulet dorée dans son assiette, au milieu de pommes de terre encore fumantes. Et une nouvelle série de questions assaillit son esprit fatigué…

Pourquoi avait-elle subitement perdu l'appétit ? Etait-ce parce qu'elle se sentait piégée ? Car elle avait la désagréable impression que Brice refermait peu à peu ses rets autour d'elle.

Quelle ironie du sort : elle était arrivée avec la ferme intention de lui dire adieu — et en retour, il lui proposait un week-end en Ecosse !

Il était urgent de mettre un terme aux agissements de Brice !

— Navrée, mais je dois partir, annonça-t-elle brusquement en reposant ses couverts.

— Pourquoi ? demanda-t-il d'un ton enjôleur.

— Parce que je le souhaite ! répondit-elle en se levant.

— Mme Potter va finir par se froisser. C'est la deuxième fois ce soir que son poulet n'obtient pas de succès.

— Je ne suis pas responsable de la première fois et nul ne vous empêche de faire honneur à son plat quand je serai partie, objecta-t-elle, non sans rudesse. Je vous fais confiance pour vous dépêtrer au mieux de la situation.

Elle ne doutait pas qu'il se tirait toujours avec maestria des situations les plus compliquées. En revanche, ce n'était pas son cas ! Et d'ailleurs, elle se sentait à bout de nerfs. Tout ce qu'elle désirait, c'était rentrer chez elle pour s'immerger dans un bain chaud et relaxant.

— Puis-je appeler un taxi ? demanda-t-elle alors.

— Je vous raccompagne.

— Non ! Vous en avez assez fait pour moi, ce soir !

Son sarcasme fit mouche. Elle vit une lueur de mécontentement traverser le regard de Brice. Tant pis pour lui ! Elle aurait été incapable de supporter un trajet en sa compagnie dans l'espace exigu d'une voiture.

— Très bien ! dit-il en ravalant sa colère. Je vais vous appeler un taxi.

Là-dessus, il sortit de la pièce et, pour la première fois depuis son arrivée chez lui, Sabina put respirer tranquillement. C'était incroyable comme la présence de cet homme l'oppressait !

Pourquoi ? Que possédait-il donc qui la troublait à ce point ? Bah, au fond, elle n'était pas certaine de vouloir connaître la réponse.

— Le taxi sera là dans quelques minutes, annonça-t-il en revenant. Vous savez, Sabina, ma proposition de voyage est des plus sérieuses.

Inutile de lui répéter ce qu'elle savait déjà ! Le problème, c'est qu'elle ne voulait pas l'accompagner… et qu'il refusait de comprendre !

— Nous verrons, dit-elle de façon évasive afin de ne pas rouvrir un débat qu'elle était bien trop fatiguée pour soutenir.

Et puis en sa présence, elle ne parvenait pas à se défendre ! Elle devait d'abord s'éloigner de lui et retrouver ses esprits.

— Effectivement, reprit-il, nous en reparlerons.

Quel ne fut pas son soulagement lorsque le taxi arriva ! Hélas, Brice l'accompagna jusqu'à l'extérieur, poussant la chevalerie jusqu'à lui ouvrir la portière. Elle hésita avant de monter dans le taxi, ne sachant trop quoi lui dire… Elle ne pouvait tout de même pas le remercier pour cette charmante soirée ! Car la soirée avait été tout sauf charmante !

— Ne dites rien, murmura-t-il alors, peu dupe de ses tergiversations. Un baiser suffira.

Et, avant qu'elle comprenne ce qui se passait, il captura ses lèvres.

La surprise l'empêcha d'abord de réagir… Et ensuite…

Ensuite, la volonté lui manqua pour s'arracher à la douceur de ce merveilleux baiser.

Lorsqu'il releva la tête, Brice serra un instant le visage de Sabina entre ses paumes. La regardant droit dans les yeux, il déclara d'une voix rauque :

— Je t'appelle…

Les joues en feu, elle s'engouffra dans le taxi et, refermant brutalement la portière, elle marmonna son adresse au chauffeur.

Pas un instant elle ne tourna la tête vers Brice, pourtant elle était certaine qu'il ne la quittait pas du regard pendant que le taxi effectuait sa manœuvre.

Comment osait-il l'embrasser dès qu'il en avait envie ? Comme si c'était lui son fiancé, et non Richard !

Mon Dieu, Richard… !

Quelle serait sa réaction s'il apprenait que Brice McAllister l'avait embrassée non pas une fois — *mais deux ?*

Désespérée, elle secoua la tête. Le contrat qui la liait à Richard reposait sur une confiance mutuelle. Certes, elle n'avait pas initié ces baisers, mais il fallait bien admettre qu'elle n'avait pas non plus beaucoup protesté !

Pourquoi avait-elle laissé faire Brice ?

La première fois, son attitude était encore explicable. Elle pouvait invoquer la surprise, la stupéfaction qui empêche de réagir opportunément. Mais cette fois, elle n'avait aucune excuse de ne pas l'avoir repoussé !

A sa grande surprise, la maison était inondée de lumière lorsqu'elle arriva chez elle. Richard était donc rentré plus tôt que prévu. « Quel bonheur de retrouver la tranquillité du foyer ! » pensa-t-elle.

— Je ne t'attendais pas avant demain, s'exclama-t-elle chaleureusement en entrant dans le salon.

— Manifestement ! fit-il d'un ton sec en baissant le volume de la musique classique qu'il était en train d'écouter à plein volume.

Portait-elle sur le visage la trace du baiser de Brice ? se demanda-t-elle un instant, inquiète. N'avait-elle plus de rouge à lèvres ou pire, en avait-elle *autour* de la bouche ?

Sans mot dire, Richard avala une gorgée de whisky. Cela ne lui ressemblait pas de boire seul, pensa-t-elle en le regardant reposer son verre vide sur la table de salon.

— Clive est rentré il y a une heure environ, dit-il enfin d'une voix blanche.

Aïe ! Nul doute que Clive n'avait pas apprécié d'être congédié par Brice. Qu'avait-il bien pu rapporter à son employeur ?

— Je me suis arrêtée chez Brice McAllister alors que je me rendais à un gala de charité.

— Vraiment ?

— Richard, peux-tu me servir un verre de whisky à moi aussi ?

— Ce que tu dois m'annoncer est donc si terrible que cela ? fit-il en remplissant un autre verre qu'il lui tendit. Je ne comprends pas. Notre cohabitation est certes contractuelle, mais elle repose sur la loyauté. Or, je constate que tu as passé la soirée chez McAllister !

— Pas toute la soirée, Richard ! se défendit-elle. Il n'est que 21h30. Je suis allée chez Brice pour… pour…

— Oui ? fit-il, impatient.

— Pour que nous convenions d'une autre séance, assura-t-elle soudain sur un ton plus déterminé.

— Pourquoi ne pas lui avoir tout simplement téléphoné ?

Effectivement, pourquoi ?

— Parce que je passais tout près de chez lui.

— Et ?

— Et rien, nous avons pris rendez-vous, voilà ! Allons, Richard, tu es revenu plus tôt que prévu, c'est merveilleux, ne perdons pas notre temps à parler de McAllister.

— Pour moi, ce n'est pas une perte de temps ! Combien de soirées as-tu passées avec lui depuis mon départ ?

— Aucune, protesta-t-elle vivement. Bon, je ne voulais pas t'en parler pour ne pas t'inquiéter, mais puisque tu insistes… Eh bien, la vérité, c'est que je me suis évanouie chez Brice McAllister.

— Ah bon ? fit-il en fronçant les sourcils, inquiet. Que s'est-il passé, Sabina ? Ne me dis pas que tu as encore reçu une lettre anonyme !

— Non, mentit-elle spontanément, non, rassure-toi…

Puis, lui jetant un regard timide, elle ajouta :

— En fait, j'ai oublié de manger aujourd'hui, c'est tout.

— Comment peut-on oublier de manger ? s'exclama-t-il alors. Sabina, tu es incroyable ! Et dire que les pires idées m'ont traversé l'esprit alors que je t'attendais ! Bon, as-tu grignoté quelque chose depuis ?

— Oui, Brice a insisté pour que sa domestique me serve un repas !

Elle préféra cacher à Richard le fait que le repas avait été abrégé et qu'elle n'avait avalé qu'un bol de soupe !

Depuis le début, elle savait que son fiancé était possessif — d'ailleurs, n'était-ce pas précisément au nom de cette possessivité qu'il la protégeait ? Or, durant les mois qui venaient de s'écouler, ce compromis lui avait parfaitement convenu.

— Désolé de mon accueil un peu froid, s'excusa Richard. Tu es si belle, si unique. Et dire que j'ai douté de toi !

Elle sentit sa gorge se nouer.

Il n'avait pas eu tout à fait tort de douter d'elle…

9

— Que veux-tu dire exactement ? s'enquit son grand-père à l'autre bout du fil d'un ton impatienté. Que tu viens accompagné ?

— Oui, tu m'as bien compris, répondit Brice.

Loin de s'attendre à ce que son grand-père fît des difficultés, il avait néanmoins estimé légitime — avant de proposer officiellement une date à Sabina — d'informer celui-ci qu'il lui rendrait visite le week-end suivant… en compagnie féminine.

— Mon château n'est pas un hôtel, mon garçon, maugréa Hugh McDonald. Je sais que toi et tes cousins n'y pensez jamais, mais figurez-vous que moi aussi j'ai ma propre vie. Et je ne me morfonds pas dans mes donjons en attendant que vous daigniez me rendre visite.

Oh oh… Son grand-père était de fort mauvaise humeur, aujourd'hui ! Brice était bien conscient que la propriété requérait beaucoup de travail. Les hectares entourant le château étaient dévolus essentiellement à l'élevage, et même si le domaine était tenu par plusieurs métayers, Hugh tenait malgré tout à superviser l'ensemble.

Soudain, il l'entendit préciser :

— En outre, il est possible que je reçoive moi-même quelqu'un la semaine prochaine.

— Un invité ?

— Eh bien oui ! Moi aussi, j'ai une vie sociale en dehors de la famille, mon garçon.

— Hum, hum, fit Brice. Et ne s'agirait-il pas d'une femme, par hasard ?

En dépit de ses quatre-vingts ans, Hugh McDonald était encore un fort bel homme et cela faisait des années qu'il était veuf.

— Pas d'impertinence, mon garçon, s'il te plaît !

— Ton invitée, c'est donc bel et bien une femme, s'exclama Brice, bluffé.

— Je ne te dirai rien, répliqua son grand-père d'un ton boudeur.

— Oh, je comprends, tu n'es pas du genre à divulguer des secrets d'alcôve ! fit Brice, moqueur, ravi que pour une fois les rôles fussent inversés.

— Prends garde à ce que tu dis, mon garçon ! répondit sévèrement son aïeul.

Déconcerté par cette « complication », Brice ne savait plus quoi faire ! Son beau projet allait-il s'écrouler ?

Et lui qui donnait des leçons à Sabina quant à sa relation avec sa mère, l'encourageant à entretenir un rapport plus adulte avec elle ! Or, voilà qu'il venait de se faire rabrouer par son grand-père comme lorsqu'il avait six ans !

— La réponse est non, alors ? fit-il, le cœur battant.

— Ai-je jamais dit une chose pareille ? s'exclama le vieil homme. Je tenais juste à te préciser que ma maison n'est pas un hôtel, encore moins une garçonnière où tu serais libre d'amener tes dernières conquêtes.

— Sabina n'est pas une conquête, objecta Brice sans avouer qu'il le déplorait vivement. On m'a passé commande de son portrait et j'ai accepté, c'est tout !

A ceci près que, depuis, il en avait perdu le sommeil et sa tranquillité d'esprit. Et il doutait de plus en plus que ce voyage contribuerait à les lui restituer.

— Sabina ? reprit alors son grand-père sur un ton intéressé. Il ne s'agit tout de même pas du top model ?

— Si, l'informa Brice. Tiens donc, je ne savais pas que le milieu de la mode t'intéressait.

Encore que sans être un expert ès mode, il était difficile

d'ignorer qui était Sabina — sauf à vivre totalement coupé du monde. Son image s'étalait à la une de tous les journaux et magazines du pays depuis plusieurs années !

— Il y a beaucoup de choses que tu ignores à mon sujet, Brice, répliqua Hugh McDonald d'un ton sévère.

— Effectivement !

Apprendre que son grand-père recevait des hôtes du sexe opposé dans son château était un véritable scoop ! Il imaginait déjà la tête de ses cousins lorsqu'il leur annoncerait la nouvelle.

— Quand comptes-tu venir ? reprit le vieil homme.

— Je ne sais pas encore exactement. Je voulais d'abord vérifier que cela ne te posait pas problème avant d'arrêter des dates définitives.

— Viens quand tu veux, répondit Hugh d'un ton soudain plus léger.

Pourquoi ce revirement subit ? s'interrogea Brice. Parce qu'il s'agissait de Sabina ? Décidément, son grand-père était incorrigible !

— Je te rappelle cette semaine pour te confirmer ma venue le week-end prochain.

Dans une heure, il avait rendez-vous avec Richard et il serait enfin définitivement fixé sur la possibilité de réaliser ou non ce voyage avec Sabina. Evidemment, il aurait préféré n'avoir affaire qu'à cette dernière, mais en l'occurrence Latham était à la fois son commanditaire… et le fiancé de son modèle ! Difficile de faire abstraction de lui ! Il priait pour que Sabina soit présente durant ce curieux rendez-vous.

Cela faisait deux jours qu'elle était repartie brusquement de chez lui, deux longues journées durant lesquelles il avait été incapable de réfléchir. Néanmoins, il avait préféré laisser quarante-huit heures s'écouler afin que la colère de Sabina retombe.

« Un vœu pieux ! » pensa-t-il avec dérision.

Toutes ses pensées étaient tournées uniquement vers la jeune femme ! Il se rappelait les instants uniques où il l'avait serrée dans ses bras, la douceur de ses lèvres, le goût exquis de sa bouche…

Jamais aucune femme ne l'avait obsédé à ce point, auparavant ! Et il fallait que ce fût une femme déjà prise !

— Entendu, répondit Hugh. Surtout, n'arrive pas à l'improviste, compris ?

— Rassure-toi, je ferai en sorte de ne pas te surprendre dans un moment délicat, répondit Brice en se demandant si cette invitée était réellement la petite amie de son grand-père.

Encore qu'à son âge, ce terme ne convenait pas forcément !

— Et j'espère bien que je n'aurai pas à rougir de ta conduite, précisa le vieil homme.

— Je te promets de bien me comporter, répondit Brice, soudain presque soucieux.

Cette mystérieuse invitée semblait très chère à son aïeul… et il ne savait pas trop qu'en penser. Il éprouvait quelque difficulté à imaginer Hugh avec une autre femme que sa grand-mère.

Allons, il n'avait nul droit d'être si égoïste ! N'était-il pas légitime que son grand-père aspire à un peu de compagnie, seul dans son grand château ?

Après cette conversation téléphonique, Brice resta un long moment songeur, jusqu'à ce qu'il s'aperçoive que, s'il ne filait pas tout de suite, il allait arriver en retard à son rendez-vous avec Richard Latham. Après tout, les affaires de cœur de son grand-père ne le regardaient nullement. Ce dernier était majeur depuis longtemps, veuf de surcroît, et avait parfaitement le droit de mener la vie qui lui convenait sans consulter ses petits-enfants.

D'ailleurs, lui-même n'avait-il pas conseillé à Sabina de ne pas juger sa mère ?

Une heure plus tard, alors qu'on l'introduisait dans le salon de Latham, Brice constata avec contrariété que ce dernier était seul pour le recevoir. Sabina devait certainement travailler, pensa-t-il, attristé.

Richard Latham portait un costume noir et une chemise

blanche, une tenue des plus classiques mais fort élégante, qui soulignait sa chevelure blond vénitien et lui prêtait beaucoup d'allure. Ses tempes grises rajoutaient à son charme, constata Brice à son corps défendant. Bref, il devait bien concéder que Latham portait beau, pour ses cinquante-cinq ans.

Mais curieusement, plus il le regardait, et plus il sentait grandir en lui l'aversion qu'il lui inspirait. Dès leur première rencontre, cet individu lui avait été antipathique. Et il le trouvait d'autant plus désagréable aujourd'hui qu'il vivait avec Sabina, passait chaque jour et chaque nuit en sa compagnie ! Cette dernière idée lui était particulièrement odieuse…

— Asseyez-vous, lui dit Latham sans grande chaleur dans la voix. Que puis-je vous offrir ? Du thé, du café ? A moins que vous ne préfériez de l'alcool ?

— Non, merci, répondit Brice, déjà désireux de repartir.

— Dans ce cas, que puis-je faire pour vous ? demanda Latham en plissant les yeux.

— N'inversez pas les rôles. C'est moi qui suis censé faire quelque chose pour vous. En l'occurrence, le portrait de Sabina.

— Effectivement, concéda Richard. Eh bien, acceptez-vous enfin ma commande ? Et si oui, comment comptez-vous procéder ?

Souhaitant en finir au plus vite, Brice déclara :

— Je compte peindre Sabina dans un cadre gothique ; en l'occurrence, en Ecosse.

A cet instant, on frappa à la porte et, sans attendre d'y être invitée, la domestique entra pour annoncer :

— Mlle Sabina est réveillée. Je vous préviens immédiatement, ainsi que vous me l'aviez demandé.

— Merci, madame Clark. Dites-lui que je monterai la voir dans cinq minutes.

— Sabina est-elle malade ? s'enquit Brice une fois qu'ils furent de nouveau seuls.

Devant l'inquiétude de Brice, un éclair brilla dans les yeux de Latham : irritation ? ressentiment ? Brice n'aurait su le dire… Néanmoins, le sourire de son interlocuteur masquait difficilement les profondeurs glacées de ses yeux bleu pâle.

Selon Richard, Sabina n'était pas malade, juste d'une nature délicate et nerveuse. Pour sa part, Brice ne partageait nullement cet avis. Certes, la jeune femme était surmenée, mais elle possédait en elle une force intérieure que lui déniait Richard, en faisant d'elle sa *chose*. Et puis, Brice avait expérimenté à ses propres dépens l'esprit d'indépendance qui animait Sabina !

Il se garda cependant de formuler son opinion à voix haute, se contentant de dire, une fois que Latham eut exprimé son point de vue sur la santé de la jeune femme :

— Je suis navré qu'elle ne se sente pas bien.

— Pour en revenir à notre conversation, reprit Latham, Sabina m'a mis au courant de votre projet de voyage en Ecosse.

— Et alors ? fit Brice, subitement tendu.

— C'est une excellente idée, nous acceptons votre invitation.

Heureux d'apprendre par la bouche de Sabina que Latham serait en Australie, Brice avait alors déploré de façon fort hypocrite l'absence de son fiancé — bien qu'il n'ait jamais eu l'intention de l'inviter. Or, à présent, il se retrouvait pris à son propre piège !

Il sentit des sueurs froides lui couler dans le dos. La dernière chose qu'il souhaitait, c'était que Latham se joigne à eux !

— Je croyais avoir compris que vous ne seriez pas disponible, dit-il alors.

— J'ai modifié mes projets, répondit Latham d'un ton doucereux. Nous viendrons tous les deux avec vous, le week-end prochain.

Et dire qu'à son arrivée, Latham avait fait semblant d'ignorer le motif de sa visite. Décidément, cet homme était un redoutable adversaire ! Sous ses airs charmants et policés se cachait un individu dangereux, pensa Brice. David Latham avait eu raison de le mettre en garde contre son oncle.

A l'idée que Sabina allait épouser cet individu, il avait envie de hurler !

*
* *

— Brice a très bon goût, murmura Chloe avec un sourire satisfait en ajustant la large bande d'étoffe qui sanglait la taille de Sabina.

Là-dessus, la créatrice recula de quelques pas pour admirer son œuvre…

Brice possédait évidemment d'immenses qualités, mais aux yeux de Sabina, cette robe couleur or dépourvue de bretelles n'était pas d'aussi « bon goût » que le disait Chloe. La coupe dévoilait entièrement ses épaules, le corsage était fort ajusté — bien trop selon elle —, d'autant que sa poitrine était mise en valeur par la large ceinture qui ceignait sa taille. Le bas de la robe retombait comme un voile doré et léger jusqu'à ses chevilles.

C'était là le costume qu'elle était censée revêtir pendant qu'il la peindrait dans le fameux donjon, en Ecosse…

Elle avait eu du mal à en croire ses oreilles lorsque Richard l'avait prévenue qu'ils se rendraient tous trois en Ecosse, le week-end prochain. Nul doute que, dès qu'elle l'avait informé des intentions de l'artiste, son fiancé avait modifié son agenda et reporté son voyage en Australie. Elle s'était retrouvée bien attrapée !

Et avait donc dû passer la veille du départ entre les mains de Chloe qui, en quelques heures, venait de réaliser la tenue souhaitée par Brice.

Depuis que cet artiste était entré dans sa vie, constata-t-elle en soupirant, elle avait l'impression d'être ballottée par des forces qu'elle n'était pas en mesure de contrôler. Et elle trouvait la situation parfaitement déplaisante et des plus inconfortables.

— Dites-moi qu'elle vous plaît ! insista Chloe d'un air presque malheureux.

Impossible de ne pas complimenter la créatrice ! L'étoffe en fil d'or était du meilleur effet et c'était une création unique, elle devait l'admettre.

— C'est merveilleux, dit-elle dans un sourire rassurant.

— J'espère que Brice va aimer, déclara Chloe avec inquiétude.

Sabina se garda du commentaire qui lui brûlait les lèvres : elle se fichait comme d'une guigne de ce qu'il pouvait bien penser !

— Il va adorer, déclara Brice d'une voix rauque en entrant dans la pièce.

Sabina se retourna brusquement et l'admiration qu'elle lut dans son regard la fit pâlir. Allons, c'était juste la robe qu'il admirait. Pas elle ! se dit-elle pour se rassurer sans trop y croire.

— Ouf, je suis soulagée qu'elle te plaise, dit Chloe.

— C'est parfait, ajouta Brice en s'approchant des deux femmes.

Il portait un jean et un T-shirt noir moulant qui soulignait la musculature de ses bras. Le noir lui allait à ravir, pensa Sabina.

— Tiens, tu es allé chez le coiffeur, constata Chloe.

Et sa nouvelle coupe le rendait, hélas, encore plus séduisant ! se dit immédiatement Sabina.

— Les cheveux longs, c'est un peu passé de mode, non ? fit Brice.

— Moi, je trouvais que ça t'allait très bien, renchérit sa cousine. Bon, je vais préparer du café, je reviens.

Oh non ! Elle qui voulait éviter tout tête-à-tête avant le départ... Impossible pourtant de protester ou de s'enfuir dans cette tenue ! Fort gênée, elle sentit le regard de Brice se poser sur elle.

— Je ne sais comment interpréter la remarque de Chloe sur ma coupe de cheveux, commença-t-il.

Fausse modestie ! Cheveux courts ou longs, il était parfaitement conscient de son charme !

— Excusez-moi, dit-elle en fuyant son regard, je vais remettre mes vêtements.

— Mais cette robe est à vous ! observa-t-il, amusé. Son prix est compris dans la facture que paiera Latham.

— Bien sûr, mais...

Sans terminer sa phrase, elle voulut regagner la cabine où elle s'était changée un peu plus tôt. Pourquoi l'habituée des podiums qu'elle était devint-elle brusquement si gauche ?

Toujours est-il qu'elle s'empêtra les pieds dans les voiles de sa robe et que sans le bras secourable de Brice, elle serait tout simplement tombée par terre !

— Tout va bien ? demanda-t-il, inquiet. Etes-vous réellement remise ?

Elle fronça les sourcils… avant de comprendre son allusion. Elle était alitée le jour de sa visite !

— Oui, c'était une simple migraine.

— Vraiment ? fit-il sans la relâcher. A en croire Latham, c'était davantage qu'une migraine.

— Vous aurez mal interprété ses propos, répondit-elle avec désinvolture.

Ce jour-là, elle avait reçu une autre lettre anonyme qui l'avait bouleversée au point qu'elle avait pris un anxiolytique et s'était mise au lit ! Mais elle s'abstint de l'en informer.

— Non, je ne crois pas, insista-t-il en la scrutant de ses prunelles perçantes.

— Donc, nous partons demain pour l'Ecosse, dit-elle tout en se dégageant de son étreinte.

— Effectivement… Mais dites-moi, Latham n'a-t-il donc aucune confiance en vous pour renoncer à son voyage en Australie afin de nous accompagner ?

— Ce n'est pas de moi mais de vous dont il se méfie, rétorqua-t-elle, ironique.

— Peut-être n'a-t-il pas tort, finalement, approuva-t-il en lui décochant un sourire diabolique.

Pourquoi Chloe mettait-elle si longtemps à revenir ? se demanda soudain Sabina, fort mal à l'aise.

— Avez-vous téléphoné à votre mère ? l'entendit-elle poursuivre.

— Ecoutez, ma mère et Richard…

Oh, et puis zut ! Ses affaires privées ne le regardaient nullement, elle n'avait absolument pas à se justifier.

— Votre mère désapprouve le choix de votre fiancé, n'est-ce pas ? Elle le trouve trop âgé !

— Pour commencer, Richard n'est pas *âgé* ! Et ensuite…

— Remarquez, je la comprends, enchaîna-t-il sans l'écouter. Il doit être curieux d'avoir juste dix ans de plus que son gendre. Pour ma part, je suis impatient de rencontrer Leonore.

— Ne comptez pas là-dessus ! le prévint-elle sèchement.

— Dites-moi, Sabina, demanda-t-il soudain en croisant les bras, à part vous, quelqu'un apprécie-t-il réellement votre fiancé ?

— Brice ! s'écria-t-elle, indignée. Vous allez trop loin !

— Pas aussi loin que je le voudrais, malheureusement, l'interrompit-il alors en dardant sur elle de grands yeux mélancoliques.

Hélas, elle savait qu'il était sincère. Et elle redoutait les surprises que le week-end allait leur réserver !

D'abord étonnée que Richard ait accepté le voyage en Ecosse, elle avait finalement pensé qu'en sa compagnie, Brice ne tenterait pas de l'importuner, et qu'un week-end était vite passé.

A bien y réfléchir cependant, et étant donné l'aversion manifeste que ce dernier ressentait pour son fiancé, la présence de Richard n'allait-elle pas rendre la situation ingérable ?

Vivement que ce fichu portrait, source de tous ses malheurs, soit terminé et que Brice sorte de sa vie ! se dit-elle encore. Et où diable était donc passée Chloe ?

— A propos de ce week-end…, commença Brice.

— Oui ?

— Mon grand-père a quatre-vingts ans. Sans vouloir moi-même porter de jugement moral sur votre concubinage, je doute que… enfin, vous me comprenez.

— Non, pas du tout ! affirma-t-elle, peu désireuse de lui faciliter la tâche.

— Eh bien, la vie que vous menez à Londres avec Latham ne regarde que vous. En revanche, chez mon grand-père…

— Cessez d'être sibyllin, et dites franchement ce que vous avez sur le cœur !

— Il est un peu vieux jeu et je doute qu'il apprécie qu'un couple non marié partage la même chambre sous son propre toit ! Par conséquent, Latham et vous devrez dormir dans des chambres séparées.

Ah, c'était donc ça !

— Richard et moi n'y verrons aucun inconvénient, affirma-t-elle alors.

— Je me moque de ce que pense Richard. C'est vous que je voulais prévenir.

— Comme c'est aimable de votre part, répliqua-t-elle d'un ton acerbe.

— Une dernière chose, Sabina... C'est un très vieux château... et le parquet grince, si vous voyez ce que je veux dire.

Cette allusion directe la fit brusquement rougir. Il la mettait en garde contre d'éventuelles allées et venues nocturnes ! Prenant une large inspiration, elle répondit :

— Je suis certaine que je pourrai passer deux nuits seule. Enfin, Brice, n'ayez crainte, je saurai me conduire décemment !

Là-dessus, bouillonnant de colère, elle courut s'enfermer dans la cabine.

Comment osait-il formuler de telles insinuations alors qu'il ignorait tout de son style de vie ? Il ne savait pas qu'à Mayfair, Richard et elle occupaient des chambres séparées.

10

Comme Brice regrettait de ne pas avoir accepté la proposition de Richard — à savoir que ce dernier et Sabina se rendent en Ecosse par leurs propres moyens !

Avant d'entreprendre le voyage, il lui avait paru naturel qu'ils arrivent tous ensemble chez son grand-père et il leur avait proposé de les y conduire. D'autant plus naturel que Latham et Sabina ignoraient où se trouvait le château… et que lui-même souhaitait passer le plus de temps possible en compagnie de la jeune femme.

Hélas, il avait oublié qu'il devrait également subir la présence du fiancé — ce qui changeait considérablement les choses !

Manifestement, le couple ne ressentait pas son malaise et discutait en toute tranquillité à l'arrière du véhicule. Sabina et Richard Latham semblaient avoir à peine conscience de sa présence à l'avant. Ils le traitaient réellement comme… comme un vulgaire chauffeur !

— J'espère que je ne conduis pas trop vite, finit-il par dire en jetant un bref coup d'œil dans le rétroviseur — où il croisa le regard moqueur de Sabina.

Nul doute qu'elle devinait sa disposition d'esprit !

— Pas du tout, se chargea de répondre Latham. Nous étions en train de nous émerveiller sur le paysage. Il est réellement magnifique.

— Une excellente destination pour une lune de miel, déclara Brice, non sans ironie.

— C'est ce qu'ont dû penser le prince et la princesse de Galles, répondit Richard, car c'est ici qu'ils ont passé leur voyage de noces, si je me souviens bien.

— Effectivement, mais on ne peut pas dire que cela leur a porté chance, répliqua Brice d'un ton caustique.

— Pour notre lune de miel, précisa alors Richard, j'ai plutôt les Caraïbes en tête.

Cette remarque renforça la mauvaise humeur de Brice. Pourtant, un autre bref coup d'œil dans le rétroviseur lui permit de surprendre le regard étonné de Sabina : nul doute que c'était la première fois qu'elle entendait parler de ce voyage de noces !

Par conséquent, Richard avait évoqué les Caraïbes dans le seul but de le provoquer…

Voilà qui confirmait les soupçons de Brice concernant les changements de projet de Latham : s'il avait ajourné son voyage en Australie, c'était pour surveiller l'artiste et son modèle, bien conscient de l'intérêt marqué que ce premier portait à sa fiancée.

Parfait ! Ses moindres faits, ses moindres paroles allaient être retenus contre lui ! C'était charmant, vraiment ! Dans quel guêpier s'était-il mis ?

— Voilà la propriété de mon grand-père, annonça-t-il d'un ton morne en s'engageant dans la voie bordée d'arbres qui menait au château.

Brice avait beau avoir passé toutes ses vacances chez son grand-père et considérer l'endroit comme sa deuxième demeure, il n'en était pas moins à chaque fois époustouflé par la beauté majestueuse de la bâtisse. Ses pierres patinées par le temps et ses tourelles romantiques qui semblaient caresser les nuages exerçaient toujours la même fascination sur lui.

— Ma fiancée va se prendre pour la châtelaine, plaisanta Richard quelques minutes plus tard, tandis qu'ils sortaient de la voiture et que Sabina affichait un visage réjoui et admiratif en contemplant les lieux.

— Hélas, fit Brice, je crains que la place ne soit déjà prise !

Là-dessus, il décocha un large sourire à Sabina… Le plaisir enfantin qui se lisait sur ses traits réchauffa son cœur.

— Peu importe ! assura Richard en passant un bras possessif autour de la taille de la jeune femme. Si tu désires un château, je t'en achèterai un !

Brice eut alors l'impression d'entendre un père promettre une bicyclette neuve à son enfant ! Il y avait de quoi être écœuré…

Eh bien, le week-end s'annonçait plus ardu que prévu ! pensa-t-il, dans la mesure où chaque fois que le fiancé de Sabina ouvrait la bouche, il en concevait une profonde irritation.

Une irritation qui frisait la violence !

Il aurait été bien plus plaisant de se retrouver seul ici avec Sabina, de s'imprégner en tête à tête de la sérénité de l'environnement familial, de lui faire visiter les lieux, de lui montrer les rivières où autrefois il pêchait des truites avec ses cousins, de faire la course avec elle dans l'herbe folle…

— Ma famille possède ce château depuis des siècles, annonça-t-il soudain avec hauteur.

— C'est vrai, intervint alors Sabina, une telle splendeur, on ne l'acquiert pas, on en hérite, c'est tout.

— A l'origine, ce n'est pas une construction commanditée par l'un de mes ancêtres, déclara Brice à la jeune femme sur le ton de la confidence, tandis que Latham regardait ailleurs, comme s'il ne prenait plus part à la conversation. Je pense que mes aïeux se sont approprié le château après l'avoir assiégé et tué le propriétaire !

— Les Ecossais sont d'un naturel bagarreur, n'est-ce pas ? observa alors insidieusement Richard.

Que croyait-il ? pensa Brice avec mépris. Qu'il allait le provoquer en duel pour les beaux yeux de Sabina ? Comme il se trompait ! Sabina était une femme indépendante — pas un objet de valeur dont on se disputait la possession.

— Et les Anglais passent pour des provocateurs, n'est-ce pas ?

C'était Hugh McDonald, le maître de céans, qui venait de proférer ces paroles. Son imposante silhouette se dessina soudain dans l'encadrement de la porte d'entrée.

— Grand-père ! s'écria Brice en se précipitant vers lui pour lui donner une accolade chaleureuse.

— Te voici enfin, mon garçon ! Je veux bien te pardonner de me faire dîner si tard, à condition que tu me présentes cette superbe jeune femme.

— Je m'appelle Sabina, répondit spontanément cette dernière en tendant la main à Hugh.

Dans sa veste cintrée en velours noir sur laquelle chatoyait la masse de sa chevelure dorée, elle avait l'air d'un ange. Elle ajouta alors dans un merveilleux sourire :

— Navrée, mais c'est à cause de moi que nous sommes en retard. Je n'arrivais pas à me décider sur le choix des vêtements à emporter !

Entièrement sous le charme, le grand-père de Brice retint un instant la main de Sabina dans la sienne avant de lui présenter son bras, en affirmant d'un ton fort galant :

— Quoi que vous portiez, je suis certain que vous êtes toujours ravissante.

A cet instant, Brice observa Latham à la dérobée. Nul doute que ce dernier appréciait peu la courtoisie du vieil homme ! pensa-t-il, assez satisfait. S'arrachant à ses pensées, il décréta alors :

— Voulez-vous bien m'aider à porter les bagages, Latham ?

Là-dessus, il ouvrit le coffre de sa voiture et commença à décharger. Certes, son grand-père employait de nombreux domestiques, mais ils n'étaient pas à la disposition de Latham !

Après avoir déposé les valises dans les chambres respectives, les deux hommes rejoignirent Sabina et Hugh dans le salon. Brice s'immobilisa brusquement sur le seuil, étonné d'entendre Sabina rire. C'était presque un rire d'enfant, un rire complètement désinhibé.

— Que vous arrive-t-il, McAllister ? demanda Richard en manquant de le bousculer.

Comment lui expliquer le spectacle merveilleux que représentait pour lui une Sabina aux joues roses et riant à gorge déployée ?

— Entrez, entrez, leur dit alors Hugh. Brice, rends-toi utile et sers un verre à nos invités.

Brice était habitué à ce que son grand-père le traitât comme un enfant de six ans. En revanche, il s'aperçut que cela surprenait… et amusait beaucoup Sabina, ainsi que l'indiquaient ses yeux et son sourire moqueur.

Elle paraissait si détendue ! Allons, pensa-t-il, peut-être que ce week-end n'allait pas se révéler aussi désastreux qu'il l'avait craint durant le trajet.

— Que désirez-vous boire, Sabina ? demanda Brice en se dirigeant vers le bar qu'il inspecta minutieusement avant d'ajouter : nous avons en stock du vin rouge ou blanc, de la vodka, du gin ou encore du scotch.

En Ecosse, il était de bon ton de boire du scotch. Néanmoins, comme elle n'avait jamais aimé les alcools forts, elle opta pour un verre de vin blanc.

— N'est-ce pas splendide, ici ? demanda-t-elle tranquillement à Richard en allant s'asseoir près de lui, sur le sofa.

— Splendide, oui, fit ce dernier sans le moindre enthousiasme.

Elle sourcilla. Etait-il possible que Richard n'aimât pas l'endroit ? Pour sa part, jamais elle n'avait vu pareille demeure. Tous les meubles étaient d'époque, de nombreuses armures étaient accrochées au mur, sans compter les épées et autres casques. Elle avait même entraperçu un canon sur l'un des paliers menant à un donjon. Comme dans un château de conte de fées !

— L'endroit est très isolé, reprit Richard à l'adresse de Brice qui lui tendait un verre de whisky. Et je présume que les notes de chauffage doivent représenter une fortune !

— Je vous concède que nous sommes loin de tout, intervint Hugh, mais cela présente un avantage : nous ne risquons pas d'être dérangés par les voisins ! Et si l'on regarde à la dépense en ce qui concerne le chauffage, il vaut mieux habiter ailleurs.

Une certaine tension flotta soudain dans l'air, ainsi que le constata tristement Sabina. Elle était certaine que Richard ne voulait pas froisser son hôte et pourtant ce dernier avait pris la mouche.

— Je croyais que nous serions cinq à dîner, ce soir, déclara Brice en louchant du côté de la table dressée pour quatre convives.

— Mon invitée n'arrivera que demain, répondit Hugh d'un ton morne.

— Je suis fort impatient de faire sa connaissance !

Qui était donc cette mystérieuse personne ? se demanda Sabina. Au ton de l'échange, elle comprit que Brice taquinait son grand-père. Elle s'abstint néanmoins de formuler la moindre question.

— Ai-je le temps de monter me rafraîchir un peu, avant que nous ne passions à table ? demanda-t-elle alors.

— Assurément, Sabina ! concéda Hugh, décidément grand prince pour quelqu'un qui mourait de faim !

— Je vous accompagne pour vous montrer votre chambre, décréta immédiatement Brice.

Zut ! Elle aurait dû se douter que Brice sauterait sur la première occasion pour se retrouver seul avec elle !

Avant de quitter Londres, elle s'était fait le serment de passer le minimum de temps en tête à tête avec le peintre. Et voici que, quelques minutes à peine après leur arrivée, il l'entraînait déjà loin des autres !

— Fais vite, Sabina, lui ordonna Richard. Nous avons suffisamment retardé le dîner de M. McDonald.

M. McDonald… Curieusement, Sabina n'avait éprouvé aucune difficulté à l'appeler Hugh lorsqu'il l'en avait priée, tout à l'heure. En revanche, il n'avait pas autorisé Richard à se montrer aussi familier à son égard.

— Prenez garde à l'étroitesse de l'escalier, l'avertit Brice tandis qu'elle s'élançait derrière lui.

De fait, l'escalier était rude et plusieurs fois, Sabina dut agripper la lourde corde qui servait de balustrade pour prendre les tournants. Elle avait littéralement l'impression d'avoir remonté le temps !

— Ici, c'est un monde bien différent de Londres, constata-t-elle.

Se retournant brusquement, Brice annonça :

— Rassurez-vous, les parquets grincent, mais vous trouverez ici tout le confort moderne, si c'est ce qui vous inquiète.

Cette allusion directe à leur conversation de la veille la fit rougir. Elle préféra l'ignorer.

Brice s'effaça alors pour qu'elle entre dans la chambre qui lui était réservée. C'était la première fois qu'elle pénétrait dans une pièce circulaire. Les tons beige et mordoré prédominaient et prêtaient à l'endroit une lumière tamisée.

Ce qui l'intrigua le plus, c'étaient les oculus disséminés dans le mur. Elle alla vers chacun d'eux pour admirer le panorama que le voile de la nuit commençait à recouvrir : une forêt d'un côté, un lac de l'autre, ici un jardin clos, là des biches paissant tranquillement, à deux pas du château.

Elle était sous le charme !

— Si j'habitais ici, je ne voudrais jamais en partir, dit-elle alors d'un air rêveur.

— Si vous habitiez ici, moi non plus, répliqua-t-il d'une voix rauque tout près d'elle.

Bien trop près d'elle ! songea-t-elle en se retournant. Leurs poitrines se frôlaient presque. Elle retint son souffle…

Soudain, ce fut comme si le temps s'était arrêté dans la lumière du crépuscule.

Leurs regards restaient enchaînés l'un à l'autre; les yeux couleur émeraude de Brice brillaient dans la pénombre, l'intimité de ses ultimes propos pesant lourdement entre eux.

Elle devait mettre un terme à cette situation, briser le charme… Hélas, elle se sentait hypnotisée, envoûtée par Brice et par l'environnement.

— Il vaut mieux que je rejoigne les autres, décréta-t-il subitement, d'un ton presque bourru.

— Oui.

Néanmoins, ni l'un ni l'autre ne firent le moindre geste.

Elle vit alors un muscle de sa puissante mâchoire tressaillir, tandis qu'il continuait à la fixer avec une intensité incroyablement sensuelle. L'air était chargé d'électricité…

— Vous devriez vraiment redescendre, lui dit-elle, le souffle court.

— Oui…

Pourtant, encore une fois, il ne bougea pas d'un pouce, ne fit pas le moindre geste pour la toucher — ou pour s'éloigner.

— Sabina, reprit-il soudain d'une voix pleine d'émotion, je…

— Partez, Brice ! lui ordonna-t-elle d'un ton suppliant. Partez, je vous en conjure.

— Entendu, je m'en vais, marmonna-t-il avant d'ajouter d'une voix atone : à tout de suite, en bas.

Une fois qu'il eut disparu, elle demeura encore un bon moment immobile, toujours tétanisée… Mon Dieu, qu'était-il en train de lui arriver ?

Ou plus exactement que lui était-il arrivé ?

Elle était fiancée à Richard et savait infiniment gré à ce dernier de la protection qu'il lui apportait. Et voici qu'elle venait de faire une découverte qui menaçait de bouleverser ce bel équilibre…

Elle était tombée amoureuse de Brice McAllister !

11

— Pour l'amour du ciel, Sabina, détendez-vous ! lui ordonna Brice en lui lançant un coup d'œil impatienté par-dessus son tableau. Vous savez, j'ai déjà mangé ce matin, je ne vais pas vous avaler toute crue !

Cela faisait une demi-heure qu'elle posait pour lui, debout au milieu de la pièce dans la fameuse robe dorée, la tête légèrement tournée vers la fenêtre ainsi qu'il le lui avait demandé.

Une demi-heure qu'elle ne parvenait pas à se détendre… ce qui contrariait profondément Brice ! Car c'était lui qui était en droit d'être tendu. Ne se rendait-elle pas compte que les épaules nues qu'elle lui présentait excitaient terriblement son imagination et faisaient naître en lui des images d'une Sabina *entièrement* dénudée ?

Comment travailler correctement dans ces conditions ?

— Je sais ! répliqua-t-elle avec hauteur. Seulement j'ai… j'ai un peu froid.

Froid ? Voilà qui n'étonnait guère Brice vu l'air glacial dont elle le gratifiait depuis hier soir. Depuis qu'elle avait rejoint les trois hommes dans la salle à manger, après qu'il lui eut montré sa chambre et que…

D'accord, il admettait qu'il avait eu tort de s'attarder dans sa chambre, mais ç'avait été plus fort que lui ! Il avait été littéralement incapable de s'arracher à sa contemplation. Elle était si belle dans cet environnement, si parfaite… Et il était bien conscient que la façon dont il l'avait alors fixée n'avait rien à voir avec le regard de l'artiste !

Allons, la froideur de Sabina à son égard avait eu un effet bénéfique : Richard Latham, concentrant toutes les attentions de sa fiancée, s'était peu à peu métamorphosé en un être convivial durant le dîner, dévoilant un aspect chaleureux et charmant de sa personnalité que Brice n'aurait pas soupçonné chez lui. Nul doute que c'était ce Richard-là dont Sabina était éprise.

Néanmoins, en dépit de cette sociabilité inattendue, Richard lui restait définitivement antipathique et, à certaines œillades de son grand-père, Brice avait compris que ce dernier partageait les mêmes sentiments que lui.

Voilà qui lui avait mis un peu de baume au cœur ! Et si l'hostilité que lui-même ressentait pour Richard n'était pas uniquement liée à Sabina ? Il en était arrivé à la conclusion suivante : Latham n'était pas une personne qui inspirait confiance, et ce, indépendamment du contexte.

Bon, pensa-t-il, soudain irrité, si Sabina demeurait dans des dispositions hostiles envers lui, il n'arriverait à rien ! Brusquement, il se leva et déclara :

— Vous n'y mettez vraiment pas du vôtre, Sabina ! Ne pouvez-vous donc pas faire un *tout* petit effort ? Ne serait-ce que pour le commanditaire de ce tableau !

— Navrée, mais j'ai réellement froid. Ne pourriez-vous pas fermer la fenêtre ?

— Entendu ! répondit-il avec mauvaise humeur.

Se dirigeant vers la fenêtre, il la referma brutalement. Il s'aperçut alors que la tension qui tenaillait son modèle s'était communiquée à son être. L'heure des explications avait sonné, conclut-il avant de demander avec fermeté :

— Que se passe-t-il, Sabina ?

— Je… j'ignorais que les séances auraient lieu dans votre chambre, vous ne m'aviez pas prévenue ! l'accusa-t-elle, les joues en feu.

Etait-ce la colère ou la gêne qui l'avait fait rougir ? Il n'aurait su dire…

— Il se trouve que cette pièce est à la fois ma chambre et mon atelier, répondit-il.

Les nombreux tableaux posés contre les murs prêtaient incontestablement à la pièce des allures d'atelier et attestaient de la véracité de ses propos. Evidemment, il était quelque peu curieux de voir un lit trôner dans l'alcôve qui se trouvait près de la fenêtre — mais il ne s'en était jamais fait la réflexion jusque-là. Il était vrai qu'il n'était jamais venu dans cette pièce en compagnie d'une femme !

— Je présume que c'est à cause de Latham, n'est-ce pas ? poursuivit-il. Vous craignez qu'il désapprouve.

— Non, répliqua-t-elle d'un air furieux. Il se trouve que je n'aime pas cet endroit.

— Et pourquoi, si je puis me permettre ?

Sans répondre, elle se dirigea vers la fenêtre et s'absorba dans la contemplation du paysage — notamment du lac sur lequel glissaient des cygnes noirs.

— Tout est si paisible, ici, murmura-t-elle d'un ton mélancolique.

— Sabina, dit-il alors en l'attrapant par le bras pour la forcer à se retourner, vous ne m'avez pas répondu !

— A quoi bon répondre ? Vous connaissez la réponse, non ?

— Sabina…, répéta-t-il, le souffle court.

Se dégageant vivement de son étreinte, elle opta pour un changement de ton radical et demanda d'un air presque jovial :

— Savez-vous où votre grand-père a emmené Richard, ce matin ?

En haut d'une falaise pour le pousser dans le vide ! eut-il envie de répondre. Il s'en garda pourtant, car il redoutait de s'aliéner définitivement sa sympathie en lui confiant les pensées qu'il ruminait à l'encontre de son fiancé.

— Ils font le tour du propriétaire en 4x4, répondit-il d'un ton morne. Ne vous faites aucun souci au sujet de votre fiancé, il va vous revenir.

— Je ne suis pas inquiète, précisa-t-elle.

Menteuse ! pensa-t-il alors. De toute évidence, quelque chose la préoccupait. Il voulait bien croire que Richard n'en était pas la cause… Qu'était-ce alors ?

— Sabina, reprit-il patiemment, si vous ne me dites pas ce qui ne va pas, comment pourrais-je vous aider ?

— Mais qui vous dit que je ne vais pas bien ? se récria-t-elle en prenant un air étonné. En outre, je ne vous ai jamais demandé de m'aider.

— Pourtant, il est évident que vous avez besoin d'aide, insista-t-il. Pourquoi ne pas accepter la mienne ?

— J'ignore de quoi vous voulez parler, Brice, et d'ailleurs, si j'avais des ennuis, ce n'est pas à vous que je me confierais. J'ai un fiancé, une mère, autant de personnes avec qui je peux discuter si nécessaire.

Et non avec un inconnu qui avait pris la liberté de l'embrasser plusieurs fois ! Telle était la conclusion qu'il tirait de ses propos.

— Votre mère ? fit-il, sceptique. Je n'ai pas franchement l'impression qu'elle soit votre confidente ! A propos, l'avez-vous appelée pour l'informer de votre arrivée ?

Elle sourcilla, appréciant peu le tour que prenait subitement la conversation.

— Votre insistance frise la grossièreté, Brice !

— Répondez-moi !

— Non, je ne l'ai pas appelée, avoua-t-elle en soupirant bruyamment pour bien montrer son exaspération.

— Pourquoi ? fit-il durement.

— L'Ecosse est un grand pays, vous savez, et…

— Où habite Leonore, exactement ? Dois-je vous rafraîchir la mémoire ? N'est-ce pas dans un petit village à quelques kilomètres d'ici, si mes renseignements sont bons ?

— Cessez de me parler de ma mère, lui ordonna-t-elle brusquement. Nous sommes ici pour travailler, oui ou non ?

— Si vous le souhaitez, je peux l'appeler à votre place.

— Je vous suggère de vous occuper de vos propres affaires ! rétorqua-t-elle, en colère.

— Du calme, j'essayais juste de vous aider.

— Et moi, je vous ai déjà signalé que je n'avais nul besoin

de votre aide. La relation que j'entretiens avec ma mère me regarde et vous n'avez pas à vous en mêler !

— Pourtant, je…

— J'en ai assez entendu ! décréta-t-elle en se dirigeant subitement vers la porte. J'ai besoin de prendre l'air. Nous reprendrons la séance plus tard.

Il ne chercha pas à la retenir, comprenant à son ton tranchant qu'il n'obtiendrait plus rien d'elle, ce matin. L'adage ne disait-il pas qu'il faut toujours se méfier de l'eau qui dort ? Tel était le cas avec Sabina. Elle, toujours si calme, lui avait dévoilé un autre aspect de sa personnalité en se révélant soudain belliqueuse !

Avait-il donc le pouvoir de la pousser dans ses derniers retranchements ?

Quel désastre ! Une catastrophe totale, pensa Sabina en retirant nerveusement sa fichue robe pour enfiler à la place un T-shirt rose vif et un jean. Elle avait dit vrai : elle avait réellement besoin d'un bol d'air frais pour se calmer.

En chaussant ses sandales, elle s'efforça de respirer calmement, profondément…

Que faire ? *Que pouvait-elle bien faire ?*

Elle était fiancée à Richard, un homme qui lui avait toujours témoigné de la gentillesse et de la sollicitude — et elle était amoureuse de Brice, un homme qui… Qui quoi exactement ? Qui lui aussi avait été attentionné et prévenant, à sa façon !

En outre, ce dernier lui avait révélé un aspect inconnu de sa propre personnalité : elle était un être capable de passion.

Comment en était-elle arrivée à s'aveugler à ce point ?

Les incidents de novembre dernier l'avaient bouleversée au point de lui faire perdre toute confiance en elle-même et en autrui. C'était à cette période-là que Richard, jusqu'alors un ami attentif qui l'emmenait parfois dîner dans des endroits à la mode, lui avait spontanément offert sa protection. Tous deux y gagneraient ! lui avait-il fait valoir. Elle serait à l'abri des importuns et, en contrepartie, il pourrait parader au bras du mannequin le plus apprécié des photographes. Il s'agissait d'un arrangement qui n'impliquait nullement une intimité physique, lui avait-il précisé. Ainsi se fiancèrent-ils officiellement.

A l'époque, déçue par la gent masculine, elle ne se doutait pas qu'un jour elle serait capable d'aimer un homme éperdument — comme c'était le cas avec Brice. Sans quoi, elle n'aurait jamais passé ce contrat avec Richard…

La veille, incapable de s'endormir, elle n'avait cessé de repenser à l'affreuse situation où elle se trouvait… Et brusquement, une nécessité s'était imposée à elle : elle se devait de dire la vérité à Richard ! Elle ne pouvait plus profiter de sa gentillesse, de sa maison, alors qu'elle brûlait d'amour pour un autre homme.

Certes… Mais comment le lui annoncer ?

Ah, si elle avait su que ce week-end allait lui faire prendre conscience de son amour pour Brice, jamais elle ne serait venue s'enfermer dans ce château maléfique !

La séance de pose dans « l'atelier-chambre » de l'artiste s'était apparentée à une véritable torture étant donné les sentiments qu'il lui inspirait !

Une promenade dans les jardins serait salutaire, pensa-t-elle en sortant de sa propre chambre. Oui, il fallait à tout prix s'éloigner de Brice pour ne pas avoir la tentation de revenir dans l'atelier…

Peut-être même qu'avec un peu de chance, elle croiserait Hugh et Richard. Encore que l'idée de revoir son fiancé dans l'état de confusion sentimentale où elle se trouvait ne l'enchantait pas particulièrement.

Ah, maudit Brice McAllister ! Pourquoi avait-il fallu qu'elle le rencontre ?

— Vous allez faire un tour ?

Elle sursauta.

Hugh McDonald se tenait sur le palier, un large sourire sur son noble visage. Elle lui rendit son sourire et il enchaîna :

— Richard a emprunté ma voiture pour aller acheter les journaux au village.

— Il ne peut pas rester une journée sans lire les pages économiques, expliqua-t-elle avec indulgence.

— C'est effectivement ce qu'il m'a dit. Vous alliez vous promener, n'est-ce pas ? Puis-je vous accompagner ?

— Oh, je ne voudrais pas abuser de votre temps, commença-t-elle poliment, même si elle mourait d'envie de faire une promenade au bras de l'aimable vieil homme pour oublier les pensées qui la rongeaient.

— Quelle idée ! Un homme de mon âge est toujours flatté qu'une femme aussi belle que vous accepte sa compagnie.

Sabina se mit à rire. Les choses étaient si simples avec le grand-père de Brice !

— Dans ces conditions, dit-elle en passant un bras empressé sous le sien, allons nous promener !

— Où voulez-vous aller ? demanda Hugh, une fois qu'ils furent à l'extérieur, sous le soleil de mai.

— Je meurs d'envie d'explorer le jardin clos que j'aperçois de ma chambre.

— Entendu ! Seulement je vous préviens, il n'est pas très soigné, c'était ma défunte femme qui l'entretenait autrefois.

— Quel dommage ! Peu importe, je le visiterai tout de même volontiers.

Comme ils approchaient du jardin, Hugh lui demanda tout à coup :

— J'ai besoin de votre opinion, d'un avis féminin… Comment, selon vous, va réagir ma famille si j'annonce qu'à mon grand âge je suis tombé amoureux ?

Déconcertée par cette question des plus inattendues, Sabina se mit à bredouiller :

— Euh… Je… je ne suis pas certaine que…

— Navré, intervint alors Hugh, je ne voulais pas vous choquer.

— Vous ne m'avez nullement choquée, se défendit-elle, gênée par sa propre stupidité.

— Je souhaitais avoir le point de vue d'un tiers avant d'aborder le sujet avec ma famille. Bien que Brice se doute de quelque chose…

Cela ne l'étonnait guère ! Il était tellement perspicace. A cet instant, Hugh ouvrit la porte du jardin et elle fut immédiatement enchantée par la profusion des fleurs sauvages dont les senteurs envahirent ses sens.

— Eh bien, qu'en pensez-vous ?

— C'est merveilleux, s'exclama-t-elle. Exactement comme je me l'étais imaginé. C'est…

— Je ne parlais pas du jardin, je faisais référence à notre conversation, l'interrompit-il.

Décidément, l'obstination était congénitale dans cette famille ! Que lui répondre ? Qu'en dépit de ses quatre-vingts ans, il était encore un fort bel homme et qu'il pouvait parfaitement tomber amoureux et plaire aux femmes ? Cependant, étant donné sa propre réaction lorsque sa mère lui avait annoncé sa future escapade romantique, elle doutait fort que la famille d'Hugh appréciât la nouvelle…

— Ah ! fit-il en soupirant. Je sais bien ce que vous pensez. Que j'ai perdu la tête, c'est ça ?

— Pas du tout ! s'empressa-t-elle d'affirmer. Seulement, votre confidence me renvoie à mes propres dilemmes. Ma mère, qui est par ailleurs veuve depuis cinq ans, vient de m'avouer qu'elle a rencontré un homme et…

— Et ? l'encouragea Hugh.

— Ecoutez, si je peux vous donner un conseil, c'est de ne pas prendre garde aux premières réactions de vos proches.

— Ce qui signifie que les vôtres n'ont pas été très favorables envers votre mère ?

— J'ai réagi de façon déplorable, en effet.

Après tout, qu'y avait-il de terrible à ce que sa mère choisisse de briser sa solitude ? Et de quel droit aurait-elle exigé de Leonore une fidélité éternelle à son mari défunt, alors qu'elle-même vivait avec un homme… tout en étant attirée par un autre ?

— Dites-moi, Sabina, demanda subitement Hugh en plissant les yeux, que pensez-vous de mon petit-fils ?

A cette question, son cœur fit un bond dans sa poitrine. Elle parvint néanmoins à donner le change en rétorquant plaisamment :

— Duquel voulez-vous parler ?

Peu dupe, il joua pourtant le jeu et lui dit :

— Ainsi, vous connaissez également Logan et Fergus ?

— J'ai effectivement eu l'occasion de rencontrer Fergus, et…

Elle s'interrompit brusquement. Etait-il réellement nécessaire d'évoquer cette fameuse soirée au restaurant ? Une soirée qui en dépit de tous ses efforts avait débouché sur un baiser !

— J'ai également aperçu Logan au cours d'une fête, enchaîna-t-elle rapidement. Vos trois petits-fils se ressemblent beaucoup.

— Exact, et pas seulement physiquement !

De toute évidence, ses petits-enfants le remplissaient de fierté. Et il y avait de quoi ! Ils étaient tous fort séduisants et chacun avait brillamment réussi dans la voie qu'il avait choisie.

— Vous n'avez pas répondu à ma question concernant Brice…

— Je crois que Brice a hérité son franc-parler de son grand-père, dit-elle alors sur un ton gentiment moqueur.

— Je leur ai appris à tous à croire en la valeur de la franchise, déclara Hugh en riant. Même si l'honnêteté peut parfois vous valoir quelques ennemis. D'ailleurs, à propos de franchise, Sabina, je…

— Coucou !

Du seuil du jardin, Richard venait de les interpeller, empêchant Hugh de poursuivre leur bien curieuse conversation.

Sabina se réjouit de cette interruption.

Franchement, elle ignorait ce qu'elle aurait bien pu dire à Hugh concernant les sentiments qu'elle nourrissait pour son petit-fils. Elle était consciente de son amour pour lui depuis trop peu de temps, son agitation intérieure était bien trop intense ! Bref, elle préférait tout simplement ne pas évoquer Brice !

Encore qu'elle ne fût pas certaine d'être en mesure d'affronter Richard en ce moment…

— Regardez qui je viens de croiser, annonça ce dernier en s'écartant de la porte.

Ce fut alors qu'à sa plus grande stupéfaction, Sabina se retrouva… en face de sa propre mère.

Mon Dieu ! Que faisait-elle ici ? Etait-il possible que… ? Oh non, par pitié ! Brice lui aurait-il donc téléphoné à son insu ? Ah, le traître !

— Leonore…, murmura alors Hugh d'une voix tout émue.

Comme un automate, Sabina tourna la tête vers le vieil homme, littéralement pétrifiée. La chaleur bienveillante qu'elle lut alors dans les prunelles de Hugh confirma ses doutes et la cruelle vérité s'imposa à elle dans toute sa brutalité : le grand-père de Brice était l'homme dont sa mère s'était éprise !

12

— Sabina, vous dramatisez !

— Je ne vous ai pas demandé votre avis, Brice ! rétorqua-t-elle en lui lançant un regard dur.

Il était assis sur le rebord de son lit tandis qu'elle jetait nerveusement ses vêtements dans sa valise. Elle ajouta alors :

— Et si vous voulez le mien, je crois qu'il vaut mieux que vous n'abordiez plus le sujet avec moi !

Ses yeux bleu clair lançaient des éclairs, son corps souple était tendu comme un arc. Bref, elle fulminait ! En un sens, il la comprenait…

Alors qu'il descendait tranquillement l'escalier tout à l'heure, il avait failli se heurter à une Sabina en furie, les joues rouges de colère.

— Que diable se passe-t-il ? avait-il alors demandé. Sabina, que…

— Laisse-la tranquille ! avait ordonné son grand-père en arrivant à son tour tout essoufflé.

— Mais…

— Je t'ai dit de lui ficher la paix !

Le cyclone avait alors disparu, laissant les deux hommes seuls.

— Pour l'amour du ciel, grand-père, que se passe-t-il ?

Hier soir, il lui avait pourtant semblé que ces deux-là étaient complices !

— Que lui as-tu fait ? enchaîna-t-il d'un ton accusateur.

— Je ne lui ai rien fait, mon garçon, se défendit son aïeul, non sans une certaine émotion dans la voix. Du moins, pas de façon délibérée. Je n'ai jamais eu l'intention de la blesser ou de la bouleverser.

— Pourtant, il semblerait bien que ç'ait été le cas ! observa Brice, torturé entre son désir de rejoindre Sabina pour la consoler et sa curiosité d'entendre les justifications de son grand-père.

— Voilà, commença Hugh, lorsque tu m'as annoncé que tu venais avec Sabina ce week-end, j'ai cru voir un signe du destin. Hélas, avant que j'aie le temps de lui expliquer…

— Cesse de tergiverser ! En quoi la venue de Sabina était-elle un signe du destin ? l'interrompit brutalement Brice.

Il allait devenir fou ! Son grand-père n'avait jamais rencontré Sabina auparavant. Que pouvait-il donc avoir à lui expliquer ?

— Je crois que je suis davantage en mesure de vous répondre, intervint alors tranquillement une voix féminine.

Une femme blonde d'environ soixante ans apparut sur le seuil. Une femme à la silhouette impeccable, au visage amène et qu'il était bien certain de ne jamais avoir vue de sa vie !

Et pourtant…

En l'observant plus attentivement, il découvrit dans ses yeux bleu clair un air qui lui était familier. En outre, ses pommettes hautes et son teint d'ivoire ne lui étaient pas non plus entièrement inconnus.

Sabina avait prétendu ressembler à son père, mais il avait sous les yeux la preuve qu'elle était le portrait conforme de sa mère !

— Je vois…, murmura-t-il, tâchant d'assimiler des événements qui le dépassaient.

Ainsi, la petite amie de son grand-père n'était autre que la mère de Sabina ! Quoi d'étonnant à ce que cette dernière fût bouleversée ?

— Vraiment ? fit Leonore.

— Je crois que oui, répondit Brice avant de se tourner

vers son grand-père pour demander sur un ton de reproche : pourquoi ne m'avoir rien dit ?

Entourant d'un bras protecteur sa compagne, Hugh expliqua alors :

— Leonore a bien tenté d'exposer la situation à sa fille, la semaine dernière, mais Sabina n'était guère disposée à entendre ses confidences. Vous, les jeunes, vous pensez avoir le monopole de l'amour.

— Pardonnez-moi, intervint alors Richard Latham en se glissant à son tour dans le vestibule. Sabina est-elle montée dans sa chambre ?

— Oui, répondit Brice d'un ton sec.

— Nous allons partir sans tarder, annonça-t-il froidement. Pouvez-vous m'appeler un taxi ?

— Inutile d'appeler un taxi, je vous conduirai moi-même à l'aéroport, rétorqua Brice.

— Je ne le souhaite pas. Appelez-moi un taxi.

Là-dessus, il redressa les épaules et gravit les marches qui conduisaient aux chambres.

Pour qui Latham le prenait-il donc ? s'insurgea Brice. Pour son domestique ? Ah, il avait envie de s'élancer derrière lui pour lui flanquer son poing sur la figure !

— Richard ne me porte pas dans son cœur, déclara Leonore. Je crois qu'il n'a pas apprécié mon allusion à sa grande différence d'âge avec ma fille et mes interrogations sur la viabilité de leur couple.

— Eh bien, moi, je vous apprécie beaucoup ! renchérit Brice en lui tendant la main.

Leonore se mit à rire, un rire qui lui rappela étrangement celui de Sabina. Il ressentit alors un pincement au cœur.

Sabina… Que pouvait-elle bien ressentir, de son côté ?

— Il faut que je parle à votre fille, annonça-t-il.

— Je crains, hélas, que vous ne perdiez votre temps. Sabina a tellement changé ces derniers temps : alors qu'elle était débordante d'énergie, totalement indépendante, elle est devenue une personne que je reconnais à peine.

— Nous reparlerons de tout cela tout à l'heure, Leonore, dit-il alors. Je dois absolument discuter avec Sabina, mais ne partez surtout pas avant que je sois revenu.

— Rassure-toi, Leonore n'ira nulle part, grommela son grand-père.

Quelques secondes plus tard, alors qu'il pénétrait dans la chambre de Sabina, Brice ne sut s'il fut soulagé ou déçu de l'y trouver seule… En vérité, il avait très envie d'en découdre avec Richard ! Même si ce n'était pas vraiment la meilleure chose à faire, étant donné les circonstances.

— Sabina, plaidait-il à présent, est-ce pour vous si terrible que mon grand-père et votre mère soient… amis ?

De fait, il ignorait quel genre de relations ces deux-là entretenaient réellement. Néanmoins, s'ils avaient l'intention de s'envoler pour Paris, il était fort possible qu'ils fussent amants.

— Pourquoi revenir à la charge, Brice ? lui dit-elle alors. Je vous ai déjà dit que je refuse d'évoquer ce sujet.

— Est-ce la façon dont vous traitez les problèmes, maintenant ? En enfouissant la tête dans le sable et en priant pour qu'ils passent ?

— « Maintenant » ? répéta-t-elle en plongeant ses yeux dans les siens. Que voulez-vous dire ?

— Selon votre mère, vous avez énormément changé depuis que vous avez rencontré Richard Latham.

— Je vous ai dit que Richard et ma mère ne s'entendaient pas, objecta-t-elle.

Elle sous-entendait que Leonore n'avait pas une opinion objective de son fiancé. Mais de son côté, la femme qu'il venait de rencontrer au bas de l'escalier lui inspirait toute confiance…

Certes, il ne s'était pas encore totalement remis d'apprendre que Leonore et Hugh étaient amoureux. Néanmoins, le fait que la nouvelle compagne de son grand-père soit la mère de Sabina le disposait à une bien plus grande indulgence pour cette relation. Et à vrai dire, elle lui semblait presque naturelle, à présent.

Visiblement, pour Sabina, c'était tout le contraire !

Quelle en était la véritable raison ? Trouvait-elle réellement que Hugh n'était pas le compagnon idéal pour sa mère, ou était-elle gênée que ce dernier fût son grand-père ?

— Pourquoi ne pas leur donner une chance ? plaida-t-il encore. Après tout, ce sont des adultes, ils…

Devant le regard courroucé qu'elle lui lança, il n'osa pas poursuivre.

— Ne pouvez-vous donc pas comprendre que je ne suis pas en mesure de réfléchir à cela *maintenant* ? demanda-t-elle d'une voix blanche.

Il la scruta avec plus d'intensité. Etait-ce des larmes qu'il voyait briller dans ses yeux ? Des larmes qui perlaient à ses paupières et menaçaient de couler sur ses joues ?

— Sabina ! s'écria-t-il en la prenant dans ses bras, tout va s'arranger, n'ayez crainte !

Non, contrairement à ce qu'il croyait, rien n'allait rentrer dans l'ordre, se dit-elle alors. C'était tout simplement impossible dans la mesure où elle l'aimait alors qu'elle était fiancée à un autre et que, pour couronner le tout, sa propre mère s'était amourachée du grand-père de Brice ! Quand bien même elle aurait voulu prendre de la distance avec ce dernier, c'était désormais impossible.

— Sabina ? fit Brice tout en l'enveloppant d'un regard enfiévré.

Seigneur, qu'elle aimait cet homme ! Elle aimait tout en lui : son arrogance, son charme, sa personnalité affirmée, son talent, bien sûr. Et elle voyait à présent que ses prunelles émeraude cherchaient à percer la vérité de son cœur.

Soudain, il répéta son prénom de sa belle voix grave, avant de l'attirer plus étroitement à lui pour l'embrasser.

Elle eut alors l'impression de monter directement au paradis… Instinctivement, elle noua ses bras autour de son cou et lui rendit son baiser avec la même ferveur. Ses sens s'affolaient à mesure que les ondes du plaisir parcouraient son corps. Elle entrouvrit les lèvres, et dans un gémissement de plaisir, il approfondit son baiser, la chaleur de sa langue se mêlant sensuellement à la sienne.

Elle sentait son torse musclé se presser contre le sien et perçut rapidement la force de son excitation. Détachant sa bouche de la sienne, il traça soudain avec ses lèvres un sillage brûlant le long de sa gorge. Elle inclina la tête en arrière… Bientôt, les mains de Brice effleurèrent ses seins tendus à travers l'étoffe de son T-shirt.

Un petit cri lui échappa lorsque le pouce de son compagnon en caressa sensuellement une pointe durcie. Un désir brûlant l'étreignit alors, sa respiration se fit terriblement saccadée…

— Brice, murmura-t-elle d'une voix passionnée, désireuse que ses caresses ne cessent jamais.

— Oh, Sabina ! fit-il à son tour en mordillant le lobe de son oreille.

— Je…

Subitement, elle se figea.

En dépit du tumulte de ses sens, elle venait de percevoir un bruit.

D'un mouvement rapide, elle se dégagea au moment où la porte s'ouvrait.

Richard !

Ses joues la brûlèrent terriblement lorsqu'elle posa un regard coupable sur son fiancé. Avait-il deviné ce qu'ils étaient en train de faire juste avant qu'il ne pénètre dans la chambre ? Impossible à dire, car le visage de Richard ne trahissait pas la moindre émotion ! Ses yeux bleu clair n'exprimaient aucune accusation. Un étonnement, peut-être…

— Veux-tu toujours que nous partions ? demanda-t-il alors.

— Plus que jamais, répondit Sabina en fermant sa valise.

Elle n'osait regarder dans la direction de Brice, priant pour qu'il ne dise rien de compromettant.

— Vu les circonstances, McAllister, vous comprendrez que ma commande est annulée.

— Quelles circonstances ?

— Manifestement, Sabina est perturbée par la relation de votre grand-père avec sa mère.

— Sabina est assez grande pour exprimer elle-même ce qu'elle ressent, répliqua Brice d'un ton ennuyé. Eh bien, Sabina, êtes-vous *perturbée*, ainsi que le prétend Richard ?

— Je… je n'arrive pas à analyser mes sentiments, avoua-t-elle en toute honnêteté. En revanche, je suis d'accord avec Richard, nous devons partir… Et il est préférable de renoncer au portrait.

— Pourquoi ? demanda Brice d'un ton sec.

Parce qu'elle ne voulait plus se retrouver seule avec lui ! Parce que chaque fois qu'elle le regardait, elle avait envie de lui ! Ardemment, violemment, passionnément !

Parce qu'elle l'aimait, tout simplement !

Et puis… il était inutile que Richard achète son portrait alors qu'elle était décidée à rompre avec celui-ci.

— Comme vous le savez, je n'ai jamais approuvé cette commande, lui rappela-t-elle.

— Vous posiez pour moi dans l'unique but de plaire à votre fiancé, n'est-ce pas ?

— Exact, dit-elle en relevant le menton d'un air de défi.

— Je suis certain que vous pouvez le satisfaire de bien d'autres façons encore, déclara-t-il alors d'un ton provocateur.

— Effectivement, répondit-elle froidement.

— Envoyez-moi la facture pour ce que je vous dois, et restons-en là ! intervint Richard.

— Inutile, fit Brice.

— J'y tiens, j'ai pour habitude de payer mes dettes.

— N'en parlons plus ! Etes-vous sourd ?

Non sans inquiétude, Sabina jaugea tour à tour les deux hommes. Difficile de reconnaître en Brice le compagnon qui l'avait embrassée éperdument tout à l'heure ! Il paraissait si distant, si froid à présent…

Elle-même ignorait quel effet elle pouvait bien lui faire maintenant ! Mais ce qu'elle savait, c'est qu'elle devait partir d'ici, fuir Brice et le sortilège qui s'était abattu sur elle lorsqu'elle avait mis les pieds dans le château !

— As-tu terminé ta valise, Sabina ? demanda Richard. Si oui, nous pouvons partir.

— Allons-y, je suis prête.

— Je suis certain que notre ami ne sera pas impoli au point de te laisser porter ta valise, n'est-ce pas, McAllister ?

— Donnez-moi votre valise, Sabina, déclara Brice, mâchoire serrée. Le chauffeur de mon grand-père va vous conduire à l'aéroport d'Aberdeen.

Sabina ouvrit alors la marche de l'étrange procession, désireuse de quitter au plus vite ce château qui l'avait pourtant tellement séduite, au départ.

Une fois loin d'ici, elle serait peut-être en mesure d'analyser avec plus d'objectivité les sentiments que Brice lui inspirait ; de comprendre si ce qu'elle éprouvait pour lui était réellement de l'amour.

En revanche, elle était certaine d'une chose : elle allait rompre son contrat avec Richard !

13

La colère que ressentait Brice en suivant le couple dans l'escalier lui avait ôté toute envie de parler. Il éprouvait un sentiment d'impuissance totale envers Sabina. Comment pouvait-elle s'enfuir avec Richard après le baiser ardent qu'ils venaient d'échanger ?

Jeff, le majordome, attendait stoïquement devant le coffre ouvert de la limousine pour y placer les valises.

— Sabina, déclara Brice alors qu'elle s'apprêtait à monter dans la voiture, quoi que vous puissiez ressentir en ce moment, la bienséance voudrait que vous preniez au moins congé de votre mère et de mon grand-père. En outre, il serait également opportun que vous remerciiez ce dernier pour son hospitalité !

A ces mots, une rougeur diffuse empourpra les joues de la belle fugueuse. *Touché !* pensa-t-il en l'entendant affirmer :

— Bien sûr !

— Inutile de venir tous les deux, précisa-t-il immédiatement à l'adresse de Richard qui faisait mine d'emboîter le pas à sa fiancée.

— Attends-moi ici, Richard ! intervint cette dernière. C'est préférable. Qui plus est, je n'en ai pas pour longtemps.

Là-dessus, elle serra affectueusement le bras de son fiancé… et Brice en fut très irrité. Il ne supportait pas l'idée que Sabina puisse toucher ce… cet individu, alors imaginer que… que…

Non, c'était au-dessus de ses forces ! Un véritable enfer !

Car l'enfer n'était pas le mélange de feu et de soufre que prédisaient les apôtres de l'Apocalypse… non, l'enfer, c'était de s'apercevoir que l'on était amoureux d'une femme qui vivait avec un autre homme !

Oui, il était bel et bien amoureux de Sabina. Il ignorait quand cela était arrivé et de quelle façon, il savait seulement qu'il aimait tout en elle. Sa remarquable beauté, sa touchante spontanéité, sa voix légèrement rauque, sa démarche ondulante — et même sa loyauté envers un homme qui ne méritait pas de baiser les pieds d'une si superbe femme !

Tout à l'heure, à l'idée de ne plus revoir Sabina, une horrible douleur avait étreint sa poitrine. Une douleur qui ne voulait pas se dissiper…

Oui, l'enfer, c'était d'aimer une personne hors d'atteinte.

— Ils doivent être dans le petit salon, l'informa-t-il d'un ton plus sec qu'il n'aurait voulu, en la voyant hésiter dans le vestibule sur la direction à prendre.

Frappée par sa froideur de ton, elle éprouva le besoin de se justifier :

— Brice, j'ai besoin d'un peu de temps pour me faire à l'idée que… pour m'habituer à cette relation. C'est un choc, pour moi, je vous assure.

Il la jaugea d'un œil morne, sachant que pour le moment, il ne pouvait se risquer à la regarder autrement — au risque de lui avouer son amour ! Et, eu égard au contexte, il doutait qu'elle fût disposée à entendre sa déclaration. La situation était déjà assez compliquée comme ça !

— Vous sembliez pourtant apprécier mon grand-père avant d'apprendre sa relation avec votre mère, argua-t-il.

— Mais je l'apprécie toujours ! affirma-t-elle avec véhémence.

— Seulement, il n'est pas votre père ! fit Brice d'un ton amer.

— Non, effectivement. Mais…

— Avez-vous pensé une seconde à la solitude de votre mère durant ces cinq dernières années ? reprit Brice, bille en tête. Le calvaire qu'elle a enduré ? Votre père était son âme sœur et vice versa. D'après ce que vous m'avez dit de vos parents, leur relation n'était pas uniquement d'ordre affectif, mais également intellectuel. Avec le décès de votre père, votre mère a été comme privée de sa moitié, et…

— Taisez-vous, Brice, je vous en prie ! s'écria Sabina, visiblement au bord des larmes.

Se doutait-elle qu'il était aussi ému qu'elle ? Pas pour les mêmes raisons, bien sûr… De son côté, il avait le cœur brisé à l'idée qu'elle allait partir avec Latham.

— Soyez aimable avec eux, Sabina ! lui conseilla-t-il encore avec des inflexions presque menaçantes dans la voix.

— Ou alors ?

— Ou alors vous aurez affaire à moi !

— Oh, j'en tremble d'avance ! fit-elle dans un sourire froid.

— Vous avez tort de ne pas me prendre au sérieux, lui dit-il alors en luttant contre ses impulsions pour ne pas la prendre dans ses bras et l'embrasser sauvagement.

Hugh et Leonore étaient assis l'un près de l'autre sur le sofa lorsque les deux jeunes gens firent irruption dans la pièce. Brice eut l'impression de voir des traces de larmes sur les joues de Leonore.

— Attention à ce que vous allez dire ! murmura-t-il à l'oreille de Sabina.

Celle-ci lui décocha un regard noir avant de s'adresser au couple qui la fixait avec des yeux étonnés.

— Richard et moi avons décidé de partir, leur annonça-t-elle. Je… je venais prendre congé de vous.

— J'espère que ce n'est pas ma présence qui te chasse ? demanda alors sa mère en serrant machinalement le bras de son compagnon.

— Bien sûr que non, assura Sabina. Richard doit retourner à Londres dès aujourd'hui, car nous partons pour l'Australie lundi et il a encore certaines choses à régler.

Brice eut un coup au cœur.

L'Australie ! Elle allait partir si loin que ça ?

— Très bien, fit Leonore. Appelle-moi quand tu rentres. Tu le feras, n'est-ce pas ?

L'insistance de sa mère parut surprendre Sabina qui hocha alors la tête en signe d'acquiescement, hésita, puis finit par dire :

— Peut-être que toi… et Hugh pourrez venir dîner chez moi, à mon retour ?

Au moins, elle faisait preuve de bonne volonté, pensa Brice. Même si l'idée que son grand-père fût reçu chez Richard Latham et sympathisât avec ce dernier ne l'enchantait nullement !

— C'est une excellente idée, déclara sa mère. N'est-ce pas, Hugh ?

— Excellente, effectivement, fit ce dernier sans grand enthousiasme. Je suis navré que vous partiez si vite, Sabina : j'aurais vraiment aimé faire plus ample connaissance avec vous.

— Nous avons toute la vie pour mieux nous connaître, décréta-t-elle alors avec jovialité.

— Toute la vie ? répéta Hugh, non sans ironie. La mienne est déjà bien avancée !

Elle sourcilla, ne sachant plus trop sur quel pied danser : venait-elle de commettre un impair ? Elle jeta un coup d'œil à Brice à la dérobée…

Pour sa part, il n'était nullement perturbé par l'allusion de son grand-père à son âge car ce dernier était en excellente santé et serait à coup sûr centenaire ! D'autant qu'il venait de trouver l'amour…

— Alors c'est entendu, dès notre retour, nous organisons un dîner, reprit Sabina avec davantage d'assurance, avant d'ajouter d'une voix plus rauque que d'ordinaire, le regard fuyant : au revoir, Brice.

— Je vous raccompagne à la voiture.

— Inutile, lui dit-elle. Je connais le chemin et… nous nous sommes déjà dit au revoir.

Pourtant, il aurait tellement aimé passer encore quelques minutes en sa compagnie ! Néanmoins, à la pâleur de ses joues, aux cernes sous ses yeux, il comprit qu'elle était à bout. S'il insistait un tant soit peu, elle allait s'effondrer.

— Comme vous voudrez. Bon retour.

— Merci, dit-elle en esquissant un sourire furtif.

Là-dessus, elle quitta la pièce précipitamment.

Aspirant une large bouffée d'air, Brice se tourna alors vers son grand-père et demanda :

— Maintenant, si tu veux bien me présenter officiellement à Leonore, elle me permettra peut-être de l'interroger sur l'événement qui a métamorphosé sa fille.

Car il était plus que jamais résolu à éclaircir la mystérieuse transformation de Sabina. Il brûlait de connaître la vérité, toute la vérité !

— On peut partir ? demanda Richard tandis que Sabina s'engouffrait à l'arrière de la limousine.

— Oui.

Se laissant tomber sur la banquette en cuir, elle tourna la tête vers la vitre, pour admirer une dernière fois le château de Hugh McDonald.

La lumière de mai en soulignait la beauté majestueuse. Il émanait de la bâtisse une sérénité et un calme absolus — le contraire de son état d'esprit actuel, conclut amèrement Sabina.

Elle avait bien conscience de prendre la fuite, mais elle n'avait pas trouvé d'autre issue. Elle était profondément bouleversée d'avoir découvert que Hugh McDonald était le nouveau compagnon de sa mère. Mais sa réaction face aux baisers de Brice l'avait bien plus surprise encore ! Si Richard n'était pas entré dans la pièce, tout à l'heure, elle ne savait pas au juste ce qui serait arrivé. Comment tout cela se serait terminé…

Richard avait-il deviné que Brice et elle s'étaient embrassés ? Elle l'ignorait. Cependant, quelle que fût la réponse, elle ne pouvait plus poursuivre cette petite comédie avec son fiancé !

Il fallait rompre ! Elle se devait d'être honnête avec cet homme qui avait toujours été si bon envers elle.

— Drôle de surprise, n'est-ce pas ? fit soudain Richard d'un ton désinvolte.

— Pardon ? demanda-t-elle en pâlissant, immédiatement sur ses gardes.

— Ta mère et McDonald ! précisa-t-il alors d'un ton cynique. Il n'est pas de la première fraîcheur, mais il présente l'immense avantage d'être riche !

Elle se figea.

D'abord, les propos de Richard étaient d'une crudité tout à fait désobligeante pour sa mère.

Ensuite, elle craignait que le chauffeur de Hugh n'entende leur conversation. D'ailleurs, ne venait-il pas de tressaillir ?

Pourtant, elle ne pouvait tolérer une telle provocation.

— La fortune de Hugh n'influe nullement sur les sentiments de ma mère, répliqua-t-elle à voix basse, d'un ton indigné.

— Vraiment ? fit-il en sourcillant. Permets-moi d'en douter.

Sabina connaissait sa mère : elle se moquait éperdument des biens matériels. La preuve : Leonore refusait systématiquement qu'elle l'aide financièrement, alléguant que son petit cottage en Ecosse et sa grande bibliothèque lui suffisaient.

En outre, Hugh n'avait pas que sa fortune à offrir. C'était un gentleman charmant, distingué, intelligent. Tout comme son petit-fils…

— Richard, commença-t-elle sur un ton belliqueux, je…

— Chut ! Pas ici, la réprimanda-t-il alors en lui désignant du menton le chauffeur.

Tiens donc ! Voilà qu'il se rappelait sa présence ! Quelle mauvaise foi ! Cette attitude était bien étonnante de la part de Richard.

— Nous reparlerons de tout cela à Londres, ajouta-t-il. A la maison.

Une maison qui n'allait pas rester la sienne pour très longtemps, pensa-t-elle alors. Oui, dès qu'ils seraient à Londres, elle lui ferait part de ses nouveaux projets. Des projets qui l'excluaient de sa vie.

Devrait-elle lui préciser qu'elle le quittait à cause de Brice ? Non, toute vérité n'était pas bonne à dire.

Brice…

Son cœur se serra en pensant à lui. Plus la voiture avançait, et plus la distance se creusait entre eux… Quand le reverrait-elle ? Désormais, il n'y avait plus le prétexte du tableau, puisque la commande était tombée à l'eau. Le seul lien qui l'unissait encore à lui, c'était — ironie du sort — la relation de sa mère avec son grand-père.

Le destin la punissait-il pour avoir réagi si égoïstement lorsque Leonore lui avait annoncé son voyage pour Paris ?

Probablement, pensa-t-elle en soupirant. Elle se jura de lui présenter des excuses à la première occasion.

Allons, chaque chose en son temps ! En premier lieu, elle devait mettre un terme à son engagement avec Richard. Perspective peu réjouissante, se dit-elle en coulant un œil vers lui. Il avait l'air rogue ! Voilà qui promettait !

A vrai dire, il avait de bonnes raisons d'être en colère.

Depuis le début, l'homme d'affaires avait été absolument clair sur ce qu'il pouvait lui apporter et sur ce qu'il exigeait d'elle en retour. Il avait rempli sa part du contrat. Ce n'était pas lui, mais elle qui avait rompu leur accord. Pire : elle était tombée amoureuse d'un autre homme. Elle priait pour ne pas avoir à lui avouer cet amour. Elle ne voulait pas impliquer Brice dans sa rupture. D'autant que ce dernier ignorait qu'elle était amoureuse de lui.

Et elle espérait qu'il ne l'apprendrait jamais ! Car il était bien évident que Brice ne partageait pas ses sentiments.

— Allons dans le salon ! décréta Richard une fois qu'ils furent arrivés dans la maison de Mayfair.

Durant tout le voyage, il n'avait pas desserré les lèvres. Pressentait-il ce qu'elle allait lui annoncer ?

— Moi aussi, je prendrais volontiers un scotch, lui dit-elle tandis qu'il se servait un verre.

— On a besoin d'alcool pour stimuler son courage ? fit-il alors en lui lançant un regard accusateur.

Donc, il était au courant pour les baisers ! conclut-elle,

nerveuse. Après tout, elle méritait ses sarcasmes, elle les avait bien cherchés !

— Eh bien, Sabina, poursuivit-il, je vais t'éviter la peine de rompre notre engagement en y mettant moi-même un terme. Car tu n'as pas respecté notre contrat. Mes stipulations étaient pourtant claires : je ne supporte pas l'imperfection.

Là-dessus, il lui lança un regard méprisant.

— Je n'ai jamais prétendu être parfaite, se défendit-elle immédiatement.

— Pourquoi le prétendre ? Tu l'étais quand nous nous sommes rencontrés. Tu avais tout pour toi : ta beauté, ton succès, ton self-control, ton air intouchable. A l'époque, tu n'avais pas que l'air d'ailleurs, tu l'étais, mais visiblement ce n'est plus le cas. Je me trompe ?

La bouche de Richard tremblait de fureur, ses yeux la regardaient durement, elle ne le reconnaissait plus !

Elle ne s'attendait pas à des attaques si violentes de sa part. Jamais il ne s'était comporté de la sorte avec elle. Oh, elle l'avait déjà vu en colère dans le passé — mais pas contre elle ! Désormais, il lui appliquait le même traitement qu'à ses ennemis. Elle l'avait déçu et son venin ne l'épargnerait plus.

— Je ne sais pas de quoi tu parles, Richard.

— Dans ces conditions, je vais être clair : quand je suis entré dans la chambre tout à l'heure, tu vibrais encore du baiser torride que venait de te donner McAllister !

— Richard, je…

— Il n'y a que la vérité qui choque, Sabina, fit-il d'un air dégoûté avant d'ajouter, blasé : je te croyais différente des autres. Après ce qui t'était arrivé, je pensais que tu étais comme moi, détaché de cette chose immonde qu'est le sexe et que l'on associe malheureusement à l'amour. Qu'à tes yeux, une relation reposait sur l'amitié, l'échange intellectuel et l'admiration mutuelle ! Hélas, je me suis aperçu ce week-end, d'après ta conduite avec McAllister, que tu es une femme bien ordinaire.

Elle le regarda, incrédule. Elle avait vécu avec lui plusieurs mois sans réellement le connaître…

— Et dire que j'envisageais même de t'épouser ! ajouta-t-il avec un profond dégoût.

D'où cette allusion à leur voyage de noces, pensa-t-elle alors. Pour sa part, elle n'avait jamais pris au sérieux l'idée de se marier avec lui.

— Notre contrat ne prévoyait pas le mariage, dit-elle enfin.

— Ton comportement avec McAllister annule notre contrat, annonça-t-il alors avec hauteur. Aussi te saurais-je gré de faire tes valises et de quitter cette maison au plus vite.

Evidemment, pensa-t-elle, sa colère était fondée. Elle n'avait d'autre choix que de l'accepter. Mais le Richard qui se tenait devant elle ce soir était un inconnu — un inconnu qu'elle n'avait nullement envie de connaître !

14

— Décidément, cela devient une habitude dans votre famille ! s'exclama Chloe en jetant un coup d'œil rieur à Brice, assis à son côté. Vas-tu toi aussi suivre l'exemple de ton grand-père et te marier ?

Goûtant fort moyennement la boutade, il se contenta de froncer les sourcils, et reporta toute son attention sur le podium où les lumières tamisées indiquaient que le défilé allait commencer.

Durant les trois semaines qui venaient de s'écouler depuis le fameux week-end en Ecosse, il avait bien tenté de reprendre contact avec Sabina… pour se faire rabrouer chaque fois par le cerbère de Richard Latham. A croire que Sabina avait déménagé, car elle n'était jamais à la maison. Hélas ! Il savait que la vérité était bien plus cruelle et qu'en réalité, elle n'était jamais disponible pour lui.

Ces trois semaines s'étaient apparentées pour Brice à une véritable traversée du désert. Aujourd'hui, il mourait d'envie de voir et d'entendre Sabina. Il était à bout de forces !

— Ne te fais pas d'illusions, répondit-il. La série de mariages va s'arrêter là. Pour ma part, ce n'est pas ma tasse de thé.

— Hum, hum… Tu sais pourtant qu'il ne faut jamais dire fontaine, je ne boirai pas de ton eau ! fit malicieusement Chloe avant d'enchaîner, en voyant le visage de plus en plus morose de son cousin : en tout cas, nous avons tous été aussi stupéfaits qu'heureux d'apprendre que Hugh se remariait !

Et lui, alors ! Quelle n'avait pas été sa surprise lorsque son grand-père lui avait téléphoné, le week-end dernier, pour annoncer le scoop !

Une raison supplémentaire pour s'entretenir de toute urgence avec Sabina, en avait-il conclu. Comment diable avait-elle bien pu réagir à la nouvelle ?

— Et il fallait précisément que la future épouse fût la mère de Sabina ! poursuivit Chloe, l'œil brillant. Fergus m'a dit que tu avais déjà rencontré la fameuse Leonore…

— Brièvement, confirma-t-il, peu désireux que sa famille fût au courant du week-end désastreux qu'il avait passé au château — même si la rencontre avec Leonore avait été des plus plaisantes. Ne t'inquiète pas, Chloe, toi aussi, tu vas bientôt faire la connaissance de notre « belle-grand-mère ».

Bon sang, pensa-t-il, ce défilé allait-il commencer, oui ou non ? Il était initialement prévu à 20 h 30… et il était déjà 21 heures !

— Oh, je ne suis nullement inquiète ! repartit sa cousine. Pour bien connaître Hugh, je sais que ses goûts sont irréprochables. Je ne doute pas un instant que Leonore soit charmante. Dis-moi, crois-tu que Sabina sera présente à la réception ?

Touché ! pensa-t-il, agacé, en se raidissant.

C'était précisément la question qui le taraudait depuis que son grand-père avait prévu d'organiser une réunion familiale dans le meilleur hôtel de Londres, le week-end prochain.

Il espérait tellement que Sabina serait là ! Et pas uniquement par intérêt personnel. Il avait réellement apprécié Leonore, et ne souhaitait nullement que Sabina fît de la peine à sa mère — d'autant qu'en ne venant pas, elle-même serait la première meurtrie.

— Aucune idée, répondit-il avant de demander d'un ton impatient : les défilés commencent-ils toujours en retard ?

— Oui, répondit Chloe sans paraître s'en émouvoir le moins du monde. Mais rassure-toi, Brice, je tiens de source sûre que Sabina montera sur le podium !

Et nul doute qu'elle serait également entourée de ses cerbères

— ou au moins de l'éternel Clive ! Qu'à cela ne tienne ! pensa-t-il en serrant les poings malgré lui. Ce soir, il avait la ferme intention de voir Sabina et rien ni personne ne pourrait l'en empêcher.

Il s'apprêtait à répliquer lorsque la musique monta d'un cran. Le défilé allait enfin commencer !

— Tout de même, ce n'est pas trop tôt, marmonna-t-il en se calant sur son siège, troublé à l'idée de voir bientôt apparaître Sabina.

Durant une bonne heure, des femmes toutes plus belles les unes que les autres défilèrent sur l'estrade, vêtues de tenues parfaitement excentriques et maquillées de façon tout aussi extravagante… mais point de Sabina !

— Elle est ici, je te le jure, chuchota Chloe en percevant nettement sa tension.

A cet instant, les lumières changèrent, la musique se tut. On annonça le final de la première partie.

Sabina… !

La magnifique, la mystérieuse, l'aristocratique Sabina parut enfin. Elle était sublime dans sa robe en soie miroitante couleur nuit de Chine, dont l'étoffe moulait de façon fort suggestive son corps de déesse. Tel un cygne bleu, elle semblait glisser sur le plancher lustré. Ses cheveux étaient remontés en un haut chignon futuriste et ses yeux sertis dans un ingénieux loup fait de khôl et de poudre, en harmonie avec le ton de sa robe.

Lorsqu'elle arriva au bout du podium, elle ne regarda ni à droite ni à gauche, mais le merveilleux sourire qu'elle adressa au public scintillait autant que le tissu de sa robe sexy.

Brice était trop sidéré pour applaudir à l'unisson avec le reste de la salle. Jamais Sabina ne lui avait paru si belle…

Et, hélas, si distante, si inaccessible !

Pour la première fois, il la voyait dans son monde à elle, un monde où elle était la reine. Et il eut soudain l'impression de poursuivre une chimère.

Désemparé par cette constatation, il ne s'aperçut pas que

les lumières s'étaient rallumées et que Sabina avait déjà quitté le podium.

— Veux-tu que nous allions en coulisses ? proposa alors Chloe. Brice… ?

Il sursauta, secoua la tête et, esquissant un triste sourire, répondit :

— Je me fais réellement des illusions. Son univers, c'est celui des strass et des paillettes.

— Non, je ne crois pas, rétorqua Chloe. La plupart des mannequins que je connais n'aspirent précisément qu'à fuir ce milieu lorsque leur travail est terminé. Et la plus grande partie échangerait volontiers leur gloire contre une vie normale, aux côtés d'un mari attentionné.

— Sabina a déjà ce genre de choses, répliqua-t-il, le visage sombre.

— Penses-tu réellement que l'oncle de David soit un homme *attentionné* ? Pour moi, c'est un être froid et distant.

— Visiblement, il plaît à Sabina.

D'ailleurs, même si Latham lui était fort désagréable, il était prêt à faire le sacrifice de le revoir le week-end prochain… si du moins Sabina venait.

Ah ! Pourquoi le fait qu'elle se rende ou non à la réunion familiale l'obsédait-il à ce point ?

En réalité, ce n'était qu'un prétexte… S'il était venu ce soir au défilé, c'était pour la voir, tout simplement — et non, comme il avait voulu s'en persuader, afin de lui arracher la promesse qu'elle viendrait à la réception.

Oui, dès que ses yeux s'étaient posés sur Sabina, il avait compris qu'il ne trompait que lui. En trois semaines, les sentiments qu'il éprouvait à son égard s'étaient intensifiés, au point qu'il n'était pas certain de pouvoir la revoir sans lui avouer son amour.

— Peut-être serait-il préférable que je parte, déclara-t-il subitement d'un air aussi sombre que songeur.

— Mais enfin pourquoi ? demanda Chloe, incrédule, avant de s'exclamer : tiens, bonjour, Annie, comment vas-tu ?

— Bien, bien, répondit la jeune femme qui venait de les rejoindre. Si ce n'est que là-bas, c'est l'anarchie totale.

Elle se tourna alors vers Brice.

— Vous êtes Brice McAllister, n'est-ce pas ?

— Oui, fit-il, étonné.

— J'ai quelque chose à vous remettre, dit-elle en lui tendant une enveloppe. Bon, j'y retourne !

Là-dessus, elle disparut dans la foule.

Il contempla la lettre, perplexe.

— Eh bien, vas-tu te décider à l'ouvrir ? lança Chloe d'un air curieux. Annie est une maquilleuse. Une de ces magiciennes qui œuvrent en coulisses.

En coulisses…

Cette lettre ne pouvait provenir que de Sabina !

Elle avait donc remarqué sa présence dans le public, alors qu'elle donnait l'impression de ne regarder personne en particulier. Quel professionnalisme !

Pourquoi lui écrivait-elle ? Etait-ce pour l'avertir de ne pas tenter de la voir après le défilé ? Avait-elle deviné ses intentions ? A moins qu'il ne s'agisse de tout autre chose…

Bon sang, il était tétanisé…

— Brice ! le gronda gentiment Chloe. Ouvre-la, tu seras fixé ! Bon, je vais aux toilettes, comme ça, tu pourras la lire tranquillement, d'accord ?

Si Chloe n'avait pas déjà été mariée et profondément amoureuse de son cousin, nul doute qu'il aurait fondu d'amour pour elle, pensa-t-il alors affectueusement. Du moins, encore aurait-il fallu que lui-même n'ait pas été éperdument épris de Sabina !

Le cœur battant, il décacheta l'enveloppe.

Si vous souhaitez me parler, montrez cette lettre à l'un des gardes du corps. On vous laissera passer.

Sabina

C'était tout. De son côté, elle ne mentionnait nullement qu'elle désirait le voir !

*
* *

Lorsque, dans le miroir, Sabina aperçut le reflet de Brice qui se tenait sur le seuil de sa loge, elle fut frappée par son expression déterminée. Avait-elle eu raison de lui adresser ce mot ? se demanda-t-elle, le cœur serré.

Elle avait été si bouleversée de le voir dans le public, tout à l'heure. Depuis quand Brice s'intéressait-il aux défilés de mode ? Nul doute que, s'il se trouvait au premier rang ce soir, c'était pour la voir elle ! en avait-elle déduit.

A présent, elle n'en était plus aussi certaine…

Tout en continuant à se démaquiller devant le miroir — et en dissimulant soigneusement les doutes intérieurs qui la rongeaient — elle lui demanda :

— La soirée t'a-t-elle plu ?

Tout naturellement, elle l'avait tutoyé. Oh, et puis zut ! se dit-elle. Il n'allait tout de même pas s'en offusquer, lui qui avait pris la liberté de l'embrasser.

— C'est la première fois que j'assiste à un défilé, mais il m'a semblé parfait, dit-il en demeurant sur le seuil.

— Et à part ça, comment vas-tu ?

— Ce n'est tout de même pas pour me demander cela que tu m'as envoyé ce mot ?

S'appliquant consciencieusement à retirer le fard de ses paupières, Sabina espérait qu'il ne percevrait pas le tremblement de ses mains.

— Parce que, de ton côté, tu es vraiment venu ici pour assister à un défilé de mode ? répliqua-t-elle d'un ton cinglant.

— Tu as des doutes sur mes motivations ?

— Je pense en effet que tu cherches juste à savoir si je serai à la réception qu'organise Hugh, la semaine prochaine.

— Eh bien, y seras-tu ? demanda-t-il d'un air de défi.

Elle sentit sa gorge se nouer en constatant qu'elle avait vu juste ! Et dire qu'elle avait espéré que…

Elle aurait pourtant dû s'en douter ! Ces baisers, ce flirt, tout cela, c'était un jeu pour Brice. Un jeu dangereux, certes, mais néanmoins un jeu !

Lui lançant un regard furieux dans le miroir, elle rétorqua :

— Tu sais, je n'apprécie pas le fait que tu me croies capable de blesser ma mère en ne me rendant pas à cette réception.

— Ce qui signifie que tu viendras ?

— Oui, répondit-elle avec agacement, même si cela ne te regarde pas. Bon, c'est tout ce que tu avais à me dire ?

Elle était bien plus furieuse qu'elle ne voulait l'admettre. Il fallait qu'il ait une piètre opinion d'elle pour toujours la soupçonner du pire !

Au fond, qu'espérait-elle ? Qu'elle lui avait manqué ? Que le cœur de Brice avait fait un bond de joie dans sa poitrine quand elle était montée sur l'estrade… tout comme le sien, tout à l'heure, lorsqu'elle l'avait aperçu assis au premier rang ?

— Non, ce n'est pas tout ! déclara-t-il dans son dos. As-tu terminé, ou comptes-tu te rendre au cocktail ?

— Je ne me rends jamais à ces ennuyeux et interminables cocktails.

— Et où est l'attentionné Clive, ce soir ?

Elle n'en savait fichtre rien. Néanmoins, elle n'avait aucune envie de le lui dire…

— Il ne travaille pas aujourd'hui.

— Et Latham ?

— Toujours en Australie.

Du moins aux dernières nouvelles !

— Dans ces conditions, tu accepteras peut-être d'aller prendre un verre avec moi ?

Elle hésita. Etait-ce raisonnable ?

Bien que Brice l'ignore encore, sa vie avait radicalement changé durant ces trois dernières semaines. D'ailleurs, personne n'était au courant. Pas même sa mère. Et pour l'instant, elle préférait que les choses demeurent ainsi.

Allons, elle pouvait bien aller prendre un verre avec lui sans qu'il s'aperçoive pour autant des changements survenus dans son existence !

— Je sais ce qui t'est arrivé en novembre dernier, lui annonça-t-il tout à trac.

Il avait prononcé cette phrase avec douceur, et pourtant elle eut l'impression qu'il venait de la poignarder. Elle se retourna vivement… pour lire dans ses beaux yeux verts qu'il ne bluffait pas.

— Je suppose que c'est ma mère qui t'a mis au courant ?

— En effet, mais uniquement parce que je l'ai questionnée à ce sujet.

— Ce qui m'est arrivé ne regarde que moi : le public n'était pas censé l'apprendre ! s'écria-t-elle.

— Je ne suis pas le *public* ! s'exclama-t-il à son tour. D'ailleurs, dans quelques semaines, nous ferons partie de la même famille.

— Le fait que ma mère épouse ton grand-père ne fait pas de nous des membres d'une même famille ! s'insurgea-t-elle.

— A mes yeux, si !

— Libre à toi !

Pour sa part, elle refusait cette vision des choses. Elle se consumait d'amour pour cet homme, et ne voulait pas le croiser lors de fêtes familiales ! Surtout que, tôt ou tard, il s'y rendrait en compagnie de sa future épouse !

— Ecoute, Sabina, je ne suis pas venu ici ce soir pour me disputer avec toi dans cette maudite loge.

— Et où comptais-tu le faire ? demanda-t-elle d'un ton à la fois moqueur et meurtri.

— Acceptes-tu oui ou non de venir prendre un verre avec moi ? demanda-t-il sans répondre à sa provocation.

Elle le jaugea un instant, prit une grande inspiration.

— J'arrive, décréta-t-elle en se levant brusquement.

— Enfin ! Il faudra donc toujours que nous nous disputions, tous les deux ?

— Ne compte pas sur moi pour te faciliter la vie, dit-elle alors dans un sourire mutin.

— Rassure-toi, rien n'est facile avec toi, Sabina.

Quelques minutes plus tard, lorsqu'ils se retrouvèrent dans la rue, elle déclara :

— Prenons ma voiture.

— Ta voiture ? Tu conduis maintenant ? C'est nouveau !

— Pas vraiment ! Cela fait des années que j'ai mon permis.

Elle savait parfaitement à quoi il faisait allusion. Pas au fait qu'elle fût en mesure de conduire, mais à l'absence de limousine avec chauffeur !

C'était pourtant l'un des changements les moins importants qui soit intervenu dans son existence, ces trois dernières semaines…

15

— Tu n'es pas la même, ce soir, Sabina, déclara Brice, songeur, tandis que tous deux prenaient place dans le salon d'un grand hôtel londonien. Tu es comme transformée.

A cet instant, on déposa devant eux, sur une table basse, les deux cafés que Brice avait commandés. L'endroit était des plus cosys — mais Sabina décidément fort mystérieuse !

Lisait-il réellement de la méfiance dans son regard par ailleurs fuyant ? Difficile à dire, car le sourire poli qu'elle affichait brouillait les pistes, tel un masque.

— Ah bon ? fit-elle en prenant sa tasse de café. Bah, je suis toujours un peu excitée après un défilé ! Sans doute est-ce pour cette raison que je te donne cette impression.

Ils se turent quelques instants, puis il reprit :

— Tu as une très belle voiture.

— Merci, lui dit-elle en souriant, l'air heureux. J'adore conduire à Londres.

Oui, elle avait définitivement changé, se dit-il. La peur qui semblait l'habiter la première fois qu'il l'avait rencontrée avait disparu. D'ailleurs, à présent, il savait quelle en était l'origine…

— Ne tiens pas rigueur à ta mère des confidences qu'elle m'a faites à ton sujet, lui dit-il en se calant sur la banquette. Elle croyait que nous étions amis.

— Je ne suis pas la première personne connue à recevoir des lettres anonymes, déclara-t-elle alors d'un air ennuyé.

— Manifestement, il ne s'agissait pas simplement de lettres. L'individu qui te traquait s'est tout de même aventuré jusque dans ta loge pour t'agresser !

A cette seule pensée, il sentit monter en lui des pulsions meurtrières ! Tout comme cela avait été le cas lorsque Leonore lui avait expliqué l'agression dont Sabina avait été victime, agression qui avait ancré la peur en elle, l'avait transformée en une jeune femme profondément angoissée qui s'effrayait de sa propre ombre et était devenue étrangère aux siens.

Après sa conversation avec Leonore, Brice avait été envahi par une immense colère. Sa première pensée avait été de retrouver le scélérat qui avait osé commettre un crime si abominable afin de lui infliger une bonne leçon.

Insidieusement, un désir plus fort l'avait peu à peu étreint : celui de se précipiter chez Sabina pour la protéger et veiller à ce que jamais un tel malheur ne se reproduise.

Le problème, c'est que Richard Latham assurait déjà la fonction de protecteur auprès d'elle. Comme il enrageait de ne pouvoir prendre sa place !

Evitant toujours le regard perçant de Brice, Sabina déclara rapidement :

— Mon agresseur a accepté d'entrer dans un service psychiatrique pour se faire soigner. Il n'y a pas eu de nouveaux incidents.

Et c'était aussi pour cette raison que l'agression avait pu être passée sous silence ! Evidemment, il comprenait que Sabina préférât éviter toute publicité — même s'il ne pouvait s'empêcher de repenser, le cœur étreint par l'angoisse, à un autre top model qui, deux ans auparavant, avait été agressée dans des conditions similaires et n'avait pas survécu !

— Ecoute, Brice, ajouta-t-elle, tout cela, c'est de l'histoire ancienne, alors n'en parlons plus, d'accord ?

— Et les lettres que tu reçois, objecta-t-il alors d'une voix rauque, c'est de l'histoire ancienne, peut-être ?

A ces mots, elle devint livide.

Il avait donc vu juste en ce qui concernait la fameuse enveloppe verte, pensa-t-il. Il s'agissait bel et bien de courrier anonyme !

— Je n'ai pas l'impression que le séjour en hôpital psychiatrique se soit révélé d'une grande efficacité pour ton agresseur, ajouta-t-il.

A cet instant, il vit le pouls de Sabina s'accélérer à la naissance de son cou, et le désarroi que reflétèrent ses traits lui déchira le cœur.

— Brice, je préférerais ne pas reparler de tout cela, dit-elle d'un ton saccadé.

— Je peux le comprendre, concéda-t-il. Il n'empêche que cet individu te harcèle toujours, n'est-ce pas ? Il n'attend que la prochaine occasion pour…

— Assez ! s'écria-t-elle d'un ton cinglant avant de reprendre d'une voix presque tremblante, cette fois : arrête, Brice… Je ne reçois plus de lettres depuis des semaines.

— Mon intuition me dit pourtant que, la dernière fois que je suis venu à Mayfair et que tu étais alitée, prétendument souffrante, tu venais de recevoir l'une de ces maudites lettres.

Elle lui jeta un bref coup d'œil, avant de détourner le regard, fort mal à l'aise.

— Bien vu, reconnut-elle. Je… C'est la dernière que j'ai reçue.

— Cela fait donc quatre semaines, observa-t-il. A quel rythme en reçois-tu d'ordinaire ?

— Tous les quinze jours, à peu près, répondit-elle d'un ton las.

— Il est un peu tôt pour décréter que ces envois ont cessé, tu ne crois pas ?

La colère qu'il ressentait envers leur auteur perçait malgré lui dans sa voix. Soudain, Sabina ouvrit la bouche pour dire quelque chose… mais, au dernier moment, se ravisa.

— Sabina… ? Qu'y a-t-il que tu ne peux me dire ? demanda-t-il, inquiet, convaincu qu'elle lui cachait quelque chose.

Dans un ultime effort, elle parvint à esquisser un petit sourire, et répondit :

— Allons, Brice, nous ne sommes pas assez intimes pour échanger des confidences.

Cruelle ! pensa-t-il alors. Pour sa part, il la connaissait suffisamment pour savoir avec certitude qu'il était amoureux d'elle — et qu'elle l'obsédait en permanence, jour et nuit.

— Merci ! répondit-il, vexé.

— De rien, fit-elle d'un air mutin.

Décidément, il était même incapable de lui tenir ombrage de sa cruauté. Sourcillant, il reprit :

— Manifestement, tu as été fort occupée ces dernières semaines…

Si occupée qu'elle était toujours sortie ou indisponible chaque fois qu'il avait essayé de la joindre !

Brusquement, il la sentit sur ses gardes.

— Tu ne devrais pas t'en étonner, Brice. Je t'ai pourtant dit que mon emploi du temps était fort chargé.

— Effectivement. Note que de mon côté, je n'ai pas chômé non plus.

— Ah bon ? fit-elle en affichant un intérêt poli.

Il se raidit : il détestait ses marques de politesse, il préférait encore ses coups de griffe.

— J'ai fini le portrait, annonça-t-il d'un ton abrupt.

— *Mon* portrait ?

— Evidemment ! De quel autre pourrait-il s'agir ?

Une rougeur colora ses joues tandis qu'elle balbutiait :

— Mais je… je n'avais pas terminé de poser pour toi. En outre, tu… enfin, Richard t'a dit qu'il annulait la commande.

— Tu sous-estimes donc mon talent au point de me croire incapable de peindre un sujet sans l'avoir devant les yeux ?

— Non, ce n'est absolument pas ce que je voulais dire ! Mais pourquoi terminer ce tableau… alors que ton client ne va pas te l'acheter ? Enfin, je présume que je pourrais toujours…

— Il n'est pas à vendre ! trancha-t-il.

Il avait terminé ce portrait pour lui, pour son propre salut.

La peindre sur la toile avait été une sorte d'exutoire pour

pallier son absence — sa façon à lui de se rapprocher d'elle durant ces trois semaines où il n'avait pu la contacter.

Et puis, sans se vanter, ce portrait était extrêmement réussi. Le visage et le buste de Sabina se détachaient sur le fond de la fameuse chambre médiévale, et l'on aurait dit une vestale auréolée de mystère.

Jamais il ne le vendrait ! A personne. Heureusement que Latham avait renoncé à la commande, car Brice n'aurait su comment lui annoncer qu'il gardait le tableau pour lui !

— Je ne comprends pas, fit Sabina.

— Vraiment ?

— Oui, sincèrement… Que comptes-tu en faire, au juste ?

— Je ne sais pas encore. L'exposer, peut-être.

Pourtant, en formulant cette éventualité, il comprit que jamais il ne pourrait se séparer du tableau — même pour le confier à une galerie réputée à titre provisoire. Non, il allait l'accrocher dans sa chambre, en face de son lit. Ce serait, hélas, son seul moyen d'être proche de la jeune femme !

— Si jamais tu décides de le présenter dans une exposition, fais-moi signe, lui dit-elle. J'aimerais tout de même le voir.

— Tu peux passer chez moi quand tu veux pour l'admirer, rétorqua-t-il. Tu seras toujours la bienvenue.

— J'attendrai l'exposition, assura-t-elle dans un sourire tendu.

— Comme tu voudras.

L'atmosphère venait subitement de changer entre eux, constata Brice. Sabina semblait avoir perdu la vitalité qui l'animait tout à l'heure. Etait-ce à cause de lui qu'elle s'était départie de cette joie si inhabituelle chez elle ? Si tel était le cas, il le déplorait sincèrement.

— Sabina…

Il s'arrêta tout net en la voyant porter sa tasse à ses lèvres. Car il venait de s'apercevoir d'un autre changement chez elle… ou plus exactement d'une absence qu'il n'avait pas notée jusque-là !

Elle ne portait plus son gros diamant à l'annulaire gauche, l'ostentatoire symbole de ses fiançailles avec Latham !

*
* *

Sabina posa sur Brice un regard interrogateur, avant de comprendre pourquoi il fixait sa main gauche avec une telle insistance : il était manifestement déconcerté par l'absence de sa bague de fiançailles.

Qu'à cela ne tienne, elle n'était pas à court de justifications ! Elle pouvait affirmer, par exemple, qu'elle la retirait toujours lors des défilés et qu'elle avait tout simplement oublié de la remettre. Ou bien qu'elle l'avait rapportée au bijoutier afin qu'il la retaille car la pierre s'accrochait systématiquement aux vêtements, ce qui lui avait valu de déchirer la dernière création d'un couturier de renom.

Décidément, pensa-t-elle non sans dérision, son imagination était fertile !

— Qu'as-tu fait de ta bague ? parvint-il enfin à demander.

A ces mots, elle se mit à fixer à son tour son annulaire gauche, comme si elle venait juste de s'apercevoir qu'elle ne portait pas le diamant…

Comment réagirait Brice si, au lieu d'élaborer un petit mensonge pour justifier l'absence de bague à son doigt, elle lui annonçait qu'elle avait rompu ses fiançailles ?

Sur une impulsion, elle le regarda droit dans les yeux et déclara :

— Je n'ai aucune idée de ce que Richard a pu en faire depuis que je la lui ai rendue.

— Tu as rendu ta bague de fiançailles à Richard ?

Il avait dû reformuler à haute voix les surprenants propos de Sabina pour bien en saisir le sens.

— Oui, je ne me sentais pas en droit de la garder après notre rupture, confirma-t-elle.

— Quand la lui as-tu remise ? demanda-t-il lentement, d'une voix tendue.

Si elle lui confessait la vérité — c'est-à-dire qu'elle avait rendu la bague à Richard trois semaines auparavant, à leur retour d'Ecosse —, nul doute qu'il se sentirait en partie responsable de la rupture. De fait, il l'était, mais elle était trop orgueilleuse pour le lui avouer de but en blanc.

Elle redoutait qu'il n'en tire une fierté déplacée !

Devant le silence de Sabina, Brice reprit :

— Durant ces trois dernières semaines, je n'ai cessé de téléphoner chez Richard et, à chaque fois, on me disait que tu n'étais pas là.

— C'était tout à fait exact, puisque je n'habite plus chez lui depuis plusieurs semaines, répondit-elle rapidement avant d'ajouter d'un ton fatigué : Brice, il est tard et le défilé m'a exténuée. Aussi, si tu veux bien m'excuser…

Là-dessus, elle fit un mouvement pour attraper son sac, posé près de ses pieds, sur la moquette.

— Non, je ne veux pas t'excuser ! s'exclama-t-il. Tu ne peux pas tout simplement te lever et partir après m'avoir annoncé ta rupture avec Latham !

— Et pourquoi pas ? Richard et moi avons rompu d'un commun accord, répondit-elle d'un air détaché. Ce n'est pas la fin du monde, tu sais. Bien au contraire. J'apprécie *infiniment* d'avoir recouvré ma liberté.

Cette dernière phrase la surprit elle-même, pourtant elle exprimait la stricte vérité. Depuis le soir où elle avait quitté Richard, elle avait senti renaître son ancienne confiance en elle-même. D'un coup, la peur qui la tenaillait depuis des mois avait disparu.

— J'aime ma nouvelle indépendance, insista-t-elle. J'ai emménagé dans mon propre appartement et, à présent, je fais absolument ce que je veux et je vois qui je veux. J'avais oublié à quel point c'était agréable.

Elle disait vrai. Après son agression, elle avait vécu dans la peur de la récidive, et avait su gré à Richard de la protéger. Elle n'avait pas réalisé alors le prix de cette protection étouffante…

Durant ces trois semaines, elle avait retrouvé toute son assurance. Par ailleurs, son appartement lui plaisait énormément. Elle l'avait meublé avec goût et avait repris une vie sociale, résolue à tourner la page.

La preuve : elle s'apprêtait même à se rendre à la réception de Hugh et sa mère, la semaine prochaine ! Mieux : elle avait téléphoné à cette dernière pour l'inviter à déjeuner, et pour la première fois, les deux femmes avaient échangé des confidences. Elle était certaine de pouvoir compter sur la discrétion de Leonore : celle-ci ne répéterait jamais leur conversation à Brice — et notamment ce qu'elle lui avait avoué à son sujet !

— Je vois, articula-t-il enfin, pour le moins déconfit. Dans ces conditions, il n'y a guère de chance que tu acceptes mon invitation à dîner, demain soir ?

Elle était prête à confirmer ses craintes, lorsque, soudain, elle perçut l'intensité de son regard vert…

— Et en quel honneur m'inviterais-tu ? fit-elle, le souffle court.

— Parce qu'il est encore trop tôt pour te demander de passer le reste de ta vie avec moi ! répondit-il alors sur le ton de l'autodérision.

A ces mots, elle écarquilla grand les yeux.

Avait-elle bien entendu ?

Venait-il de dire que… ?

Elle secoua la tête, incapable de prononcer le moindre mot. Brice était-il en train de lui avouer qu'il l'aimait ?

— Si je comprends bien, tu n'es pas d'accord pour passer le restant de tes jours avec moi, n'est-ce pas ? reprit-il alors, se méprenant sur sa réaction. Très bien… Dans ces conditions, je me contenterai d'un dîner.

Il allait bien trop vite pour elle ! Comment était-il passé d'un dîner… à une vie entière ? Avait-elle manqué quelque chose ?

— Euh… Peut-on revenir un tout petit peu en arrière, Brice ? suggéra-t-elle alors en lui lançant un regard incertain. Je suis bien consciente que tu as flirté avec moi, ces derniers mois. Tu m'as même embrassée, mais…

— Que les choses soient claires entre nous, Sabina ! coupa-t-il d'un ton déterminé. Je ne flirte pas. Je ne l'ai jamais fait, et ne le ferai jamais.

— Mais…, voulut-elle objecter.

— Quant aux baisers… C'était soit t'embrasser, soit te donner la fessée. J'ai opté pour la solution la plus plaisante pour moi !

Elle eut soudain du mal à respirer. Une bulle de bonheur enflait à l'intérieur d'elle-même, tandis qu'elle buvait la moindre de ses paroles. Une bulle fragile, si fragile qu'elle redoutait qu'elle n'éclate…

— Partons d'ici, Brice ! décréta-t-elle sur un ton pressant. Allons dans un endroit où nous pourrons parler tranquillement.

Le salon fourmillait de monde, en dépit de l'heure tardive. Il la regarda quelques secondes sans répondre, puis demanda :

— Puis-je d'abord avoir ton accord pour le dîner de demain ?

Si ce qu'elle pensait et espérait de toutes ses forces était vrai, alors il pouvait avoir son accord pour bien davantage que le dîner. De peur de se méprendre, elle se garda pourtant de le lui avouer, se contentant de hocher la tête en signe d'acquiescement.

— Parfait, décréta Brice. Eh bien, allons-y !

Non sans timidité, elle accepta la main qu'il lui tendait, savourant la sensation de sa paume large et chaude pressée contre la sienne tandis qu'il l'entraînait vers la sortie, et qu'ils s'enfonçaient dans la nuit illuminée de Londres.

16

Jamais il n'avait ressenti une telle nervosité, pensa Brice en remplissant deux verres de scotch. Certes, Sabina avait accepté de venir chez lui, mais il ignorait encore ce qui l'avait poussée à le faire !

Souhaitait-elle le « larguer » ailleurs que dans le salon d'un hôtel de luxe… ou bien nourrissait-elle d'autres projets ?

— Tiens, dit-il en lui tendant un verre.

Lui-même avala alors une gorgée de whisky pour se redonner du courage. Il se sentait l'âme d'un condamné attendant la sentence.

— Sabina…

— Brice…

Ils avaient parlé en même temps, et chacun s'était arrêté spontanément pour laisser l'autre s'exprimer.

— Toi la première ! décréta Brice, préférant rester debout au lieu de s'asseoir, car il était bien trop nerveux.

Certes, Sabina venait de lui annoncer sa rupture avec Latham, mais cela ne signifiait pas pour autant qu'il ait une chance auprès elle. D'ailleurs, le fait qu'elle se réjouisse d'avoir retrouvé son indépendance et sa liberté n'augurait rien de bon. Au contraire. Seul point positif : elle avait accepté son invitation à dîner.

*
* *

Sabina n'avait pas encore touché à son verre. Prenant une large aspiration, elle déclara :

— Brice, je voulais te dire certaines choses avant de… avant de…

De quoi ? se dit-il *in petto*, à bout de nerfs. De prononcer sa condamnation ? Après toutes ces semaines de stress, il n'était pas certain d'accuser le choc avec élégance !

Même si Latham n'était plus un obstacle entre eux, pourquoi s'intéresserait-elle davantage à lui ? fit une petite voix intérieure de façon bien insidieuse.

— Parle, Sabina ! lui ordonna-t-il d'un ton tendu. Je regrette, mais la patience n'est pas mon fort.

— Effectivement, c'est ce que j'ai cru comprendre, rétorqua-t-elle en souriant. Bien ! Comme je te l'ai déjà dit, je ne vis plus avec Richard.

Elle le regardait à présent droit dans les yeux — de ses prunelles aussi bleues que l'azur.

— La séparation a eu lieu il y a trois semaines, poursuivit-elle. Lorsque nous sommes revenus d'Ecosse…

— Continue, l'encouragea-t-il, le souffle court.

Elle avala une gorgée d'alcool et poursuivit :

— C'est moi qui ai provoqué la rupture, même si Richard en était arrivé aux mêmes conclusions que moi. J'ai alors découvert un Richard que je ne connaissais pas. Un homme résolu à tout, oui, à tout, pour conserver une pièce qu'il considérait comme unique dans sa collection déjà fort vaste.

Ses yeux brillaient de larmes, des larmes qu'elle s'efforçait de retenir.

— Tu affirmais tout à l'heure qu'il était encore trop tôt pour savoir si l'envoi de ces lettres anonymes avait définitivement cessé ou non. Eh bien, je peux te garantir que je n'en recevrai plus…

Elle fit une courte pause, presque hésitante, avant de déclarer :

— Pour la bonne raison que c'était Richard qui me les envoyait !

Brice la fixait d'un air hébété, incapable d'assimiler ce qu'elle était en train de lui dire.

Comment Latham aurait-il pu être le corbeau ? Allons, il fallait être logique !

Tout d'abord, Latham n'était pas le forcené qui avait agressé Sabina dans sa loge, en novembre dernier, pour la bonne raison que ce dernier était désormais interné dans un centre psychiatrique.

Ensuite, il était la personne avec qui Sabina vivait. Il était donc censé l'aimer, la choyer. Et non chercher à la bouleverser en lui envoyant des lettres anonymes.

A moins que ce ne fût précisément le but ! pensa-t-il soudain. La bouleverser, la fragiliser… Le propre neveu de Latham ne l'avait-il pas mis en garde contre son oncle ?

— Difficile à croire, n'est-ce pas ? reprit Sabina dans un triste sourire. Moi-même, je m'étonne encore d'avoir pu faire confiance à cet individu. Hélas, c'est la vérité, Brice. Richard et moi nous sommes donc disputés juste après notre retour d'Ecosse… Ce fut une querelle assez violente au cours de laquelle il a fini par m'avouer qu'il était l'auteur de ces lettres.

— Mais enfin, pourquoi ?

— Tu ne devines pas ?

— Je crains que si ! Il voulait que tu demeures dépendante de lui, n'est-ce pas ? déclara Brice avec amertume. Après l'agression, tu étais extrêmement vulnérable et très sensible à la gentillesse trompeuse de Latham…

— Effectivement, admit Sabina. En vérité, jamais nous n'avons été amoureux, Richard et moi. Nous… nous avions passé un contrat. Lui me protégeait et moi…

— Toi, tu devenais son bien, un objet rare qu'il exhibait à son bras.

— Exact, avoua-t-elle tristement. J'étais dans un tel état de faiblesse après l'agression !

Elle lui lança alors un regard implorant, comme si elle cherchait sa mansuétude, craignant peut-être qu'il ne la condamne.

— Et de son côté, Latham était prêt à tout pour te garder, enchaîna-t-il en sentant monter une sourde colère en lui.

Le salaud ! pensa-t-il. Comment avait-il pu ? Comment avait-il osé imposer un tel marché à Sabina ?

— C'est exact, approuva-t-elle gravement. Tu faisais allusion tout à l'heure à ta visite, le jour où j'étais alitée… Rappelle-toi : la veille, j'étais venue chez toi alors que je croyais Richard en voyage. Quand je suis rentrée, il était à la maison et a exigé des explications, étant donné que Clive l'avait déjà informé de la situation. Les mesures de rétorsion n'ont pas tardé… Dès le lendemain, il m'a envoyé une lettre anonyme pour me punir de t'avoir vu sans sa permission ! Et moi, naturellement, j'ai été encore une fois dévastée d'avoir reçu des nouvelles du corbeau. Incapable de me lever.

Une expression de profond dégoût apparut sur le visage de Brice alors qu'elle poursuivait, la gorge serrée :

— De fait, je réalise aujourd'hui que je recevais une lettre dès qu'il estimait que j'avais besoin d'un rappel à l'ordre — au cas où j'aurais oublié que j'étais « sa chose » à lui ! D'ailleurs, ces messages anonymes contenaient une phrase récurrente : « Tu m'appartiens. »

— L'ordure, je vais lui régler son compte ! s'exclama-t-il alors en serrant les poings.

— Non, Brice, c'est inutile à présent.

— Inutile ? Certainement pas, il va voir de quel bois je me chauffe, je peux te le garantir.

— Non ! trancha-t-elle. Cela ne servirait à rien. Je me suis fiancée avec lui pour de mauvaises raisons. J'ai moi aussi ma part de responsabilités dans le sordide marché qui nous liait… Je crois même que si je n'avais pas ouvert les yeux à temps, j'aurais fini par l'épouser. Car, malgré tout, sans être éprise de lui, je l'aimais bien. Enfin… certainement pas de la façon dont je t'aime toi.

A ces mots, la surprise se peignit sur le visage de Brice. Nul doute que cette fois, il l'avait parfaitement comprise.

Ils étaient décidément logés à la même enseigne ! pensa-t-elle alors. Elle partageait son étonnement pour l'avoir elle-même ressenti tout à l'heure lorsqu'il l'avait invitée au restaurant « à défaut de pouvoir passer le reste de sa vie avec elle ».

Elle revenait de si loin ! Si elle avait été incapable de se remettre de son agression, c'était parce que ces lettres lui rappelaient sa vulnérabilité, l'enchaînant par conséquent à son bourreau. Et puis, sans crier gare, Brice était entré dans sa vie, et elle avait commencé à ouvrir les yeux…

Aujourd'hui, elle avait la certitude d'être guérie, même s'il lui était encore fort douloureux de penser que Richard était bel et bien l'auteur de ces lettres. Et surtout, une question la torturait sans relâche : comment avait-elle pu se laisser abuser si aveuglément ?

— Richard est une personne fort étrange, poursuivit-elle doucement sans le quitter des yeux. Sais-tu pourquoi il a soudain décrété que je n'étais plus… parfaite ?

— Serais-je la cause de son revirement ? demanda Brice en sourcillant.

Elle éclata de rire avant de déclarer :

— Eh oui ! Tu es responsable à cent pour cent de cette prise de conscience ! Richard est un collectionneur qui se contente d'admirer ses biens. Il… nous…

Elle s'interrompit un instant, gênée, avant de reprendre :

— Il est horrifié à l'idée d'avoir un rapport physique avec une autre personne.

— Mais je croyais que…

— A tort, Brice. Notre relation n'a jamais été consommée. Nous faisions chambre à part — même lorsque nous descendions à l'hôtel. Voilà pourquoi cela ne me gênait nullement de ne pas dormir avec lui au château ! Cette clause faisait partie de notre curieux marché. Ou plus exactement, elle en était la condition *sine qua non*. Au départ, je croyais que c'était par respect pour notre amitié, puis je me suis aperçue que Richard répugnait réellement à tout contact physique.

Une prise de conscience qui l'avait déconcertée, il y avait trois semaines.

Oui, elle avait définitivement passé un contrat des plus étranges avec un déséquilibré mental, et qui plus est, maître chanteur ! Elle devait s'estimer heureuse de s'en être sortie indemne !

— Latham est plus fou que je ne croyais, déclara Brice d'un air méprisant. Néanmoins, cela ne m'empêchera nullement d'aller lui donner une bonne leçon pour qu'il ne s'avise jamais de recommencer.

— Non, je peux t'assurer que je n'entendrai plus parler de lui, affirma Sabina. Richard et moi sommes parvenus à un accord — un autre ! ajouta-t-elle non sans dérision. Il restera en dehors de ma vie et de celle de mes amis si je m'engage en contrepartie à ne pas le dénoncer à la police comme l'auteur des messages anonymes que je recevais... Ainsi, nous serons quittes.

— Il s'en tire à trop bon compte !

— Allons, tu oublies qu'il me considérait comme une œuvre d'art et qu'il a été trompé sur la marchandise ! C'est une sacrée punition, pour un esthète.

— Que veux-tu dire ?

— Qu'il me croyait à son image, sensible à la beauté mais insensible au désir physique. Et il a finalement découvert que j'étais attirée par toi !

— Une attirance si réciproque et si forte, qu'il m'est difficile de rester dans la même pièce que toi plus de cinq minutes sans avoir envie de te faire l'amour, déclara subitement Brice, lassé de l'entendre évoquer Latham.

Elle éclata de rire.

— Cinq minutes ? Menteur ! Je constate que cela fait près de quinze minutes que nous discutons ! répondit-elle d'un air provocateur.

— Voilà une négligence impardonnable de ma part, murmura-t-il alors d'une voix rauque en s'avançant vers elle. Je t'aime, Sabina. Je veux t'épouser.

— Avant de te répondre, je me dois de t'avouer deux ou trois petites choses, fit-elle d'un air mystérieux.

— Je suis tout ouïe.

— Je veux que tu saches que mes actions ne sont plus dictées par la peur, comme c'était le cas jusque récemment. Je me suis remise de l'agression, et je m'en serais remise bien plus tôt sans l'intervention de Richard. Comprends-tu ce que je veux te dire, Brice ?

— Oui, aucune de tes actions n'est désormais dictée par la peur, répéta-t-il docilement… et non sans impatience !

— Parfait ! dit-elle d'un air satisfait. Dans ces conditions, ma réponse est oui !

— Oui, je t'aime… ou oui, je veux t'épouser ?

— Oui, je t'aime et oui, je veux t'épouser ! annonça-t-elle sans l'ombre d'une hésitation.

— Je ne suis pas certain de pouvoir te croire, murmura-t-il en fermant les paupières, ivre de bonheur.

Sabina se contenta de sourire. Elle non plus ne parvenait pas à le croire ! Pourtant, c'était un fait : Brice et elle s'aimaient et allaient se marier.

— Je suis certaine que je vais trouver un moyen pour t'en convaincre, insinua-t-elle alors d'une voix cajoleuse.

— Etes-vous en train de me faire une proposition indécente, mademoiselle Smith ? feignit-il de s'indigner.

— Absolument, monsieur McAllister ! confirma-t-elle d'un air assuré.

A cet instant, il l'attira à lui et captura sa bouche dans un baiser passionné. Un baiser qui était le signe d'un véritable amour — de ceux qui durent une vie entière.

Épilogue

— Je dois admettre, Logan, que tante Meg a plutôt bien pris les choses, déclara Brice d'un ton amusé avant d'avaler une gorgée de champagne.

Les deux cousins décochèrent un regard simultané à Margaret Fraser, la célèbre actrice, en train de s'entretenir avec Darcy, la femme de Logan, tout en s'attendrissant sur le bébé que cette dernière tenait dans ses bras.

— Et moi qui croyais qu'elle ne se remettrait pas de son statut de grand-mère ! poursuivit Brice. Décidément, tante Meg est bien plus forte que je ne le croyais. D'autant qu'à présent, elle a une belle-mère qui n'a que dix ans de plus qu'elle !

A cet instant, les regards des deux cousins se portèrent vers leur grand-père, un « jeune marié » qui, en compagnie de sa chère épouse, accueillait les invités se pressant à leur réception de mariage.

Leonore était absolument charmante dans son tailleur en satin couleur crème, pourtant le regard de Brice glissa subrepticement vers la ravissante jeune femme qui assumait le rôle de demoiselle d'honneur…

Sabina.

Sa propre femme.

Depuis exactement deux semaines, quatre jours et — il lança un coup d'œil à son poignet — trois heures.

Jamais encore il n'avait connu un tel bonheur !

Croisant son regard, Sabina lui décocha un merveilleux sourire, lui confirmant qu'elle lisait dans ses pensées. Toute ombre avait disparu de ses beaux yeux, seuls l'amour et le bonheur s'y reflétaient désormais.

Même s'il ne l'avouerait jamais à Sabina, Brice avait rencontré Richard Latham pour l'informer que, s'il s'avisait de menacer son épouse de près ou de loin, sa vie serait à jamais brisée. Il avait tout lieu de croire que Latham l'avait pris au sérieux et compris la leçon.

— De quoi parlez-vous, tous les deux ? demanda Fergus en s'approchant nonchalamment de ses cousins, une coupe de champagne à la main.

— Du changement radical intervenu dans le clan McDonald depuis dix-huit mois, répondit Logan. A la grande joie de tous.

— C'est vrai, commenta Fergus. Il y a d'abord eu le mariage de ta mère avec le père de Darcy. Puis le tien avec Darcy. Le mien avec Chloe, la naissance de notre petit garçon. Et ensuite, grand-père qui nous prend de court ! Sans parler de ce petit cachottier, à nos côtés…

Là-dessus, il donna une tape affectueuse à Brice sur l'épaule, avant d'ajouter d'un air incrédule :

— Je serais curieux de savoir ce que tu as pu raconter à cette merveilleuse créature pour la persuader de t'épouser !

— Seuls mon charme et mes regards irrésistibles ont opéré, assura Brice, moqueur.

— Vraiment ? fit Fergus.

— Oui, c'est atavique.

— Et de qui aurais-tu hérité cette incroyable séduction ? s'enquit Logan.

— De grand-père, évidemment !

Les trois cousins éclatèrent de rire et reportèrent alors toute leur attention sur le patriarche de leur famille, rayonnant de bonheur au bras de sa nouvelle épouse.

— Cela fait un bien fou de le voir à nouveau heureux, déclara Logan.

— Ça oui ! renchérirent Fergus et Brice.

— Vous avez l'air fort satisfaits de vous-mêmes, déclara Chloe en s'approchant du trio.

— Effectivement, approuva Darcy tout en tendant à son mari leur petit garçon qui voulait aller dans ses bras.

— Et pourquoi ne le seraient-ils pas ? demanda alors Sabina de sa belle voix rauque en passant le bras sous celui de ses deux cousines par alliance. Ils ont toutes les raisons de l'être… puisqu'ils sont mariés avec nous !

Là-dessus, elle leur décocha à tous un sourire délicieusement malicieux.

Brice lui adressa pour sa part un regard empli d'amour et de fierté. Son cœur débordait d'allégresse. Il était bien plus que satisfait, il était comblé !

Aux anges… avec l'un des plus gracieux d'entre eux.

Composé et édité par HarperCollins France.

Achevé d'imprimer en septembre 2017.

BLACK PRINT

Barcelone

Dépôt légal : octobre 2017.

Pour limiter l'empreinte environnementale de ses livres, HarperCollins France s'engage à n'utiliser que du papier fabriqué à partir de bois provenant de forêts gérées durablement et de manière responsable.

Imprimé en Espagne.